黄裳集

创作卷Ⅲ

谈水浒戏及其他　西厢记与白蛇传

林冲　武松　一箭仇

盖叫天的舞台艺术（剧本）　林冲（剧本）

山东人民出版社·济南

国家一级出版社　全国百佳图书出版单位

学术顾问： 李济生　杨　苡　黄永玉　姜德明
钟叔河　郑　重

编辑小组： 陈子善　胡长青　李　辉　陈麦青
陆　灏　吕　浩　励　俊　凌　济
容　洁　容　仪

1954 年与妻在北京十三陵

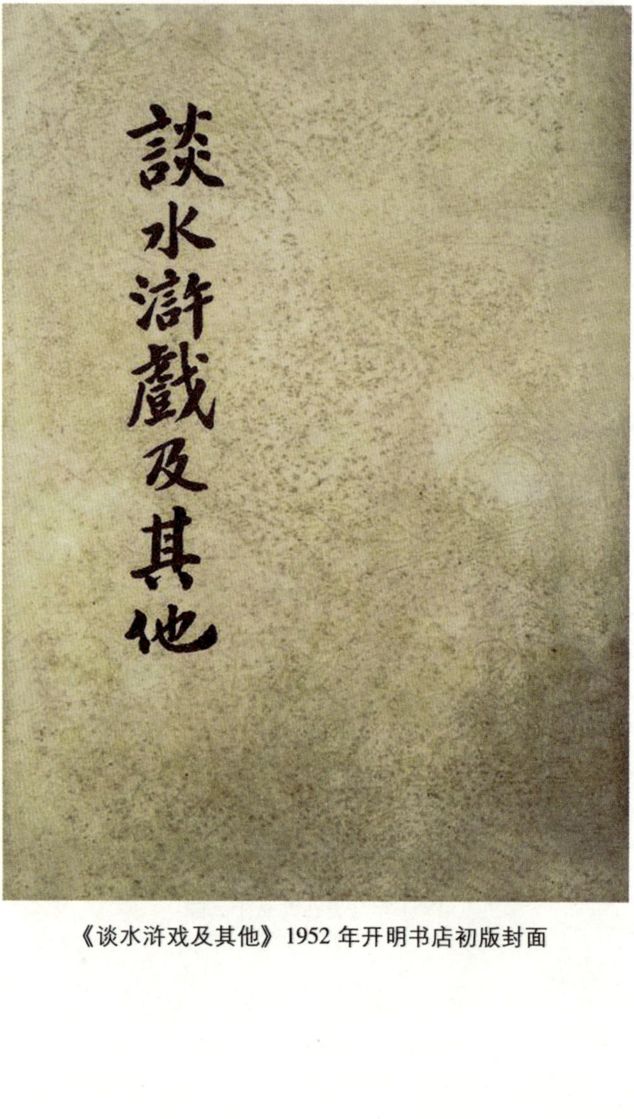

《谈水浒戏及其他》1952 年开明书店初版封面

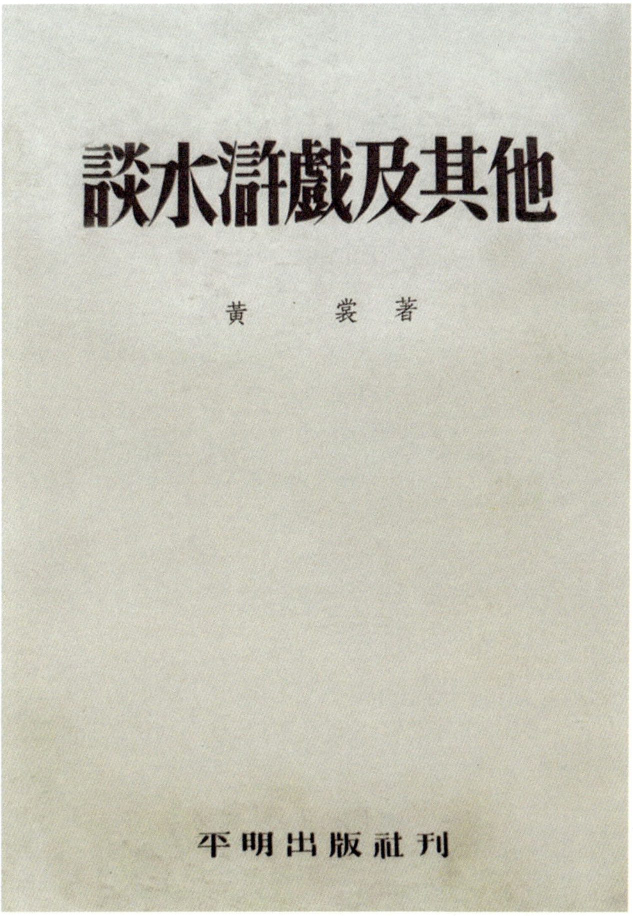

《谈水浒戏及其他》1953 年平明出版社新一版封面

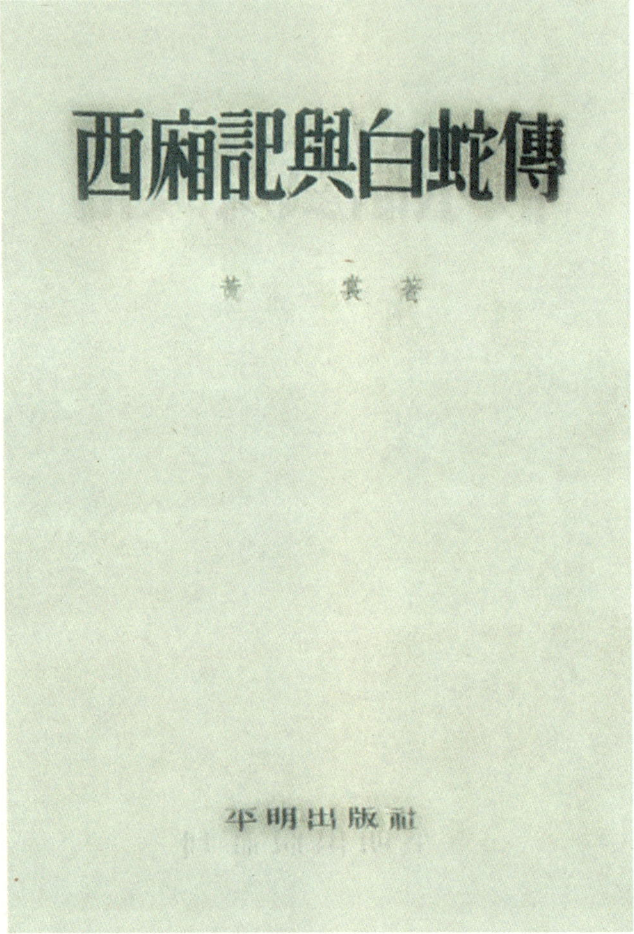

《西厢记与白蛇传》1953 年平明出版社初版封面

《林冲》1957 年中国电影出版社初版封面

《武松》初版本封面

《一箭仇》初版本封面

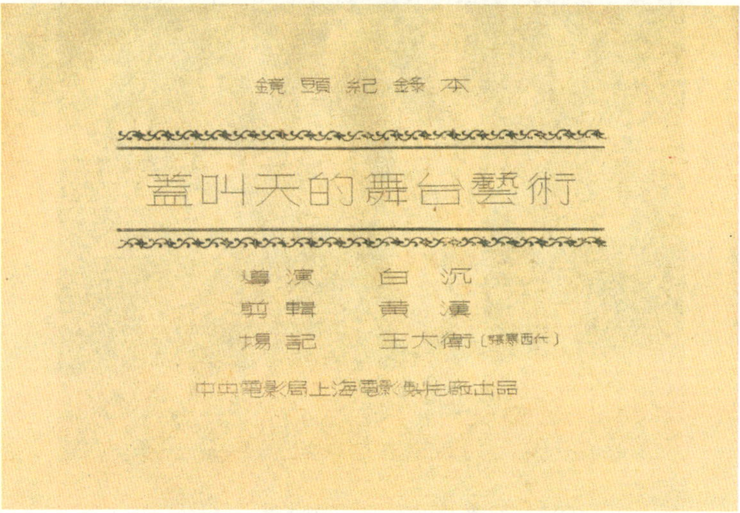

鏡頭紀錄本

蓋叫天的舞台藝術

導演　白沉

剪輯　黃漢

場記　王大衛（張慕西代）

中央電影局上海電影製片廠出品

《盖叫天的舞台艺术》（剧本）封面

《林冲》（剧本）封面

目　录

谈水浒戏及其他

上辑

楔子 …… 5
怎样看《水浒》故事 …… 9
怎样处理水浒戏 …… 15
论宋江 …… 27
《坐楼》 …… 40
从《女吊》谈到《活捉》 …… 49
《打渔杀家》 …… 59

下辑

谈《打出手》 …… 77
《四郎探母》 …… 81
《双铃记》 …… 86
《贩马记》 …… 91

技巧的成熟 ………………………………………… 95
论精练 ………………………………………… 100
漫谈布景 ………………………………………… 103
杂技的地位 ………………………………………… 107
关于武松 ………………………………………… 111

改版后记 ………………………………………… 121

西厢记与白蛇传

谈《西厢记》 ………………………………………… 125
《西厢》在部队里旅行 ………………………………… 147
关于《白蛇传》 ………………………………………… 154
《梁祝》杂记 ………………………………………… 178
公案剧杂谈 ………………………………………… 209
鲁迅先生对戏曲的一些意见
——“三改”随笔之一 ………………………………… 228
《金锁记》
——“三改”随笔之二 ………………………………… 234
《打鼓骂曹》
——“三改”随笔之三 ………………………………… 241
《宝莲灯》
——“三改”随笔之四 ………………………………… 246

《精简一下》
——“三改”随笔之五 …………………………………… 252
论“程式化”
——“三改”随笔之六 …………………………………… 255
梅兰芳的舞台艺术 …………………………………………… 258
应该有这样一部传记
——关于梅兰芳先生的《舞台生活四十年》 ………… 266
民族戏曲艺术的伟大展览 ………………………………… 271
附录　跋祁彪佳《曲品》残稿 …………………………… 281

后记 ………………………………………………………… 328

林冲

内容说明 …………………………………………………… 341

武松

前记 ………………………………………………………… 405
《打店》内容介绍 …………………………………………… 408
《快活林》内容介绍 ………………………………………… 471
《鸳鸯楼》内容介绍 ………………………………………… 529

一箭仇

前记 ………………………………………………………… 567

盖叫天的舞台艺术（剧本）

…………………………………………………………… 677

林冲（剧本）

…………………………………………………………… 725

谈水浒戏及其他

《谈水浒戏及其他》，剧评集，1952 年 7 月开明书店初版。1953 年 5 月平明出版社新一版。增加《关于武松》《改版后记》两篇。

据平明出版社新一版编入。

上辑

楔子

在旧戏中，水浒戏的分量是很重的。那来源之古不必说了，在元剧中，就有二十几种水浒戏存在。那里面的人物，是为人民大众所特别喜爱的李逵、武松、燕青、张顺等。现在的京戏《丁甲山》，就是元剧康进之所作的《梁山泊黑旋风负荆》的蜕变。这个元剧的本子，现在还存在，是可以覆按的。一直到明初，《水浒》剧本还是继续不断地创作出来。

可是很奇怪，也很自然。南北曲发达之后，经过士大夫阶级的“提拔”，升入了庙堂，在戏文中，《水浒》故事却不见了。明代中晚叶，最红的戏是《玉茗堂四梦》之类，在“春灯”“燕子”那种靡靡之音中间，黑旋风那样的性格，自然是挤不上去的了。

这毋宁说是当然的。文学逐渐走入庙堂，服务于统治阶级以后，它的本质是自然会变的，变的结果是变得没有生气，僵死而后已。翻开一整部中国文学史，可以说到处都存在这种明显的掠夺的事实。诗，本来是民歌民谣，给士大夫阶层看中了，攘夺了去，细雕细描，替它加了些枷锁——格律，硬生生地注入了一些统治阶级的情感，流于末流的就是那专制制度的病态发露，呻吟、感伤……最后则是僵死。

词的前身，也是人民大众的情歌、竹枝之类，经过了南唐、北宋，又成了宫廷与绅士的宝贝，到南宋，则又再度僵死了。

元代产生了曲，最后的命运也总难逃掠夺糟蹋的一途。这里我想举一个很明显而生动的例子。李逵，这个黑旋风，本来在元代的戏曲中是以最天真、最原始、最可爱的出身于下层社会的强人面目出现的，他要“乔坐衙”，他述说胸襟的口吻是：“俺山中快乐，风高放火，月黑杀人，论秤分金银，换套穿衣服；千自由，百自在，可不强似这小官受人的气！俺们怎肯受这招安也?”（周宪王《黑旋风仗义疏财杂剧》）可是这性格在文人的手里可就把握不定了，他们总觉得他太粗鲁，太原始，不足为老爷太太们欣赏的对象，总要设法使他多少变变样，哪怕不能全变呢，也多少得改改，好更能投合上层阶级的趣味，为统治阶级服务。这样，康进之在《李逵负荆》里，借李逵醉酒，就让他胡说八道起来了：

> 饮兴难酬，醉魂依旧。寻村酒，恰问罢王留。王留道，兀那里人家有？可正是清明时候，却言风雨替花愁！和风渐起，暮雨初收。俺则见杨柳半藏沽酒市，桃花深映钓鱼舟。更和这碧粼粼春水波纹皱。有往来社燕，远近沙鸥。

唱完后，还加上这样一句说白：

人道我梁山泊无有景致，俺打那厮的嘴！

底下还有一大段，这里不再引了。其实这也尽够了，可以看得明明白白那作家谋杀李逵性格的苦心，李逵怎能有那么纤细的情感，那么风雅的欣赏力？越写越不像，只好来一句白，努力使李逵有欣赏风景的理由，其用心不可谓不苦矣！

这是很明白的一桩统治阶级掠夺民间文艺的公案。这样，李逵之不再出现于南戏的原因，是很清楚的了。

可是，李逵虽然从昆曲的舞台上退了出来，是不是就销声匿迹了呢？这当然是不然的，他又回到民间去了。水浒英雄跟着他一齐回到了民间，出现在乡村社戏里，在野台子上依旧现身，依旧为人民大众所喜爱。虽然文献无征，我们无法举出具体的实例来，不过事实总是事实，现存的京戏中间有那么许多水浒英雄的故事，有那么许多水浒戏文，就是最有力的证明。

水浒戏是不是已经完成了它的历史任务了呢？不，决不！在这一次上海市春节戏曲改造运动竞赛中间，六家京戏院，就有五家在演水浒戏。老解放区里京戏创作得到很高的评价的，占着最大的分量的，也还是水浒戏。上海的拥有广大观众的戏院之一，共舞台，就还在继续排演《水泊梁山》的连台本戏，而且在观众的反应上，水浒戏还是为大众所欢迎的。

无论在改造旧的或创作新的京剧剧本时，水浒戏的分量无疑还是最重的。可是我们在这一方面的理论基础太不够了，大家还没有最好的理论的遵循，以致在改编演出的时候，就难免有无从措手之苦，甚至会发生偏差。所以怎样展开一种研究，给这问题来个解决，是绝对有其必要的。

一九五〇年春

怎样看《水浒》故事

我们在处理水浒戏之前，必须决定这一素材的本质问题：它该是历史剧呢，还是传奇剧呢？这样决定了以后，我们才能很安心地放手去做，不会到处碍手碍脚。

因此，我们就不得不看一下《水浒》故事的演变与发展。

根据过去学者们对《水浒传》的研究，根据近三十年来所发现的许多《水浒传》的版本，关于《水浒》故事的起源、发展与演变，已经可以得到一个大体上的结论了。

这问题应该分两部分来看，即是它的历史根源和传说的根源。

历史上有宋江这个人，他所率领的好汉们也是实有其人的，不过最初只有三十六个，后来一百零八将是传说将它扩充开来的。

《宋史》卷二十二《徽宗本纪》宣和二年：

> 淮南盗宋江等犯淮阳军，遣将讨捕，又犯京东江北，入楚海州界。命知州张叔夜招降之。

这是整个《水浒》故事的轮廓，可以说是与传说并没有背谬的。至于招降与征方腊，在《宋史》的《侯蒙传》与《张叔夜传》里就有更详细的记载，这里不详引。我们至少已经确定了一件事情，就是《水浒》故事和《西游记》《镜花缘》不同，不是虚构的，而是有真实的历史事实的根源的。无论是民间传说也罢，戏曲也罢，话本也罢，演义小说也罢，都得根据这一个大线索发展、成长。这就确定了《水浒》的历史性和现实性。

再看最初的《水浒》故事是什么时候发生的呢？照郑振铎先生的推论："当《三国志》与《五代史》的故事在盛传着的时候，即在南宋的时候，《水浒传》便已产生出来了。"（郑著《水浒传的演化》，见《中国文学论集》）郑先生又指出了一点，他说这个故事，一开始便是一个完整的民间的英雄传说。那证据就是《宣和遗事》元集末至亨集首里的记载。

这个论断也是很重要的，更可以加强了《水浒》故事的历史性。从宣和年间到南宋，时代相距并不过远，那么，保存在《宣和遗事》中间的传说，可以说是有相当大的真实性的。那情形，就很像清末产生的小说《孽海花》：虽然故事穿插难免不有作者的假想在，可是主要的骨干是不会有大变动的。

底下我们就可以接触到《水浒》故事的演化问题了。专家们在这方面讨论得相当多，他们用各种《水浒传》的版本做了详细的比勘。这对我们没有什么大用，不过在他们的冗长的文章中，却发现了一件很重要的事实，那就是：由《水浒》的演化，我们可以看出时代背景对于文学创作的影响来。这更说明了唯物史观在文学史的看法上的正确性，不独历史是发展的，就是文学创作，也是发展的。文学史上难得有像《水浒传》这样演变了将近一千年才定型了的集体创作，所以这个特例是更值得我们珍贵的。

为什么在南宋有这样一个盛行的故事呢？为什么还有像宋末遗民龚圣与那样的人会给宋江等三十六人作赞呢？龚圣与说：

> 宋江事见于街谈巷语，不足采著……余年少时壮其人，欲存之画赞。（周密《癸辛杂识续集》上）

周密的跋语里也说得很清楚：

> 此皆群盗之靡耳。圣与既各为之赞，又从而序论之，何哉？太史分序游侠而进奸雄，不免后世之讥。然其首著胜广于列传，且为项羽作本纪，其意亦深矣。识者当能辨之。

这里，周密指出了一个事实，他指出了司马迁的进步的历史观，既不抹杀陈胜、吴广的革命性，又不是那么正统地把项羽当作败寇，还给他以相当的重量，这一点也间接地说明了龚圣与的用心。其实，这也就是当时的人民大众的看法。

南宋受异族的侵害最深最烈，对于腐败而反动的统治阶级既然已经绝望了，于是不能不把希望寄托在宋江这批草泽英雄身上，要他们来抗敌，要他们来恢复故邦了。

学者们在费了很大的力气寻找《水浒》的作者这个企图上是失败了。可是有一个最正确的答案，就是这个作者一定是代表当时人民大众的内心的希望的人物。否则《水浒》故事不可能那么盛行、那么红。

在元朝，《水浒》剧本特别盛行，《水浒》故事也在自由地发展。过去研究《水浒》的学者，只是对这一时期的作品的文学价值作了估计，现在我想更就时代背景的影响上替《水浒》故事的发展加一个说明。

元代是中国在历史上极黑暗的一个时代。那时候，人民的生活是极黯淡的。统治者把汉族压在最低的一个阶级里去，他们只有被剥削的份儿，只有被损害的份儿，他们不能做官，连奴才官都做不成。统治者把人民分成十个等级，把种族的贵贱分成四等，汉人（还有次于汉人的南人）是最末，在等级上，也只能做那最“下流”的职业。照忽必烈的定制，正官必须用蒙古人或色目人，次官才得用汉人、南人。在地方官制里，达鲁花赤（总监）、路总管、知府、知州都没有汉人的份，县令勉强可以做，可是也很难。至于政治的黑暗，是不必说了。

当时汉人的知识分子怎么办呢？

不是做统治阶级最直接剥削民众的工具的吏，就只有到民间去。杂剧的作者、小说平话的作者，就都是这批不得意的文人。

这说明了为什么把水浒英雄的头脑宋江安置在“吏”的地位上。因为汉人做吏的最多，最为人民所熟悉。

因为当时的那些“吏”太坏了，所以要写一个同情于江湖好汉（也就是反抗者）的“吏”。

同时也可以说明为什么李逵要在戏里面“乔坐衙”——黑旋风打进了寿张县衙，坐上大堂，穿上了幞头袍靴，打鼓升堂，令衙役假装告状作要——大闹一通。

这是向统治者的开玩笑。不敢正面提出打倒统治阶级，只能让李逵去做一场闹剧，表示一点意见。

其余的元曲《水浒》戏，也大半描写的是正人被害、英雄报恩、奸夫淫妇授首之类，都可以了解为对当日的黑暗的统治的控诉。

这一了解可以说明了元剧《水浒》戏的本质，同时也说明了《水浒》故事的成长的路。凡是那些写社会的黑暗的下层的故事，大半都是在元代形成的。

今天《水浒传》的第一个祖本——也就是《水浒》故事最初的定型——出现的时代，大概是在元末明初。根据郎瑛的《七修类稿》《续文献通考》的《经籍考》，钱遵王的《也是园书目》和《古今书刻》，都著录了罗贯中编的《水浒传》二十卷。这是和《三国演义》并行的。《三国演义》已经发现了弘治本；《水浒传》的旧本却只有残本的嘉靖本出现，正好是二十卷。残本每卷五回，因此全书大约是一百回。

这书在嘉靖中已刊刻行世，足证完成必在明代初期。这里的《水浒》故事已经是相当完整的了。从误走妖魔起，杀阎婆惜、闹江州、三打祝家庄、闹东京、败童贯与高太尉、受招安、征方腊，一直到功成遭害、魂聚蓼儿洼，是一套完整的《水浒》故事。

前面我们假定《水浒》故事在元代的发展，就正是这里的前半部，是梁山泊鼎盛的朝代。至于招安以后的故事，特别是功成遭害的种种，就不能不令人想起明初的史事。朱元璋在天下大定之后不是把他的奴才走狗——那些帮他打天下的功臣——陆续地杀掉了吗？于是《水浒》故事的发展与终结，就成了这个样子。

至于现在最通行的贯华堂本的七十回《水浒》，那是金圣叹的伪作。他把《水浒》全书腰斩了，让张叔夜把这群水浒英雄一个个都杀掉。那是他生在明末清初，痛恨李自成、张献忠，站在帮闲帮凶的士大夫的立场，发生一种变态心理以后的行动。

现在我们粗略地分析了《水浒》故事的来源、发展和现在《水浒传》的形成的时代背景，我们似乎可以下一个结论了。

《水浒》自然不完全是历史，可是它却是几百年来中国人民大众的心理反应，也可以说是人民大众的批判的史评，借了原始的实事表现了出来的作品。

我们应该怎样处理这个《水浒》故事呢？我们固然不必拿小说当作正史，可是也不能在许多地方忽略了时代背景，得尊重这种批判的历史的现实。

怎样处理水浒戏

通过了我们前面对《水浒》故事的讨论，我们已经可以多少有了把握，可以认识它的特质了。那就是说，它虽然并非历史，却是过去多少年来中国人民的批判的史评，通过了原始的历史故事所形成的作品。所以现在所要讨论的题目，就不完全是怎样处理历史剧或传奇剧的问题，而是要处理介乎这两者中间的一种东西。这会使我们的剧作家一喜一惧：他们可以有较多的自由，来安排这个题材；可是也还不能太自由，因为这个民间故事的来源太远了，群众对它太熟悉了，大刀阔斧是难以圆满地达成任务的，必须要求更高度更成熟的技巧。我现在先把这分成两方面做一个提纲，有许多意见是我在零碎看戏读书时发生的，得另外做比较详细的讨论，所以这里只能提出大纲来。

问题主要的两方面是原则问题和技术问题。

我觉得处理水浒戏，也逃不掉一个大原则，就是把它作为教育群众的工具。因为水浒戏是那么为大众所熟悉、所爱好，它本身原是一个最好的教育群众的工具。把握住了这个基本的精神，我觉得就有这么几个问题值得注意：

首先，我们就得确定《水浒》故事的革命性质，然后我们在处理这一题材时，才可以给它以应有的重量。我们必须认清，现在要处理的是一千年或几百年以前的事件，而不是二十世纪的革命事件。这一故事的发生与开展，是在中国封建经济的复兴与停滞的时代里的。

《水浒传》究竟是文学作品，它只告诉了我们许多英雄的传记，而对于梁山泊的那些小喽啰，却并未有详尽的介绍。他们的出身成分是不明确的；他们是怎样结集起来的，也不详细。可能是在残酷的剥削之下陆续来归的农民，也可能是在每一次打州劫府之后跟随了一起上山的农民。他们发展得相当快，大致是由农民和一批从统治阶级中间分化出来的游离分子结合起来的。因此，到最后，受了这批动摇的游离分子的出卖，革命就失败了。

我们处理水浒戏，因为既成事实的影响，不能介绍那些起义的农民，非借了水浒英雄的事迹发挥不可，于是就不能不对这些英雄做一点分析的工作，看看他们的出身是怎么样的，然后才能有适当的批判。

《水浒》中有三十六天罡和七十二地煞，一共组成了一百零八位好汉。现在粗略地分析一下，这中间最多的是军官，也就是本来服务于统治阶级而都有了相当地位的军官，后来却因为统治阶级自身的矛盾而反正了、投入梁山的人。这要占到二十位左右。不用说，这批人的动摇性是很大的。像杨志，自称为“将门之后，五侯杨令公之孙”，是一个念念不忘于“一枪一刀，博得个封妻荫子”的人物，上梁山只是暂时的不得已，有朝一日，再度报效皇家，他是无疑地时时在期待着的。而水浒英雄中，这种人就占了大多数。

其次，占了次多数的是地主、土豪、恶霸和像柴进那样的旧王孙。这一起也有十几位。卢俊义本来是一位家财万贯的员外，开着解库，舒服极了，他是无论如何也没有上梁山的雅兴的。然而终于来了，原因则是智多星的妙计，“赚”了来的。这样人的革命性是太可疑了。金圣叹腰斩《水浒》，临终一梦要派他来做，其实是大有道理的。

像穆春、穆弘弟兄，是揭扬岭上一霸，本来是和统治阶级合作得挺好的，也没有理由上山；孔明、孔亮也如此。他们之来，只是凑热闹，对革命是并无太多帮助的。

还有一部分，是已经占山为王了的小股强盗。他们出现的时候就是如此，并无出身详尽的介绍。这批人，像朱武、陈达、杨春、周通，也占了很大的数目，有十三四位。他们的阶层，可能是归并在下面这些类型里的。

再其次是手工业从业者和小本生意人。这数目也不算少，总有二十多位。他们是中世纪的工商业者，像打铁匠、屠户都是。我们再把范围扩大一些，像走江湖卖膏药的李忠、薛永也算进去；特别技术人才，会造枪炮的凌振、刻图章的金大坚、医生安道全都加进去。

有些本来是小本生意人，后来却也升了级，像张顺就做了鱼牙子，在剥削别人了。现在也暂时归入这一类里，这数目是相当大的。

其次就是“闲汉”，也就是流氓无产阶级。照理说，水浒人物不沾点流气的是很少的。不过现在只是把特别指出来的“闲汉”统计一下，那就有七八位。像刘唐、白胜、时迁、燕青等就都是的。这批人的参加革命，可以说大半是偶合的投机。他们是并无若何作用的，全要看领导人物的路线来决定他们的力量。

专门职业是“吏卒”，本来是统治阶级的工具的，就有宋江（宋江的成分当另论）、戴宗、李逵、乐和、杨雄……这几位。知识分子的吴用、萧让、裴宣、皇甫端等就附属在这里。

妖道一名，公孙胜，是封建社会的寄生虫，没有什么大作用。何况他的“道心”甚坚，常常向往于师门，想成仙，要李逵一请再请，他对革命事业是并无多大兴趣的。

真正的劳动人民，在《水浒》里写得很明确也最好的，恐怕要算阮氏三雄了。他们是渔夫，是中世纪渔猎劳动者的中心人物。像李俊、张横那样的“船火儿”，比起来实在要差一些。解珍、解宝是猎户，也是真正的劳动人民。

整个《水浒》中使我最偏爱的，不是什么武松、李逵，而是阮家兄弟。那写得实在是好，而最重要的原因，恐怕还是阶级成分最明确的关系。他们的被剥削压迫，也写得最现实。

水浒戏中最美的是《打渔杀家》。主角虽然是萧恩，然而那故事还是石碣村中的故事。因为他们的阶级成分最明确，所以在最后被出卖、投降中，他们是不甘心的，没有跟了去。

学者们考证《打渔杀家》的根源，费了很多事，却还没有明确的结论。我还记得一个说法，那就是说，阮小五即是萧恩，因为“小五”两字在江南人读来就是“萧恩”。这是不是真的，现在不管，然而那精神是正确的。李俊也是撑船的。倪荣可能是后辈，也可能是化名，得等学者来考证。他们和萧恩的来往还是继续着的。萧恩向女儿解释道：“他本江湖二豪侠，李俊、倪荣就是他，蟒袍玉带不愿挂，弟兄们双双走天涯!”这话无疑是阮小五的口气，是对反对投降的同志的赞许。以人民大众的批判的感情而论，阮小五就是萧恩的原名。这一考证方法，运用在《水浒》这样一部作品上，我以为是完全可以成立的。

这样，在这样一批出身混杂的人物所领导的革命中间所产生的一切事件，如果要加以利用，要达成教育的任务，就非得搞明白它们的本质和每一个人物的阶级性不可。是怎样的人物，在什么阶段就会产生怎样的意识行动，仔细分析起来，都是当然的；穿凿附会，或者胡乱拉扯，那是要不得的。

第二个问题，就接着来了。

《水浒》所描写的是英雄，我们处理水浒戏，也只能用已经为群众所熟知的英雄人物出场，围绕着他们展开故事。于是在我们处理人物时，就也不能不采取批判的态度。

英雄是什么呢?是英雄造时势呢，还是时势造英雄呢?是英雄来领导革命呢，还是从革命中来产生英雄呢?这些问题现在已经可以得到一个结论了。我们实在不能硬把古事作今事，看人物只看表面。不深入研究是很容易出毛病的。

这一次（指一九五〇年春节戏曲竞赛），有一个京戏新剧本，叫《水泊遗恨》。那个故事是这样的：梁山受了招安，宋江带了众头领投童贯大营。结果童贯勾结金人，把宋江等人全部歼灭了，只逃出宋江一人。他回到家里，高俅正带领人马扫灭梁山一带居民，宋家全家遭害，宋江同李俊、三阮等下山凭吊后，死去。

大家看了这个戏，都觉得在政治立场和思想水平上都存在着很大的问题，大家一致认为问题所在是主题不明确，只是反对招安，可是没有写出反对的理由来。最大的问题，据我想，还是英雄主义作祟，大家对宋江这个人物不敢批判。因此不但不敢发掘宋江投降的原因——对统治阶级抱着幻想，自己又贪恋富贵——反而把一切责任推在关胜等人的身上。结果是弄得一点教育意义也没有了，只剩下了凄凉的所谓小资产阶级的伤感。只是怀古，只是凭吊，没有积极说明原因，给观众一派颓丧的情绪：这是很值得注意的。

其次，我们想到，每一个历史上的英雄，在人民的看法里都是有他的两面性的。最明显的例子，就是关羽。何其芳先生就在《从关羽到农民》（《星火集续编》）里说过：

> 下层民众所佩服的关羽却不同一些：他忠于刘备倒并不因为刘备是君，而是因为他们拜过把子，刘备是大哥。在过去，有些老百姓往往寄托希望于拜把子的“弟兄”。梁山泊不正是这样拜把子理想的高度发展，多到一百零八位吗？所以，在民间传为美谈的是刘关张桃园三结义：“咱们三人不求同年同月同日生，但愿同年同月同

日死。”而并不是什么“关圣人”在夜晚读什么鸟《春秋》。

他的结论就是：“由此可见不但投降不可一概而论，就是关羽也不可抽象看待，而应加以具体分析。”

宋江也一样。一提起来，就以为这是正派老生，不敢让他承认一点自己的过失，甚至把已经几于肯定了的错误责任都推在别人身上。老百姓希望的，是他的拜把子集团越来越大，造成反抗压迫的势力，可并没有希望他把兄弟都送到专制的屠刀下面去。这一点是非得认识清楚不可的。

同样的，《水浒》既然是过去人民对这一历史事件批判地吸收下来的结果，那它就代表了一般的看法。也因为过去的人民是生活在专制的统治之下，封建毒素的传播之下，所以有很多观点是应该纠正的。我们固然不应该不顾及旧传统把一切都改掉，可是也不能不在扬弃之间有一个标准。

李逵是可爱的。他天真、直爽，没有那些世俗的考虑，金圣叹就说他可以作为“富贵不能淫，威武不能屈”的代表人物的。然而李逵又何尝糊涂，他固然敬服“拜把子”的大哥宋江，可是当他听说宋江强聘民女的谣言时，就要翻脸和他算账了（《丁甲山》）。听说宋江要投降宋朝的时候，他就大叫不可了。老百姓的喜欢他原来是有道理的。

可是李逵又特别好杀人，往往看见他手执板斧，排头杀去，不分青红皂白，只是杀得兴起。这一点却也是为老百姓所肯定了的。就让他一直在舞台上挥动双斧杀来杀去，这个可实在是不能恭维的。

看杀头，一向是好玩的事，没有一点同情心，也没有一点原则，不管这被杀的是革命者还是反革命者还是无辜：这也是应该批判地加以修正的一点。

前面说过了原则问题，剩下来的，就是技术问题了。

我们既然要利用历史剧的形式，作为一种学习与教育的工具，那我们就要在戏里处处设法与现实相契合，这样才能发挥它的教育意义。然而这种契合，却不是机械的。要演员穿了古装，在舞台上述说现代的术语，那样在观众看来是开玩笑。正如最近明星大会串里的“改良京剧”，穿了现代服装，走台步说韵白唱原板一样。不严肃的教训，是难以收得好的效果的。

这是枝节的问题。主要的是不能因为要把一件历史故事与现代的事件契合，就曲解了历史事件，改变了历史人物的风貌、作风，硬要他“契合”于现代。那是会使观众同样地得不到真实的感觉的，也就更远离了教育性的推展。

这要点就是“入情入理”，不是纯历史剧的水浒戏，给了我们的剧作家以相当的自由来安置人物、穿插事件。不过这些穿插必须要在那个历史环境里生根。比方说，要李逵风雅起来，那是要不得的，观众是不会接受的。这就是元曲想抹煞李逵这个性格而结果失败了的原因。

一个很普通的现象，新编的戏里很多反剥削反迫害的描写。剧作家不在白描的地方用功，使剥削与迫害的事实在舞台上生动地深刻地表现出来，引起观众的愤怒，却要借重穿了古装的农民喊两句打倒土豪的口号，那效果自然是不会好的。

一切我们所需要表达宣传的东西，必须通过阶级的世界观与人生观，在原来的素材当中仔细地选取材料，再艺术地写入戏剧，搬上舞台，这是一个艺术家的工作，它应当是一件艺术品。

在修改或纠正原有的观点时，我们必须记住，现在面对的是一部最流行的小说，它的人物和行事，是几乎已经家喻户晓的了。在修饰重装这样一尊古代的雕像的时候，是值得特别留意的。使赵飞燕变为杨太真是容易的，让她胖起来就是。不过群众是会不认识这个新人物了的。他们会丧失了兴趣，这时即使赵飞燕是如何的健康美，在“历史”的观点上，总已经失去效用了。

然而笔还是握在我们手里的。我们可以在拘束最少的地方用力，我们可以强调或削弱一个人物的某一方面，我们可以根据现实情况增添一些有利的描写、穿插。这样，使我们所想说明的抽象问题，成为具体的例证，使观众得到了故事性的满足以后，又接受了教育。

其次，《水浒》的成功，是在它能通过人物的阶级意识来描写他的立身、处世和发展，这一切都是现实主义的。然而，出现在我们的舞台上的水浒英雄，却都有着同样的一种英雄气。就和京戏班的广告上所说的勇猛武生一样，他们都是勇猛的，除此之外也就没有别的了，正如现在戏里的恶霸官僚的伎俩，只会强抢民女，几乎每戏必有，好像他们只是性欲特别旺盛，别的方面就没有什么要求了似的。

《艳阳楼》是好戏，可是每出戏都是艳阳楼，那可就糟了。

关于前一点，就又使我想起尚和玉先生对武戏文唱问题的解释：一般武生，除了一致勇猛的一个偏向之外，就又有了另一个偏向，那就是曲解了“武戏文唱”的原意，以为那就是“温”，其实错了，“武戏文唱”是标榜武生在武功之外，还得要求现实的表演技巧。

《石秀探庄》也是旧本子中的好戏。剧作者给了演员一个机会去表演石秀的聪明与精细，同时又把一个粗鲁的杨林先送进牢里相衬。《水浒》中间有这种特性的人物很多，都是值得发掘刻画的。

除了剧作者以外，导演和演员本身也都有深一步发掘人物个性的责任。

其次，我们就可以看看《水浒》原书有哪些地方是值得强调、值得发扬的，哪些地方是该批判、该修正的。

老百姓之喜爱并创造了《水浒》故事，是为了把希望寄托在“拜把子”的发扬光大上。其实这正是很好的出发点，从这里连接到群众的组织和劳动人民的团结，并不是一件难事。在写戏的人做来，是很有可能的。像《三打祝家庄》里，梁山英雄与祝家庄交战时，受伤的将士就由自己的弟兄抢救回去，这在过去的武场中是没有的，现在却有了。这就是很好的说明，说明了革命队伍里战士之间的爱。不过祝家庄里的庄客也如此，却又把两个阵营之间的分野弄得模糊了，我以为这里还是写得更为分明与清楚好一些。

还有，就是隐藏在《水浒》故事背后的民族意识的感情，也是可以在适当的机会里加以表扬的。如杨志的到边庭上一枪一刀，未尝不值得鼓励，只是他的出发点有问题。鲁达那样的军官，却不能在御侮的工作上尽力，宋朝的专制统治阶级，不去对付外来的敌人，却把全部的精力消耗在“平寇”上，看看平不了，就想借重异族的刀，来杀这些反抗者，像这种阴谋，这种无耻的政策，是应该强调地描写的。这些都是过去老百姓满腹牢骚而不敢说出来的事实，现在就应该加以正面的抒写、发挥。

梁山英雄投降了统治阶级以后，所遭到的悲惨的命运，在过去，是为人民所深切痛惜着的。他们永远忘不了这一次悲惨的失败的教训。这一件事实，是不是应该强调呢？

我们的答案是肯定的。从劳动人民的血里得来的教训，还不值得宝贵？还不值得学习？有人担心这结局会太悲惨，会打击群众革命的热情，其实是不会的。问题在于处理的方法和深度。如果不指出失败的原因和教训，只是描写一个糊里糊涂的悲剧的结尾，那自然不行。那是会引起群众的颓唐消极的。可是，如果不仅指出了领导人物宋江的错误——他的没落了的地主阶级的幻想，一直不曾死去的向上爬的野心，以及他怎样想掠夺群众革命的果实，给自己造成升官发财的机会，以致造成失败结局的许多事实——而且深入地、现实地说明了并解答了这些问题，我想观众的反应不会是凄凉的、颓丧的；相反，是会更坚定斗争的决心的。

这正是一个消除动摇分子的幻想的好题目，使他们深切地觉悟：封建的统治阶级和劳动人民中间是绝没有妥协的可能的；投降只是被消灭，只有坚持奋斗才是唯一的生路。

《水浒》里是不是有着不正确的思想呢？自然有的。

长久受着统治者思想麻醉的人民，他们是不可能有太清楚的认识的。《水浒》的人物，虽然口口声声在不满现状，可是他们标榜的“替天行道”，还是以皇帝为对象的。他们不肯得罪皇帝，他们以为皇帝的心是好的，要不得的是奸臣，所以他们所想望的是“清君侧”。他们对身受其害的官僚是痛恨的，可是对一般的封建官僚却也并无明确的憎恨。这都是值得纠正的。

还有，在旧的封建道德的传统下面，《水浒》对有些女人的看法是不正确的。很多女人被写成淫妇、叛逆、奴隶，不像人的样子。作者对付她们的工具是有形无形的枷锁、鞭子，最后则是刀。

这自然是应该翻案的、纠正的。可是要记住：要胆大心细，不合现实的改动是要避免的，还得照顾到历史的现实。同时，要多加工，说服观众，没有比台上的现实生动的表演再有力的了，如果只是一句口号，一些大纲，不但翻不了案，而且还会使观众引起反感，那效果是负号的。

论宋江

在整个《水浒》中，宋江是写得最深刻也是占篇幅最多的一个。林冲、鲁达、武松……都有“传”，那就是说，他们每个人都占了四五回书，在这一阶段中，作者只以这一个人作主角而仔细描写。等到后来，这个人物不是不出场，不过已经从主角地位退出，成为配角了。在这里，也可以很清楚地看出“平话”的痕迹来。

只有宋江是特例。他的故事蜿蜒得最长。以他为中心的部分固然多，就是在别人的“传”里，他也仍旧是重要的角色。作者始终对他不放松，用全力来写。

茅盾先生在《说水浒的人物和结构》里，说到《水浒》描写人物的特点是“善于从阶级意识去描写人物的立身行事”。这个结论应用在宋江的描写上尤其真确。所以如果我们想深刻地了解宋江，要把他不走样，不歪曲地搬到舞台上来，就非得仔细检查一下他的阶级意识不可。

弄清楚了这个，我们自然会感到《水浒》写得好，那一百二十回大书，前后的脉络是一贯的，这个人的变、发展，全合乎规律，不是凭空臆造的。同时，我们也才能彻底体会出作者的感情，也就是几百年来中国人民对这个人物的感情。

宋江在《水浒》中出场，是第十七回《私放晁天王》的一回里的事。《水浒》对他有一段介绍：

> 那人姓宋名江，表字公明，排行第三，祖居郓城县宋家村人氏。为他面黑身矮，人都唤他作黑宋江；又且驰名大孝，为人仗义疏财，人皆称他作孝义黑三郎。上有父亲在堂，母亲早丧，下有一个兄弟，唤作铁扇子宋清，自和他父亲宋太公在村中务农，守些田园过活。这宋江，自在郓城县做押司，他刀笔精通，吏道纯熟，更兼爱习枪棒，学得武艺多般。平生只好结识江湖上好汉，但有人来投奔他的，若高若低，无有不纳，便留在庄上馆谷，终日追陪，并无厌倦，若要起身，尽力资助。端的是挥金似土，人问他求钱物，亦不推托，且好做方便，每每排难解纷，只是周全人性命。时常散施棺材药饵，济人贫苦，周人之急，扶人之困。以此山东河北闻名，都称他作及时雨，却把他比作天上下的及时雨一般，能救万物。

这样的仔细描写，在《水浒》中间是很少见的。我们可以看得出，作者对宋江，是充满了同情的。这里有一个很有趣的事实：金圣叹批《水浒》，对宋江是深恶痛绝的，那是因为他痛恨“流寇”，因而迁怒于“梁山好汉”，又中了“春秋笔法”的毒，以为“擒贼擒王”，只要把宋江骂倒，就算把所有的水浒英雄都否定了。至于他的那些“小评”，因为骂人之心太急，有时候就难免成为曲解。在我们看来，金圣叹以为作者是“皮里阳秋”的地方，倒正是作者想把宋江写成标准好人的所在。然而也正因为作者是处处紧扣了宋江的阶级成分，发展他的故事，所以宋江这个人物还是突出的、活的。即使他十分同情这个笔下人物，却还是不曾把他的阶级性写得走了样。

就拿上面的一段说明为例。宋江是出身于地主家庭的吏，虽然只说他父亲“守些田园过活”，好像是一个仅胜于自耕农的小地主，可是在《朱仝义释宋公明》的一回书中，就无法不写出他家原来是一个庄主的事实。

知县吩咐朱仝、雷横说：“你等可带多人，去宋家村宋大户庄上，搜捉犯人宋江来！”他们一共带了三四十个士兵，去围了庄院；一个在前庄门，一个在后庄门，虚张声势地搜了好半日。宋江离家的时候，“吩咐大小庄客，早晚殷勤服侍太公，休教饮食有缺”。从这些描写里，我们可以知道宋家是一个大户，自己有很大的庄院，有农奴之类的“庄客”，原来是相当富有的地方阶级。

他是一个“刀笔吏”，这在封建的专制时代，是统治阶级直接压迫农民的执行人，“刀笔精通，吏道纯熟”，在那样的时代，这些本领不是拿来对付土豪劣绅，倒霉的必然还是农民。作者虽然十分强调他的“乐善好施”，然而这究竟还只是“地主的慈悲”。这一点留待后面再说。

宋江之成为梁山英雄的领袖，那过程也很值得我们研究。他的成为英雄，成为领袖，并不是艰苦地从群众中间产生出来的，他的唯一的特点，是“仗义疏财”；他喜欢交游天下英雄，可是他是“超阶级”的。当晁盖使刘唐下书给他时，他对晁盖一般人的“大弄”，还不免腹诽，避之唯恐不及。后来杀了阎惜姣，不能不逃奔江湖，第二次回家，在对父亲宋太公说话中，声明：“官司见了，倒是有幸，明日孩儿躲在江湖上，撞了一班儿杀人放火的弟兄们，打在网里，如何能够见父亲面！”金圣叹说他还是在骗父亲，是在家庭中也使用权诈，不免是过分的曲解；其实这正是他的本意，原来他对“强盗”的行径，是一直觉得不应该的。

一直等到他发配之前，还预先防备路经梁山，会被好汉们夺去；后来终于被劫上山，为了不肯落草，几乎要自刎，他的理由是：“这个不是你们弟兄抬举宋江，倒要陷我于不忠不孝之地！”这口号多鲜明，地主阶级的根性，要放下来也真不是容易的事。就连那面枷，他也认为是“国家的王法”，在山寨上也还不敢擅动。他对归顺山寨的看法，是“上违天理，下违父教”。从这些地方看，宋江的革命性，原是极有限的。

环境对他的影响不小，江州牢城中的生活，使他感觉极端的苦闷。不过他所看到的，还只是个人的利益，对于社会的黑暗，倒是习惯地认为当然的。举个小例：戴宗要向每一个新来的囚徒索取小费，不给就打个死；但他却特别做出好汉的样子来不给钱，还要嘴硬。其实这件事的内幕，并不是他对这个不合理的制度的抗议，实在是因为自己有一封吴用的信，他与戴节级本来是一路的原故。

一个刀笔吏，又怎么能对节级的举措表示不满呢？他们本来是一个阶级里的。

他在浔阳楼上吃醉了酒，吟了“反诗”，这是很难得的自白机会。且看他怎样说：

> “我生在山东，长地郓城。学吏出身，结识了多少江湖好汉。虽留得一个虚名，目今三旬之上，名又不成，利又不就，倒被文了双颊，配来在这里。我家乡中老父和兄弟，如何得相见！”不觉酒涌上来，潸然泪下。

这是十足“小资产阶级”的“伤感”。他遗憾的不是这个社会的不合理，而只是自己遭遇的不幸。他本来可以靠了剥削农民的所得，在家里好好地过一辈子，却不料在矛盾中失去了这个好机会。所以他要在墙上题诗，“倘若他日身荣，再来经过，重睹一番，以记岁月，想今日之苦”，这里是充满了幻想的。底下的一首词，一首诗，说“他年若得报冤仇，血染浔阳江口”“他时若遂凌云志，敢笑黄巢不丈夫”，是不免想到了他的那些朋友，他虽然不能赞同他们的行径，可是为了“他日身荣”，总不免动了利用之心。

金圣叹批道：“公欲以何科目出身？”虽然酸腐，可是倒的确看出了他的政治生意的行情。

自从宋江在江州法场上被劫上山来，受众英雄的拥戴，做了领袖，这以后梁山泊有过一个很兴盛的时期。在这个时期中间，因为在积极进行扩展的工作，所以众英雄中间的意见倒还是相当一致的。从整个的《水浒》结构上看，《闹江州》之后，《三打祝家庄》，《打曾头市》，一直到《梁山泊英雄排座次》，已经到了发展的顶点。在这个时期，梁山泊的基础是稳定了，不但可以不怕统治者的征讨，而且还可以主动地出击一些城池。于是，很自然地，将来的发展趋势和出路就成为梁山英雄们需要考虑的问题。

作为一个领导者的宋江，在这以后的一个时期里的思想情况，是值得特别注意的。

首先，我们不能对十二世纪的人物做过高的估计。他当然不可能把这次农民革命变成一次有组织的打倒统治者，进而取消这一农奴制度的剥削形态的运动。可是他是连“取而代之”的野心也没有的。他，宋江，始终还摆脱不了自己的阶级立场和对统治者的幻想，在他的全部心事中，就始终不曾把这一运动当作“农民革命”，只是为自己换取政治地位的资本。他从自己的阶级，原来的地位，想要爬上去，结果碰到了挫折，失败了，使他不能不走另一条路，虽然这另一条路十分成功，可是他却始终感觉不安，以为这终究不是正途。他心里永远忘不掉富贵，和爬上剥削阶层的“宝座”以后的幸福。至于以李逵为代表的那众家兄弟拼命反对皇帝老子的心事，他是根本不做估计的。他对兄弟们的利益淡然视之，这在“排座次”以后，“闹东京”“一败童贯”“三败高太尉”这个阶段中，是有十分明确的表现的。

宋江带领柴进、戴宗到东京去看花灯，柴进簪花入禁苑，在睿思殿中屏风后面看见了皇帝御书的四大寇姓名，割下了

“山东宋江”四字，拿回来给他看，“宋江看罢，叹息不已”。

宋江等又到李师师家去嫖院，正好皇帝也到了。宋江等就在暗处偷望，他就说：“今回错过，此后难逢。何不趁此求一道诏安赦书，有何不可？”柴进说：“不可；便是应允，后来也有翻变。”

这里就有一点差别：宋江是无时无地不想投降，柴进则虽不敢明里反对这个主张，可是对皇帝的诺言却还持着保留的态度。这个出身于旧王孙的人物，是比宋江还多些警觉性的。

后来皇帝看了屡次征讨都无效，主动地派了陈太尉来招安。宋江听了报告“大喜”，对大家说：“屡望招安，不想今日方成。”吴用还不服气，以为：“这番招安，看俺等如草芥矣。这厮引官军来，可以杀之。”宋江说：“你们如此，坏了忠义二字。”林冲也提出了抗议，说：“朝廷诏书，必寓哄吓言语。”宋江说：“你们休要疑心，安排接诏。”

得附带说明一句，这是《征四寇》里的故事，是原本百十五回本《水浒传》的六十六回以后的部分，金圣叹因为看不上宋江又为皇帝重用，才把它割掉了的。

宋江在这里也真正尽了他的“说服”的任务，比较老成持重的林冲、吴用等的反对意见，都给他以领袖身份压下去了。却不料李逵从梁上跳了下来，鲁智深拉出了禅杖，刘唐提起了朴刀。宋江无法可想，只得把太尉护送出去，他还再拜伏罪说：“非宋江等无心归降，实是草诏官员不知梁山泊里款曲，若得数句好言抚恤，我等尽忠报国，万死不辞。”

这里，宋江不但是强奸了群众的意见，而且还侮辱了群众，以为只要几句好话，他们就可以服帖了。他回到忠义堂以后，还要怪大家：“虽然朝廷诏旨不明，你们众人也忒性躁！”还是吴用说了老实话：“哥哥如何怪得众弟兄发怒！朝廷忒不将人为念！”并且提出了传令准备厮杀的意见，为大众一致赞成。

从这短短的描写里，也可以很清楚地看出来，到底是什么人要投降和什么是群众的意见了。

这次招安不成，皇帝恼羞成怒，又派了高俅来征讨。由于水浒英雄的奋勇抵抗，高俅连吃败仗，最后被活捉到山上来了。

当张顺将高俅解上山来以后，“宋江慌忙下堂接住，便取新衣与高俅换了，扶上堂来，纳头便拜，口称死罪”。

这像什么话，真不能不令人联想到“惨胜”之后国民党匪帮那种对待日本战犯的丑态。

宋江不但放了高俅，而且把活捉的官军都放了回去，还在忠义堂上大排筵宴。宋江把盏说：“文面小吏安敢反逆圣朝？虽沾天恩，中间奸弊，难以缕陈。望乞太尉救拔，得瞻天日，当以厚报。”

这几句话说明了他的心事：他代表了梁山好汉，承认了统治阶级的当然剥削地位，而且也并不拒绝“天恩”，认为毛病只出在“中间奸弊”上。这和后来很多历史上的政变的精神是相同的。他们提出的口号也是相同的，那就是“清君侧”，把统治阶级分开来看，以为这中间有好有坏，这样就抹煞了他们中间的勾结关系，也就等于原则上承认了这种制度，以为只要加以改良就一切无事了。一直发展到胡适之的“好人政府”论，可以说是一脉相承的思想体系。追本穷源，都是由于他们本身阶级所决定了的幻想在作怪。

《水浒》对招安一事的描写是非常深入的。在这中间，也的确批判了不少人物；而故事的发展也是根据了他们的阶级成分来的。譬如，进行诱致招安工作的人，就是“浪子”燕青和戴宗，那手段是不惜走娼妓李师师的内线。接受招安的是宋江和卢俊义，而后者则是出身于地主商人的富豪。在发动“招安”之前，他们中间也曾经经过了一场思想斗争。一百二十《水浒》第七十一回《梁山泊英雄排座次》中，宋江与众弟兄重阳赏菊，醉后就作了一首《满江红》，那下半阕道：

> 统豺虎，御边幅。号令明，军威肃。中心愿平虏，保民安国。日月常悬忠烈胆，风尘障却奸邪目。望天王降诏早招安，心方足。

这样一首探听众兄弟反响的词，让铁叫子乐和当场唱了，武松首先提出抗议，说：“今日也要招安，明日也要招安，直冷了弟兄们的心!”李逵更大叫：“招安，招安，招甚鸟安!”宋江就要把他斩首，为众人求情而免。宋江还借此机会做了“教育”的工作：

> 便叫武松："兄弟，你也是个晓事的人，我主张招安，要改邪归正，为国家臣子，如何便冷了众人的心？"鲁智深便道："只今满朝文武，多是奸邪，蒙蔽圣聪，就比俺的直裰，染做皂了！洗杀怎得干净？招安不济事，便拜辞了，明日一个个各去寻趁罢。"宋江道："众弟兄听说：今皇上至圣至明，只被奸臣闭塞，暂时昏昧，有日云开见日，知我等替天行道，不扰良民，赦罪招安，同心报国，青史留名，有何不美！因此只愿早早招安，别无他意。"

那结果是虽然大家都"称谢不已"，可是"终不畅怀"。

可见对于投降这一个政策，他们的意见是并不一致的。而这中间采取主动的，尽量压制、说服的却是宋江。

结果是由燕青带了金珠宝贝进京，买通了李师师，又打通了宿太尉，几经周折才达到了投降的愿望。

在一百十回里，宋江和卢俊义骑在马上看见小贩手里的"胡敲"——这是一种玩具，"两条巧棒，中穿小索，以手牵动，那物便响"。宋江有感，就作了一诗："一声低了一声高，嘹亮声音透碧霄。空有许多雄气力，无人提挈漫徒劳。"意思是说："他们虽有冲天的本事，无人提挈，何能振响！"卢俊义还不懂，宋江又加以说明："我等若非宿太尉一力保奏，如何能勾天子重用，为为不可忘本！"

完全抹杀了自己兄弟的力量，同时对卖身投靠的官僚，又是那么念念不忘，写得也实在够深刻！

投降成功了。

统治者要他们做些什么呢？因为怕他们“数万之众，逼城下寨”，想要分散他们的力量，这却引起了他们的反感。童贯还有过“赚进城来，一网打尽”的阴谋，最后还是宿太尉建议要他们去平辽。

平辽是御外侮，平辽以后就又接连着平了两“内乱”，田虎和方腊，而这正是和梁山本身相同的农民起义运动。田虎的出身是猎户，起义的原因，是“水旱频仍，民穷财尽，人心思乱”。方腊则是一个樵夫，那起义的因素则是“因朱勔在吴中征取花石纲，百姓大怨，人人思乱”。

只是根据百二十回《水浒》作者的分析，就说明了这两起民变都是由昏暗的专制统治所逼成的，而水浒英雄却被统治者利用，去剿灭他们。在这过程中，不少兄弟牺牲了，一百十六回中就有宋江“因思渡江以来，损折许多将佐，心中十分悲怆”，在净慈寺里做了七天水陆道场，超度亡魂的记载。

阮小二水中自刎，解珍、解宝在乌龙岭上被射身死，武松折了一臂。方腊平后，水浒英雄只剩下了三十六员。结果是宋江“衣锦还乡”，被封为“武德大夫，楚州安抚使，兼兵马都总管”。

谁知付出如此代价换来的成果还是靠不住的。宋江还是被朝廷的药酒害死了。不过《水浒》的作者把这事的责任推在奸臣高俅、杨戬的身上。宋江知道自己中了毒以后，有一段自叹的话：

我自幼学儒，长而通吏。不幸失身于罪人，并不曾行半点异心之事。今日天子轻听谗佞，赐我药酒，何罪何辜！

这里他是十分后悔了，觉得实在太冤枉，没有半点异心，这话是一点都不夸张的。他实在替皇帝尽了最大的义务，然而他在临死以前有没有觉悟呢？对统治者的本质有没有认识清楚呢？也还是没有。

不但此也，他在临死之前，还要替皇帝打算。他想起了那对招安最不满的李逵，“他若闻知朝廷行此奸蔽，必然再去啸聚山林，把我等一世清名忠义之事坏了”。结果是把李逵也叫了来用药酒毒死，替皇帝绝了最后的“乱根”。

这真是十足的“忠义”！

《水浒》的作者还不满意，还替宋江追写了一笔，死后还要去向皇帝托梦，说明自己的“苦衷”。结果是又被封了“忠烈义济灵应侯”。

《宋史》上的宋江，只有很少的几句记载，然而那整个的轮廓，是和《水浒》故事相符合的。这后来，《大宋宣和遗事》、《水浒传》、元剧水浒……把这个故事发展了开来。几百年来，经过多少街头艺人的叙说，多少剧人的扮演，多少文学家的批评，又经过多少人民大众的欣赏。这事实就等于社会上各阶层的人物都对水浒英雄发表了他们的意见，实在是很值得注意的。

我又有一个感觉，整个《水浒》故事有如《李闯王》，那结构是分得很清楚的前后两部。前半的轰轰烈烈，更衬出了后半的凄凉惨淡。虽然这两次运动的失败原因并不相同，但是都有着很好的教育意义。

一个是被胜利冲昏了头脑，乱搞搞坏了；一个则是对统治阶级存着幻想，上了当，被消灭了。

人民大众对水浒英雄的遭遇是同情的，是惋惜的，所以七十回以后的《水浒》的情调是那么悲凉，读了以后令人直感地想起了《武林旧事》《东京梦华录》那些书。对故国、对一次失败了的农民革命，人民是惋惜的、怀想的。

人民对这个领导人物的宋江有没有批判呢？不能说没有。就看《水浒》把他写得如此深刻，如此鲜明，就可以明白了。

正因为这个人物是扣紧了他的阶级成分和思想根源来发展、来描写的原故。

在我们处理《水浒》故事的时候，碰到了宋江，是不是也应该扣紧了他的阶级意识呢？是不是也应该发掘他的犯错误的基本原因，而加以批判呢？

《坐楼》

《坐楼杀惜》，又名《乌龙院》，是最流行的一出水浒戏。要说它的来源也最古，是在《水浒》故事成型的时候即已存在的了。

金陵王氏校刊本《宣和遗事》中有一段：

宋江接了金钗（按系刘唐下书时所赠），不合把与那娼妓阎婆惜收了。怎奈机事不密，被阎婆惜知得来历。……

宋江回家，医治父亲病可了，再往郓城县公参勾当。却见故人阎婆惜又与吴伟打暖，更不采看。

宋江一见了吴伟两个正在偎倚，便一条忿气，怒发冲冠，将起一柄刀把阎婆惜、吴伟两个杀了，就壁上写了四句诗。后有诗为证。

杀了阎婆惜，寰中显姓名。

要捉凶身者，梁山泺上寻。

这故事和后来《水浒传》以及根据《水浒传》改编的

《乌龙院》都不大一样。主要之点是阎婆惜的身份不明。是娼妓，还是宋江的外宅，不清楚；不过总是和他很要好的歌伎就是。吴伟后来变成了张文远。宋江之杀惜，本来也没有经过那么许多周折，只是一怒便杀了，而且是一下杀了两个，更用不着阎惜姣活捉张三。主要的差异在此。

杀阎婆惜一段是宋江传中很重要的文字。从整个《水浒》故事的结构上看，也是如此。不如此，宋江就没有流落江湖、上梁山的机会。同时，这也是写宋江性格最深刻的一段文字。作者在这里扣紧了宋江的身份，写得最深入。我们可以先看了他们发生关系的经过，由此可以了解一件事，就是在宋江那许多绰号中间最流行的一个“及时雨”的意义。

“及时雨”，是说久旱所逢的甘雨；其实这还不够明确，那“精义”，是在“及时”二字。涸辙之鲋，如果给它一滴水，就能使它感激涕零了。唐牛儿为什么那么替他卖力呢？因为在尴尬的时候，总可以找他寻些衬钱，而且永远不会失望。至于阎惜姣，在《坐楼》里，宋押司就说得很清楚：父母带了女儿到郓城逃荒，父亲死了，连棺材都没有，母亲就卖女儿，“从清早卖到午时正，午时卖到近黄昏”，还是卖不掉。可巧宋大爷来了：“你是我三十两银子买的！”给买了去了。

《坐楼》中，宋江与阎惜姣合口，周信芳先生演到这里，那口吻之干辣，真能使观众不小地震动一下，觉得宋公明实在不愧押司，那身份是再鲜明也没有的了。

在这种情势下，“及时雨”发生了作用了。宋公明很明白在什么分寸上施舍恩惠，他把得稳机会，在最要紧的关头伸手。这里，“及时”两字是极为重要的。

于是阎惜姣就成了他的外宅，住在宋大爷花钱盖的漂亮的乌龙院里，成了以宋江为主顾的无定期的卖淫者。她对他的不能发生爱情，是自然得很的事。对这样一个“恩人”，她自然是更知道要怎样来感恩图报的。

如果我们前面对宋江的分析是不错的，他是一个地主出身而在衙门里做押司的人，那么《乌龙院》和《水浒》故事中间对宋江的处理，可以说是完全正确的。

这是一出最精练的成功的老戏之一。全剧最基本的只有五场。这五场戏都是消化了最丰富的内容的；换一句话说，就是没有一出“过场戏”。这一场交代了张文远与阎婆惜的关系，第二场就直接掀开了宋江与阎婆惜中间的矛盾。

宋公明在向这个漂亮得非凡的“外宅”走去的路上，就听到了路人的纷纷议论。他知道这个女人已经在开始“反叛”了。人家说的是什么呢？“前面走的张文远，后面跟随宋公明，师徒二人，同走一条道路。”这很使宋江受了刺激。可是他马上又原谅了这个：“嗳，是非终朝有，不听自然无。”

这就写出了宋江的性格——一个伪善者，往往是如此的——同时又使即将展开的乌龙院中一场纠纷出现得不突然。一切原来都已经准备好了。

这一场就是《宋江闹院》。

这是一个典型的男女纠纷的例子，不同于《贩马记》的

《写状》，《得意缘》的《教镖》，那都是一对少年恩爱夫妻中间的纠缠。也不同于《探母》里的《坐宫》，虽然两者都使用了“猜一猜”的手法。

这里展开的是一个雇主与被压迫被玩弄的女性中间的斗争。它深入地写出了人与人之间最惨烈最凶狠的战斗。我们看一下这里的典型的写法，发现这是很不平铺直叙的。

作者不但很清楚一个有钱有势的人的心理，跟他对一个不肯服服帖帖做他的奴隶的女人的那种矛盾心理；还清楚一个反抗意识非常强烈的女性的心理，而且更知道怎样控制观众的情感。

纠纷是慢慢起来的，达到了半高潮又慢慢松下来，结束了“闹院”，然后再接上另外一个“杀惜”的高潮。

在《水浒》所写的几个女性之中，阎惜姣可以说是个性最强的一个。她能坚决地反抗下去，不管对方所采取的是什么手段。她一发现了现状的不合理，就一直表示不满，进而反抗，她从没有屈服过，一直到被杀。在从前那样古老的时代，我们无法责备一个弱女子采取这样的手段——想告宋江私通梁山——她的一切努力，都是想挣脱这个牢笼的。而对宋江，则完全不能原宥：事实总是事实，《乌龙院》是他早年玩弄女性的一桩罪案，是地主出身的官僚的标准行径。

在宋江走进乌龙院以前，张文远已经在里面了。所以阎惜姣对他的不得已的接待，是当然的非凡的冷淡。宋江先指摘她不曾“扫地挂画”，给冷言冷语搪了回去；接着又指摘她不曾让坐，又给搪回去了。这些，宋江都给自己找出了可以忍受的理由，忍受了下来。

阎惜姣不是一个没有用的善良的女人（其实这就是该死的被压迫者的别名），她能利用当前的情势对付这位“恩人”，开始她处处给他气受，可是又不敢过火。她明白这一位“押司”，弄死她这样一个女人是不算一回事的。

相对无言，宋江使出了嫖客的手段，又给她拒绝了。看见了她手里的绣鞋，想看，不许看，终于看了，批评了，又是不愉快。接着就猜她不愉快的原因，猜来猜去都不对，最后猜她是在想他，这才引来了两句恶毒的“按语”：“你妹子想你，你姐姐想你！”这才把剧情逼紧了，逼得好面子的宋江也不能不指出他的妾媵与徒弟的关系。

观众看见剧情发展到这里，应该是高潮了，接着的不是杀就该是打的。然而不然，女方又软了下来，把严重的情绪荡了开去。

他们用张文远作话题，又谈起来，谈到后来，论到什么人私通张文远，她说：“你的妹子私通张文远！”

松弛的剧情又给拉紧了。

这以后，出现了宋江的自白，他说明怎样把阎惜姣买了下来；接着就出现了互打的场面（这里有着典型的打法，不是乱打一通，而是在锣鼓的节奏下，互做身段、互碰膀子，是在舞剧中间处理互打的典型手法）。这以后，是她借他的气头上的冲动，逼他说下了再也不来乌龙院的誓语，把他推了出去。

这下面是最好的一段心理描写。

宋江被逼出了乌龙院，又回来了四五次，每次都是及门而止，大发牢骚。每次表示决心，每次都有顾虑。写得活极了，深极了！他说："嗳！我与她恩爱夫妻，争吵几句，说什么不来，待我转去。"可是门已经关上了。于是就念了一首诗："任你行来任你为，看你花开几十回。有朝犯在宋江手，钢刀之下命来追！"又补充说明："大丈夫做事，提得起，放得下，这烟花之地，来不来有什么要紧；说不来我就不来了！"

于是走了，可是很快地就又走了回来：

> 嗳！说什么不来！想这乌龙院，乃是我的银钱所造！阎惜姣是我的银钱所买！我宋江不来，哪一个大胆的敢来！从今以后，无有风吹草动便罢，若有风吹草动，我就是这一刀，结果尔的狗命！正是，当初不听朋友劝，失足上了无底船，受了多少腌臜气，花了多少昧心钱！

在这样一场自白以后，才真的走了。

从前看过周信芳先生此戏，觉得这一场的印象深刻极了。好像是经过了无数的反复周折才走了的。可是看本子，却只有这两折，十分疑惑，以为是本子不全。最近亲自听周先生说明，才知道并非不全，不过在这下面还有两句，是："打点了！仔细了！"然后才接："我是再也不来了！"同时，在说那两句的时候，是有两个来回往复的身段的，于是才造成了我的那个有若干重叠的印象！

不独说白、唱工，就是身段，也可能给剧情增添多少曲折。

同时，善用重叠的方法，也是旧戏中间最值得注意的一种表现手法。而这在《乌龙院》里，就用得格外多而好。同时还有着对比的作用。

像因为看见了阎惜姣手里的绣鞋而引起替马二娘上寿的问题，张文远、宋江都碰上这个问题。对于张文远，阎惜姣是希望他“人来礼不来”；对于宋江，阎惜姣则是要他“礼到人不到”！重叠，而在重叠之中更有着鲜明的对比。

宋江离开乌龙院之前，几次三番地回来，舍去，也是重叠，也更深入地刻画了他的矛盾的心理。

阎惜姣对宋江的讽刺恶骂，先说“你姐姐想你，你妹子想你”，后说“你姐姐私通张文远，你妹子私通张文远”，也是重叠，把气氛弄得更深更浓了。

在后面“杀惜”的一场，彼此都睡下了。两人又先后站了起来，他和她拿起了刀与剪刀，唱：“我这里一刀要你命！”“我这里将他来刺死！”结尾又都是要“三思而行”，也是重叠，而在重叠之中更写出了深深的仇恨。

更后面，接近高潮的所在，阎惜姣逼宋江写休书，许她改嫁张文远，要他打手模足印以至最后的一逼，四个转折之中，都用的是：

“你写不写？”

“我不写。”

“你不写我走了!”

“哪里去?”

“上楼睡觉去!”

这种威胁的方式，也是重叠，这样在不知不觉之间把剧情逼到最高潮，引起了“杀机”!

这种多样的重叠法的运用，和它所造成的种种不同的效果，是最值得注意的。

而在《坐楼》与《杀惜》两场中间，一贯运用的那种张弛互见的手法，机动地控制观众感情的手法，跳动的而非一泻到地的高潮推出法，都是最值得注意的。

作者选用演员的用语，也是非常精练与审慎的。

宋江看绣鞋的一场，她指出他的“好肮脏的手”，那原因是“在衙中抄写墨卷，闹了一手黑墨，未曾净手”，而净手的方法则是吐口吐沫在衣裳上一擦，典型之至!

宋江猜阎惜姣的心事，第三猜:“莫不是街坊得罪了你?”她解释说:“街坊是好街坊，邻舍是好邻舍。慢说我得罪不着他们，就是得罪了他们，还要看宋大爷三分金面!不是的。”

这里就更点出了宋大爷在地方上的地位，也是典型的写法。

有了这些条件，于是这出戏就成了最成功的一出戏，而最基本的，是它的故事的发展是完全入情入理，根据了人物的个性、阶层来描写的缘故。

共舞台的三本《水泊梁山》，把故事改动了：把阎惜姣改成地主之妾，逃出后为宋江收留，后来又帮助张文远对宋江做监视的工作，因而被杀。苏州的开明戏院，更把阎惜姣作为统治者刺探宋江的“美人计”的主角，结果她同情宋江，设计使宋江远祸，最后在张文远捉拿到宋江以后，她心碎跳楼而死，是殉了情。

我觉得这种改动是不合理的。把近代的政治场面上的气氛，那种类似侦探间谍之类的手法运用到几百年以前的人物身上，是很难契合当时的情况的。阎惜姣的性格给弄得糊涂了，她不可能有那么深刻的政治觉悟的。

最有问题的是，硬把宋江写成一个十全十美的革命者，好像连讨小老婆都是正确的行动似的。

如果写历史剧的方式是要“以历史还历史”，处理问题要采用“历史观点”，不把几百年前的人物神化、现代化，对历史人物要批判地处理而非盲目装点，那么，对《乌龙院》就不能随便处置，不能把本来是非常鲜明的人物性格、非常合于历史发展规律的故事结构都抹杀了，弄出使观众陌生的、不是入情入理的剧本来。

从《女吊》谈到《活捉》

从前读鲁迅先生在《朝花夕拾》里的《无常》和《且介亭杂文末编》里的《女吊》，对这两个绍兴戏里独特的鬼魂就很有一点好感，仿佛凭借了鲁迅先生的文字，很了解了这两个鬼魂的情感和个性了。照鲁迅先生的解释，他们一个是“表现对于死的无可奈何，而且随随便便”的无常，一个则是“复仇性的，比别的一切鬼魂更美更强的”女吊。

这样的鬼魂，我想不独是为鲁迅先生所偏爱，恐怕也是普遍地为人民大众所喜欢的吧。而且，我想，大家对于这样的鬼魂，不但不会畏惧，而且还会觉得可亲的。于是这就使我联想到一个问题：在旧戏里，处理关于迷信与神话，那着眼点应该放在什么地方？

据我的粗略的想法，作品中间所包含的“人情味”，应该是很重要的判断因素，迷信的说教，往往是有积极的目的放在前面的，作者没有时间做考虑，搬出了菩萨、鬼物，一下子就解决了问题。雷公劈了“不孝”的子孙，魁星点中了乖乖的状元郎，财神保佑“善人”掘出了元宝。在这种场合，我们往往可以发现事件的结束原来是很快速的，而且是公式化的。谈不到想象，更不谈到美；而且也远离了人情——也就是说，只服从了封建制度下的道德规律，而远离了真实的人民的情感。

这样的东西是挤不进神话的园地里去的。

这还是偏重艺术性的看法。如果联系到实际上来，对于接受这一作品的对象的影响，也是值得考虑的。如果它足以使人类在心理上受到毒害，即使如老太婆的烧香拜佛这一类浪费时间和财富的事情，也应该由迷信来负责，何况还会造成更大的对社会的危害呢？但是神话是不会引起这种影响的。

像《女吊》，不可否认的，它原来也是出发于古老的神鬼观念，可是演变到后来，就成为一种艺术品。社会愈益进化，这趋向也就愈着实。有朝一日，它终于会成为值得保留的有民俗学意义的艺术品，就是目前，我想真真会相信有吊死鬼的人，大约也很不多了吧。

在去年鲁迅逝世十三周年的纪念会上，有过两个绍兴大班演出的节目，《无常》和《女吊》。看了那舞台上的无常，真使我们理解到鲁迅先生的话，“一切鬼众中，就是他有点人情”。换一句话说，那实在已经不是鬼，而是借鬼写出来的某一种人物的类型了。

我们很可以从此看出那种蜕变的痕迹来。

至于那个《女吊》，就更使我们熟悉，且看鲁迅先生的描写：

> 这之后，就是“跳女吊”。自然先有悲凉的喇叭；

> 少顷，门幕一掀，她出场了。大红衫子，黑色长背心，长发蓬松，颈挂两条纸锭，垂头，垂手，弯弯曲曲地走一个全台，内行人说：这是走了一个“心”字。……她将披着的头发向后一抖，人这才看清了脸孔：石灰一样白的圆脸，漆黑的浓眉，乌黑的眼眶，猩红的嘴唇。……她两肩微耸，四顾，倾听，似惊，似喜，似怒，终于发出悲哀的声音……

不惮烦地抄了这许多，因为文章实在写得好，给我们活画出了一个“女吊”来。同时，我也可以省去了不少笔墨，因为这实在就是京戏舞台上《活捉》里的阎惜姣鬼魂的如实的描写。

真不禁使我们觉得这一乡土文学的气息的广泛性，在那么广大的中国的每个角落里出现的被迫害至死的女性形象，原来都是一样的。

在汲古阁所刻的《六十种曲》里，有许自昌所写的一种《水浒记》，一共有三十二折。从晁盖与宋江的交游开始，一直写到宋江上山聚义为止。这中间的重要线索，则是与阎惜姣的恋爱纠纷。京戏里的《下书》《闹院》《坐楼》《杀惜》，差不多都是从这里演变出来的，不过都已经从昆曲转变为皮簧了。很奇怪，只有那出《活捉》不曾变，现在仍旧演的是昆曲——第三十一出的《冥感》。

在现在的京戏舞台上的《活捉》，可以分为南北两派。北派是走的昆曲的路子，可以小翠花为代表。南派则是有名的刘斌昆的本子（主要的合作者是芙蓉草），那是杂采昆曲、汉调，特别是徽调（那成分最为浓重）而成的。

根据昆曲的本子，宋江是有太太的，姓孟，不过是住在宋家庄上。宋江则因为职务的关系，住在县衙前面。

张文远与阎惜姣的发生关系，是在那有名的第三出《邂逅》里，这一出更为人所知的名字是《借茶》。那还是在马二娘把阎惜姣送给宋江做妾之前所发生的事。

马二娘和她女儿约定：“如今桂薪无计，玉粒堪嗟，倒不如寻着一个年少儿郎……那时便下他个迷魂阵，起发他些银子，你若得意着他，便与他多往来几时，若是不得意时节，一年半载之间，寻他几个衅头，大家撒开，你的意下如何？”而且这也得到阎惜姣的同意的。因此，这一段男女纠纷的本质，应该是很明显的了。在封建时代的买卖婚姻制度之下，奉母命卖身投靠的动机如彼，而宋江和张文远与这个女人发生关系的经过又是如此。这样，后来的剧情发展，当然是非常自然的了。

在第十八出的《渔色》里，描写张文远到乌龙院里向阎惜姣调情，他所提出主要的论点，是强调宋江和阎惜姣关系的不合理，“婚姻”生活的缺陷：

> 锦衾罗帏，误卿卿青春少年……（只是你可惜差配了对头）叹红藻浪交野鸳……

这就正好说中了阎惜姣的心事，她马上就有很明显的

“自白”：

红颜命淹蹇，凤衾寒；秋风任冷落，悲团扇，只自怜。

这是很明显的对这买卖式的婚姻的控诉。

他们的关系的发展，到张文远说出了这样的誓词以后，可以说是已经达到了高潮，而且也安排下了后面发展的伏线了：

若得神女绕巫山，香梦圆，便作韩重赴黄泉，鸳冢安。

这种誓词，并不是凭空杜撰的，也不是滥调，实在可以帮助我们了解在《杀惜》以后为什么会有《活捉》这一场产生。

因此，对于把《活捉》看作是对忘恩负义的男子的惩罚的论点，是应该有商讨余地的。

不单是观众会有这样的疑问，就是在戏里面被“捉”的张文远也是有这样的疑问的，如果要把这戏看作是惩罚报复的话。

且看《活捉》的开场：

舞台上灯光变暗，门帘掀处，一个穿全黑色的长衫、两袖垂地、全身成为一条直线的女性出来了。上面是涂得雪白的一张“粉脸”，披散着头发，与女吊不同的只是没有那红唇。两颊挂着两条纸锭，她从门帘地方一直走到台前，像一阵风吹过来似的，长发和纸锭飘了起来。停步以后，两袖一拂，一个转身，走了一个“太极”（是像S的那样的一个曲线，可能也就是鲁迅先生所说的“心”字），就从下场门下去了。然后再从下场门出来，同样走一个“太极”，然后说道：

奴家阎婆惜，自遭狂且毒手，已从鬼箓潜身，只是柳性未寒，云情尚在。哎，张三郎，张三郎！你此后，只就画图识春风之面，我今日，且携环佩归月下之魂。不免乘黄昏人静，到他那里走一遭则个！

这很明显，已经做了鬼的她，是依然眷恋旧情的，她的走去看看张文远，这中间不但并无报复之意，而且还处处体念他的处境与心情，替他说出了苦闷来。

这样。她站在门前，凄厉而漫长地叫了两声“张三郎”，这在观众听来，正是鬼音；但在张文远听来，却以为是有什么过路的女客在向他招呼了——这种心理的处理，观众与剧中人心理的距离，也是值得注意的。

张文远在里面猜了半天，都没有猜出。这使她很不高兴了，就又凄厉地说了一句：

三郎，我与你新别不久，难道说连奴家的声音都听不出来了么？

这句话里是包含了无限的凄怨的。这以后，她才委委曲曲地唱出了：

我是那怀扼臂薛昭临赠，我是那去辽阳丁令还灵。我未能勾鹦鹉重逢环玉痕，暂临风携将金碗出风尘。

这才使张三郎惊醒，知道她就是那被宋江杀死的情人的鬼魂。她像一阵风似的从侧开的门缝里掩了进去。烛焰摇摇，这使张三郎害怕起来，他发出了与观众相同的疑问：

啊呀，小娘子，自古说得好，冤有头，债有主，你该寻宋江，怎样倒来寻我哩？

这里写出了在惊慌失措之余的张三郎的话语，是不能解释为“忘恩负义”的，因为这只是吃了一惊以后的下意识的表露，那正题还在后面。

阎惜姣说：“奴家今夜不为讨命而来。”然后就楚楚地、一点点地向他移近来，发出了阴惨惨的笑，张三郎还是向后退避。然后她又说：“三郎，不消骇怕得！”

她说出了最重要的一段话来：

你只道那重泉路阴，把幽魄沈沦。那里晓得鸳鸯性打熬未瞑，花柳情摧颓犹剩。恰好的向夜台潜转一灵，似云华魂还长寝，似倩女魂离鬼门。须信道紫玉多情，英台含恨，因此背鱼灯，涉巫岭。

这是最直白的吐露，是最强烈的情感的迸发，是最原始的男女恋情的发露。死，是不能阻止这一爱情的继续发展的。封建势力的压抑，压不死这茁生的怒芽，中国古代民间文艺里的这种事例是多不胜举的。而这，也只有一个解释可以使人满意，就是应该向专制压迫下女性的反抗性去寻求解释。在现实的社会中斗争失败了，却不屈不挠地要在另一个世界里来完成，这绝不是对负心者的什么惩罚。

我在前面曾经说到观众与张文远的心理的距离，这个距离到后来越来越大了，阎惜姣问：

三郎，你且近前来，看我的容颜比旧如何？

这里，观众的心是提得高高的，那一副“粉面乌唇”，怎么能对面相视呢？可是不然，在几番推拒之后，张三郎终于看了，而他的结论却是：“小娘子的容颜，比生时越发标致了。”

这样，张文远心里的人鬼之分的恐怖是一点点地减削了，他们中间有多少来回往复的身段，他们又回忆过去的种种，想起了《借茶》的一幕：

小立春风倚画屏，好心萍无蒂、柏有心，珊瑚鞭指填衡门，乞香茗，我因此卖眼传情，慕虹霓盟心……我方才扬李寻桃，便香销粉褪，玉碎珠沉……今日里羡梁山鸳鸯冢并。

从这里，似乎已经可以看得清楚那结尾的高潮。旧情复炽之余，张文远全然失去了对阎惜姣鬼魂的畏惧，虽然他还免不了有生之恋惜，可是终于追随着爱人去了。

那最后的一段对白是这样的：

“三郎，奴家看起来，我既舍不得你，你又舍不得我，不如我与你结一个鸳鸯冢，完了两人的夙愿罢。”

（净惊介）“这个怎么使得？”

“我也顾不得，只是扯了你同去便是。”

这样，他们就“效于飞双双入冥，鸳冢安然寝”了。

这是我对《活捉》的看法。

把《活捉》解释作报复是不妥当的。可是这也不是男女双方“情死”的那种场面，主动的似乎全在女方，虽然那最后的高潮，也是慢慢叠成的，中间经过了多少酝酿，用旧日的恩情来打动他，使他甘心情愿地跟了她去，不过死生的界限本来是难以超越的，于是终于还免不了一“捉”。那方式，是阎惜姣用一根带子套在张三的颈上，拉了他在台上走圆场；在这中间，张三走矮子，伸脖吐舌，做出种种身段来。他还有两三次逃到桌下床下，都给拖了出来。其中有一次，当张三突然转身的时候，散了发，脸上也全变成了锅底的颜色。

这种种，都帮助观众造成了“报复”的印象，误解了这剧情。这种表演，自然是够烦粗俗的，它发源于“社戏”。在社戏中，就有《活捉王魁》，别名是《武活捉》，因为需要在台上做同样“捉”的表演的原故。《活捉王魁》就完全是报复的性质。

事实上，舞台上的张文远确是被阎惜姣“捉”了去的，不过非为索命，而为的是完成夙愿。她需要费去那许多力气来“捉”，弄得使旁人认为不雅，完全是出发于她的强盛的生命力中没有得到充分发展的爱。在现实的社会中完成不了的，要留到死后来完成——这种感情，在民间，却是极普遍的。

记得在冀东就有着这样的小调，是新寡的少妇唱的，她唱：“一双鞋，没穿旧，跟你的人也没好够。”这种情感是可以拿来和《活捉》对照的。

也许有人要说，阎惜姣放弃不了个人的小情感，又没有向宋江索命的勇气，所以还是要不得的。我想这问题也不难于解答：在封建社会里，宋江杀了这个婆娘，不但他自己认为是英雄行径，就是一般人，几百年来也一致认为是当然的，更何况他又是什么“星主”转世，还有多少“大事业”要他来完成，一个“该死的”女鬼是不大可能向他索命的。那么，阎惜姣的这种情感的发泄，虽然不免太原始了一点，不还是可以了解的吗？

《打渔杀家》

在中国的旧戏中间，很难得找出这样一出完整的剧作来。《打渔杀家》的评价，一向就是很高的，实在值得作为一出典型的古典剧拿出来讨论。

这个故事虽然不见于《水浒传》中，但说它是水浒戏，却仍旧是可以成立的。因为它可以当作一切水浒戏的总结来看，它总结了整个水浒英雄斗争的历史经验和教训，指出了最明确的道路。

可是谈到手法，它又不同于一般的正面表现的剧作。虽然，那结论是相同的。而且，我以为，那效果比起正面铺叙的戏还来得强烈。为了说明它为什么会采取这样的手法，这戏产生的时代背景还是值得注意的。

我们无法考证这戏产生的时代和作者，而且也不必要谈论这些。它的故事，出现于一部叫作《昊天关》的小说中间，而这部小说是描写水浒英雄覆灭以后的故事的，也就是描写他们的子孙的事迹的。在《打渔杀家》之外，还有《艳阳楼》《白水滩》《通天犀》这样一连串故事出现在舞台上面。故事的主题是什么呢？还是对恶霸地主的反抗，不过这已经是零星的战斗，而非大规模的起义了。它基本上指出了一点，虽然统治阶级利用了怎样的手段消灭了一个轰轰烈烈的农民运动，在这场屠杀中间做得多么彻底，镇压得多么厉害，然而火种是不会灭绝的，被压迫的人民是仍旧会起来反抗的。而且，它又指出，除掉反抗这一条路以外，投降妥协等等都是走不通的。

在戏里出场的是小一辈的英雄，是水浒英雄的后裔——桂英的未婚夫，就是花荣之子花逢春。老辈有没有呢？有的，他们是“劫遗”，是在宋江带领了众头领归降以后，经过几次战争，牺牲净尽以后所剩下来的“劫遗”。他们隐姓埋名，过着遗民的生活。他们成为隐忍的遁世者，受饱了教训，丧失了勇气，只求在统治者的魔掌下面偷生，可是，这也还是不行。到底还是爆发了你死我活的白刃战。

他们不是文人，不能写出纪录的诗文来留给后世；他们只是用自己的血写下了这样一段活生生的斗争史。

可是，人民却没有忘记了他们。从梁山泊最初的发展开始，全部的轰轰烈烈的事业，和后半部的凄惨的结末，是像血一样的鲜明的，正如沉在水底的血染的鱼鳞，只要一搅，就会翻上来。人民时时会记起、悼惜，于是为了寄托对这一次失败了的运动的同情与怀念，他们在舞台上创造了这样几出戏。

因此，那基本的情调是凄凉的，可是这不同于颓废，因为那结末所指出的路鲜明得很。这是一出悲剧，可是悲剧并不完全是消极的，它给观众留下了很好的希望和远景。

这出戏在艺术上的价值相当高，它走的是一条曲折的路，是完全扣紧了人物个性发展的道路来写的，这主要表现在刻画萧恩这个人物的手法上。在这方面，我们过去存在着不少误解。举一个小例，有人说萧恩应该是净扮的，可是在皮簧里就变成了老生，而且他的举止动作，又那么不像一位老英雄，错了，歪曲了。可是我觉得，这正是描写成功的所在。

作者是把萧恩作为一个受了严重的打击以后，动摇了，寻求妥协的人物来写的。

这是不是唯物史观的看法呢？自然是的。整个革命运动中只剩下了这么几位“劫遗”，灰心了，失望了。这在萧恩这样一位“草莽英雄”说来是合理的，他寄托希望于一位英明的领袖，可是却遭到了失望，血淋淋的现实打破了他的雄心。他不是没有牢骚、愤懑和反抗的要求（在戏的结末就很好地回答了这个问题），可是这都给现实压抑了。

他带着一个弱女，打渔为生，靠劳力换取生活，忍气吞声应付一切压迫，把希望完全寄托在他的弱女的身上。

他自己是劳动人民，但是却希望将女儿造就成为一个地主阶级的小姐、媳妇。

第四场，萧恩清晨酒醒，桂英捧茶上来。他，在取茶杯的时候，注意到了女儿的袖子，再慢慢看上去，看到了整个的衣装，他不高兴了，说：“儿啊，为父怎样嘱咐于你，不叫儿渔家打扮，怎么还是渔家打扮？”

桂英的回答非常简单，可是却有充分的理由：

女儿生在渔家，长在渔家，不叫女儿渔家打扮，叫女儿怎样打扮呢？

这使做父亲的无话可说，只能搬出封建社会的教条来：“不听父言，就为不孝。”这样，算是暂时解决了眼前的僵局。

第二场中，萧恩招待李俊、倪荣两位在船头饮酒。这时丁府的那位狗头军师从河边走过，看见了坐在船尾的桂英，在那里窥探。萧恩上岸去把他打发走了。李俊就问：“做什么的？”萧回答：“乃是问路的。”倪荣却心直口快，说：“哪里是问路，分明是取……”这话还不曾说完，就为萧恩支吾过去了：“咳，谅他也不敢！”

这就又写出了这位老人是怎样的好面子，他不肯承认女儿被人调戏这一分明的事实，他根本就不愿意触及这一现实，逃避过了算数，他虽然是打渔的人家，可是处处要为女儿的地位着想，好让她嫁到花家——已经是地主了——以后，安安稳稳，没有什么不愉快的后果。他是处处为“门当户对”这个目标而努力的，可是这对他却是怎样的一种苦痛：

父女打渔在河下，家贫哪怕人笑咱！

他是随时随地要露出这样的慨叹来的。

丁家的豪奴，几次来催讨渔税，他的回答，总是委婉得很。就连丁郎那样的奴才，也不得不承认“话是几句好话”，

“这几日天旱水浅，鱼不上网，改日有了银钱，送上府去”。要萧恩说出这样忍气吞声的话来，实在也不是简单的事，这中间包含了多少现实的教训，多少被压迫的事实。这也是为什么在开场的时候，把萧恩作为一个百无一用的“糟老头子”介绍出来的原故。

后来剧情发展到相当的高潮，教师爷率领打手，前来寻衅，受了一顿教训，逃回去了。这以后，萧恩还看不清事件必然的结局，他还想要寻求妥协，想“前去抢他一个原告”。

难道说萧恩连这一点世故也不懂吗？他难道真的相信官是可靠的，没有和丁家勾结着的吗？就连幼稚的女儿也还有这样的认识：

他乃官宦之家，不去也罢！

可是萧恩竟自去了。这实在写得深刻。为了表现一个走投无路者的彷徨，被侮辱与损害者的惨痛，更为了逼紧最后一场高潮的无条件的必然来临，作者只有让他去挨了这一顿现成的板子。

于是，这样一位“糟老头子”，怎样在环境的逼迫之下，再也压不住，迸发了心底复仇的火焰，都活生生地烘托出来。这经过是曲折的，这一箭的射出，是张满了弓才送出去的。这种写法，实在是值得我们学习的。平常处理恶霸官府压迫农民的题材，只强调了一方面的举动，有的写得还好，也还够深刻，可是就忽略了被迫害者这一方面的心理过程。

举例来说，受了一下打击，就跳起来杀官劫府，那是最不合现实的写法，没有认识清楚中国农民的性格；其次，狠狠地压迫，一直压到底，而且是没有充裕的时间的压到底，然后就爆发了反抗，这也不是合理的写法。要是这样拉弓，弓是会拉断的；最会拉弓的人，一定先要轻轻地拉几下，然后才拉下去，分几个阶段把弓拉满，灵活地运用了气力，也照顾到弓本身的性能——这样，射出的箭才是最有力的。

下面，我们再来看一下作者怎样介绍萧恩这个人物的形象。

萧恩的出场，并没有采用最通行的报名的方式。那出场是美丽万分的。父女出场以后合唱：

> 海水滔滔白浪发，哪个渔儿常在家。青山绿水难描画，父女们河下作生涯。

在合唱之中，他们在舞台上，利用了双桨，以及美妙的身段，表现了这一个美丽的河下渔舟的画面。

用这样一个如花的少女，陪伴了老父出场，无论在舞台面上，在刻画萧恩的性格上，在人物类型的对照上，都是最合乎理想的。

萧恩没有来“老夫萧恩，当年在梁山聚义，而今年迈，河下打渔为生……”那么一套，他一出来，观众的印象就是，这是一个打渔的老头儿，不知他姓甚名谁，也不知道他的出身经历、思想情况……这一切是用不同的种种方式告诉观众的。

首先，此人姓萧名恩的这一事实，就重复地由两个不同的人向观众介绍得清清楚楚的了：

第一个，是李俊的冒叫一声："那旁敢是萧兄?"这说明他姓萧。

第二个，讨税的丁郎，来到河边，在岸上大声叫了几声"萧恩"，这说出了他的全名。

其次，我们看见的萧恩，原来与教师爷的观察并无不同，是个"糟老头儿"，他可能是怎样的出身呢？他怎么能够在第三场中把教师爷及其一群轻易地打跑了呢？观众需要交代，需要心理上的准备。

怎样解决这一难题呢？而且，不能用繁重的场面：大段自白，唱工，拙劣；练武，浪费。在这里，作者只要一笔就行了。

李俊介绍："这位是卷毛虎倪荣。来，见过萧兄!"

倪荣上来握手，握住了毫无准备的萧恩的手，用力一拧。这时，这位糟老头儿微微振作，倪荣却吃不住了：

> "这做什么?"
> "试试你的膂力如何!"
> "哈，老了，不中用了!"

多简洁，多生动，连倪荣的性格，北方之强的那种毛草脾气，也同时有了很好的说明。从这里，观众获得了心理上的准备：不管萧恩怎样病骨支离，自叹衰老，看到他在后面的打场中的表演，也就不会觉得突如其来了。

关于李俊、倪荣两位，在他们自己的表现之余，又采用了桂英问讯的方式，做了一次更详尽的介绍：

> “爹爹，这二位叔父，他是甚等样人?”
>
> “儿问的是他么，儿啊，他本江湖二豪侠，李俊倪荣就是他。蟒袍玉带不愿挂，弟兄们双双走天涯。”（西皮摇板）

这一段唱白实在悲凉极了。这中间说明了他们的过去，他们的姓名，他们的品质，而在说明之余，还表示了同志的爱与同情。他们原来都是梁山的“劫遗”，他们反对投降，脱离了革命的背叛者，舍弃了荣华富贵，海走天涯。这样短短的几句话语中间，蕴藏着多少热情，多少血泪，内容丰富极了。

戏里的萧恩，始终是一个双重性格的人物，而由这种性格所造成的他的思想情况，和他所走上的必然的道路，都是悲剧性的。而从这中间表达出来的，就是对想走中间路线的动摇分子的批判。

这样，萧恩必然要以衰老而动摇的姿态出现，可是又得时时用不同的手法点出他过去的历史，他的隐藏着的内心情感，尽量加强那矛盾与冲突，一直经过了若干曲折，才把他推上必然要走的道路上去。

一切都入情入理，人物的转变也处处扣紧了他的阶级出身，配合了客观环境，这可以说是一个最好的现实主义作品的范例。

教师爷讨税被打的一场，借一个插科打诨的小丑，引逗这位老英雄，让他隐忍，让他生气，让他终于忍不住了而打起来，打完了又让他后悔闯了祸。我们可以看得清清楚楚，这个人物的个性是怎样一笔一笔给涂上去的。

这人物描绘得妩媚极了。有教师爷的委琐、下流，才衬出了萧恩的英挺、孤傲。试举两例：

教师爷提议要打，萧恩就说：

老汉幼年之间，听说打架，犹如小孩子过新年穿新鞋的一般；如今么，老了，打不动了！

这一段话写出了老人的心境，平淡之中还免不了那一分豪气，看这位老人回忆当年的那一分冲动的心情，令人想起“陶潜诗喜说荆轲，想见停云发浩歌，吟到恩仇心事涌，江湖侠骨已无多”这首诗。把陶渊明看作浑身静穆的，是不可饶恕的曲解；把萧恩看作百无一用的糟老头子，那就不免是教师爷的一路，马上就有一顿打，使他明白过来。

教师爷回答这一段表白的话则如下：

“我也好有一比。”

“比从何来?”

“教师爷我打架，就好像耗子要舐猫的鼻梁骨，我要作死。”

我想除了滑稽以外，这一个出色的譬喻，也是值得特别指出的吧。这画出了怎样的一个怯懦而无赖的混蛋的形象！

底下的那一场开打，也是非常美丽的场面。这里没有火炽，甚至于没有动家伙。只凭几个手势，几个回旋，重要的是教师爷及其一群的无用的表现，萧恩边打边唱：

江湖上叫萧恩不才是我……大战场，小战场，会过许多。我本是出山虎独自一个。尔好比看家犬一群一窝，你本是奴下奴，敢来欺我！

只是几拳，就把小教师爷们都送回去了，留下来的是可怜的教师爷。

这一场“武戏文唱”的打，和《坐楼》的宋江与阎惜姣的互碰膀子，都是把打武融化在舞蹈姿态里的好例。

闯下了祸，过江想先抢个原告，可是反而挨了四十大板，萧恩的愤怒是不言而喻的。他在挨打回家的路上，已经下了报仇的决心，可是他是不是破口大骂，见了女儿马上就提出了杀家的口号呢？也还不是的：

“爹爹受屈了。”

“这还不算受屈，那赃官言道，叫为父明日过府赔罪。”

“爹爹去是不去?”

“说什么不去，为父的恨不得肋插双翅，我要杀……”

这一个“杀”字，原来是这么逼出来的。

这底下就又是一段最深刻的抒写，虽然是短短的几句对话。

桂英给父亲拿来了衣帽戒刀，本来要她看守门户，可是她却说：

“孩儿也要前去。”

“女流之辈，不去也罢。”

“孩儿前去与爹爹壮壮胆量，也是好的。”

于是他们动身了。可是还有曲折：

“哎，爹爹，这门还没有上锁呢!”

“这门么，不用管他了。”

“哎呀，爹爹，家中还有中用的家具呢!”

“哎，傻孩子，家都不要了，还顾什么家具呀!”

只两句话，一个天真的少女的纤弱而善良的性格，全流露出来了。和这对比的，是那个碎了心的、被逼迫得冷酷无情的老父。

他嘱咐她：

"倘有不测，你就逃往花家去吧。"

"爹爹你呢？"

"为父么，你就不要管了。"

这里，没有问题的，可以要求观众流下同情的眼泪来。而这眼泪，不是伤感的，而是孕育着最深的愤怒的。

上船以后，萧恩在一段快板之前的一句话是："儿啊，夜晚行船，比不得白日，儿要掌稳了舵！"还是旧套，在最初出场时也用的是这句"掌稳了舵"，可是加上了两句话，就增添了多丰富的情感内容。

船至江心，桂英又撤了篷索，她问：

"爹爹，此去杀人，是真呢还是假的？"

"自然是真，哪里有什么假的。"

"如此孩儿不去了。"

"呀呸！先前为父不叫儿前来，儿是一定要来。如今舟行至半江之中，儿又要回去。也罢！待为父送儿回去。"

"孩儿不回去了。"

"为何不去？"

"孩儿舍不得爹爹。"

如此精练的语言，精简的场面，可是又包含了如此丰富的情感，作者充分利用了这一对不同的人物、形象、感情，把观众的情感逼得更紧，紧得简直透不过气来。请想，这一对父女难道还有什么别的路可走，除了杀家以外？

《杀家》一幕不过是这一高潮的最后一个浪花，那是必然的。作者原来把所有的准备都在这以前安排得最好最圆满，他的全部力量都放在了这前面了的。

以上可以全部算是我对这出戏的赞扬。至于它的缺点，自然也是有的。综合一些讨论的结果，有不少意见。

“可有圣上旨意，六部公文？”那一套过分封建，删去为宜。“愚兄做这河下的买卖，忌的是干旱二字，有人提起，不敢说罚，必须要敬酒三杯。”却不好算“迷信”，这不过是萧恩的风趣而已。他不是自己就说了很多“天旱水浅”的话吗？

这里我想提出一点，就是作者对反面人物的描写的分量问题。作者拉出了大大小小若干等级的奴才，丁郎儿、小教师、教师爷、幕友郭先生、赃官吕子秋（未出场），他们都直接间接地为地主土豪的丁员外服务，正因为把这样的奴才阶层刻画得太鲜明了，太深刻了，反而忽略了作为罪恶峰顶的丁员外。观众觉得最可恶的是那个狗头军师郭先生。

丁员外被写得颇为温柔敦厚，听见丁郎儿回来叙说李俊、倪荣的话，毫不动气，只轻描淡写地说一句“有这等事”，底下的事，就完全交给郭先生代办了。教师爷的武讨，公堂的屈打……这一切，都是出之于狗头军师的策划。这不免转移了观众憎恨的目光。应该怎样适当刻画丁员外的罪恶，也还是可以研究的。

前些时在北京，接连看了两次谭富英的《渔夫恨》，即是《打渔杀家》的改编，说是改编，其实原来的骨干并不曾移动，只是萧恩穿了靴子，戴了帽子，腰间又系了一条裙子而已。原来的戏是由李俊、倪荣无事出游的一场开始，新编的就在这前面增添了一场倪荣坐寨，只还记得那引子中间有一句是“心中恼恨张叔夜”，他说明了在梁山上与官军交战，与大哥失散，于是占山为王，要下山寻找李俊去了……于是就接上了正文。

结尾杀家之后，父女力战，萧恩力竭被擒入狱，桂英逃至花家，请来了李俊、倪荣、花荣等，劫了法场，救出了萧恩。

至于中间所加的一段则是将公堂受责一场，由原来的暗场改为明场，加上了一段对吕子秋的责问，当场受了重责。不过这一场，在第二次演时就不曾出现，仍旧保持了原来的暗场。

我们经常可以在戏院的广告上看见“全本”的字样，所谓《渔夫恨》也可以说是新的全本《打渔杀家》吧。事实上，旧戏中间，全本的本子尽管还存在，可是经常演出的，却只是其中最精彩的一部分。这是多少年来经过演出者和观众累积的经验洗练所得的结果。经过这样的洗练，现存的成功的旧戏，往往是最精粹的结晶品。即如那公堂的暗场，也就是最好的说明，在帘子后面的一阵吆喝与板子声以后，马上就送出了一跛一拐的萧恩，那简洁与有力，是一些充满了过场戏的新编戏本最值得对照学习的。而且萧恩的前去，是为了抢个原告，他不可能上去就对吕子秋痛骂一通。所以《渔夫恨》的修改，不但不合情理，而且又增添了不必要的场子，我觉得是不好的。

至于那结局，在秦腔里是这样的。父女力战，官兵追急，萧恩为了保护女儿，留下梁山的后代，独力支持，最后是力竭自杀死去了。

这个结局是凄凉的。然而在完成一个悲剧的完整上说，这比了《打渔杀家》的在杀家以后遂即终场要好得多。

《渔夫恨》则在后面加上了大团圆的结局，和那原来的精神是相反的。

这里就又有一个值得考虑的问题：在不造成失败主义的原则之下，处理这样一个题材，是不是悲剧比喜剧煽动性格外大些，教育性格外深刻些？

至于在艺术价值上说，那原来是不成问题的。高鹗的后四十回《红楼梦》之所以胜于《红楼圆梦》之类，理由也即在此。在中国旧戏舞台上，金榜乐大团圆之类的套子太多了，这也是使我们不能不珍惜这样唯一的一出完整的悲剧的主要原因。

我同意马少波同志的看法，原则上是应该保留《打渔杀家》的完整性，不宜去改动它。

下辑

谈《打出手》

三年前在《文汇报》上写《旧戏新谈》，记得最后一期是1947年5月25日出版的（我所以记得如此清楚，是因为国民党反动派封闭上海三种报纸的日子，刚好是和后来大上海解放的日子相同的原故），那上面没有《旧戏新谈》，因为前一天刚巧写了一半就放下了，来不及发排。后来那半篇文章也不知道哪里去了，题目却还记得，是《谈〈打出手〉》，是针对那几天国民党特务在交通大学和复旦大学打学生的“业绩”而发的。

想不到三年以后，却又有重新写这篇文章的机会。不过这次是想真正谈戏而已。

在兰心戏院招待苏联青年代表团的晚会上，我看了有史以来最大的一出《泗州城》，而这就是一出《打出手》的戏。

《泗州城》的主角是扮水母的武旦——那天的水母是班世超。平常贴这出戏，总习惯地称之为《大泗州城》，可是这次的不但是“大”，而且是“特”号的，说是有史以来所未有，也不是瞎说。

怎样大法呢？这里除掉水母、悟空……不算外，只神将就有十五位之多。水母的手下小妖，一共有四十八名，出台的时候，黑压压地占满了半个台。可以说是舞台上从来未有的盛况。

这次是动员了所有上海京剧从业员里的武剧组同志参加了的，七个戏院里的武行全在这里了。排戏整整排了两个通宵。

同时还有不少新的设计。

譬如那水妖的脸谱。普通的画法，只是脸上横涂黑白间隔的几道纹路，就表示这是“水纹”而已。这次，是把各种水族的形象都搬到脸上来了，鱼鳖虾蟹以及蝌蚪都应有尽有，这是很好的尝试，可能从这中间创造出多彩的新的造型来。

最重要的，还是整个武技的大组合。本来这次的表演，是想在一出戏里让贵宾们对中国歌剧里的武场有个大致的概念，自然无法加入靠把的花样，可是短打武戏里的功夫是相当完全的了。而尤其重要的是在“组合”，除了水母与悟空等有些个别的表演之外，主要的是集体表演，排戏的功夫也大半花在这上面。

旧戏里的武剧，本来是占了相当重要的地位的，因为这表现了群众的场面。那来源也必甚古，大抵在最古旧的乡土戏中，在旷场里、野台子上，金鼓齐鸣、刀枪并举的场面是很能吸引观众的注意的。

还有科班出身的艺人，即过去的职业剧人，不论他是唱生旦净丑哪一行的，都必须会武功。这是戏剧教育中间的基本的一环。在北京时，听白云生同志说起，他们的昆曲班子，在乡下旅行，行头杂物装在大车上，演员跟着跑，有人（如武丑）就跟在车后面，走矮步，一走若干里是不稀奇的。这很可以说明旧的剧团中武工的重要。可是像《泗州城》这种西游戏的起源，我想大概是从清代内廷供奉戏里开始的。这材料，在升平署的档案和剧本里是可以找到不少的。在这个阶段里，好处不是没有，那就是把武场发展成为一个独立而成熟的部门，添了不少花式，个人的武技的发展也有了长足的进境。可是不可避免地也就造成了另一种偏向，那就是说，武技和演技脱节了。“舞低杨柳楼心月，歌尽桃花扇底风”的小生小旦的悲欢离合，占了最大的地位，他们看不起武技；而武技成了专门的行业。武生武旦，除了踝子虎跳之外，不张口，不唱，不说话，成为“卖艺者”。

这影响在近二三十年的京戏班里是显然的。“打英雄”，这是一个很普遍而意含蔑视的名词，只强调了他们的“打”，而在别的方面，似乎就没有他们的份儿了。

其实，在歌剧中，武技自然占着很重要的地位；在现在看来更值得强调而发扬的，是这中间的“集体化”的倾向。像这次的《大泗州城》，把很多单独表演的武技综合起来，成为一个活的、动的图案，实在就是很好的尝试。在观众看来，满台翻滚，每一个人都有他独特的技术，都可以单摘出来，也值得单独表演的，可是却放在一起了。然而不是一团糟，正如一个经过精心设计的喷泉，喷出来的是四面飞溅美丽多彩的水花，可是它的发源、路径却都有一定，不是乱来的，最后则堆成了一片花团锦簇。

两天的排演，不是浪费的，表演得好；可是观众却要求更纯熟、更多样的集体表演。

这次除了最常见的单对、三股档……之外，最精彩的是这样一连串的发展到“窜毛”。从两面的台口涌出来的两股人流，在舞台中心地方，此起彼落地翻扑，紧张而干净，三个人兜成一个巧连环，美丽极了。这原来是苦练苦排的成果。

这出戏的主角是武旦，武旦的特征则是“打出手”。那来源，恐怕是神话小说中间的“祭起飞刀”之类的衍变，老名词叫“三人忙”。是说一个主角的武旦和两个下手在忙于将手中的家伙扔来扔去，武旦常是两手不闲，都有东西，同时在空中还有一分，必待手中的一分扔出去才可以接下来。有时还要用脚来踢还对方的武器。

得有锣鼓的配合，表示当时的紧张。一次往还之后，往往又休息一会儿，准备下次的花样，正与《封神演义》中的设计擒妖的方式相同。这种表演，往往紧张得使观众提心吊胆，唯恐他们落下了武器。最高的评价也不过是不漏而已，别的实在没有什么了。

重要的似乎还是水母的“大鼎”，那是有种种花样的。左右开弓，一只手支持着全身的重量，在台上将整个的身子向左向右弄出种种花样来，“凤凰晒衣”，说的就是这个。可以想象得出，这是妖精在法力的镇压之下的种种挣扎，婉转求脱，可是终于力竭就擒了。

这也是旧戏中用舞台上的动作说明剧情的一种方式。这里没有对白，没有明显的叙述，可是观众却能了解这是怎样一回事。旧戏中这种表现的方法很多，是值得注意的。

《四郎探母》

最近在报上看到天津有人唱改良京剧的《探母》。那“改良”的方法，是在见娘之顷由佘太君将杨延辉痛加申斥，将他的不该在番邦招了驸马的罪逆大骂一通，结果杨四郎羞愧难当，拔剑自刎了。

据说观众的反应是大笑，随即“起堂”（就是散场）。这，照我看来，并不能算是改良，而观众的不能接受，原因也不简单。主要的恐怕是：这一自刎就“刎”掉了三场戏，《哭堂》《别家》《回令》都没有了，观众自然不能“过瘾”；同时一出挺完整的喜剧这样给弄得没有了交代，番邦公主的下落不明，观众也无法得到情感上的满足。虽然快刀斩乱麻，一了百了，干脆而又爽快，到底不大妥当。

其实如果只切掉尾巴就可以功德圆满，那这尾巴却还长得很。旧剧中还有一出《雁门关》，共有八本之多，又名《南北和》，由杨八郎在番邦和青莲公主照样表演了一通恋爱。戏虽然长了不少，然而那结构、主题倒是差不多的。

为什么大家那么兴趣盎然，把这个《杨家将》中间的故事演来演去，拖长渲染得毫不厌倦呢？我觉得这和清朝很有关系。《杨家将》所描写的两个敌对国家是宋与辽，然而梅兰芳演青莲公主，照易实甫所描写，是“作旗装，衣白纱长衫，笼以云蓝半臂”的。和《探母》中间的铁镜公主的梳两扮头穿高底鞋者毫无不同，都是清朝的服饰。在同光之际，唱戏公然用统治民族的装束，而毫无问题，可见这一定是“官许”了的，说不定还是出之于当时的“文化政策”的指使的哩。一面消极地焚毁了多少有民族意识的书籍，拔去仇恨的根源；一面积极地编制了这些麻醉人民情感的戏文，这两个政策其实是并行不悖的。

整个戏的精神是什么呢？取消了存在于两个民族中间的深仇宿怨，用联姻的方式，调和了政治方面尖锐的对立。只看杨家的几个儿子：“我大哥被马踏尸骨不见，我二哥短剑下命赴黄泉……”都不得好死，老百姓死于辽金铁蹄之下的就更不必说。然而戏的布局却是“喜剧”：外族的公主，纡尊降贵和敌国的大臣的儿子（杨家还得算是宋朝皇帝的奴才）结了婚，安排了一些家庭中间的小纠纷、小喜剧，把满天的乌云都吹散了。

这出戏的“时代意义”，我觉得不过如此。

至于戏的本身，倒是一出结构完整、精彩纷呈的好戏。如果我们用另一种方式去看的话，或者费点功夫把该强调的地方强调，把隐晦的地方明朗化，这戏就马上可以有了明确的个性。“自杀”是弱者的行为，杨四郎虽然羞愧难当，挥剑以谢“天下”，究竟是于事实无补的。

《四郎探母》这一出戏，整个地在描写杨四郎一个人和他所代表的阶层的悲剧。虽然它披着的是一件美丽炫目的喜剧外衣，然而事实毕竟是事实，洗刷不掉也遮掩不了。

国民党反动政权曾经禁止过这出戏，理由是它发扬了汉奸意识。其实如果看得深一点，杨家将不过是赵宋的奴隶与走狗，要它去和辽金作战，那目的还是服役于宋朝的统治阶级。等到这个统治阶级腐化反动到了某一限度，它就不能不卖身投靠，企图在辽金的统治之下，换得一个儿皇帝的地位，再来压迫老百姓。张邦昌与刘豫都曾经是宋朝的大官，都曾经做过宋朝和辽金勾结的穿线人，最后是他们觉得与其替赵官家卖力，自己做第三等的奴才，还不如自己就干脆做了“奴隶总管”的好；辽金的统治者也发觉了赵宋的腐败，在拣选奴才时就选中了张邦昌和刘豫。

杨延辉和他的家族所处的地位即是如此。做了赵宋皇朝的保镖，要替主子卖命去打别的民族，这样，他们才可以维持自己“天波杨府”的地位。同时他又明白自己的地位不过是赵官家和辽金做政治交易时的砝码。他们打两个胜仗，宋朝的价就讨得高一点；他们损兵折将，萧天佐的脸就更蓝得可怕。赵宋皇朝对这样的奴才，又怎么能够不严厉，既让它卖命，又让它服顺，那鞭子就是“民族意识”。杨延辉于是痛苦万状了。

作为一个幸运的俘虏，在番邦招了驸马，然而这一十五载的宫廷牢狱生活，可真把他苦坏了。他穿得好，吃得好，可是算什么呢？他没有自己的人格，他只是一个“男妓”而已（其实中国历史上所谓“尚主”即“娶公主”的那些驸马，就全都是男妓）。此外，杨延辉还是战俘，是“奴才”，是铁镜公主的叭儿狗，高兴时打情骂俏，恩爱非凡；一变脸就提起“旧案”来，你本来是该死的战俘啊，多蒙母后不斩之恩，抬举你做了一名驸马，你还要这样那样。于是杨延辉就只有拜伏在地的份儿。

这种隐隐约约不敢尽情宣泄的描写，是到处皆是的。

坐宫、盗令，在京戏中间都是剧作者的最精致的画笔。在这里出现了一个磨尽了男人性气的奴隶。杨延辉流落番邦一十五载，从一员年青的战将变成了中年人。坐宫、自叹，怀恋他的故国，自比为笼中鸟，失群雁。赵宋皇朝的鹰犬，一旦成了俘虏，那悲哀寂寞是不难想见的。他只有在梦境中求得精神上的补偿。

而这一切，他只能自己申诉，连伺候了十多年的太太都不敢向她提起，隐曲之间，我们是可以清楚地看出侵略者对待战俘的情景的，客气尽管客气，尊荣尽管尊荣，然而他没有一点点说话的权利。过关的时候，那两位国舅的眼色，就充满了猜忌。杨延辉虽然交出了令箭，他们还是不十分相信，足见这位驸马是从来没有担任过什么重要任务的。杨四郎也借题发挥：“两国不和常交战，把守关口莫偷闲……”把一股怨气痛快地发泄出来。这用的是所谓“背面敷粉”法，活画出来被漠视的奴才的悲哀。

艳阳天气，桃花开，牡丹放，公主找驸马来谈闲天，这是多么柔和多么轻松的情感氛围！然而，她刚坐下来，第一眼就看出了他脸上的还不曾擦掉的泪痕。紧跟着这个的，是一大套盘问。你能说这是一对平凡而美满的夫妇中间的感情吗?

她猜了一大通，都没有猜对，原来她没有料到杨延辉还会有一个人的情感，还会有家国之思，她所猜的全是男女之间的纠纷，她把他完全看作了妆台旁边的奴隶；最后才大吃一惊，想不到这小子还如此不老实，终于紧逼慢哄，审问出了详情。这对她真是一个大惊异。奏明母后，杀了也就算了；然而她转念一想，杨四郎还有他政治上的重量，于是才帮他盗令、过关。

哭堂别家中间的杨延辉是痛苦万状的。母亲、妻子、弟妹……这么一大堆纠缠，在封建社会的制度下，那压力可不轻。照道理，他原可不必“回令”的，然而他终于回去了。奇怪的事情是佘太君和杨六郎（现任宋朝主帅）都没有坚决地挽留他，苦苦地拉着他的只是他那守了十多年活寡的妻子。杨四郎也不是不知道回令以后会有性命之忧，然而他早已胸有成竹了。果然，他并没有被杀，还是做他的驸马。

剧作者把这一切都虚伪地人情化了：杨延辉一定要回令是舍不得铁镜公主，他终于不死也是由于公主的援救和太后的母性发露。那真实的内幕，他是不敢写也不愿写的。有一件事实就可以说明这种种的疑团：八本《雁门关》的结末是《南北和》，两个专制统治者的矛盾统一了，在对中国人民压制掠夺的分赃账目上得到了暂时的妥协。“天波杨府”还是赵宋皇朝的统治机构中的要角。而杨四郎则是大大的红人，辽国驸马，精通洋务，是这一笔“交易”的重要的关系人物。

《双铃记》

因为提起了清朝末年所编的一些新戏，很凑巧发现了一个事实，在这批新戏中间的一部分社会剧，往往就是禁戏。作为例证，我想提出《双铃记》来。

《双铃记》一名《马思远》，叙述的是一件奸杀案，女主角赵玉的丈夫王龙江在一家饭馆——马思远开的——掌灶，每年只回家三次。赵玉就和小贩贾明发生了关系。后来王龙江回家过年，酒醉入寝，给赵玉和贾明害死了。案子本来难破，不过因为这天刚巧有一个小偷，在王家屋上目睹了这一桩谋杀案，由于他的陈述，才算破了案。

据说这是一件事实。也就因为是事实，所以编剧者才肯拿来改编，上演后才能轰动九城。但是观众所以接受了这出戏，是因为他们认为剧作者处理有方，可见观众对一个女人的生活也是同样的看法，这才真的成为一个值得研究的严重问题了。

王龙江是一个雇工，不能跟着妻子经常住在一起。于是赵玉就难免要"凄凉难过"，"儿夫常常在外边，奴家每日受孤单"。只要让她换了一段独白，就把大前提铁定了。照旧戏里一贯处理这类女人的原则，引一句《水浒传》的套语，就是“那妇人水性”，理由不必充分，更不必深究他们夫妇的感情，不必提到任何引起这场事件的社会背景、经济制度，只要“水性”，就肯定了她的“淫妇”身份。

而“奸夫”就大抵派给了丑角，请马富禄一流的角色来串演，给他们以特定的身份，卑鄙、淫乱、贪贱、下流，完全抹杀了他们中间的情感的发展。一个极美丽的花旦，一个极丑恶的小丑，这样两个不调合的角色凑在一起，就只剩下了肉麻的举动。只要一个媚眼，一些胡话，就勾搭上了，剧作者的变态的犬儒心理，处理这种场合就是如此。这就是一对畜生，像狗一样的，狗的“恋爱”还需要描写吗？

作为封建制度代言人的一切人物，包含剧作家在内，是往往会以“奴隶总管”的身份自居，不屑也不敢正视人民的情感的。好的，他们不敢歌颂；病态的，更不敢批判。因为一批判就只有揭下了自己的疮疤。他们只是抹煞，套进一个“公式”，如此而已！

《双铃记》里特别加以描写的就是王龙江酒醉回家的一场。正巧那是赵玉和她的情人在家里幽会的时候，这个做了一年工、背着包袱（里面装的是替太太带了回来的肉馒头和钱）、喝得醉醺醺了的厨师，一跌一撞地走了回来。叫门，赵玉把情人给藏在了缸下面。作者铺陈了多少漏洞，让那个女人用颤抖的声音给遮掩了过去。这如果由筱翠花演，是会把观众的全心神都凝聚了起来的。结果王龙江睡着了。赵玉从缸下面把情人拉了出来：

> “我来问你，你还是要做长久夫妻还是断头夫妻？”
> “什么叫长的短的，我是一概不懂啊！”
> “要做长夫妻，咱们今天晚上，就把王龙江害了。”
> “害人我可没干过。”
> “不要紧，让我下手，你帮我点，就得了。”
> “我可真不了，我已经屙了一裤子了。”
> “无用的东西！”

于是就全部由赵玉动手，把好像睡在解剖台上一样的王龙江给斫了。她的情人就只有在旁边抖索的份儿。这里，起意谋杀、动手，全都是赵玉。作者把这个女人说得多淫，多狠！

这一场几乎全是“白描”，没有唱句，没有韵白的对话，只用简单的锣鼓点在必要的场合加上些音响的效果。

作者还特别让一个借贷不遂想要到他家里偷窃的小偷藏在墙上，看到了整个的局面的发展。这一种手法的运用，更使整个的场面直立了起来。

这还不算。后来还要由赵玉到马思远的酒店里去要人，硬说她的丈夫并不曾回家，是给店里害死了。这个女人好厉害，反咬一口，把罪名推在马思远身上。在这里，就有代表社会上最“公正”的见解的茶客出来讲话了：

慢来，慢来，她乃是一个妇人，不要与她争吵。想必是她手中缺少钱文，你就送她几文钱，打发她回去，也就是了！

这种对付女人的可够多么“宽大”，多么“容忍”，反正她们不是好人，争吵是不会有什么好处的。只要有钱，问题也就解决了。

想不到这个“泼妇”竟不为几文钱所动，还是非打官司不可。

后来这官司告到了一对满汉都老爷面前，无法解决，终于还是由那个爬墙头的小偷说出了真情，才了结了全案。那判语是：

赵玉谋害亲夫，着凌迟处死；贾明因奸杀害人命，着斩立决；马思远无辜被人诬诈，着开释；甘子谦破案有功，赏银一百两，并将王龙江家私等物，赏给甘子谦收领！

这意思极为明显，主凶是那个淫妇，得剐掉。贾明的斩罪是比较要轻得多的。只有小偷，却得了意外的收获。作者把女人关在一个魔术的圈子里，不许去碰，不然就得遭殃！女人也不许出来，出来就割得你的肉片片儿飞！

这就代表了过去的社会对女人的“通常”而“正确”的看法！

按：这个故事的来源是颇旧的。明吴讷撰《祥刑要览》（正德刊、二卷）里所记的案例中就有一则——祭酒宋本记京师工狱事——与《双铃记》故事大致相同，是元代延祐中的故事。

一九五三年一月记

《贩马记》

大约两个月之前，在天蟾舞台听过一次梅兰芳的《贩马记》。远在十几年前，在北方也听过一次。这中间也还听过，不记得是在哪一年了。最近梅兰芳又要再演这一出戏。在梅的杰作中间，《贩马记》是占着相当重要的地位的。

十几年中间的几次印象，使我觉得梅的表演是越来越细致了。就我个人的经验，觉得这的确已经是中国旧戏中间表演艺术的巅顶。这是一出吹腔，恐怕是出诸文人手笔的一出最精致的喜剧。因此，它完整、精练，穿插和技巧的安排都好，也就因为这是出诸文人之手，因为特别重视了传奇喜剧的这一点，结果是把本来很严肃的主题轻轻地给揭了过去。

《贩马记》写一段“奇情”。写一对县令夫妇：县令的岳父由前任老爷问成了冤狱，下在本县的死囚牢中，但是他却不知道；由于夫人偶发恻隐之心，探了监后，才知道了这事。后来夫妇二人定计写状，上诉于巡案大人台前，不料这就是他的舅爷。最后自然是案情昭雪了。

我在这里想，一部分中国的旧日的作者，不是不能面对现实，甚至他们也还看得很深、很清楚，然而他们不敢也不能再发掘下去。于是就只好有两条出路：第一条是“犬儒”式的感情发泄，对不合理的人与事不做健康性的斗争，只是病态地恶毒地诅咒一下算数；第二条路就只能把这些问题留给“天”来解决：性急的请来了天兵天将，聪明一些的就用一场“奇迹”化险为夷，“一床锦被掩盖则个”，观众满足于情节的精彩，结果是什么丑恶都看不见了。

《贩马记》就属于这后面的一种。

然而梅十余年来表演最有进境的却在哭监的一场。这是暴露中国监狱黑暗的一种正面的抒写。赵宠出去巡视了，在不偏僻的县邑的县衙里，夫人独坐后堂，静夜，听见了狱中传来的一声声凄恻的呼喊。在华灯锦帐中间，观众从桂枝的眉眼唇角的转变，会马上感到了境界的凄楚，她的善良的心性使她不能不去探视一下。虽然这是“违法”的，然而她不管，在她的纡缓的步履中，她手里的那一盏红灯在观众的心里变成凄冷的绿色的了。

在监里，在桂枝和李奇的问答中，随了情节发展，桂枝明白了犯人的身份，感到了老父的苦难。焦急、惶惧、悲苦，多少内心的复杂的情愫，都在桂枝的面色上、动作急促断续的话语中透露出来。你除了注视梅的全身之外，没有了别的余闲。

如果看一下整出《贩马记》的情调的变换，那就好像是一团纠缠得紧紧的绳子，作者先给它梳理了一下，然后再像魔术家似的，毫不费力地给解开了，最后则是松弛、还原。

问题是提出来了——挺严肃；然而解答却走了歪路，只拈出了他们中间的裙带关系。应是冤沉海底的一件大案，就轻易地风飘云散了。时代的限制，剧作者是不可能寻求更深刻的解决方法的。

然而，他却在这中间运用了熟练的手法，给一个旧时代的读书人——赵宠——一连串温情的嘲讽、剖释。他所能做到的只是这个，他做得最出色的也只有这个。不像果戈理，他没有那么狠心，他也赏了他一顿巴掌，然而不是打得血痕毕现的巴掌，仅仅是轻轻地拍击，而且拍得那么轻匀，那么悦耳。

《写状》，这位县令很清楚“皇家”的“法律”，然而这却不过是与太太调笑的题目。他甚至连太太的名字还弄不清楚，他想出了方法，让太太扮了自己的随从，混进巡按的衙门，好去告状，进去了久不走出，把他急坏了，想冲进去，又惧于官威，最后终于决定了“前程事小，名节事大”，冲了进去，这时展开在面前的是一种尴尬的情景，又怕，又气；太太出现，指明了巡按原来是他的小舅子，他才放下心来，高兴了，最后还终于落入了得意的境地。

好一出闹剧，是小生发挥演技的好地方。俞振飞显出了他全部的修养传统（所谓书卷气）。

编剧者对赵宠是顶清楚、顶熟悉的，可是要批判却又舍不得用力。他下笔的时候充满了温情，因为他本身就属于这么一种阶层。

胡老爷（把李奇问成死罪的原官）一看风色不对——他不是害怕自己犯了错误，却是弄清楚了对方的亲属关系——

只有去跳井了，轻轻地一笔带过。

大团圆。李奇穿上了员外的服装，手执龙头拐杖，恍如梦中，经儿子、女儿、女婿的指出，才明白了自己已是“老封君，老太爷”，才知道桂枝儿是“夫人”了。

一团迷惘，观众跟着他也落入了“昏迷”状态，带着微笑走出戏院。

技巧的成熟

华东文化部戏曲研究院成立的当日，在华东大众剧院举行了一个演出晚会。在这个晚会里，我们看了周信芳院长的《打严嵩》。

在这出戏里，我们又一次领略了周信芳先生的纯熟的技巧。我非常喜欢这一出戏，也非常喜欢看周先生的演出。如果想在从前习惯送给艺人的软匾里的通用词句中选出一句评语来时，我想，“炉火纯青”四个字是很合适的。

这可以代表演技成熟到达某一个阶段以后的一种境界，也是周信芳先生五十年戏剧生活的一个具体的说明。

我想，看戏是可以分成几个阶段的。有的演员的戏，是可以看过去的，看情节，看服装布景，听听锣鼓……那样看下去。有的则可以“看”了，这是说，可以仔细地跟着他的一举手一投足，一腔一字，看下去了。你可以跟进去，不时会发见“戏”，感到满足；也不时可以发现表演有生硬或有棱角的处所，就是说，这里的演技的发展不是平衡的。然而，这总是可以看下去的了。可以使你聚起精神来看的了，虽然精神是紧张的。再进一步，那就是可以舒舒服服地看的戏。你的精神是给全部集中起来了。然而在发展中间，你却一直是有着无比的舒适之感的。你会发现，演员在台上的现身是一个完整的整体。在这中间，你不会感受到任何刺激你的情感的不愉快之处。像一泓清流，那么平静地在流着，不时会泛起一些波澜、涟漪，而这些却是美丽的。

演员在达到这个阶段以后，是不再有些微的矜持的了。他没有再顾虑台词以及身段、地位……等等的必要。他已经有余闲可以“装点”了。正如一张基本上已经完成了的画稿，画家只想在某处添加一点色泽，加一点润饰。你可以想象得到他的“闲暇”，又有一句成语，“手挥五弦，目送归鸿”。邹应龙在台上就是在随意地挥洒着的。举一个小例：在严嵩老贼从开山王府里逃了出来以后，遇到了邹应龙，正在向这位“心腹人”述说被打的经过，却不知道所有的圈套都是出之于他的指挥的。严嵩说到“又不知道是哪个坏种教了他……”（大意如此）时，周先生忘不了打一个小小的喷嚏。这实在妙极了！实在是有“颊上添毫”之妙的。这个小动作里包含了多少素朴的健康的幽默感！

有一大部分戏是邹应龙与那个“门官”做的。在这中间，周先生正是紧紧地抓住了一个过去的知识分子的灵魂。有多少矛盾蕴藏在这中间。在这里我们有必要回溯一下这个戏的来源和它产生的时代背景。它是脱胎于昆曲《鸣凤记》的，作者是明代有名的名士王世贞，即作《弇州史料》的王元美。他们是当时的清流的代表人物，在与严嵩的斗争中，是仅次于杨继盛的主将。这一场斗争是关系着整个晚明的党局的。当时，《鸣凤记》的创作，就正是具有非常浓厚的政治斗争意义的武器。《曲考》引《弇州史略》说：“相传此记为弇州门人作，唯《斩杨》一折是弇州自填词。初成时，命优人演之，邀县令同观。令变色起谢，欲亟去。弇州徐出邸抄示之曰：嵩父子已败矣！乃终宴。”这是很好的史料，也是很动人的事实，更足以作为这个剧本的战斗气氛的最好说明。不管作者是谁，那描写的对象——邹应龙，总是清流名士自己的写照吧！那描写是成功的。因为描写的对象就是自己及自己的朋辈。这是怎样的人物呢？有正义感，却不得不在豪门的威势下受着排挤，想法报复，主要的不是为民除害，却是为清流人物做防御战——词句中的“今日害文，明日害武……”所害的就都是清流——要斗争，却别无更勇敢的方法。只能施些巧计，卖身投靠，变成了“心腹人”以后再用计出气。巧计得手之后，便得意非凡，充分显露出了知识分子的特性。

周先生的表演是充分掌握了这种精神的。他演的邹应龙，高傲，机智，有点幽默，饱历人情，熟悉官场习惯，更懂得取巧希宠的道理。戏的本身是紧凑极了。主要的力量也完全放在刻画这样一个人物的身上。作者用了全剧整整三分之一的时间来描画“入府”。邹应龙，一个小小的外帘御史，要走进相府的场景。照例前场既有相府，后场又有金殿王府，都是伟大的场面。然而他却不用任何文武百官，家人衙役，代表相府的就是一个“门官”。从“门官”

的贪污中间就整个地刻画了相府的阴暗，这是最经济的白描手法，也是最浓缩了的戏，也是有成就的演员的最好表演机会。甚至连那个皇帝老官也只是在帘内答话，并不出场，金殿上空落落地只有一个“太师”。手法实在干净极了。

类似的例在京戏中不是没有，然而这是最有代表性的一个。《甘露寺》里刘备去乔府拜会，乔福也勒索过门礼。法门寺赵廉投文，也遇上过贾桂的留难。那两个例子也都有很好的表演。可是还不及这个来得浓，来得紧。而且，那两个例子，都是向“门官”低了头，妥协了的；只有在这里，是坚持着斗争，终于获得了胜利：把“门官”给搞垮了。这也是特别值得指出来的一点。

周先生的爽辣的说白，也在这戏里表现得特别出色。当邹应龙见不成严嵩之后，向“门官”说的一段话：“好哇！等你家太师爷上朝拈香之时，我就一把抓住桥杠，是我言道，那日小官要见太师爷，有好心献上，你府下有一尊官，要什么大礼三百二，小礼二百四。有礼就见，无礼不能相见。不见哪，哎，哎，不见了！”这样将近一百字的道白，一口气，在极端气愤慌促之下说了出来，既干净又爽辣，每个字都送进观众的耳内。这样的口劲，是使人佩服的，是能与剧情配合表演的。他的不肯为了照顾声韵悠扬动听而脱离情节的那种作风，也是值得指出来的。

戏的名字是《打严嵩》，从一开场起，观众所关心的就是怎样打这个老贼。然而戏的发展却越来越不对，无论如何，邹应龙是没有打“太师爷”的可能的。后来开山府一打，大家都以为是打完了。然而不然，大打特打还在后面，而且是那样安心地让邹应龙大骂痛打。这是结构上的好处，也是很高明的手法，在旧戏中间是不可多得的。

论精练

就平常看新戏的经验，总是感到不够精练，现在想就此问题，稍稍谈一点绪论。

这里的所谓新戏，从1910年前后开始的梅、尚、程、荀，以及生、净等行诸位伶工所编制的新戏都可以算在里面。这不是一个简单的问题。京戏本身是一个有机体，它的每一个组织分子都会直接地关涉到这个问题。我们既然要找寻新戏何以不精练的原因，就必须先看一下老戏的精练是在什么处所。

照我的经验，“唱做念打”这几项是可以用来作为审查每一出戏的表演的标准的，自然，情节也要加进去。

一出戏可以用这样的标准做整个的衡量。要看紧凑不紧凑，精练不精练，那就必须把整出的戏分成若干章节，在每一个可以成为表演单位的小段落中间，再加以审查。普通说这就是一场，再细致些，每一场也还可以再分成若干段落。

如果每一场戏都有唱做念打综合在一起的表演，再加上紧张的情节，那就是最上乘的表演。

举几个例子，像《连环套》中《天霸拜山》那一场就是可以够得上这标准的。不用说，情节是高潮，紧张极了；念白也是非常着重的。（有时候，念与唱是可以单独存在、不必兼有的。）而在这一场中间，身段也是异常繁复的，黄天霸与窦尔墩并不是只坐在那里谈天，他们还要手舞足蹈地做！

《坐楼杀惜》里的《坐楼》一场，也是如此。《琼林宴》中，《问樵》一场也是如此，特别强调了身段之美，这都是最上乘的。

其次，情节比较单纯，只是交代而已。可是有唱有念有做，而且混合成为一个完整的整体，这样的场子也是好的。像《木兰从军》里，木兰出征之顷，唱“新水令”“折桂令”，同时表现了最优美的身段就是。《探庄射灯》中的石秀，在进庄行路一段里连唱带做的那个歌舞整体，《林冲夜奔》中也有同样的地方。这都是昆曲，也都是最值得我们学习的。

我们写新戏，这种地方是最可能被忽略了的。例如：木兰一离家，催马加鞭，马上就到了军营；石秀在探庄之顷，也只让他轻易地混了进去就是；林冲也不必在夜奔之际载歌载舞了。可是从前的剧作家就不肯马虎，在交代一个小情节的时候，也要使观众在此外别有所获，因为情节简单了，必须在歌舞上加工，这才叫戏，这种忠实而负责的态度，是最值得我们学习的。

至于《探庄》在《三打祝家庄》中发展了，又加上了教育的意义，加上了新的情节，那就更进一步地把它提高到上乘的表演里去了。

再其次，一场戏中只有一种表演方式单独存在，其余都没有，这是比较要算最弱的。然而这单独存在的一项，必须是特别有力的，特别精彩的。像《坐宫》中杨四郎一人独坐大唱一段，《盗钩》中朱光祖大表演一通……这些也还是可以存在的，因为那唱和做可以成为单独欣赏的个体。不过这样的场合是不宜多用的，多了就沉闷了。

再其次，是不入流的。只是交代情节，而毫无表演可言的。一般称之为过场戏。这是必须的，因为要有它们才可以连接起整个的故事，然而过去的剧作家，往往用最精简的手法交代这些。如《失街亭》，马谡王平兵败，他们还不曾从下场门走光，张郃的追兵就从上场门上来了。紧极了，务必在最短期间内把这些必须的场子走完。而且，这中间，也还要夹入可以提起观众精神的地方。孔明必须在三次接到探子的战报时做出不同的表情，马谡一定要和王平争执，这都是要照顾表演的单薄而做的必要处置。

漫谈布景

关于舞台上的布景，也是一个很值得研究与考虑的课题。

就我们最近看到的布景，就有这么几种方式。最原始的是锦幕，那是根本无所谓布景的。不过在起打的时候，如《恶虎村》大开打的场面，后面拉上一个软片的山水风景。于事实固然并不符合，使人有看三十年前“艺术照相”那种感想，不过大家到底也已经看了多少年了，也习惯了。

其次是在言慧珠剧团所看到的一种。《西施》中间，范蠡与西施泛舟五湖的一场，就是在三块山水屏条中间走圆场的，这屏条是画在几块硬木板上的，好像在裱画店里看到的那种样子。中间是大涤子，旁边是小李将军，演员在这中间走来走去，颇有走马灯之意。除了感到滑稽之外，似乎也没有什么积极的效果。

再进一步就是共舞台、前大舞台的那种关灯开灯、瞬息万变，一时幕前、一时幕后的方式。布景是富丽堂皇的，灯光是千变万化的。不过这主要的有几种缺点：

（一）一会儿黑、一会儿亮的办法，打断了舞台上的一贯的情绪。就是看电影，片子断了，也要引起情绪上的中断的，何况是戏！观众的兴趣完全集中在布景上了，大家在猜测电灯一亮以后，到底会出来怎样的花样，等不及了，打手电筒，吹哨子……这就完全破坏了戏的统一性。

（二）这种布景，为了要求各式各样的变化，所以不得不常常变，于是场子的零碎是一定会发生的问题。等于看西洋景，“看了一片又一片”，故事不免就淡忘了。

（三）布景既然不能全真，又不能不努力使其真，于是就发生了实际的困难。《水泊梁山》初期，乌龙院里真的有了楼，于是阎惜姣与宋江上楼下楼就只有在楼梯上爬上爬下。这就完全失去了固有的《乌龙院》里的舞姿美了。这是由比较而来的结果；等到《水泊梁山》发展到现在，已经没有旧戏可以对比了，当然也就没有了这个困难。

（四）舞台上主要的是明亮，非明亮不足以使观众看清演出的表情，使用灯光必须要注意到这一点。现在的办法是与电影的路子颇为相近的。可是又没有电影的方便，于是问题就来了。在电影里，介绍大场面、介绍夜间的场面，介绍剧情发展的场面，可以用远景，使用灯光的景。可是等到要看演员的表情的时候，那就必须用近景了，甚至还要来一个特写，整个银幕为一张脸所占据了是常有的事。这时，光线必须清楚，必须使观众看清演员面部细小的肌肉的动作，有时还必须看清那一滴眼泪。可是在舞台上，就没有这种方便，只见暗漆漆的一团，几个以至几十个演员在这黑暗世界里蠕动，他们的表情、身段都看不清楚。于是那效果就等于一部没有近景的影片，而这样的影片，是非失败不可的。

（五）为了与这样的布景配合，就不得不考虑很多问题。如脸谱，在这样真实的布景前面，忽然来了个李逵、时迁，钩脸的，自然不合适，有妖怪之感了。于是就取消钩脸，改为揉脸；其实有时候揉脸也还是妖气的。脸谱是不是值得保留的艺术遗产，我不敢说；还有许多与这种布景抵触的旧有的舞台形式是不是值得保留，就更不敢说。但是在取舍之间，在为了一个而不得不取消另一个的时候，似乎应该考虑一下，不要弄成削足适履与买椟还珠才好。

最近又看了华东大众剧院的《信陵君》，我觉得它的布景方式是要比共舞台的那一路较好的。固然还有许多前面曾经提到过的困难，然而整个的看，是较为淳化的。

表现宫廷里的场面，这里就用黄色的绸子。这是很聪明的办法；其实这块绸子如果拉得大一些，也就是纯颜色的“守旧”了。

我始终感到有一点原则必须把握：戏剧的最重要的本质还是在表演。服装、布景、灯光、音乐……这许多是帮助表演的。这些虽然都可以增加表演的力量与效果，但是不应该占据了表演的地位或伤害了表演，这也是应该肯定的事。用布景，是为了替表演安置下一种气氛，说明剧情发展的背景与情况，而使观众能够更集中在表演上。如果相反地把观众的注意力吸引开来，那随便是怎样美丽的布景也不是适当的。因为这里我们并不是摆了一套像真的大模型，观众也不是来看这一套的；观众所要看的是戏。

有一次曾经和一位朋友说起京剧的舞台布景，他提出了几点基本的意见，我觉得是有相当的重要性的，虽然那细节还要仔细研究。他提出不用或少用妨碍表演动作的道具，原则上用整幕，幕上的花式应该吸取中国古典的艺术品中间的精粹，如敦煌的壁画雕像，参照了有相当精确性的历史文物的常识，做出符合于戏剧的每一个发展的阶段背景与气氛的幕来。这样的幕也要使用于每一个剧情发展的段落中，而不是常常变化的，这样就可以照顾到戏剧的完整性。

杂技的地位

我曾经说过，中国的旧戏是若干种有机体综合发展而形成的一种艺术形式。由于中华民族历史的悠久，文化传统的长远，对于异域文化的吸收力强、消化力强，更重要的，由于中华民族在如此广大的地域中，历代劳动人民积累起来的无可比拟的智慧，中国戏曲具备了最最精彩、最最深厚的历史的根底。因此，在今天我们要获得一种对中国戏曲的正确的看法，光靠从西洋学来的一些戏剧常识，光靠过去已有的一点点并不完整的考证，尤其是只抓紧了一两条原则，就想论述，就想决定其中某些问题的命运，那是大大不够的。

这不是说这些东西不能动；相反地，这正说明了这一个伟大的丰富的宝藏，是亟须大力发掘的、研究的。

汉晋六朝以来，见于官书的《礼乐志》、见于《通典》、见于列传、见于文人的集子、见于笔记小说中间的各种戏曲的记载，是相当多的。不过那时候的戏曲，并不像今天这样的完整，大抵称之为“散乐”与“百戏”。这就跟今天仍旧存在的马戏班、江湖卖艺人的玩意儿，以及打连厢之类很相似，不过有些规模较大而已。因为我们现在也还只能从官书里去找材料，而无法寻找更多记录民间百戏的笔记小说。

仅就这样所收集的资料，也已经是非常多的了。在这里也还只能举出几个例子来。

“鱼龙漫衍”，这个比较不太生疏的典故，其实就是一种“百戏”，是假扮鱼龙所作的把戏。还有摔跤的花样，起于西域，《汉书》中就有记载。

“蚩尤戏”，《史记乐书》载：“蚩尤氏，头有角，与黄帝斗，以角抵人。今冀州有蚩尤戏，其民两两三三戴牛角而相抵。”在汉代，这样的摔跤之类的戏，是拿到宫殿上去给外国使节看的。“汉武故事”里就有记载。

“马戏”，《盐铁论》记：“绣衣戏弄，蒲人杂妇，百兽马戏斗虎。”这就完全是今日所存在的马戏。《东京梦华录》里是详细地记载了皇帝看马戏的情况的。从汉代到宋代，这种杂技就一直存在着。

我们无法详细列举，只能写出部分不同的条目来，像“蹋鞠戏”“透剑门戏”“参军戏”“跳丸、跃剑”“婆猴伎”“吞刀吐火”“走软索”“戏车”……就都是百戏；而且还是古代唯一的娱乐的节目。在宫廷里，在新正百官朝贺的大场面里，在接见外国使臣的场合，大抵都上演这样的“百戏”。这可以使我们了解，在没有完整的戏曲出现之前，这样的形式的地位是很高的。它没有故事，只是技术的表演。等到“说话人”的话本广远地流传开来，赵五娘一类的故事广泛地传播了以后，人民才不复满足于仅只是技艺的搬演，而要求故事的表演了。那最初的溯源，还是存在于民间的，等到已经发展得相当成熟，才又被封建统治者抢进宫廷里去。

然而正规的戏形成以后，“百戏”是不是还有它的地位呢？答案是肯定的。在民间，“百戏”照样流行、照样为人民所喜爱；而且，就是在那舞台上所表演的戏曲中间，也还有丰富的“百戏”的形式存在着。

这就是我们现在所关心的问题了。

现有的戏曲中间，是还有不少“杂技”的成分存在着的。这可以有两种看法，可以看作是不曾消化净尽的一种渣滓的存留。显然地，这是不能和正规戏的进行调和的。如果要求戏的醇净，这些东西是有淘汰掉的必要的。但是也可以看作是一种中国旧戏的特征，作为了解中国旧戏的独特的格局的一种帮助。杂技是中国舞台的固有形式中间的一个支柱，是一种民族形式的具体的说明。

这样的例子是很容易找到的。

《泗州城》中间水母被擒的一场，她要在地上拿几个“大顶”，而且要“凤凰双展翅”，玩花样要玩若干分钟。这就是一种杂技的表演。甚至可以这样类推下去，京戏中间所有的武戏，除了寥寥几出含有丰富的剧情的以外，大半是这一类。在这些戏文中间，观众所欣赏的不是情节，而是个别的武技。特别是打出手，每一出武旦戏，打的都是一样的，只是换了衣裳换了名字而已。

《恶虎村》中，黄天霸要来一个“落地十三响”，而且还要来一下手脚同时划方向相反的圈儿的把戏（我不知道那专名辞）。这都是杂技的成分还存留在已经高度戏剧化了的京戏中间的证明。观众看了，不觉得黄天霸是在发神经；相反地，那欢迎是极为热烈的。

《打棍出箱》一定要表演“铁板桥”，范仲禹的鞋子，据说从前的演员（谭鑫培）是踢了起来落在头上的；到了谭富英，就只是简简单单地脱下来放在头上。《四郎探母》要“掉毛”。梅兰芳先生回忆的清末时代一位杨三先生的绝技，那都几乎已经近于神话，其实却是有最大的真实性的技艺表演。

至于普通的“摔发”之类，已经不能算是特技，是必须熟练的演技。

是不是合理呢？当然不合理的。会不会破坏剧情呢？似乎也并不破坏。这就是很奇怪的一种旧戏的特点。

记得有一次座谈会上，有人提出关于戏剧情节合理的要求，打武一定要在必要的场合才出现，这是很合理的提议，然而遇上了京戏这颇不合理的形式，就有些问题了。譬如《白水滩》，穆玉矶（十一郎）在捉拿青面虎之前，先要放下担子，打一通美丽的棍。事实上，当时他是不可能有这样闲情逸致的，要练棍也不能在这个当口练；然而他练了。观众也不替他着急，反正是追得上去的。如果取消了这不合理的一场，那么，盖叫天先生的最精彩的表演就不复存在了。

京戏就是这样一种特殊的艺术形式，这里所举的就是一个例子。这里的整理工作只是最最粗浅的一点解题；然而那源流应该是可以看得出来的。像这样的问题，存在于京戏中间的还多着。怎样处理，是亟应解决的问题。而且在处理之前，是必须要弄清楚这一切的。

关于武松

武行者是《水浒传》中的英雄人物，在舞台上也是英雄人物，在群众心目中也有他固定的地位。这与小说戏曲的宣传力量是不能分割的。

有一件事很有趣。金圣叹批《水浒传》，给武都头所下的“封号”是“天人”；而毛声山批《三国演义》，对关云长的谥号也是“天人”，这样就不能不使人思索，这中间是不无道理的。这两位“天人”，是必然地会有其相似的性格的。

他们在怎样的情况下，才为封建社会的文人才子们赏识，谥为“天人”的呢？我觉得可以提出下面这几点来。其一，他们都是报恩主义者。关云长封金辞曹，为的是不忘刘备。照《古城会》中马童向发怒的张三爷的解释，“二爷有仁有义，不忘桃园结义；有始有终，假降曹公；千里迢迢，来会弟兄!”就正好说明了关二爷的精神。这一精神发展到后来，就是华容道的放曹。这个发展原来是很必然的。关羽其实就是这样一个报恩主义者。谁对他好过，他永远记在心里，遇到机会，就要来回报一下。好像心里有一把算盘一般，是一点都不会错的；不是连斩颜良诛文丑都要与上马下马的金银平衡一下的吗?

至于武松,那一连串的行事,就也脱不了报恩。“打虎”之后,县官大加赏识,聘为都头,武松满意极了,非常忠心地在做事,还为了县官私事,到京师出差去。风光得很,也满意得很,其实对现状是没有什么不满之处的。如果不是潘金莲事件,他是很可能在阳谷县工作下去的。

武松来到柴大官人的庄上,最初是并不曾受到重视的,不过是三等客人。《水浒传》描写他害了病又在闹情绪的情境,真是历历如绘。宋江大受款待,武松看了是很难过的。后来在厕所里宋江又踩翻了火盆,火星迸到武松的脸上去,武松就要和他相打(自然,当时还不知道是宋江),可是一经通名之后,他马上就下拜了。

原因很单纯,因为宋江是乐善好施的,而武松就正需要着施与。果然,宋江马上就拿出了大块银子送给了武松。

武松为施恩重夺快活林,主要的原因,就因为施恩待他好。免了杀威棒,又整天用好酒好肉供养。这连武松自己都弄不懂了,莫非养肥了才来害死不成?这在一个封建社会里饱经了残酷的人与人之间的关系的人,是很难忍受的。他不知道这种供养将向他索还怎样的代价!可是后来施恩说明了意图之后,他倒放心了,马上接下了这个任务,敲成了一桩很顺利的交易。

蒋门神固然是结交官府的恶霸,可是施恩又是什么呢?他就是“小管营”,是管理“牢城”的头子的儿子。他的开设快活林酒店,似乎也并不是什么平常的商业行径。

对这种情况看得最清楚的倒还是那个快活林的酒保，他在两个“主人”之一被打倒之后，很快地拿出了账簿，对新店东热烈欢迎的姿态，就说明了他对这件买卖的性质，倒是看得雪亮的！

武松被张都监请去看家护院了。他也并不觉得怎样，中秋之夜赏月饮酒，在他看来，也是光彩的，只是觉得这光彩来得有些突然，有些不惯而已。半夜拿贼，就拼命卖力地赶了出去。一直被拿住了，他还不清楚，还在呼“冤”。等到被钉上了枷锁，关进牢里，才知道是上了当。似乎不能说他真的会如此愚蠢，他其实倒真的是把张团练的赏识当真了的。在封建社会里，一个更高级的屠夫赏识了一个出色的打手而雇用了去，原来也是最普通不过的“商业习惯”，并不出奇的。有很多打手就是这样晋级而成为帮凶的。“鸳鸯楼”一案的特殊情况在这里，蒋门神是张团练的死党，这样才破坏了正常的发展规律。不然，武都头是一定会当上张公馆的教师爷的。

武松与关羽之所以受到金圣叹与毛声山的赏识而获得“天人”的称誉，那第二个原因，我以为，就是他们都对自己的嫂子采取了在封建社会中被认为非常恰当的态度的原故。

不知道别人的意见怎样，我对于舞台上的关羽的形象与作风是非常厌恶的。

关羽的丹凤眼与卧蚕眉，不知道是怎样创造出来的，总之那脸谱是显得非常紧张，而且严肃得有些过分了。他那手执《春秋》一卷阅读的姿态，看了就使人感到非常疲劳。自然这是在做身段，不过却是非常不现实的身段。我想大概没有人是会这样看书的。他骑起马来，那姿态就更为恶劣，马童在前面跳跳跌跌，他在马上也非常吃力，如果赤兔马真的是这样的一匹劣马，骑了它上阵交锋岂不是非常不智的吗？这些都为关羽这个人物造成了非常突出的性格，就是说，这正是一位“天人”，并非活在世界上的平常人，是不待言的。

这些还不过仅只是姿态、形象，至于那真正典型的抒写，对于这样一个特殊人物的内心的描写，则是他对待嫂子的态度了。

在《古城会》里我们可以看到关羽向二位嫂子问安，请她们上车、说话……种种生活细节的描写，是为《义勇辞金杂剧》《古城记》的作者所着意刻画着的，也是最不近人情的。说话的时候，关羽面向台口，做出异常委琐的神情来低声向坐在他的身后、一条假想的幔帐里面的两位嫂子答话。这情景使人看了很不舒服，仿佛是清楚地看到了那条“礼教之大防”，实在凛然可畏。而这，就正是毛声山之流认为了不起的处所，作为一个“天人”的必备条件了。

这同一精神，在武松身上再现时，就成为对潘金莲的“惩治”。同样是嫂子，不过因为并非“玉洁冰清”而是“淫滥”的原故，所以就必须采取不同的手段，使她死在刀下而且切下了头，挖出了心肝。

他们虽然采取了不同的手段，然而维护的却是相同的目的——绝对的封建的夫权。他们的行径，也被批准成为封建社会的“楷模”了。

重要的是，这样的“标准”一直就成为千百年来封建道德的“典范”，这影响是直到现在依然存在着的。这影响一直深深地隐伏在人们的心底，说不定什么时候就会发作，酿成很大的灾害。最近我们从报纸上看到很多关于婚姻问题的不幸的事例，被害者几乎全是女人。我们有机会深入到农村里去，也处处发现同样严重的情况。很直感地可以觉得，造成这种不幸事件的人们，不管是丈夫、翁姑、妯娌还是干部，不是武松的崇拜者就是关羽的信徒。

旧戏之所以如此受到广大的欢迎，因为这实在是从人民的生活中间汲取出来的东西的原故。它紧密地结合着人民的思想与情感。不过这又要分两方面，健康的与不健康的。像武松与关羽这样的人物，除了他们好的一面之外，也还有着很多被利用了来宣传封建道德的处所。为了爱护在人民中间有浓厚基础的英雄人物，使他们的性格更完美更健康，我们是有理由进行一些分析的。

武松是怎样对待嫂子的呢？“武松认得嫂嫂，拳头不认得嫂嫂！”这就是他的口号。《杀嫂》的昆曲原本的名字是《义侠记》，足见这样的行径作者是认为既“义”且“侠”的。作者着意描写了“淫妇”的丑态，披头散发，连滚带爬，磕头如捣蒜，充分显露了对女性的虐待狂。在男子中心的社会中看来，自然是再好也没有的了。

我们固然不必替武松做考据，研究一下是不是在历史上真有这样一个人物，也用不着把西湖边上的武松墓发掘开来，看看那中间到底还藏着怎样的史料。可是多少看一下这个人物是怎样被封建时代的文人阉割了的事实，也还是必要的。

如《水浒传》所写，武松除了好酒使气以外，是不贪财也不喜欢女人的。好像只有在“十字坡”中多少对孙二娘不敬了一下，然而主要地也还是在描写他的“神勇”。可是在最初的传说中间，武松是不是就是如此的呢？

周密作《癸辛杂识》中有龚圣与的《宋江三十六人赞》，关于武松，是这样写的：

“汝优婆塞，五戒在身，酒色财气，更要杀人！”这是说武行者原来是个犯了“五戒”的和尚。

在郑振铎先生的《痀偻集》中，也曾经提起过武松是有过老婆——贾氏的。

是从什么时候开始，才把他阉割了、涂上了满溢着臭味的“香油”、成为金圣叹心目中的“天人”、整个性格统一了起来的封建夫权坚决的拥护者、那样的木乃伊的呢？这是值得研究的问题。

《武松杀嫂》普通演出，都是根据的昆曲《义侠记》。梆子皮簧，也都是从同一个本子里脱胎出来的，可以说没有什么两样，全是根据的《水浒传》里的故事。此外，还有根据《金瓶梅》的另一个本子，故事情节有些两样，不过那对“淫妇惩治”的刻画的精神却是一贯的。程砚秋先生藏有抄本，还是昆曲的路子。此外，老伶工刘春喜也有一个本子，根据的也是《金瓶梅》，却是皮簧。

这出戏居然有这么多不同的本子，足见在旧社会中流行之广。被认为是标准的夫权维护的“楷模”的事实，也是不言可喻的。在程砚秋先生藏本中间，当武松开始杀死嫂子的时候，武大的魂子就在后面指指点点，吹气，跳上跳下，充分表现了神怪迷信因果报应的特色。事实上，这就是借了武大的魂灵把封建教条更深切地往观众的头脑里抹了一下。

至于怎样的杀法，那就更充分显示了淫虐狂的特色。陈墨香先生曾经记下过那详细的情况，现在就摘录一点在这里：

在武松杀死西门庆之后，旦角在后台卸下了大头，换新式头套，不挽髻，用白头绳束发根，盘头，用白孝巾遮盖。武松用刀挑掉孝巾，抓下小衣，潘金莲就披头散发，身穿小袄，红面红里，敞怀，褪出双手，露出抹肚，衔发抱刀。被武松揪住右臂，跪在台上。刀一落，向后洒散发，衣襟一翻，遮住了肩膀以上，首级不见，满抹肚的鲜血，武松手一松，死尸跌倒。用脚一踢，尸身一滚，爬伏在地。

这时候，场面起一阵阴锣。检场上来用很快的手法，“创造”了最恶劣的形象。

武松衔刀，左手提西门庆头，右手揪潘金莲的散发，诸邻舍抬尸转身。尸身脚向内，脸朝下。武松等脸向外，这时从人缝里露出了潘金莲的面目，头发披散，一半在武松手里，一半垂在颏下，双眉倒插，两眼微睁，满脸血迹，颏下有明显的刀伤。右手一摇，鲜血流出。大家就一拥而入了。

这种为封建统治阶级十分欣赏的场面，充分暴露了喝血者的淫虐狂变态心理的描绘，就连陈墨香先生也认为“比装鬼更凶，加上一百倍的要不得”了。

陈寿的《三国志》关于关羽曾经有过这样一段记载：

关羽与曹操围吕布于下邳。羽启曹操，布使秦宜禄行求救，乞娶其妻。曹许之。临破，又屡启于操，操疑其妻有殊色，先遣迎看，因自留之。羽心不自安。

这是很有趣的一段故事。照陈承祚的记载，关羽是老早就看上了吕布的家小，在没有破城以前就向曹操“预约”要讨她了。结果因为心太急，使曹操疑心起来，先下了手，自己留下了。关羽不但美人未曾到手，结果却弄得颇为不安。

这记载里所表现的关羽的性格，和小说中间所写的那个目不斜视的“圣人”不免大大两样，在一般崇拜“关圣”者看来，怎么能舒服呢？

这里所说的吕布的妻子不知是谁，照演义上所说，当然就是《连环计》的主角貂蝉，而貂蝉，却正是被“正人君子”们当作“祸水”的红颜。“伏魔大帝”虽然看上了这样的女人，在道学家看来是不可思议的，简直有把那一套逻辑完全拆散了的危险。怎么办呢？还是来胡诌一通吧！

热心的人士很不少。关起门来胡诌的结果自然不会相同，于是就有了两种说法：其一是说下邳破后，貂蝉为张飞所得，送给了关羽；还有一说是白门楼吕布死后，家属没入相府，曹操将貂蝉送给了关羽，目的是要他迷恋美色，志气消磨云云。

手续虽然不同，反正貂蝉是到了关羽的手里了。这下面关于貂蝉的处置，道学家们的意见倒是一致的。

这是一出吹腔戏，开始时关羽自白：“只因水淹下邳，擒了吕布。三弟擒了貂蝉，送与某家，铺床叠被。这也不在话下。”好像在赏收以后，也并未感到怎样的不当。接着是月下看春秋，这才看出问题来了。

“一轮明月照山川，推去了云雾，星斗全。坐虎椅，看几本《春秋》《左传》。《春秋》内，尽都是妖女婵娟!”

联想的结果是：“我想权臣篡位，即是董卓父子，妖女丧夫，即是貂蝉也!”

很自然，到了这里，关羽的头脑忽然清醒了。发现这危险的女人实在是要不得的。

关羽把貂蝉唤进帐来，加以盘问。先问她可知春秋历代褒贬之事否？又问她从周朝到我朝，出了多少古今上将？最后才逼出来问她虎牢关谁是英雄？貂蝉只能将张飞称赞一通，而骂吕布是“我儿夫、三姓奴、臭名难当”。关羽于是就下了结论。

“有关某听此言双眉倒竖，骂一声貂蝉女无义不良，我这里将袍袖来卷上，今夜里斩了她万古名扬!”

真是不知所云。取得“万古名扬”的手段是杀死一个俘虏了来的敌将的眷属，为了保持自己的“正经”身份不受一个漂亮女人的诱惑，关羽就采用了这样浑横的手段，而这却是为“卫道”的“君子”们所肯定的。

对于杀却貂蝉的宝剑，他也做了神怪的描绘，说是什么“周文王所造，菩萨所赐，倘有不平不德之事便响”。这也是涂在这个人物身上的另一种色彩，是跟他的“伏魔大帝”的身份离不开的，是这个偶像被佛家攘夺了去以后的结果，这里就不再做仔细的分析了。

不成问题，武松的身份比起关羽来是比较单纯的，不像关羽的身兼数“职”，不单是儒家的道德的保卫者，同时也还是释道两教的打手。多少年来，封建统治者——皇帝不断地封赠他给他的官衔上增添许多花样，弄得简直神怪莫测了。

改版后记

《谈水浒戏及其他》里所收的是我在1949年冬至1950年夏半年中间所写有关戏曲杂文的一部分。当时江南刚刚解放，戏改工作还没有很好地展开，各地的演出不免存在着一些混乱的现象。个人企图通过对水浒戏的讨论，对当时普遍存在于戏曲演出中间的“反历史主义”倾向进行一些批评。可是因为能力和时间的限制，这个工作做得是很不够的。

这本小书出版在去年夏天。现在有改版重印的机会，就将1951年所写有关武松的一篇文字附在后面。因为武松也是为群众所熟悉的水浒人物之一。

远在元代，武松就已经是非常流行的戏曲人物了，像《窄袖儿武松》《武松打虎》《武松大报仇》这样的戏就已经创造了出来，无疑，这位英雄人物是为人民所热爱的。然而这个人物在创造与丰富的过程当中，却渗入了不少不纯的东西。因此，这个人物就变得不完全是可爱的，不是元曲中间所塑造的那样一位纯朴的英雄人物了。而这主要的是表现在他对待女人的态度方面，暴露得特别严重的是《武松杀嫂》戏文。

这样的现象并不是偶然的。封建时代的英雄人物的必然会带有若干封建色彩，也是异常普遍的通例。那分别只在个别人物身上的人民性与封建性的不同的比重。武松的在某些方面被写成维护封建阶级利益的打手，应该是涂在这个人物身上的泥污，是应该确认的事实。

明代沈璟所撰的《义侠记》，写好以后曾经有过不敢流传的顾忌，因为“此非盛世事”（见高奕的《新传奇品》）。因为他勇敢地提出了一个对不合理的社会制度英勇反抗的故事。可是《义侠记》衍变到后来，那重点就逐渐转移了。留在舞台上的某些戏文，终于成为封建统治阶级激赏的东西，在这中间是明显地可以看出篡改与涂抹的痕迹来的。

对人民所熟知的英雄人物，仔细地分析，除去泥污，还其光彩，是完全必要的工作。

在西湖上，就矗立着一座伪造的“宋义士武松墓”。再看看那建墓者就正是与帝国主义买办官僚勾结得非常紧密的封建社会里的流氓代表人物，这不是偶然的事。他们是想奉武松为“祖师”的，至少，武都头是他们心中认为值得佩服的人物是无疑的。他们所了解的“义”，和人民心目中所了解的是完全不同的两个东西。我们是有责任给予明确的分析的。

一九五三年一月二十五日　客杭记

西厢记与白蛇传

《西厢记与白蛇传》，剧评集，1953 年 7 月平明出版社初版。1954 年 1 月再版时，抽出附录《跋祁彪佳〈曲品〉残稿》一篇。

据初版本编入。

谈《西厢记》

一 热爱、尊敬我们的文化遗产

上演古典戏曲的风气近来大盛。这是很好的现象。不过话得这样说，我们在判断这种风起云涌的现象是不是好的、值得鼓励的时候，还得根据戏曲工作者对待我们伟大的祖国的文化遗产的态度来做决定。“一窝蜂”的现象其实并不足以表示这个风气是健康的。

事实摆在眼前，光明越剧团所上演的越剧《西厢记》，就是乱修乱改、以粗暴而无理的态度对待古典名作的例子。如果上演古典戏曲都是用了这种方式来进行的，那就不但不是可以鼓励的、而且是必须反对的了。

怎样正确地、郑重地对待文化遗产，因此，就成为我们当前必须正视的一个重要课题。

似乎可以肯定地说，对于我们伟大祖国传统的瑰丽多彩的文化，我们不是知道得太多，而是知道得太少了。我们不是重视得过多，而是重视得太不够了。

在这种情况之下，空谈爱国主义的精神，是几乎成为空话了的。试想，如果我们对一样东西，没有了解、没有认识，而空言热爱，岂非骗人！

这是确不可移的真理，为那么多劳动人民所喜爱的民族形式的戏曲，我们有什么理由不加以热爱！如果我们不了解它，不能使我们的爱重的情感生根，那么我们有什么理由不多花些时间对它进行了解！要发展新文化，提高民族自尊心是一个必要的条件。崭新的人民文艺是必须从传统的文学艺术里取得根据、加以发展才可以有必然的辉煌的前途。因此，我们是有理由有必要对文化遗产进行研究的工作的。

二　我们必须是专家

在一次座谈会上，有一位前辈名演员曾经提出他的苦闷心情向大家申诉过。

他的话的大意是这样的：

现在的戏是很难搞的。特别是古装戏——也就是说历史剧。一不能歪曲历史，二不能不审慎处理舞台形象，临了还得来上个“乐观主义”！可是这样做了，大家又要说你是公式化，没有艺术性。总而言之，限制是太多了。我们戏曲工作者的修养是很浅薄的（原词，这是他的自谦），现在却要我们代替历史家的任务，怎么行呢？自然是会错误百出了。

当时听了这位前辈艺人的申诉，我是很感动的，也的确很担忧这个问题。演员只是演员，如果让演员同时还必须是一个高明的历史家，不是一种苛求吗？同时这又怎么是可能的呢？

后来我仔细想了一想，觉得这个问题的答案还是肯定的。那就是说，一个好的演员，必须是一个对祖国的历史、文化……有深刻认识与正确了解的人。要不然，他就没有资格做一个人民的艺术家。难吗？自然，这是不大容易的，而且不客气地说，我们在这一方面都是不够格的。然而这不应该是“得过且过”的借口，正是我们必须努力学习祖国历史、文化的最大的理由。

比如说，我们在舞台上扮演一个古代的气节凛然的名将，如果我们不了解当时的历史背景与人物性格，我们是无法表现这个真实的人物的。只凭自己的臆想来大声疾呼，慷慨激昂地表演是没有用的。这样一来，是会弄得千篇一律了的，自然就会成为没有了艺术性了的、公式化了的。

因为我们演的是张飞、李逵、曹操……而不仅只是“武二花”“大花脸”……

就说《西厢》，红娘是一个天真无邪、有丰富的正义感、爽朗而热情的人物。不幸她的“身份”是花衫，有些演员就把她演得下流不堪，黄色恶劣。这又哪里是可以容忍的呢？

原因是这些演员只从师傅那里学来一套花旦的表演方法（这种理解也是错误的，应该批判的），却没有向《西厢记》原著学习了解人物的性格。于是就造成了这样的错误。在这些演员的头脑里，存在着一些极不正确的看法，以为凡是丫头就一定是不安分的、不正派的，也只有这样演出才能得到观众的“喝彩”。这种错误的思想根源，主要就是为了不肯学习，以为不必或不可能成为一个专家，只要抱住一套从师傅那里学来的老套就足够应付了的想法所致。

因此我们说，演员必须学习，必须成为一个专家！

三　一见钟情与恩爱夫妻

在我们的古典文学作品中间，甚或所有的民间传说与戏曲故事中间，遇到描写男女爱情的场合，大抵是用“一见钟情”的手法交代的。同时，我们一向所肯定的、认为是美满合理的婚姻应该是“恩爱夫妻”。

这是一个很重要的关键问题。我们一开始就要了解这个，了解它的原因，与它的正确意义。

我们的民族文学形式包含了有条有理的、次序井然的情节发展与相当普遍的“大团圆”的结局。我们的文学作品中间，也有高潮，也有奇峰突起的结构。不过与西洋的作品是不相同的。如果用一些资产阶级的文学解说的什么三一律、高潮的结尾、奇特的布局……来衡量起来，是一点都不“适合”的。

然而，这正是我们伟大祖国的文学形式的极为健康的一方面。我们所肯定的写法，是要描写一段完整的故事、一个真实的人物。在忠实的描述中间，根据合理的、自然的发展使它凸出、活现。因此文学作品里的人物多半是平凡的、然而却是伟大的。

所谓平凡，其实并不是如字面所说的那种平凡，是应该作为真实来理解的。

一些传奇式的人物，表现上似乎行径很奇特，然而仔细地研究一下他们的内心、性格，也还是与常人无异的，也就是说代表着最大多数人民的性格与品质的人物。

如果一见诸葛亮的八卦衣马上断定他是妖道，望见包公脸上的月牙，就只想到他会过阴，那是难免失之于浅了的。

这样，我们可以多少了解一点为什么我们的故事总得从“一见钟情”写起的道理。

一见钟情好不好呢？这是不是就等于荡子心肠狂且行径呢？

我想，这也是很健康的。爱好美丽的人物、事物是人类的天性，是一点也没有什么值得非议的。要是我们看到了一个奇丑不堪的东西而为之颠倒，那才是怪事！

可惜的是很多人都把这个本来是极为健康的事情误解了。以为一见钟情必须挤眉弄眼，我想这责任还得由某些演员来负。因为他们理解错了。怎样纠正这种错误的理解呢？主要的方法是学习，用真正的体验与理解来代替病态的狂想。

其次，我们想接触到一句非常通行的口号——“恩爱夫妻”。

是的，这的确是极为普遍、深刻的看法。我们民族对婚姻问题的传统看法是这样的，认为夫妻们是由恩而生爱的。

《西厢记》里莺莺对张珙的渐生情爱，就是为了兵围普救、由他仗义解围的原故。这个感情发展的基础是健康的。

在旧小说、旧戏、旧的评弹……中间，我们经常可以听到“恩情”这样的字眼。我想在这里提醒一下，这个习见的词汇是应该加以正确的理解的。这是指一个人对另一个人在平等的基础上的好意柔情，而不应该理解作压迫者对被压迫者的施舍。

很显然，当皇帝有所赏赐、甚至“赐死”的时候，臣子大抵要说“谢主龙恩”或“望诏谢恩”或“谢主恩德”之类的话。这是决不称之为“恩情”的，因为不敢也不屑这样说，在两个阶级中间，是无“情”可言的，关于这一点，大家看得很清楚。

“恩”是冷冰冰的，而“情”才是温暖的。

恩爱，夫妻的恩，是“恩情”，而不是“恩德”。

恩爱，是人民内部的一种情感的传递，应该肯定它是健康的，值得鼓励的，正因为这是正确地、合理地、发展地处理了情感进程的原故。

报恩是不是好的？也是应该加以更仔细的体会的。

如果是奴才在报主子的恩，如马义救主，莫成替主一死，那是宣扬奴隶道德，是应该坚决予以反对的。员外散粮，贫民高呼恩重如山，那是模糊阶级立场的表现方式，应该坚决反对！可是在人民内部，报答一种善良的友情或爱情，则不在此例。

因为我们绝不想提倡忘恩负义！

四　缺陷的暴露

上面我们说过，要做一个合格的优秀的戏剧工作者，不管是编导或是演员，是非得在某些方面具有丰富的常识、高度的理解力与感受力不可的。比方说我们要处理《西厢记》，那我们就必须对《会真记》有些了解。因为，这是《西厢记》的本事。

如果想了解《会真记》，那就必须先对唐代的社会风俗、典章制度……有所认识。也许有的读者听了这个会大惊失色，以为这不应该是对一个戏剧工作者的要求，因为这几乎是不可能的。可是我们现在就必须使不可能的变为可能。要达到这样的目的，就不能不在某些方面取得专家的协助。专家的许多繁琐的考证固然不可能成为一般的常识，可是这些意见的总结却可以大大帮助我们的了解。譬如关于《会真记》的研究，陈寅恪先生的成就就是值得我们利用的。

《会真记》是《西厢记》的本事。可是《会真记》产生的时代距离元曲《西厢记》的出现却也已经有了近六百年的时光，这是一段相当长久的日子。可以断定，当《西厢记》的作者在采取《会真记》作为创作素材的时候，他也仅只是采用了这样一个故事。而对于这个故事所产生的时代背景，是未必有怎样深切的了解的。这在作者创作进行的过程中，就会遭遇到某些困难。这些困难都由作者的天才克服了，多少年来并未发现任何缺憾。可是，缺憾总是缺憾，总有一天它会暴露出那弱点来。而要设法克服这样的弱点，弥补这样的缺陷，首先还得对原作进行细密的探索。

我以为弱点的暴露，最近的也最显著的就表现在京剧《红娘》里。

《红娘》是荀慧生所编的一出以《西厢记》为蓝本的新

戏。因为荀的戏路是以花衫为主的，于是这个改编就把主要的角色放在了红娘身上，走了“花田八错”的路子。我们可以说这是荀派新戏《红娘》的风格酿成的一个重要的因素，然而却并非主要的因素。原作里隐伏着的破绽，在这次改编中大大暴露了出来，结合了新的因素而进一步地做了发挥，才替这个古典剧作造成了不可想象的损失。

五　谁是主角？

在《西厢记》里到底谁应该是主角呢？这件极为简单而明确的事，却曾经使我们的作者苦恼过。

《西厢记》描写的是一对青年男女的恋爱故事，描写他们在封建社会中，为了要求自由婚姻而斗争的故事。

很明显，在这样的故事当中，主角应该是当事人的男女双方——张珙与莺莺，而不应该是作为辅助人物的红娘。我们什么时候在婚礼进行中间只见介绍人跑来跑去，却找不到新郎与新娘呢？

然而从《西厢记》原作开始就用了不小的努力描写了红娘。而在京剧的改编本中，更没有体会原作的精神，把这个倾向做了无原则的夸张。那结果就是，在整个的戏里，我们只看见红娘在动，而莺莺却变成了一个木偶。特别是在旧班社不合理的制度下面，由头牌名角扮演红娘，扮演莺莺的则是三路配角。更因为对这个角色绝对的不重视，往往给人一种残脂剩粉极为猥琐的感觉。可以肯定地说，这么一来，主题是被弄得非常模糊了的。

更由于一些坏演员的歪曲，给红娘的表现增添了不可容忍的黄色气氛，那后果自然是不言可喻的了。

为什么造成了这样一连串的歪曲的？我们可以根据常识得到这样的解释。试想，作者描写的主角莺莺是“前朝相国”的小姐，这样的人物，在舞台上一向是规行矩步的，按角色分派，应该是由所谓“抱肚子”的青衣扮演的。现在企图描写她的大胆的、热情的恋爱故事，几乎就成为不可克服的困难。要突破这样严重的传统限制，我们的天才戏曲作者就不能不使用辅助人物来帮助进行刻画。

有许多不可能出之于小姐之口的言语，不可能由小姐做出来的行动，就由丫环身份的红娘来说、来做。这样，原有的限制突破了，主题得到了充分的发挥。然而非常重要的一点是，这两个人物虽然在语言行动上有所不同，然而她们总的思想愿望是完全一致的。而且，每一个情节的发展，虽然由红娘做了重要的联系与穿插，然而那主导的力量依然是来自张珙与莺莺方面的。这从原著里看，是非常确凿的事实，这正是我们的戏曲作者伟大的地方。他对主题与人物抓得紧紧的，虽然在写法上他使用了最大可能的自由。

可以这样说，莺莺与红娘是一个完整性格的两面，也可以说，对红娘的描写，是对莺莺性格刻画的一种补偿。如果无视了这重要的一点，把她们独立起来，分割开来，那是必然会造成严重的错误的。

这是我们从常识上推断所获得的结论，如果我们进一步研究《西厢记》原著与《会真记》，我们将会获得更为有力的证明。

六　关于“会真”

对古典文艺作品进行研究，有时候不能不利用考据。可是离题过远的考据是不足重视的。因为它已经钻进牛角尖里，无法与作品本身发生血肉的联系了。怎样判断考证工作的是否脱离实际，倒也是一个微妙的问题。

譬如说有关《红楼梦》的考据，过去是曾经有过不少成绩的。有人考证出《红楼梦》的作者是曹雪芹，小说里所描写的有很大一部分就是他自己家里的事，甚至后来发掘出来，最初流传着的抄本《红楼梦》的有些批语是出之托名“脂砚斋”而其实是史湘云之手的。这许多，在我看来就都不能算是题外之谈，是对这一部名著进行深刻了解必备的知识。可是有人又进一步猜测大观园到底在南京还是北京，甚或实指它就是“随园”……这就没有太大的意义了。也就是说，已经钻进牛角尖里去了。

对于《西厢记》的研究，我们企图进一步根究它所根据的原来故事的《会真记》，再研究《会真记》的作者元稹，以及唐代社会风气，是不是也钻进牛角尖里去了呢?

初看，这也不免是离题过远了的。然而不然，在我们发现《西厢记》所存在着的缺陷，其实就埋藏在原著中间的情况以后，就感到做一些这样的发掘与研究，并不是浪费的了。

宋代王铚曾经根据元微之的《陆氏姊志》和白居易的微之母《郑夫人志》考据出来小说里的莺莺其实就是微之的中

表姊妹。这个说法有力地证明了《会真记》不是小说，其实正是元微之的自叙传。

这个说法大体上是可以凭信的。虽然我们用不到为元微之为何在小说中改名张珙去做什么考证。

其次，我们应该了解“会真”的定义，关于这个，陈寅恪先生有很正确的见解。在这里我们可以简单地介绍他的结论。“会真”与“会仙”是一个意思，在唐代是一个习用的俗语。“会真”也就等于“游仙”“遇仙”。而所谓“仙”，其实就是倡女，或者是指风流放诞的“女道士”。

李商隐诗中那些“女冠”“仙人”，也就是指的同样的人物。《霍小玉传》中说李益：“每自矜风调，思得佳耦，博求名妓，久而未谐。长安有媒鲍十一娘至曰，有一仙人，谪在下界……”也正好说明所谓“仙人”的身份。

七　寒第与高门

唐代的社会是讲究门第的，然而却尚才华而不尚礼法。这正是封建社会的特征。贵族是受人敬重的，然而行止放荡倒并不被认为缺点。唐代的进士大都是非常轻薄放纵的。杜牧的“风流”不必说了，孙棨还作了《北里志》，韩偓作了《香奁集》，公开地对冶游生活加以记述，一点都不以为怪。

如果要为中国旧时代的“倡伎文学”溯源，晚唐就正好是一个起始。

元微之的创作了《会真记》小说，也就正是同一风气之下的产物。而且很重要的一点是，在当时大家是并不认为这是小说的，大家心里明白，这里所说的都是事实，虽然姓名是改换了。

元微之的出身是怎样的呢？他的曾祖是参军，祖父是“南顿丞”，父亲是“屈于郎署”的小“郎中”，幼年是极为寒苦，依靠舅氏过活。在唐代的社会中，像他这样的家门是为人家看不起的。出身于这样家门的人，如果想在社会里往上爬，就只有两个办法：由进士词科做大官；讨一个贵族的老婆，增高自己的身价。其他的方法，是没有的。

就是在这种情况之下，元微之在做了御史以后为韦仆射夏卿年选中，成了宰相的女婿。韦家姻族的显赫，韩愈在墓志里是曾经大加吹嘘过的。

元微之就是为了这个，才遗弃了从前的爱人（双文）。而这种举动，在当时却认为是当然的，无可非议的。

元微之最好的朋友白居易，在和他的《梦游春》诗中说：“韦门女清贵，裴氏甥贤淑。”又说：“刘阮心渐忘，潘杨意方睦。”那语气是肯定的，认为元微之的这种“始乱终弃”的行径是无可非议的，如果一个自由恋爱的女人会妨害自己的仕宦生涯时，一脚踢开好了。他们简直认为这是天经地义的事。

元微之在遗弃了双文以后，对她依然是眷念的。他并不为自己讳言，正好相反，却极力在词章里渲染。因为这不但不会为自己招来社会的非难，而且还可以获得正面的好的影响。

他的《杂诗》：“取次花丛懒回顾，半缘修道半缘君。”

是说眷念旧情的。可是在《梦游春》中则说："近作梦仙诗，亦知劳肺腑。一梦何足云，良时事婚娶。"这就等于说，恋爱固可念，而做官却是更重要的。

我们在这里可以把"考证"的工作结束一下了，因为这已经足够证明一件事情：莺莺并不是什么相国之女，而是出身寒门的小家碧玉。

八　保留什么、发扬什么

我们对《会真记》的情况，得到比较正确的了解以后，就使我们对元代伟大的戏曲作家的创作方法，发生了更崇高的敬意。因为在这里，我们的作者十分恰当地选择了《会真记》真正的好的一面加以抒写，而扬弃了不健康的思想感情部分。我们可以看出，在充分发挥作品的人民性上，那努力是灼然可见的。

然而也就在这里，我们的作者遭遇了困难，原来是小家碧玉的、比较少地受到封建礼法酷刻限制的双文，现在要她以贵族小姐的身份出现，却仍旧要表现她的自由恋爱的意志，就十分困难了。因此，我们可以体会到，作者为什么要把红娘作为重要的配角来写；同时，像听琴、酬韵这些场面的布置，作者对于一个古代女子的恋情的抒写、心理的刻画，是做了怎样的努力与安排！

因此，在我们重新整理排演这样一出古典名作的时候，是必须注意这样的问题的，我们必须很好地掌握原作的精神，这就是说，掌握以莺莺为主角、红娘是主要配角的精神。我们要好好体会原著每一个情节的安排。很明显，凡是红娘的一切行动，主要的动机有两种：其一是出之于莺莺的意旨，其次才是由红娘自己发动的。在原著里，这种区别是显然的。因此，如果我们把一切都写成红娘主动自发的意图就大错而特错了。

同样，红娘的言语，也有很多是为了交代莺莺不可能直写的行动与心情而安排的。在这里，我们需要做的工作就是怎样把这些从前不能写，而现在有可能写的东西做适当的发挥，因为这样做是会使主题更明朗更健康的。

九　草桥惊梦

关于《西厢记》的作者以及原本续作的问题，历来有各种不同的异说。谁作谁续，这问题是不关重要的。是作到"碧云天、黄叶地"为止，还是作到"长亭"为止，或是到"草桥"为止，也不是最重要的。值得注意的是，原作写到第四本——也就是《草桥店梦莺莺》的一本，因为某种原因不能不戛然而止了。

也曾经有人考证说《西厢》五剧是出之一人之手，绝无续作的可能，举出了很多例证。然而这些理由都不是确凿可凭的。在这里，我们不能不承认金圣叹的见解还是有部分可取之处的，他讥刺《西厢》第五本为"下截美人"。至少他是挣脱了一向考据的圈子，开始用"文学批评"的方法考虑这个问题的。虽然他的看法还是很片面、很不完备的。

我们现在可以分析一下为什么在《草桥惊梦》不得不

“戛然而止”的原因。

我们认为，这正是一个伟大的作家拥护正义、热爱真理的具体表现。试想一下，我们的作家，提出了“愿天下有情人都成眷属”的响亮而明朗的口号，赞成并拥护着他笔下的青年男女的勇敢而热情的恋爱；他用了全力来歌颂着这一个美丽的故事。他的心中充满了诗意的幻想，可是诗人总会回到现实里来的，一旦他的笔不能不转入一个现实结局的前奏时，他苦闷了、踌躇了。

原作者所布置的最高潮，我以为应该是《拷红》一场。因为在这一场里，代表封建制度与思想的老夫人，是完全被打垮了的。她已经不能不完全承认了既成的事实，接受了妥协的条件，她完全失败了。可是再写下去，就又发生了新的困难。

按照作者生活着的时代的现实情况，张生和莺莺的婚事只可能有这样的一种处理方法，也就是老夫人所提出来的那个方法，一定得张生进京赶考、高高得中，才能重圆。这是完全合乎当时的现实的。然而我们的作者又怎样能接受这个，怎样能使他笔下一向刚强不屈的人物在经历了艰苦的斗争以后终于向封建社会投降！

于是我们的作者只有在这里搁笔了。我认为这一个理由是可以取代任何寻章摘句者的考证的。

从现实的世界里不能得到满足，就只有求之于幻想的梦境，我们可以完全了解这种创作的心情。同样，我们也可以体会古代人物在不能满足自己的愿望或不能解释自己所遭遇的一些自然事象时，就创造了美丽的神话的道理。因为这都是为了满足人民的真诚的正当的愿望所创造的东西。

我们的亲爱的苏联朋友是充分了解了这样的心情的。于是他们特别选取了这最美丽的章节，而加以发扬。这样，在莫斯科讽刺剧院的改编本《西厢记》中，《草桥惊梦》最初是以梦想开始而最后是以真实作结的。赶了来的莺莺后来由梦幻变为真实，真正地与张珙重逢，携手走上了光明的道路。

这一个改编使苏联的观众真正了解了元曲作者的意图。

在一次戏曲编导座谈会上，谈到了这个改编方法的时候，意见是分歧的。有人对这个改编提出异议，认为是与原剧的情节不符，这样改是伤害了原作。这种看法出于一种误解，因为并不曾很好地体会出作者的心情与创作意图，错把《衣锦荣归》当作原来是作者的意愿的原故。

在这样的处所，我们必须对古代的作者的心情有充分的理解，同时就又应该设法克服横亘在作者面前的时代限制，为他弥补。这样才能使光辉的作品显出更大的光辉。

崔莺莺在千余年前私奔是困难的，可是为了使别的国家的人民接触到古代作家所刻画的中国人民的真实情感，在这种场合我们采取必要的增添使观众获得满足是完全合理的。

可是又有很多位编导在座谈会上提起了“私奔”的现实问题。有的主张在长亭饯别时两个人就密商了出奔计划。有人甚至安排好了他们行程、期限，让张生在路上某处的旅馆里等候，我觉得这样的研究是完全不必要的。而且恰恰伤害了原著的基本精神。

在原著的《惊梦》一折中，观众充分体会了张生的怀想、凄凉、怨怅的心情，这就造成了一个非常紧张的情绪的高涨。替他们不平，替他们祝福。看到崔莺莺的匆匆赶来，行旅中的艰难与惊恐（这些是在梦境中加以描写的，是可以充分表现舞蹈之美的），为她担心，在心里鼓励她。观众知道这只是梦，虽然看到他们相逢了，可是这个满足是还存在着缺陷的。在这当儿，我们把梦境变为现实，让他们真正团圆，那么观众——特别是外国的观众——所感受到的满足，欣喜，将是无可比拟的。

如果在“长亭”饯别时就商量好了出奔的计划，那么张生又何必做梦，观众也再用不着为他们担惊害怕了。如果说最后一场美丽的气氛是完全给破坏了的话，是并不过分的。

我以为，我们是必须了解进而掌握诗剧的精神，不必胶柱鼓瑟的。《惊梦》的终于变为现实，在剧作者说来，是达到了一个诗剧的境界，在观众说来是一个极大的满足。

十　执着的爱

整个的《西厢记》写的就是张生与莺莺之间执着的爱情，这一点在京剧《红娘》里被忽视了、庸俗化了。

我们可以从原本《西厢记》所刻画的张生这个人物，非常清楚地可以看出来，为了贯彻对莺莺的挚爱，他作了多少复杂而曲折的尝试。“闹斋”是为了有机会接近她；后来的作诗、弹琴，也都是为了向爱人表示自已的火热的心情，他几乎已经尝试了在封建社会里可能使用的一切方法。这里我们也可以明显地体会到，作者在刻画这个人物时，是用了全力的。必须明确，张生在这一连串的行动当中，是不可能存在着丝毫轻薄气息的。他有时确是有点呆的，正如红娘嘴里所说的“傻角儿”，可是这傻正是诚直的另一面。

在京戏《红娘》中，红娘探病的一场，是被普遍地认为演得非常油滑的。因为是抄了《打樱桃》的老路，所以由琴童扮成奇怪的装束，反穿了一件皮袄，手里拿着一根其实是门板的“手杖”，张生的打扮也是相仿的。探病的时候，不但没有了应有的焦急与同情的表演，却弄成了极不严肃的打情骂俏的场面。

这是完全要不得的。因为这歪曲了原作的主题，把它庸俗化了。

也还有这样处理方法，在《琴心》一场张生不遂所愿，于是马上就投奔白马将军的义军，为老百姓报仇去了。

如果真是这样，那他们中间的爱情又有什么执著可言，又哪里还有什么基础呢！在这里使用了“合则留不合则去”的方式是完全不对路的。如果张珙真的是如此，那么他的“一见钟情”就无可怀疑是油滑少年的行径，而这以后的一连串举动也将完全成为对一个少女的勾引了。

你瞧，刻画人物的情感，完全不是如有些人理想中轻而易举的事情！如果你没有对人物真挚的爱，没有对祖国伟大的文化遗产的真诚的尊重，而只是灌糖人似的用自己的公式一套，那就一定会把正直的青年写成阿飞，把天真的少女写成荡妇的。

十一　论人情

有很长的一个时期，很多人在文艺创作上、在批评工作中，在很多地方都不敢或不愿意再提到“人情味”这个字眼。好像这是一个不祥的名词似的。

这其实是一种糊涂思想，必须加以澄清的。不然，我们就不可能创作出好的作品来的。

首先，我们应该看看，“人情味”这个字眼是从什么时候倒了霉的，它又是在怎样的情况之下倒了霉的。这正是一个事实。在过去，就以我们的舞台而论吧，上面就有不少充溢了“人情味”的戏在演出，而且在旧社会中也曾经受到过欢迎的。然而这些戏里所宣扬的是哪些“人情”，哪一个阶级的“人情”呢？回答很明显：是封建社会里的“人情”，是资产阶级与小资产阶级的“人情”。《四郎探母》是很“人情味”的，甚至于《九更天》在有些人看来也还是够“人情味”的呢。然而赏识这些的是地主、是剥削阶级封建统治阶级队伍里的人物，劳动人民是不会加以赏识的，不但不会赏识，而且还要坚决地反对！

《西厢记》被改编为《红娘》，在有些人看来，岂不也正是有着浓厚的“人情味”的吗？张生的油腔滑调，红娘的色情演出，这些就正好适合长期生活在受帝国主义与封建主义思想集中侵蚀的近代都市里的小市民的低级趣味，于是这也就成为曾经受到一部分落后观众欢迎的东西。

我们来看一个例子。在《佳期》之后，《拷红》之前，红娘是曾经对莺莺发过几句牢骚的。在这里有阕“调笑令”，可以看出，红娘是有些“怨”了，一个天真的、善良少女的情感完全是活生生的烘出来了。她“怨”了，可是她并不曾从基本上否定了她一向热情赞成着的东西。如果在这当口把红娘写得“觉悟”了以前的种种是“错误”的，那自然是大失败，如果把红娘写得毫无怨言，慷慨赴“难”，而说这是什么人物性格的统一，那就是不折不扣的教条主义者。这里还更有第三种的处理方法，像一些演员在“红娘”里所做的。他们把这一段美丽的曲词搬在“酬简”一出里，算作红娘站在窗外种种下流黄色表情的根据。用了自己污秽可耻的想法，完全歪曲了原作，涂改了人物，完成了用资产阶级的堕落思想强奸了名著的罪恶行为。

在今天，新民主主义新中国的社会里，我们就得把这些旧东西连根拔掉，让新的东西滋长起来。至于“人情味”呢，我们还是要的，不但要，而且还得大大欢迎！而这里所说的人情就必须是劳动人民的人情，是劳动人民的爱和憎。如果不好好体验，表现这些，那么作品就不会是有血有肉的，不可能使人感动的，于是也就会基本上成为反马列主义的东西。

《西厢记》里包含着丰富的健康的人情，在前面已经说到了，也许还说得不完备。我们的戏剧工作者的责任就是怎样好好地发扬这些，更突出地表现它。

我们必须在同志们中间扫清这样的思想障碍，在发扬这些劳动人民的情感的当口，是绝不应当缚手缚脚的。不然，那作品又怎么能够动人！又怎样可能达成教育人民、鼓舞人民的任务！

现在我们再来看看老夫人和方丈这两个角色的处理问题。在莫斯科的改编本中是将这两个人物的卑劣无耻更进一步的加以刻画的。那方式是加上了老夫人和方丈串通起来暗害张生的情节。

这种处理方式在苏联可能是有一定的必要理由的。可是在我们说来就不一定有这样的必要。在我们介绍一部外国作品的时候，因为我们对某些方面的情况不够熟悉，因此为了使我们的观众、读者更了解原著，是有使用注解或在某些地方加以适当的修改的必要的。然而这在原著已经为广大群众熟悉了解的情况下，则不是必要的。而且这样的修正，又往往会引起观众的反感，以为是破坏了他们已经熟悉了的故事情节与人物个性。这是会引起不好的后果的，然而在改编外国的作品时，则并无此种困难存在。

老夫人这个人物，是很容易被写得公式化与概念化的。因为大家都很容易地体会到，她是这个戏里面代表封建势力的人物。可是，我们想通过她来说明封建制度的腐朽与可恨，就必须把她写活了，那样才会达到很好的目的。要是只让她戴了纸糊的帽子游行，就好像一些化装游行里的人物似的，除了让观众一看就认出是“斗争对象”之外，对人物不能发生更大的兴趣。那么，寻戏就是一个最大的伤害，也就不可能达到我们的原有企图了。

老夫人应该是非常疼爱她的女儿的。在一些生活细节上，她应该与一般的妈妈并无二致，不过在她处理问题时，封建主义的主导思想就暴露出来了。观众应该看到一个真实的人物，而不应该只看到一个封建主义的幽灵。

因此，我以为在处理老夫人与方丈时，只要掌握住原著的精神，使这两个人物更突出地表现出来就好了，进一步修改原著情节是不必要的。

白马将军杜确，照《会真记》所说："十余日，廉使杜确，将天子命，以统戎节令于军，军由是戢。"本来是奉了皇帝的命令来整治乱军的。如果拿《旧唐书》十三德宗纪贞元十五年十二月庚午及丁酉诸条试加参校，可以相信《会真记》所记的完全是事实。我们现在完全没有理由把杜确当作民军的领袖，这样做是反历史主义的。

整个的《会真记》，除了崔张的名姓和他们之间的那些姻戚关系是捏造的以外，其余的社会背景完全是真实的。因此在处理《西厢记》时，我们必须要求同志们对这些真实而重要的部分有必要的了解与适当的尊重。同时我们也反对钻到牛角尖里去的"考证"与处理方法。

我们相信，处理一切历史剧都应该掌握这样的原则，不只是《西厢》而已。

《西厢》在部队里旅行

中央人民政府人民革命军事委员会总政治部文艺工作团开始以越剧的形式与部队见面、与首都的广大人民以及来京参加会议的国际友人见面已经半年多了。

她们在参加了第一届全国戏曲观摩演出大会以后，就带着她们的新戏——《西厢》，开始在部队中间旅行。她们首先到了南京，接着就到了上海，后来又到了浙东，对当地部队进行了慰问演出。

中国人民最尊敬最热爱的祖国优秀儿女——人民解放军的指战员同志们是用了怎样的感情接待着军委总政治部带给他们这样一份崭新的礼物的呢？对于越剧这样一种民族戏曲形式，对于《西厢》这样一出古典戏剧名著，他们有着怎样的看法？这应该是每一个人所关心着的问题。

我们应该先看一下那许多动人的剧场风景。越剧《西厢》在部队中进行演出的时候，是几乎每一场都有着这种相同的热烈的反应的。这里所描写的可以说是完全一致的情况。

在戏开幕以前，我们看见，在广阔的剧院中间，坐满了解放军的指战员。他们手里都拿着一份说明书，在仔细地读着，也在热烈地交谈、讨论着。整个剧场就像一片海，几千个人的细语汇成了并不太小的音浪，这片海是不平静的。观众们的感情也是不平静的。他们是用了很大的好奇心来接待着这个演出的。他们有的人异常熟悉《西厢》这个故事，可是也有的人很陌生；有的人看过、有的人就从来不曾看到过越剧。可是他们有着一致的信念，这里从北京来的，从军委总政治部派遣下来的一支文艺队伍，这个演出一定会给他们带来很大的教育、很好的娱乐。他们坐在戏院里，静静地、可是也不能太平静地等着。

这一切，都要等待打开幕来，才能明白。

幕一拉开，有一阵骚动。展开在战士面前的是一场古代的庭园风景。有朱红的芍药栏杆，有假山、有亭榭，后面是那个普救寺佛殿的背景。观众们张大着眼睛，他们有着暂时的神往，他们从他们丰富的战斗生活中细数，仔细地回忆，在他们用生命和鲜血保卫的祖国河山中间，不错，就有着这样美丽的风景。他们纷纷议论，“对头了!”这是现实的景色，是古代的、也是今天的。因为我们的国家有着悠久的文化，而到今天，我们一直热爱它、保卫着它。

一晃，人物出现了，张生、法聪小师父、莺莺和红娘。从现在开始，观众开始走入戏中，他们本来是欠着身子坐在凳子边上的，现在坐回来了。他们愿意坐下去、仔细接受这个美丽的故事了。

在部队里有着这样的习惯。一出好戏，一出为观众接受的好戏在舞台上出现的时候，观众对人物、故事发生了兴趣，开心着他们的一举一动，观众就会纷纷替剧中人物起绰号。一直到戏剧结束，在每一个人物出场进行表演的时候，就叫着他们的绰号，批评他、议论他。

在《西厢》里，同志们替张生起的绰号是“穷追求”。观众同情、可是也善意地讥笑着这个古代的书生；替莺莺起了“好心肠”与“动摇分子”的绰号，送给红娘的绰号是“老油条”，这是部队里对一些年青的、最可爱的也拿他们毫无办法的天真热情正直爽朗人物的一般称呼。老夫人一出来，大家就说“斗争对象”来了，或者说“萝卜干”来了。

坐在前面看戏的将军们为这一出美丽的古典歌剧的出现激动起来了。他们显得格外的年青，他们不时对剧中人进行着批判，笑着、讥刺着，同情、否定着这些人物。一面谈着意见一面希望别人保持安静。对某一个情节有了感想就悄悄地回过头去议论一下再坐回来。

从现在开始，从张生惊艳开始，整个的剧场就一直激动着，观众的情感跟随着剧中人物的情感起伏、变化，为他们焦急，替他们不平，为他们高兴。我们听见了许多地方有着哄笑，这些都是正义的笑声。跟我们过去在戏院里听到的完全不同。

在演出结束之后，将军们和战士们用了最大的热情来接待演员。

政治部主任在演出刚一结束后，就跑上台去，激动地告诉我们：“是不是可以在下装以后，让我跟大家说两句话？”他太兴奋了，他不能不说，可是他又关心着演员同志是否太疲劳。

同志怕天冷，脱下衣服来给演员们穿，保证她们的嗓子。

一位观众在后台为演员烧开水，他怕烟火气冲到化妆室里来，就关紧了小房的门，演员同志们发现了，要他把门开开来他无论如何也不肯。

我们的指战员们就是如此热烈地欢迎着、爱护着这样的演出。

一位指挥员在极端激动之中所说的话是可以说明我们祖国优秀的古典戏剧在部队里演出的意义的。

“非常感谢你们，你们今天给我们带来了这样的戏，让我们亲眼看到了我们祖国有着这样伟大的戏剧遗产。”他的感情太激动了，他的脸上充满了笑容，他说话时有些急促：“几十年来，我们用生命、用鲜血保卫着可爱的祖国，可是我们却没有充分的时间对伟大祖国的全貌——特别是祖国悠久而优秀的文化——进行够多的了解。今天，我们是看到了我们优秀的戏剧了！”

指挥员的话使在场的每一个同志都感动了。从他们微笑的、为戏剧所沉醉了的面容上可以看出，他是经过了很多的回忆的。他把今天的演出和过去的斗争生活连接在一起了。他重复地仔细地思索了革命战争是为了什么这个问题，在今天，他又一次看到了这个问题的解答。

事实上，部队里有很多首长对《西厢》这样的古典作品是异常熟悉的，现在他们从这次演出中获得了新的激动。

“过去，民族戏曲是遭受着反动派的无情压迫的。只有人民维护着它。人民解放军是什么呢？是武装起来的人民，武装起来的工农。在人民被解放、人民的戏曲也被解放了的今天，你们又来为兵服务了。你们说这不是使人异常感动的伟大现实吗？”

指挥员又说：“人民解放军是一支有文化的队伍。我们不仅热爱艺术、懂得艺术，而且更懂得如何掌握、发展它。我们的战士是用了对祖国的热爱和无比的勇敢来继承我们优秀的文化传统的。”

他说“你们的表演是我们最宠爱的”。他说明他的理由：

“谁能把祖国的好东西保留下来，贡献给人民，谁能使我们看到祖国优秀的艺术，我们就最宠爱他们。”

我们受到了无比的鼓励与教育。从多少次座谈会里、单独的谈话里，我们亲切地听取了指战员们对戏的各方面的意见。

对舞台上出现的美丽的民族风格的景色，观众们说：

“我们热爱民族形式，和我们对祖国每一寸土地的热爱是相同的。在战斗和行军当中，我们对祖国每一寸土地都是稔熟的、了解的、热爱的。我们在行军中不可能有欣赏每一寸祖国土地优美景色的余裕，可是我们是准备着为每一寸土地流血的。”这样，像《长亭》一场的“四围山色中，一鞭残照里”的美丽风物使观众们陶醉，就有了完美的解释。

对于舞台上出现的彩色绚丽的服装，他们也有很动人的说明：

“我们是习惯于战场生活的。而战场上的夜空景色是最多彩的。子弹射出来以后是有着各式各样的颜色的，红的、黄的、蓝的、白的……大炮更放出了浓烈的火花。生活在这种战斗环境中间的战士们最能欣赏强烈的色彩。这就是我们喜爱你们美丽的服装的原因。”

从张生莺莺的恋爱故事中间，战士们更体会了祖国人民的坚强与勇敢。他们说：

“我们是一个勇敢的民族。我们的祖先就一直是非常勇敢的、有着坚强的斗争性的。在一千年前，就有人敢写、敢演，而且敢看这样的戏，真是了不起的事。今天中国人民的解放，是和千百年来的坚强斗争分不开的。”

他们通过许多舞台上的小动作，非常地佩服赞美着导演与演员的成就。像第一场莺莺与红娘在花园里扑蝶，莺莺捏住了蝴蝶又轻轻放去，然后再吹去指间与袖上的蝶粉的动作，就使观众感到非常真实。这样从现实生活中提炼出来的舞台动作，他们说，“真够细致！”通过了这些，观众接近了古代人民的情感。像莺莺的即使是比较愉快的生活吧，也还是使人感到她们身上存在着的严重的压力的。观众产生了这样的意见。

我们伟大的祖国，多少年来产生了几几何何美丽的姑娘，在她们中间，发生了多少可歌可泣的斗争故事。怎样教育我们的观众更清楚地认识封建社会，更热爱今天的生活。怎样通过生活的气息，简单而含着丰富感情的曲调，好演员的掌握而表演出来，应该是今天戏剧工作者迫切的任务。

对于红娘这个人物，他们是感到更亲近的。她是整个戏里唯一的劳动人民的代表。她机智、勇敢、热情、敢作敢为地为正义而奋斗。战士们同意她的一举一动，热爱着这个人物。红娘感动并且教育了广大的观众。

这样一出优秀的古典戏曲，无论在什么时代什么场合，它永远是光耀地存在着发出健康的气息来的。

关于《白蛇传》

一　传说的源流

《白蛇传》是一篇美丽的、有着强烈的反封建思想的、流传得最悠久而广远的、出现于最多样的民间艺术形式中的神话故事。它是我们伟大的祖国劳动人民的优秀创造，是经过了不断地丰富、发展才成为今天这样完整的故事的。如果我们进行一些研究工作，仔细地寻绎一下这个神话传说发展的痕迹，我们是可以清楚地体会出人民的感情来的。人民拥护什么，反对什么，同情谁又憎恨谁，这些问题都可以得到非常清楚的解答。同时，这对我们今后整理改编这个神话的工作，也是有着很大的帮助的。

我们今天所能看到的最早白蛇故事是《清平山堂话本》里的《西湖三塔记》。这篇话本的创作年代一直被认为是在南宋。钱遵王《也是园书目》里所著录的《宋人词话》里就曾经有过《西湖三塔记》的名字。小说里所记的故事发生在宋孝宗淳熙年间，其中所使用的官制名称（如宣赞、统制）以及坊巷桥道宫观的名称也大都是南宋临安的旧名，和《梦梁录》这些书里所记是相合的。因此，这小说应该是南宋时的作品，或至少也是后来根据南宋的平话基构编制的。

所谓三塔，是现在“三潭印月”的那三个石塔。故事的大略是说临安年青的奚宣赞救了失迷路途的少女白卯奴，因而遇见了少女的母亲——穿了白衣的妖妇，和少女的祖母——一个穿黑衣的老太婆。奚宣赞和白衣妖妇同居了半月，后来几乎被她杀掉，幸亏被白卯奴救出。后来终于由道士收服了三妖，镇压在三潭印月的三座白塔下面。

这三个人物，白卯奴是鸡妖，黑衣老妇是獭妖，而白衣少妇则是白蛇。

这个故事是异常原始也异常粗糙的，然而可以看得出来，这和后来的白蛇故事传说是有极明显的血缘关系的。

从南宋到晚明，这一段漫长的时间里，我们不曾发现过任何以白蛇故事为题材的书册。吴从先的《小窗自记》中说“法师钵贮白蛇，覆于雷峰塔下”。陈芝光《南宋杂事诗》，有“闻道雷峰覆蛇怪”的诗句。吴是明万历时人，陈则是清初人，都是以后人追述前代故事，不足为白蛇故事在南宋即有规模之证。只是在明山阴祁彪佳所作的《曲品》残稿中，曾经有这样的记载：“雷峰记，陈六龙撰。相传雷峰塔之建，镇白娘子妖也。以为小剧则可，若全本则呼应全无，何以使观者着意。且其词亦欲效颦华瞻，而疏处尚多。”

祁彪佳是明代浙中著名藏书家祁承㸁的儿子，他自己也会谱曲，更喜欢收藏传奇杂剧，他在南明乙酉闰六月殉国，儿子祁奕庆有藏书楼书目，还著录了名剧汇、杂剧一百多本，可惜这些藏曲都失传了。今天我们只能根据《曲品》，知道在明朝天崇之际就已经有了以白娘子为题材的戏曲，也还是值得感谢的事。不过这部曲子，实在还不是什么成功的作品，在《曲品》中被列入“具品”，然而它的出现，较乾隆三年刻的《看山阁乐府雷峰塔传奇》要早一百年左右，也实在是值得注意的事。与陈六龙撰作《雷峰记》同时，在冯梦龙的《警世通言》里，我们才看到了发展得更为完整了的《白娘子永镇雷峰塔》。冯梦龙是晚明的一位重要的作者。他的“三言”中间的几十篇短篇小说，有的是汇集的宋元旧作；也有的是自己的创作。不过汇录旧作也经过了修改，而新作里也往往是采取了民间传说的精粹作为基本骨干而进行创作的。因此，我们虽然不曾看到元明二朝有关白蛇传说的文字记载，不过那大致的情况是完全可以从冯氏的著作里看出来的。田汝成的《西湖游览志余》里列举了几种当时杭州流行的民间曲艺“陶真”，里面就有“雷峰塔”的名字，也可以证明明代万历前后这个故事在江南一带是非常盛行的。同时，根据《西湖游览志》的记载：

> 湖心亭……鹄立湖中，三塔鼎峙。……六十家小说载有西湖三怪，时出迷惑游人。故压师做三塔以镇之。（卷二）
>
> 雷峰者南屏山之支脉也。……吴越王妃于此建塔……俗传湖中有白蛇青鱼两怪，镇压塔下。（卷三）

更可以进一步看出，这两个故事在当时是已经完全独立了的。宋人话本保存在《六十家小说》中（亦即《清平山堂话本》），而新的白蛇故事，则还仅只是流传在民间艺人的口里，写入《警世通言》则还是较晚的事。

郑振铎《中国俗文学史》第十二章“弹词”里有这样一段记载：

> 今所知最早的弹唱故事的弹词为明末的《白蛇传》（与今日的《义妖传》不同）。我所得的一个《白蛇传》的抄本，为崇祯间所抄。现在所发现的弹词，无更古于此者。

这个本子没有见到。我想它是可以说明白蛇传故事在民间艺人的弹唱中间的形态的，而且大致上应该与《警世通言》里的《白娘子永镇雷峰塔》没有太大的区别。

清康熙癸丑刊《西湖佳话》，题古吴墨浪子著，是有关西湖的话本总集，其第十五卷，《雷峰怪迹》，就是白蛇的故事。后来这一篇又被陈树基掠入《西湖拾遗》中，刻于乾隆辛亥。这就是卷二十四的《镇妖七层建宝塔》。在故事的演化上和写作技巧上都没有什么进展。从晚明到清初这一个阶段中间，白蛇传说可以说是已经逐渐定型了。有了进一步的发展，则是它被谱入昆曲以后的事。

二　被改编成戏剧

今存第一部用白蛇传说为题材谱成的戏曲是黄图珌所作

的《看山阁乐府雷峰塔》上下二卷。这部曲本刻成于乾隆三年，正是我在上面所说白蛇传说已经成为定型了的时代。因此它的情节与《警世通言》里的故事是完全一致的。

看山阁本《雷峰塔传奇》共分三十二折。那细目是：

慈音	荐灵	舟遇	榜缉	许嫁	赃现	庭讯	邪祟
回湖	彰报	忏悔	话别	插标	劝合	求利	吞符
惊失	浴佛	被获	妖遁	改配	药赋	色迷	现形
掩恶	棒喝	赦回	捉蛇	法剿	埋蛇	募缘	塔园

这个本子虽然是现存《雷峰塔传奇》的祖本，可是作者的工作只不过将原有的故事铺叙成为剧本的形式而已，此外则并无任何创造。作者在全剧的开端加上了《慈音》一折，由释迦如来上场，说明东溟白蛇青鱼，“顿忘皈依清净，妄想堕落尘埃”。与本是“座前捧钵侍者”的许宣原有宿缘，故令降生凡胎、了此孽案。但恐“逗入迷途，忘却本来面目”，因此才“明示法海，俟孽缘圆满，收压妖邪”的。

这是作者替这个美丽的神话传说加上去的因果论解释。作者按照自己所代表的封建统治阶级的意愿替白许姻缘增添了这样的注解，因为只有这样才能使“正人君子”们对这个“叛逆”的神话传说看得顺眼些。

这个剧本出版以后，马上就为江南各地的伶工拿去上演了，而且受到了极普遍而热烈的欢迎。同时，原剧的一些严重的缺点也就马上暴露在大量的观众面前了。于是演出者就不断地根据了观众的意见，对这个剧本进行了大胆的修改，这就大大地丰富了这个神话传说的人民性。自然，在当时的客观情况之下，这个修改的工作还不可能是毫无疵累的，旧有的封建说教部分没有能够完全清除，新增的部分也并不是完全没有缺点的。然而这二三十年中间的演化，却可以明显地看出来，人民群众是用了怎样的热情与努力，维护着自己所创造所喜爱的神话故事；丰富、塑造着神话中间英勇斗争着的人物。

这从剧本原作者另一篇文章中间的牢骚可以看得非常清楚。《看山阁全集》中“赏音人”曲前小跋云：

> 余作雷峰塔传奇，凡三十二出。自《慈音》至《塔圆》。乃已方脱稿，伶人即坚请以搬演之，遂有好事者续白娘生子得第一节，落戏场之窠臼，悦观听之耳目，盛行吴越，直达燕赵。戏场非状元不团圆，世之常情。偶一效而为之，我亦未能免俗，独于此剧断不可者维何？白娘妖蛇也，生子而入衣冠之列，将置己身于何地耶？我谓观者必避其芜秽之气，不期一时酒社歌坛，缠头增价，实有所不可解也。昔关汉卿续《西厢记》，《草桥惊梦》后之诸剧，以为狗尾续貂，余虽未敢以王实甫自居，在续《雷峰塔》者，犹东施捧心，不知自形其丑也。然姑苏仍有照原本演习，无一字点窜者，惜乎与世稍有未合，谓无状元团圆故耳。

这一段小跋很可以帮助我们了解雷峰塔传奇出世以后的情况和代表着剥削阶级的作者的心理。为作者讥为“好事者”，其实是根据了人民的意愿（也就是所谓“悦观听之耳目”）进行了增改的。也只有这样，剧本才能有“盛行吴越，直达燕赵”的成功。作者对白蛇是鄙视的，他自然不可能将她写得人情化。她还只是一个蛇妖，是和《西湖三塔记》里所写的白蛇妖完全没有什么不同的。那是一个专门摄取青年俊秀男子与之同居，等过了一个时期，就杀死吃掉心肝的女妖，是完全没有人性的可怕的妖物。人民必须使这个人物改造，赋予美丽的善良的勇敢的性格，使她尽可能洗清妖气。然而这在作者是不能理解的。不过随便作者进行了怎样恶毒的辱骂，广大的同情也还是在白娘子一边的。对于“照原本演习无一字点窜者”则不予欢迎，群众的批准是完全不能由代表剥削阶级的作者的叫嚣左右的。

三　三十年来的发展

在乾隆三年以后的一段时期之中，流传着不少梨园抄本的《雷峰塔传奇》。这些抄本的内容多少都有些差异，出数各有多少增删，如果把各本不同的折数都排列起来，几乎可以凑成一个六十几出的本子，比起黄图珌的原本来，是几乎已经超出一倍的了。

等到乾隆三十三年壬辰，方成培（岫云词逸）的改本，《雷峰塔传奇定本》（简称水竹居本）出现了。在方氏的自叙里，就说“雷峰塔传奇，从来已久，不知何人所撰”。可见方氏是不曾见过三十年前出版、而为观众遗忘了的看山阁原本的。他所根据的是梨园脚本。这个改本，是比较完整的一个本子，一直到今天，昆曲里还经常上演的《盗草》《水斗》《断桥》这些零折大体上和水竹居本是几乎完全相同的。方氏是替《雷峰塔传奇》三十年来的衍化做了很好的总结工作的。

现在我们可以用一部比较完整的乾隆抄本《雷峰塔》作为许多梨园脚本的代表，用三个本子，进行一些比勘的工作，看一下剧本在这二三十年中间衍化的痕迹。

旧抄本共三十八折，分三本。这个本子写得甚旧。句子中间间或还注明身段和做表，可知是当日剧场演出所用的脚本，抄书的人用了很多俗字也写了很多错字。

正因为是演出用的本子，所以它是处处照顾到舞台上的条件的，比起文人笔下写出来的要实际多了。举一个例子，看山阁本写许宣在李将仕家药铺里生理，有一出《药赋》。整折内所用的宾白唱词完全是用药名堆砌起来的，枯燥无味，然而在作者说来，却是卖弄文字游戏的得意之笔。

在旧抄本与水竹居本写许宣开药店的一场（《开行》），就使一些孤老院的角色前来贺喜，唱莲花落，加以点染，保存了当时民间俗曲的风调。这里的剧场空气就比较浓得多了。

像这样的例子是很多的。

在情节的改动、人物个性的塑造上，那变动是更值得注意的。

游湖借伞是白许姻缘奠基的重要关键。在这个有决定性的场面里，是可以看出刻画人物性格上的进步来的。

看山阁本在白娘子与小青登舟之后，只写了彼此的通名道姓，只是极普通的套语：

（红芍药）（旦）幸得遇仙郎，相依共飞桨，但不知尊名贵姓与仙乡，敢为乞道其详。

（小生）感蒙垂问，不敢欺隐，在下姓许名宣，排行小乙，住在过军桥黑珠巷舍亲生药铺内，做些买卖。暂时、暂时、寄迹非久长，只为着亲亡后一身飘荡。笑男儿一般的碌碌，利锁与名缰。安得个气吐眉扬。敢问娘子高姓，潭府那里，亦求见示。

（旦）奴家乃是白三班白直殿之妹，嫁了张官人，不幸弃世。现葬在这边。因今清明坟上祭扫而归，不期因雨搭舟，得遇官人。

（前腔）诉雨小船窗，迎风齿生香。奈何这相逢不易别匆忙。又早月吐鹅黄。

（小生）看他看他窈窕偏素妆，留连处实多停当。醉人心，双双一对好娇娘，怕从今打动情肠。

在旧抄本中，这一段情节有了很大的发展，整个的面貌就完全不同了。

(占白)　娘娘就在船头上坐坐吧。

(净)　等我拿芦席遮好子，丢里一忽介。

(小生)　二位小娘子，外边风雨大，请到舱里来。

(占)　这是官人叫的宝舟，我每是附舟的，怎好有僭。

(小生)　说那里话。这等大雨，怎好在外边，还是请到里边来。

(占)　娘娘，既是官人美情，不必推辞，进舱去坐坐吧。

(旦)　如此，与我多多致谢官人。

(占)　晓得，官人，我家娘娘多多致谢。

(小生)　岂敢，请坐。

(旦)　(左上角，扇)中途遇雨，幸搭宝舟，得免狼狈，实感高情。

(小生)　些须小事，何敢当谢。

(旦)　请问官人上姓?

(小生)　小生姓许名仙。

(旦)　贵表。

(小生)　表字晋贤。

(旦)　尊居何处?

(小生)　在铁线巷中。

(占)　请问宅上娘娘，贵庚多少?

(小生)　小生只为家贫，尚未婚娶。

(占)　聘是聘过的了?

（小生） 连聘也还未。

（占） 娘娘，许官人这等青年，还是孤单独枕。咻，可恨那月下老人，太不均匀些。

（小生） 请问姐姐，你家娘娘上姓？

（占） 我家娘娘么，就是前任浙江白太守的小姐，先老爷在日，将我娘娘招赘姑爷于此。

（小生） 尊居何处？

（占） 在荐桥双茶坊巷，裘王府间壁。

（小生） 原来是位小姐，失敬了。

（旦） 岂敢。

（净） 看看船小，坐稳当。

（占） 不妨。

（小生） 请问小姐，今欲何往？

（占） 只为祭扫姑爷坟墓，不想遇此风雨。

（小生） 原来如此。请问姑爷去世几年了？

（旦） 官人听禀。

（占） 娘娘告诉官人。

（旦） （降黄龙）忆昔才郎，（放扇）谁料分鸳，拆散鸾凰。

（占） 还想他则甚！（占走右上角看，呆侍生身旁）

（旦） 时时想念，无限凄惶，泪雨千行。

（小生白）请免愁烦。

(旦)　啊呀！苍皇，春雨忽降，幸君家宝舟附往。
(占白)　多谢官人。
(小生)　岂敢。
(旦)　顿教奴、行思坐想怎相忘。
(净白)　雨住哉！等我解子缆介。坐稳子，开舡哉。
(小生)　呀！（前腔，立起）听伊行，教人泪汪，听他轻俏声儿，细诉衷肠。使我心儿怅怏。想他鸿雁单飞，那更孤子凄惶。吓。
(旦)　唔。
(小生)　吓！
(占)　什么，吓。(占扯旦)
(小生)　哈哈！我心想，愿把誓盟深讲，怎能够双双比翼同效鸾凰。
(占)　娘娘。(占指旦，旦即遮)
(旦)　嗨。
(小生)　吓，细思之，恐佳人不允，使我彷徨。
(净白)　到哉，请上岸吧。

这只是游湖遇雨的一场，比起看山阁本的简单铺叙来，那发展是极为明显的，三个人性格的刻画是完全突出来了。在对白中间，使用小青出面的场合都是经过异常缜密的思考的。这不但使整个的局面跳动起来，不致陷入单调，同时也非常明朗地刻画了白蛇与小青不同的性格，经过了这样的发展，许宣的“我心想，愿把誓盟深讲”的心理描写才不致显得突然，像看山阁本那样单纯地停留在一见钟情的阶段。

在处理白许姻缘第一次的波折时，水竹居本也是有了新的发展的。

许宣在舟遇之后，第二天到白娘子家取伞，留饭过后两人订下了鸳盟。白娘子赠许白银一锭，作为筹备婚事的用度。这银子是从府库里盗取出来的。

旧抄本有《盗库》一折，是武打戏，水竹居本略去了。

等到这一件盗案被发觉以后，许宣的姊丈，也就是南廊阁子库幕事官李仁，却不顾一切出首了。于是许宣就第一次陷入牢狱，发配苏州。在看山阁本里，这一折是写得非常冷酷的。

水竹居本把这一折改为《避吴》，是由李仁放走许宣，去苏州避难，再持此银出首，“如有甚事，我自支吾”。这是比较更合乎情理的写法。水竹居本在这一折的后面有附记云：

> 中间放走一着，理所难行，情所应有。脱卸颇轻便。若旧本公然呈首，后来又靦颜受封，殊不可为训，匪独两番刺配，文法合掌堪嫌矣。

这里所说的两番刺配是指发配苏州和发配镇江而言的。这样的处理，无论在情理上与布局上，是都有着明显的进步的。

端阳现形的情节在《警世通言》里是没有的，因此根据

《通言》而编写的看山阁本也是没有的。《警世通言》里也有一次“显形”，那是许宣的主人李员外看上了白娘子的姿色，设计诱奸，为白蛇的本相吓了回来的故事。这情节保留在看山阁本里就是《现形》《掩恶》两折；在旧抄本里是《赚淫》一折；水竹居本是《楼诱》一折。

可是旧抄本与水竹居本，都在《楼诱》之前增加了《端阳》与《求草》两折。这是为白许姻缘安排的一个重要的新波折，后来就发展成为最主要的矛盾。这个新情节的发生，跟《楼诱》故事的影响是分不开的。

自从游湖借伞以后，白蛇与许宣中间矛盾的发展，主要的有这样几个：第一次因赠银而遇祸，发配苏州；神仙庙道人赠符逐妖，为白蛇吊打逐去；端阳显形，神山盗草疗惊；虎阜游春，许宣又因饰用贼赃被获，发配镇江。这中间第一次发配起因的赠银与第二次发配起因的赠衣几乎是完全类同的，在结构上说是重叠的，易于合掌的。同时使许宣造成的疑团也并不大，也是比较易于解释的。这都不能和端阳饮酒现形一节相比。

水竹居本在《端阳》一节的后面有几句附注是很值得玩味的：“琐处传神，俚中见雅。此白氏多情吃苦之始征也。”

是的，这的确是作者开始用工笔刻画白蛇崇高的恋爱道德的开始，没有这个开始，后面更炽热的激情、更勇敢的战斗，都是不可能的。

庆贺端阳饮雄黄酒，是一个民间的习惯，因此，许宣的准备了雄黄酒，是完全出于无心的，他的殷勤劝饮也并不出于任何人的授意；可是白娘子却是明白饮酒的后果的，她却不能毅然拒绝许宣而不饮。这就造成了矛盾，也就是方成培所说的“多情吃苦”。在这以前，白娘子的热爱许宣是曾经描写了的。可是开始因为多情而受到折磨，那还是从《端阳》一场开始的。

《看山阁乐府》《棒喝》一折发展成为今天的《水斗》，可以说是一个值得注意的收获。

《棒喝》一折中先上法海，说明到镇江金山寺说法将近一载，今方龙王诞辰，念许宣必然来此烧香，待乘机喝醒于他。次上许宣，到金山寺中拈香。次上白蛇、青儿，乘舟到了金山寺门。这时正好法海也率领了徒众来到山门外面。可是他们的会面，却意外地匆匆结束了：

> （旦引贴驾舟上）小乙官人，我因风大，特来接你，可速速下船来。（内小生答应上）来了。（外作望见指喝介）孽畜，你到此做什么！（举锡杖方欲抛打，旦贴慌介）啊呀不好了！（作翻船逃下介）……

这以后就是在杭州李家重逢了。这样匆匆结束是无论如何不能使人满意的。白蛇被写得没有了一些战斗性，看见了法海这个秃驴，马上就吓得翻船而逃。无端地大大夸耀了妖僧的法力，这都是观众所不能接受的。

旧抄本在这一折里几乎增加了两千多字的唱作宾白，把上面短短的几句发展成一场完整的大戏，强烈地描写了白蛇的坚韧的战斗性，使这个可爱的性格发展得更完美，的确是艺人们值得重视的创造。方成培在水竹居本的附注里这样说：“原本中只此一出曲白可观，虽稍为润色，犹是本来面目。识于此，不欲攘其美也。”

这是方氏诚恳态度的表现，也可以说明他在改编中是有着比较正确的看法的。

看山阁本《捉蛇》一折说许宣在白马庙中找了个捉蛇的戴先生来，到家作法，结果吓得逃了回去。这时白蛇上场，与许仙有一段对白：

> （旦上）人无害虎心，虎有伤人意。（末惊避介）（旦）小乙官，你好大胆！怎么叫捉蛇的来鬼混我！是何道理！（小生急跪求介）你究竟是何神何鬼，与我有甚冤仇，只来缠扰。敢求饶我性命，远去他方罢。（旦怒介）是什么意思。既嫁了你，叫我到那里去？和你做夫妻一场，何等恩爱。怎的听那傍人言语，与我寻事。我今老实对你说了，你快快收心，与我和睦，万事皆休，倘然还似这等狂妄，我叫满城百姓，俱化为血水！不要带累别人，丧于非命，你自去想来！

这一段是完全袭取《警世通言》的：

> 只见白娘子叫许宣到房中道：“你好大胆，又叫甚么捉蛇的来！你若和我好意，佛眼相看。若不好时，带累

一城百姓受苦，都死于非命！”

这样的描写，是完全不能令人同意的。这完全是妖怪的行径，和人民心目中温柔、良善的白蛇的性格丝毫没有共同之处。

《水斗》之后继之以《断桥》，这以后的《腹婚》《重谒》《炼塔》《归真》《塔叙》《祭塔》《捷婚》《佛圆》几出，几乎发展成为整整的一卷。（看山阁本在《捉蛇》以后，就是《法剿》《埋蛇》《募缘》《塔圆》四出，整个的戏就结束了。）水竹居本全本四卷，中间虽然有着落于俗套的大团圆结局，然而整个发展的趋势却还是含有丰富的人民性的，因为在这里，人民用了最大的努力将白蛇的性格塑造成为一个完美的、善良的中国女性的典型。

照以上的分析，我们可以清楚看到，白蛇传说的衍化，在第一个昆曲剧本产生以后的三十年间是有着急遽的发展的。而这个发展的主要成就是好的、健康的。这个几乎已经成为定型了的故事（以昆曲为主要的表现形式），又影响着以后许多年来的地方戏曲、弹词、小说。人民继续不断地创造着、丰富着这个为他们特别钟爱的神话故事。

四　白蛇的斗争性

如果我们说《端阳》《求草》是白蛇为爱情而受难的开始，那么《水斗》《断桥》就应该是苦难的巅峰了。

剧作者一直在培养着一个主要的矛盾。这个主要的矛盾是从头到尾一直抓住观众的情绪的。在这一个恋爱故事当中，白蛇是主动者，从游湖借伞开始（那场风雨也是为了造成接近的机会而由青儿唤来的），她一直主动地向许仙表示挚爱，不但使用言语，而且也见之于行动。她在这当中遭遇了不少的折磨。这许多折磨则全是因为与封建社会有所冲突而发生的。

第一次是盗库银，这自然是直接危害了封建制度的利益的，结果就是许仙的被发配；第二次是《获赃》，这次是直接妨害了官僚地主阶级的切身利益，许仙因为带了从萧太师家里盗来的“八宝明珠巾”（也有说是一把宝扇的），又被捉进官去了；再后来这一对小夫妻被逼逃往镇江，就又遭到新的迫害，药材店的老板看中了白娘子的姿色，要设法引诱，被她显形吓退了。

这许多情节说明了什么呢？这都说明了一个问题：在封建社会中间，像这样的自由恋爱是根本不被容许的。《盗银》的主因是许仙家贫无力成婚，其实也在说明这是一个社会问题。药材店老板的迫害就更为明显，简直是具体的人身迫害。这些都说明了即使白蛇并非妖怪，他们的恋爱生活也还不可能是平安无事的。这正是《白蛇传》的主要精神所在。这个基本的矛盾写得异常清楚，观众早就知道了这样的矛盾是无法调和的，必然会爆发为生死的斗争的。

《水斗》写的就是这样一场最激烈的斗争，写得非常深刻，又是合情合理的，我们已经完全不能说这是一个妖怪的行径了。白娘子不但是一个真实的女性，而且还是一个刻画得非常细致而凸出的性格。她有着一个真实的女人的思想、痛苦、焦急，最重要的是她有着向封建社会做决死斗争的意志。这些都是由人民创造出来的。

前面我们已经说过，看山阁本里是根本不曾写这样一场斗争的，水竹居本里已经有了《水斗》，然而这和乾隆旧抄本里文字几乎是完全相同的。

这样的戏士大夫们是不可能创造出来的，它是三十年来多少民间戏曲工作者根据广大观众的要求与批评创造出来的。

戏一开始，白娘子就充分表示了她的忧虑，她非常清楚这是一场生死的斗争，和过去的许多波折是不能相比的。因为这一回不是在某些枝节的处所触痛了封建制度，而是封建制度的一次有计划的大规模的进攻。我们可以在这一折戏开始时看到这样的对白：

青蛇　娘娘，官人的磨折，不是一次了，为何今番这般着急？

白蛇　你不知。这金山寺中有个法海禅师，法力无边，不比凡僧。许郎倘被他点悟，我终身就无结局了。

这样的预感是写得异常突出的。和过去几次捉蛇的道士之流一样，基本是封建社会所发动的进攻，不同的是这次进攻不是零星的、突发的，是有计划的更凶狠的了。在这样的情况之下，白蛇的决心就表现在这样的唱词中间：

只为俺美郎君把命轻抛。(出队子)

在斗争中间，白蛇是曾经向法海说理的，而且也曾经苦苦哀求过的。但是这都不能看作白蛇性格软弱的一面，正相反，这正是现实主义的刻画方法。她一开始就已经有了充分的预感，她分明知道现在的敌人是强大的、最顽固也最凶狠的，是难以理喻的。她运用了种种不同的斗争方式，而最重要的是，最后她明知必然失败而坚持战斗下去的事实。

经过一次叫骂，一度战斗，一次哀求；又一战斗、叫骂，和又一次的战斗；然后才是最后的叫骂与水漫。层次是分明的，情感的发展也是完整的。白蛇在整个局面中不曾表示过畏惧与动摇，只有在这样的地方，她是不能不惊心动魄的：

法海　孽畜，凭你有甚妖法，何怯于汝！我已将他皈依三宝，再不回来了。
白蛇　真个？
法海　真个。
白蛇　果然？
法海　果然。

只有在这样的对白后面，她才说明了她誓死的战斗决心。

为什么白娘子会这样呢？因为许仙是为封建社会所千方百计争取的人物。如果他真的被争取了过去，那么白娘子的一切努力就必然会失败。白娘子与封建社会的斗争，最主要的，就表现在对许仙的争取上。

五　许仙的处理问题

这恐怕是一个值得仔细分析的问题。我们应该怎样理解许仙这个人物。这是不是一个应该受批判的、懦弱无力的性格？他有哪些地方值得白蛇如此钟情？他是不是相同于一般旧戏中间负心的男子，有如《情探》里的王魁，《棒打》里的莫稽？

我们不能不承认，旧本子在写这样两个鲜明性格的对比时是有着非凡的成就的。一个是善良而痴情的女性，一个则是摇摆不定、矛盾重重、又想遗弃对方又多少还存在着恐惧与爱恋的男人。整个戏的紧张的戏剧性就安置在这里。“决裂”与“和好”的倾向一直在变动着，一直使观众关心而一直没有定论。这许多转折、变化不但不妨害问题的集中性，相反地，它倒是更集中、加强了矛盾。

为什么要这样写，道理应该是很清楚的。我们如果分析一下旧本对人物的处理，就可以分明地看出这样的事实。法海是代表封建势力的，他又是“法力无边”的。然而他在与白蛇争取许仙的战斗中（也就是封建势力与青年男女争取婚姻自由的战斗中），却几次三番地退让，像《水斗》的结尾，法海已经向护法神发下了这样的命令：“与我将此钵盂罩住此妖！”然而终于没有能够罩住，那安排下的理由是被白蛇腹内所怀的文曲星托住了。不过不要相信这样的鬼话，这是不能骗人的。

许仙已经被法海关在金山寺里了。他很可以把他关下去，给他削了发做和尚，可是他又放了他回去，这简直是不可相信的行为。为什么呢？又有了可笑的理由："不妨，你与她宿缘未满，绝无相害之心，倘有甚言语，总推在老僧身上便了。待她到家分娩之后，可于净慈寺寻我，那时我自有处。""宿缘未满"云云这样的鬼话，同样也是不可相信的。

法海的妖法，是远远胜过了白蛇的，他很可以马上"除妖"，用不到几次三番地欲擒故纵，那真实的原因，其实是为了他到底还没有取胜的完全把握。他的敢于把许仙放回去，是相信许仙一定还会自己跑回到他的手里来。他把许仙放回去，是有助于与白蛇的斗争因此也就更易于取胜的。

在旧戏本子里，在《合钵》一场，是许仙接受了法海的"钵"带回家去，同时在白娘子梳妆的时候，偷偷地把"灵符"藏在了她的发髻之中，这样，才终于完成了"合钵"的工作，使白娘子没有反抗的余地了。

这是旧本子的处理方法。它说明了许仙的动摇、懦弱的性格是造成白娘子的斗争失败的主要原因，也是《白蛇传》成为伟大的悲剧的主要原因。

过去，我曾经这样分析过《金山寺》，在研究了这个戏的发展以后，我觉得这样的分析仍然是可以成立的：

> 《金山寺》的主题是反封建。封建主义的代表人物是法海。这是不错的。然而只是法海一个人，是不可能全然决定作用的。这一点也必须弄清楚。作者企图交代

清楚的对剧中主要人物的爱憎是本来就很清楚的。这里，白素贞与青儿主要争取的对象还是许仙，许仙才是直接对女性进行迫害的人。作者因为无情地对许仙讽刺嘲弄，于是就写得他颇为可怜而可笑了，而这是很容易引起观众对他的同情的。

很简单。法海的“法力无边”，就连白素贞也是承认的。他又可以调用那么些神将，他是可以直接进行捕捉白蛇的，然而他要向白蛇进行迫害，还必须通过许仙。这里，作者的用意是非常明显的。

法海是那座封建制度的大山，许仙才是接受了它的影响，受了它的压力直接进行迫害的人。

我们发现在很多新编的《白蛇传》剧本里，都尽量企图把许仙写得更勇敢、更坚定，企图把他写成一个正面的人物。如果换一个说法，这就是企图把像《白蛇传》这样一出生动地、深刻地描写了封建时代男女之间关系的悲剧化为简单的一出武戏。因为许仙与白蛇之间的矛盾如果没有了，那就只剩下了白许的统一战线与法海之间的战斗。而这一场战斗是只要取决于武力就可以的了，很不必有《断桥》这样的场面了，《水漫》一场就可结束战局，直接《镇塔》了。

法海的放走许仙，还有什么理由呢？除非我们承认他们的“孽缘”真的“未满”，要不就是法海很愚蠢，作为一个封建势力的代表人物他还不够毒辣，不够凶狠。

“白蛇”故事与“梁祝”故事是并不相同的。在“梁祝”

里，男女主角是站在与封建势力斗争的统一战线上的。一等战斗爆发，马上就是决定胜负的决战，而“白蛇”则并不如此。

白娘子是比祝英台更为勇敢、成熟的女性，她的作战对象并不像祝英台的单纯，她的斗争是更为艰苦的。

往往我们会有这样一种习惯的看法。在一出描写男女之间恋爱的戏里，我们希望男女双方都是值得喜爱的人物，该死的只是破坏他们的家伙。这样的戏我们看的是很多的。这样的戏一般被称为“佳人才子”戏。自然，这样的戏里是不乏杰作的，像《梁祝》就是。可是我们却不能就这样简单地要求，每一出描写男女恋爱的戏必须出之以“佳人才子”型；或是更进一步地要求，把不属于这一型的也改变过来。

照我们上面的分析，在三十年来民间艺人与广大观众的修改与丰富的过程中间，只把白娘子写得更为美丽更为勇敢了，却不曾将许仙修改成怎样可爱的人物。我们很难下这样的结论，说这样的处理方法与人民的要求是有着太大的距离的。正相反，这正可以说明人民需要用各种不同的方式来进行批判封建制度。

一九五二年七月—一九五三年三月

《梁祝》杂记

一 谈川剧《柳荫记》

《梁山伯与祝英台》故事，在中国人民中间流传了一千年左右，在极广阔的地区里人民使用不同的世间艺术形式表演着它，一直到今天，这些节目依然为广大人民所热爱。有一件特别值得注意的事，就是《梁祝》始终不曾进入过宫廷，不曾得到过专制统治者的赏识，它只是蓬勃地在广大的人民中间发生滋长着。不能说士大夫阶层的剧作者对这故事完全没有注意，在明代，就曾经有过两个传奇本子，一个是朱从龙的《牡丹记》，另一个是朱少斋的《英台记》（见吕天成与祁彪佳的《曲品》），可是这些作品都没有受到重视，很快地就湮灭失传了。我们不难想象，当人民群众用了极大的热情刻画表演着这一对勇敢的青年男女斗争的故事、对他们所热爱着的人物进行着衷心的赞颂的时候，他们对出之文人之手的一两个个别的剧本是不屑一顾的。在这样一个文艺创作的大竞赛中间，很让我们认识了人民力量的伟大，以及与这个相对的知识阶层的力量的渺小。因此，我们说，《梁祝》

是真正的人民的天才杰作。

这样一个伟大的创作竞赛，进行了好久，一直没有很好地做过总结，1952 年中央文化部所主办的第一届全国戏曲观摩会演中间，出现了越剧、川剧、京剧三个不同的《梁祝》演出，使我们得到了一个比较、观摩的机会。自然，这样两三个演出还是远远不够做总结的论据的。同时，京剧的本子是新的创作，也不是若干年来人民创作的累积，像越剧与川剧所演出的那样。可是，看了越剧与川剧的两个演出就已经使我们感到极大的喜悦了。这两个不同的演出，表现了鲜明的两种不同的风格，突出地发展了不同的艺术风度，用艺术上的语言传达出了对剧中人物各自的体会。

这样一个伟大的悲剧是完全应该具有多种不同的表现的。而且它们不同的成就也不是可以用死板的方法加以比较批上分数的。可是，通过对比、体会，却很可以使我们学习到很多东西，更增加了我们对民族遗产的认识。这样，我想对川剧《柳荫记》说出我的一些初步的观感来。

比起越剧《梁祝》来，川剧《柳荫记》的特点之一是运用语言的能力显得特别突出，这一个特点造成了两个剧本基本上的很多差别，也使两个演出在许多方面获得了自己不同的成就。

我想那原因之一是越剧比起川剧来是更为年青的。它是由一种民间歌曲发展出来的戏曲形式，它的主要的艺术组成部分是唱而不是念。而在川剧则不然，它有几十百种复杂的曲调，它和“弋腔”的血缘是不可否认的，它是更为成熟了的地方戏曲。它在唱、念……各方面都具有了一定的规模与程式，可是，它却并不曾僵死，它还保有着充沛的新鲜的活力，它与人民的联系还是非常紧密的。

在一般的越剧中，我们很难发现有大段有力的说白。如果必要的话，也往往为唱词所代替了。在说白的时候，也很少有出自生活中的语言（民间小戏除外），通常出现的是类似“韵白”的东西，是近于“绍兴官话”的一种“舞台”语。而这样的语言在表现情感的场合是往往不易显得有力的。

川剧在这方面是比较成熟得多的。近于上口的韵白是很少出现的，普遍存在的是通俗的口语。而这中间的界限又是糅合得异常细腻的，几乎很难发现它们的界限（这和京剧里的京白韵白分明的区划是有很大的差别的）。这样，在表现人物的思想感情上就有着非常优越的条件。

这个差别可以帮助我们解释很多《梁祝》与《柳荫记》风格与处理上不同的地方。

在川剧的第四场《山伯送行》里，虽然基本上与越剧相似，可是对话与动作是更为丰富的。可是在越剧的《十八相送》中就几乎没有对话，完全是民间的诗。一些表达强烈的质问、埋怨、生气的情绪的句子都写成了诗的形式。可是在一个优秀的演员唱起来，这些押了韵脚的诗句便又都恢复了它对白的作用，造成了最好的舞台效果。不理想的表演就往往将这些重要的东西忽略过去了。

比方在过独木小桥的一段，越剧是这样处理的：

山伯　（唱）

　　河边无有船摆渡。

英台　（唱）

　　那边有独木小桥可以过。

山伯　我们过桥而行。

　　……

英台　（唱）

　　弟兄双双上桥看，

　　好比牛郎织女渡银河。

　　……

英台　（唱）

　　梁兄呀！胆怯难过独木桥。

山伯　（唱）

　　愚兄扶你下桥来。

在川剧里，是这样处理的：

梁　（唱）

　　兄送贤弟到溪旁，

　　独木桥儿窄又长，

　　来来来，弟兄二人把桥上，

　　（过桥，梁前行，现身法唱）

　　贤弟！水急桥窄要提防。

　　（祝随后，梁拉祝手，祝依梁肩）

祝　（唱）

独木小桥在动荡（故作惊状），

头昏眼花心内慌，

梁兄快走休阻挡！

梁　不忙，不忙啊！

祝　（唱）

人家在忙你不忙。

（由桥上跳下，回顾桥水，拭汗）

梁　我还在担心你咧，走快了怕你坠下溪去，谁在阻挡？

哪个又在不忙嘛！

祝　哎呀，你够了哟！

越剧在上桥的时候，有英台故意落下扇坠山伯捡起的情节。这里略去了。其实这一点是并不十分合理的，山伯说，君子不拾路边物（蝴蝶扇坠），英台答蝴蝶成对夫妻配，于是山伯就同意了，“既然贤弟如此说，愚兄暂且藏起来”。不但生硬、突然，而且也无助于山伯的性格刻画，他不管与谁夫妻成配，就暂时藏起来了。很明显这是为了简单地交代故事，而没有经过很好的溶化的。这里暂不具论。

在上桥的时候，是有很好的身段表演的。川剧在这里就抓住了很好的机会刻画山伯的忠厚与恳挚。“不忙，不忙啊！”不像越剧里由山伯泰然地把英台扶过了桥，使观众只看到英台的娇弱，同时还说明了山伯的异常的诚直。那句双关的话“人家在忙你不忙”，与最后的“哎哟，你够了哟！”就完全把英台的无奈与焦急写出来了，仅只是四个字，却是通俗的口语，在别的剧种（譬如京剧）里，是很难找出和这工力悉敌的对白来的。这个例子很可以说明川剧在使用语言上的特点。同时还需要指出，在刻画像英台这样一位女性的心理的时候，这两句话也是恰合身份的，她不可能再进一步更爽直地说出她的埋怨来了。我们在这里是不应该责怪它的不够明朗的。

另外，我们可以举出梁祝二人柳荫相遇时，人心、四九两个小孩子的一段对话。

首先在柳荫下面梁祝二人的马拴在一起，引起了二马同嘶，这样的处理，是非常高明地打破了沉寂的环境，引起了人心、四九对话的可能，同时，生活的气息又是多么浓郁地被带到了舞台上来了啊！

（祝下马，人心欲拴马柳树上，梁、祝马同嘶，四、人各关照拴马）

四　唉！马不要牵过来，当心打架。

（祝、梁互相打量，彼此有好感，锣鼓打“大分家”）

四　喂！牵马的，你是那里来的？（人心不理）问你呀！

咦！怎么不开腔？还是哑巴呢？

人　你倒是哑巴呢！

四　说得来话嘞！

人　没见过你这样人，招呼人喂呀咪呀的，真是不懂礼貌！

四　嘿！这样说来，还是我不对呀，那么格外来过就是。

（施礼）请问小哥那里去的？

人　（背笑四九有傻气）你又向哪里去的呢？

四　我们是会稽白沙岗人，到杭州尼山去的。

人　去做啥？

四　读书。

人　你去读书吗？

四　我们公爷。

人　哪一个公爷？

四　（指梁）他。

人　（看梁）啊！

四　说了半天，你究竟是哪里来的？

人　上虞祝家庄来的。

四　到哪里去呢？

人　杭州尼山攻书。

四　你也去读书吗？

人　我们公爷。

四　你公爷是哪一个？

人　（指祝）他。

四　嘿！你也有一个公爷，我也有一个公爷，你是祝家庄，我是白沙岗，钵钵对钵钵，缸缸对缸缸，都到尼山读书。我刚才问过路，此地到尼山只有二十几里，不晓得那里人多还是人少呵！

人　人多怎么样？

四　人多吵，恐怕有人欺负我们，我们要找个帮手，不如我们两个人来捆把把柴。

（英台离座，对人心关心）

人　什么叫捆把把柴？

四　结拜兄弟。别人打我你帮忙，别人打你我帮忙，对不对？

人　哪个跟你说这些啊？

（祝梁听这一段话心有感触）

四　你不敢干了，我去给公爷说。

人　我也去给我小……

四　小？小什么？

人　小……给我小公爷讲。

（四九、人心各向梁、祝说）

这样的生动活泼的对话，被安置在一出歌剧当中，显得那么自然，丝毫不会引起观众“话剧化”的感觉，不能不使人感到川剧在使用舞台语言上的非凡成就。

舞台语言不单能使观众感到浓郁的生活气息，鲜明的人物面貌，同时，在某些场合，它还是对剧作者最有帮助的。有一些不必要、没有方法在舞台上表现出来的东西，然而又是非常重要的东西，观众所极为关心的东西，也就是对典型人物、典型环境的刻画有非常重大意义的东西。要想加以表现，这时，巧妙、丰富、生动、有力的语言是最好的帮手，而不是什么机关布景与多余的人物。

像马文才这样的人物，是不必要而且也不可容忍在《梁祝》这样的舞台上再现的。要让他出丑，不管是成篇累牍的描写或是一闪即逝的过场都是不理想的。可是完全不理，就不但缺了典而且也使观众不能满足。川剧在这里就创造了一个了不起的角色——媒婆邱嫂。这是一个彩旦的角色，只凭她的一张嘴，说明了多少东西。只凭她换来换去的几副面孔，又刻画了多少旧社会的黑暗的影子。多么深刻、多么形象化，然而却并不需要任何布景与道具。这正是我们伟大的民族戏曲遗产中的了不起的特色。

在《柳荫记》第五场《说媒许亲》里，一开始就上来了这个非凡的角色，她唱：

(唱“占占子”)
哈哈，做媒人，几张脸，
心要狠，口要甜，
不方要说方，
不圆要说圆。
每日街上转，
到处把事编。
东家去骗吃，
西家去骗穿，

夸男像金童，
夸女像天仙；
好看不好看，
出在我舌尖。
蒙到两边谈，
都要钻圈圈，
说得心花溅，
那怕你鱼儿不上我的钓鱼竿。
等你过门后，
我的事就完。
悬梁我不管，
投河我无关，
媒人不担担，
保人不还钱，
只顾我的包包满，
管他冤魂升天不升天。（重句）

下面是媒婆的一段独白，有韵的独白，在说的过程中间还有作表，这是我们非常熟悉的民族戏曲形式，很容易使人联想起那讲究神韵作表的说书人，要单凭一个人说出、做出在复杂环境中的人物心理与事件发展来的。

她的嘴里出现了多么生动的形容。她对马文才的父亲马太守和马太守的家庭的形容，就完全是一个出生在封建时代农村中间的媒婆的口吻。她夸张、她羡慕马家的豪富有势。

那些形容绝不是出之于一个读书人的手笔的，一点点“风雅的”气息也没有，倒是粗俗得很的。然而这就正说明了像马太守这样的乡宦的典型。

老身姓侯，丈夫姓邱，我家人丁八口，又不担，又不抬，全凭我这一张口，穿的是绸吵，吃的是油。嗨呀！我们本地马太守，论富贵胜过王侯。他家养有几十个打手，专拿来打猎、打架，还要把租收；见有好看的姑娘，就替他下手，不管你哭天叫地，也无处去把状子投。新上任的大老爷，都要去他家问候，若不然就要叫你把摊子收。哎呀！说起他的儿子马文才，我们这一方真少有，又有钱又有势，又是个独儿，该他把架子敖（读“欧”）。咳！他看上了祝英台，他老汉就把他将就，因此上，请我到祝家去把婚求。啊呀！我昨天跨进马家门口，啊哟！天哪！啧，啧，啧！尽是走马转角楼。他屋头的猫儿像条狗，圈上的猪像大牯牛。那些摆设才讲究，象牙榻，翡翠屏，金子观音，还有一个玉石雕的猴。哎呀！马太守未出堂，我就听到他“嗯哼！”咳了一声嗽，搀扶他的，左边是院子、右边是丫头。他脚踩的红毡都有寸多厚，坐在那逍遥椅上，哎呀！像个阎王，教人一见就生愁。他一提起英台，赞不绝口，说得来白眼翻，口水长流。夸英台杭州攻书三载未出丑，定要她当儿媳，鸾凤和俦，她不允决不放手。他说：“媒婆！我马家不娶，那个敢求！”我闻听此言，赶紧就走。走！走！我出门一想，噫，怕不对头！人家说祝英台她既有志气，又有才学，是非凡女流。咹，既想钱就把谎扯够。按到这头哄那头，凭我这张嘴，死人都要说得来跟我走，树上的雀雀都要哄在我手头，十三岁的姑娘，我把她说成十七八九，六十岁的白头发，我把他说成青幽幽。我就边说边走，为了搞钱，哎呀！不要停留啊！

（唱“驻云飞”）

•休得迟慢，

•去到祝家求姻缘。

马家是官宦，

•有势又有钱，

•祝公定喜欢。

二家心情愿，

•中间好拿钱，

•门当户对结姻缘。

（句旁有点的地方，是帮腔，下仿此）

这里所写的正是封建时代里的典型环境与典型人物。它的概括性是很强的。像马太守的家庭，养了那么些看家护院的打手，和官府的勾结，这样的乡宦，我们在旧戏曲中间看到的不止一个两个，而是带有普遍性的。《梁祝》不是正面描写恶霸地主对人民迫害的戏，可是对于这样一个重要的不出场的人物的刻画还是必要的。必须使观众清楚这样一个虽不露面可是却起着决定性作用的人物的整体的轮廓。

川剧《柳荫记》在这里就借助于不平凡的舞台语言出色地完成了这个任务。

川剧与越剧在情节的处理上最显著的不同地方是一个不曾说破、一个却说破了。

在越剧中，英台回家之前，向师母托媒，山伯在访祝之前也已经从师母那里知道了英台是个女子，同时许婚的九妹也就是她自己；川剧里是没有师母也没有托媒的，一直到《祝庄访友》的一场才全部揭开了这个问题的真相。

这样不同的处理，在整个的戏讲来，并不曾为这两个剧本在文学价值上造成怎样悬殊的差异。因为决定这个问题的，并不完全是情节的安排，虽然在演出时的气氛上，那是确有区别的。

譬如说，有的观众就会有这样的感想。《柳荫记》的《山伯送行》一场里，祝英台的焦急是更有理由的。她并没有什么人的帮助，她只有完全靠自己向山伯说明她的心事。这样，当反复比喻而山伯仍旧不懂的时候，她是有充分的理由露出焦急来的，她才会说出“你够了!”那样的话来，才会有许多争执，说兄弟也应如夫妇，同棺而葬，不管山伯怎样不同意，她还是要说：“要得！要得!”

英台“本待把终身事儿对他讲，（走又止）猛想起临行父命有三桩；还须再思休鲁莽，庆到舌尖暂隐藏”。这样获得普遍赞美的仔细刻画了人物心理过程的唱词，也还是在不曾说破的基础上才能建立起来的。

相反，越剧既然已经托师母做媒，一切本已不会再有怎样的问题。“十八相送”的许多暗喻只不过说明了英台的聪明与她的挑逗，观众也早已放下了心，并不为他们的婚事过分担心，梁山伯左听右听还是不懂，终于成了喜剧的人物。在很多场合，我们都可以听到观众称山伯为“傻瓜”，也不是偶然的。

换一句话说，《相送》一场在川剧里仍旧是情节发展的必要过程，而在越剧里，这个过程就不再有那样的重要性，没有也无所谓，因为婚事早已订妥了。

这样的看法也不能说是全无根据的。

与这个问题有关，自从《祝庄访友》四九叫门时说的“我公爷梁山伯，来访祝二爷的”开始，一直到梁祝二人见面、当面说破了女扮男装，他们还是保持着“贤弟”“为兄”“梁兄”“小弟”的称呼。一直到山伯临死，他对英台的称呼也还是“祝二爷”。越剧《楼台会》见面以后：

山伯　唔！……读书的时候，你我是兄弟相称，如今你这般打扮，我还是叫你贤弟、还是叫你贤妹？

英台　在读书时节，我是女扮男装，如今，应当兄妹相称。

山伯　叫贤妹……

英台　梁兄！

山伯　贤……贤妹！

以后就一直是“梁兄”“贤妹”了，这也可以算是一个小小的差别，可是川剧这个小小的特点曾经使不少观众深深感动。在《访友》以后，一直到临终，山伯每一次说到“祝二爷”就不单使观众想起他们中间的爱情，同时更想起了他们同窗三载的深厚的兄弟般的友谊。没有问题，马上会体会到，他们的浓挚的爱情的基础。一直到了说破以后依然改不过久已习惯的称呼，虽然在同窗一场，描写较少，在这种地方却已经巧妙地加以补救了。

我觉得这个说法是很有理由的。

川剧《祝庄访友》比较越剧《楼台会》更为接近人情一些。一开始，山伯就是“访友”而来，而不是“讨个喜信把家回”来的。梁祝见面以后，应该说些什么，本来就是比较难以构思的。越剧里是彼此问好，然后就一直接触到了正面的问题，也就是爆发了一场有如暴风雨般的争吵。而在川剧，这一场的气氛是怎样提起来的呢?

当英台听说山伯已经到来之后：

祝　啊?（惊）爷爷婆婆呢?

人　不在家，东庄赴宴去了。

祝　（视衣）我改装相见还来得及来不及?

人　那里来得及哟，快快出迎吧!

祝　如此，打开庄门有请。

（人心开门）

人　有请。

避开了祝父祝母，这当儿在场面上使用了大锣，郑重地开了庄门，非常庄严地开始了这一场悲剧。告诉了观众，等候着这一场不可避免的冲突的来临。

川剧在情节上不曾说破的处理手法，在这里替他们安排了生活气息很浓的、跳动的对话：

梁 （诗）
一见娘行着一惊，
不是尼山同窗人；
莫非令兄身有病，
特遣贤妹来迎宾？

这正是如情如理的。等到英台说明了她本是女子以后，山伯惊喜，饮茶时竟泼在了衣衫上面，由四九连忙揩拭。以下是一些必然的问答，由英台解释改装的种种，一直提到九妹就是他自己，这时山伯就又说出了带有非常鲜明古代书生气息的一句惊喜之言：

梁 （明白）啊……这样说来，贤弟当初是自许终身，那为兄就更加幸甚！哈哈……（心惊喜）

一直到这里，梁山伯的思想、活动还是在喜剧的气氛里发展，飞得越高，就将跌得越重，当这个人物在舞台上笑的时候，观众早已为他准备下同情的眼泪了。

出人意外的是，英台的许婚马家，不由她自己说明，当她刚刚说到“老爹爹做事不顺情，一旦将小妹许与马……”的时候，就为山伯焦急的几个“马什么”逼入后堂去了。她实在不愿意亲自说出这一段悲痛与不幸，是人心代她说的。

（这里就是另一节美妙的舞台语言。人民文学出版社出版的《柳荫记》单行本里，这段对白比起在 1952 年 12 月号《剧本》月刊所发表的又有了删节。这里我引用的还是《剧本》月刊所发表的原文。）

人　哎呀，梁公爷呀，
　　我与你说上几句真情话，
　　我小姐生来志气大，
　　做事不像个女儿家。
　　一心杭州攻书往外跨，
　　爷爷实没法，
　　只好答应她。
　　三载已满回家下，
　　人人都把小姐夸。
　　曾记得是今年，
　　九月是初八，
　　来了一个人，
　　跨骑着高头大马，
　　身披着一领红纱，
　　在长街请一拨乐人来吹打，

离了他家，来在我家，
庄门下马，厅堂坐下，
我爷爷与他们唧唧咕咕说了几句啥子话，
就把小姐许与那（欲言又忍）……
梁　许与哪个？
人　（接唱）什么又是……牛家。
梁　（恍然大悟）一定是马家了。
人　（接唱）不管是谁家，
人家高兴，悲伤是咱，
劝公爷，这姻缘勾消了吧！

这是非常动人的一段舞台语言。现在的改本已经必成单纯的五言十二句，实在不如原本的精彩。也许因为来说媒的是邱嫂，并非身披红纱高骑大马的原故吧。其实说媒的是邱嫂，而下聘的当然另有正规的仪节与人物，两者是并不冲突的。

我曾经看过四川出版的清末木刻巾箱本《柳荫记》，这一段还要长，上面所引的已经是经过删缩的了。原本还接触到英台嫁后的许多不可避免的悲痛事实，也就是说，更直接地形象地揭露了封建时代在父母之命媒妁之言下面被牺牲的女性的不可避免的悲苦命运。可以相信，完全是民间艺人的集体创作。在我们看来虽然不免粗了些，俗了些，完全出于小女孩之口的语言好像是有些近于天真的戏谑，可是那样的句子却正是直至今日为止，新的剧本创作者写不出来的东西。

川剧《柳荫记》在《访友》一场不由英台亲口对山伯说

出这一段不幸的遭遇，也没有正面描写梁山伯对祝英台的误会甚至冲突。川剧作者认为梁祝二人彼此理解与感情已经不容许在他们中间发生激烈的争吵，同时像梁山伯那样的一个诚直忠厚的书生，遇到这样的不幸，也只有隐忍，服从过去时代标榜的“君子不出恶声”的“美德”而暗地里忍受着痛苦，这样的理解，我以为是正确的。

同时，梁山伯也并没有被写成了一棒被打倒了就不想再爬起来的人，他在绝望的边缘也还是预备挣扎的。

当祝英台用一杯薄酒奉劝以后，唱到“这杯酒，这杯酒权为媒证”的时候，他还是误会了，他误会作：

> 梁　（作喜状）贤弟莫非要兄归家邀媒下聘吗？
> 祝　哎！还邀媒来作甚！耿耿此心，惟有天知。

祝英台的共死的誓言，也还是被梁山伯误会作一线希望，这是完全真实而合理的。

这样，一直到结末，梁山伯一个人由四九陪伴着回家去。他强自支持，经过这样一段时期的隐忍、痛苦，实在支持不下去了。在他执鞭上马之顷，对陪伴着他唯一的四九说了一句话：

> 四九，你公爷病了！

这样，不管有没有《山伯殉情》一场，我们知道，他是已经被封建势力推进坟墓里去了。

（这句话在第一届全国戏曲会演西南代表团在北京初次预演的时候，是由梁山伯说的。新本改由四九说，我以为还是由山伯说出有力些。）

川剧《祭坟化乌》一场的舞台面是非常突出的。四九在山伯死后，奔到祝家报信，英台闻耗，呆立不动，泪下如雨。最后自己做了决定，争取到了素服上轿，在到马家去之前先到南山大路梁山伯墓前致祭。

在这一场里，马家的执事人等，媒婆以及一切道具，旂车伞状，全部是红色的。在这中间站着一个悲痛无比全身孝服的祝英台，这是在若干年来舞台上未曾见过的场面。它说明了英台坚持着的斗争终于胜利了。在过去的封建时代中间，居然能使这样绝不可被容忍的场面出现，事实早已说明了这个胜利的意义了。

二　越剧《梁山伯与祝英台》

1952 年冬，我随总政文工团越剧队去浙东一带向人民解放军与人民志愿军的英雄部队进行慰问演出。

在走过的许多浙东城镇中间，都曾经流行着梁祝故事的传说，有的地方还有着与这个传说有关的古迹。这使我们感到非常的兴奋与光荣，能有机会到祖国伟大的英雄城市里来，就用这里的英勇的劳动人民创造出来的戏剧来向这里的英雄儿女进行慰问演出，是使人感到异常激动同时也异常胆怯的。

首先，我们必须记起在这个地区上面生长着的英勇的、聪明的、有骨气的劳动人民斗争的历史。因为这样的因素和他们的创造出了这样不朽的悲剧是分不开的。

鲁迅先生曾经引用过明末王思任的两句话，“吴越乃复仇雪耻之邦，非藏垢纳污之地”。这两句话就生动地气魄万千地形容了浙江的人民。从古老的战国时代开始，越王勾践的故事就一直为人民所记忆不忘。在几千年来的历史变革当中，我们的历史中间（主要的是野史）记载着多少浙东人民英勇斗争的故事。比较近些的是晚明时代，浙东一隅更出现了不少坚持抗敌的民族英雄死难义士。在封建统治者看来，浙东的民风是“强悍”的。在他们说来是感到异常困难与头痛的。这些事实很可以帮助我们解释“梁祝”故事在这里发生滋长的原因。

我们从杭州到宁波去，渡过美丽的曹娥江，经过祝英台的故乡上虞，梁山伯的故乡会稽，到了宁波——浙东沿海的大城。在这个城市的西面九龙墟地方就有一所梁山伯庙。庙旁边还有他们的坟墓。这个庙的格局是很特别的，后殿是“娘娘房”，里面有着床帐和绣鞋，正像新娘子的洞房。新婚夫妻和恋爱中的男女到这里来的很多，人民中间流传着这样的话，“梁山伯庙到一到，夫妻同到老”。这充分说明了人民热爱梁祝的心情。

从宁波东去，在我们伟大祖国的海防前线上，甬江的门口有一个叫做镇海的城市。这里就又有一个祝英台的庙宇——菜汤庵。在这里也同样有着美丽的传说，每年新年以后，菜汤庵里就烧了大锅的菜汤，青年男女都要来喝上一碗。男孩子喝了就会找到像祝英台那样的爱人；女孩子喝了就会找到梁山伯那样的对象。这个风俗，同样也说明了人民对梁祝的热爱。

浙东人民所创造的越剧《梁祝》，照我看来，比川剧是更为接近原始的纯朴风格的，也就是说，它保留的原始创作成分更多些，经过补缀的许多情节与场子和原有的浑成一体的许多篇章是灼然可辨的。越剧里的梁山伯是比较更生野一些的，这并不单纯地是指的在《楼台会》里他曾经提出三张状子来。那是直接牵涉到人物品质问题的了。我是说在某些场合，梁山伯是更为爽直的，就是说脾气更暴躁些的。像在《十八相送》一场里，越剧中的梁山伯有几次是发脾气了，像小孩子一样要吵架了，虽然他们之间的和好又是恢复得很快的。对于英台的许多暗示，山伯的不以为然的反应是来得更快而更为直接的，不像川剧里那样的委婉顺从。

如果说川剧梁祝是写的一对古代知识分子儿女的恋爱的话，越剧就更近于劳动人民儿女的恋爱——特别在刻画梁山伯这个人物上使人感到如此。

川剧祝年十六、梁年十七；越剧祝年十八，梁年十九。如果按人物的刻画看，越剧中的梁祝倒应该年龄更轻些。

越剧《十八相送》中，英台曾经两次暗示山伯的不了解自己的情意，一次说他像是牛一般的“书踱头”，山伯已经有些不愉快，第二次比他呆头鹅，山伯就说他是动了火的了：

> 非是愚兄动了火，
> 你不该比来比去比着我；

既然我是呆头鹅，
从今后你不要叫我梁哥哥！

这里描摹一对小儿女的争吵是非常入神的。在川剧里就没有这种地方，这一对青年男女是被写得更成熟也更文雅的。

越剧《十八相送》两人井边双双照影，英台暗示说是“一男一女笑吟吟”的时候，山伯就冲口而出地发表了他不同意的意见：

愚兄堂堂男子汉，
比我女人不该应！

这就又恰如其分地刻画了旧社会中间普遍的男尊女卑的思想，同时更把误会巧妙地突出来了，更说明了山伯的诚直。

这许多小的争吵并不会削弱他们中间深厚的感情，相反，是更能说明他们中间两小无猜的友谊的。自然，女孩子祝英台是比较起来显得更成熟些也更为机智的。

重复的手法，是我国戏剧遗产里突出的特征之一。这对加强典型人物与环境的刻画是有很大的帮助的，剧作家毫不吝惜地在重要的地方用浓浓的画笔大力渲染，在在显示出非凡的阔大的气魄来。

在川剧《柳荫记》里，重复的手法使用在后半部。《访友》一场原本是由人心将英台配与马家的经过告诉四九，再由四九告诉山伯的。这一个重复的手法很能增加悲剧的强度。

现在全本《柳荫记》删去了一场。如果是单折的《访友》，这样的重复就是必要的。《四九求方》与《山伯殉情》两场，向山伯复述英台的话，也是重复的手法。

在越剧《梁祝》里，这样的重复手法就使用在完整一折戏里，这就是有名的《回忆》（一般称之为《回十八》）。

《回忆》的基础是山伯已经由师母那里得知英台是女子，而且也已经知道了她对自己的许婚。这样，在山伯单纯的心里就突然挤进了许多异常复杂的感情，正是所谓又是惊又是爱；又是欢喜、又在责怪自己的过于单纯；去到祝家庄的路上，一草一木，一山一水，都引起了“十八相送”的鲜明的记忆。对照是那么强烈，情感是那么鲜明。这是我国舞台上现实主义创作方法的极高明的范例之一。

越剧《梁祝》的《山伯临终》一场是更能显出民族戏曲简练集中手法的特色的。我认为这是应该予以肯定的一场戏，想删掉它是没有充分的理由的。

有些意见认为这一场表现得过于凄苦了。把这样一对青年男女的斗争惨败的结果公开地展览在舞台上面是会造成不好的后果的；也有的意见以为这样的舞台形象不美。我以为这样的理由都是似是而非的。

悲剧的效果应该是激起观众强烈的同情心，使观众辨明是非、把爱憎分明起来，再进而鼓舞观众的斗争意志。那么，在《梁祝》里，使观众亲眼看到这样可爱的单纯的诚恳的青年是怎样活生生被封建势力推进坟墓里去，就正是悲剧的重要笔墨。

像梁山伯这样的青年，虽然遭受到封建势力的无情迫害，英勇地战斗也挽回不了失败的命运，终于被迫害以死。然而他是应该像英雄一般死去的。他不应该是委琐地、气息恹恹地、无声无息地默默死去。

非常明确的一个要求必须做到。他的死应该激起人们的同情与愤慨，而不应该仅只激起人们的怜悯。

如果根据这样的要求，把越剧与川剧两个不同的处理方法对比一下，越剧是显得更为集中而有力地完成了这个使命的。

在暗夜的卧室里，山伯独自睡在床上。四九满面忧愁地拿了一个小包从英台那里回来，轻轻地向山伯说："相公，四九回来了。"

然后就是山伯追问："小姐她来也不来?"等到他知道了英台不能自来，而只带来书信之后，山伯支撑着垂危的病体，挣扎走到桌子旁边，打开包袱，颤抖着打开了信笺：

> 四九带回英台信，
> 书信上面言安慰。
> 她说道，此身难来心已来，
> 她望我除灾又脱晦。
> 可怜我，刻骨相思病体重，
> 叹我们生离死别难相会。

看完书信以后，又看到的是英台的旧日诗物，这就使山伯的心情更激动了：

见诗稿犹如见贤妹，
反使山伯更愁眉。
病中只望见一面，
可怜你，要想来也不能来！

看完诗稿，四九拿起了一缕英台的青丝秀发，不敢使山伯看到，隐藏在身子后面去，可是后来终于他看到了：

常言道，结发夫妻到白头。
看来你我今世无缘配。
可怜我，神思恍惚饮食废，
我为你愁肠百结解不开！

最后是使人触目惊心的东西，他们定婚所用的一双雪白蝴蝶玉扇坠：

这是雪白蝴蝶玉扇坠，
当初英台自作媒。
如今是，蝴蝶成对人不见，
活拆山伯与英台。

这几件信物，典型地又将他们中间的恋爱重复了一遍，一件比一件更触痛了使人不堪忍受的记忆的伤痕。观众在这里看不到山伯的病入膏肓，恹恹一息，他被激动得忘记了自己的痛苦，终于不能支持，被母亲和四九搀到床上去了。

这时传来前村女儿出嫁的鼓乐之声。

山伯再度挣扎着站了起来，他感到已经临近他的生命的结末，对母亲说出了他的遗言。

在开始时是悲苦的，低抑的：

杭州读书三长载，
实指望为梁家增光辉。
谁知道为了英台女，
染成疾病心已灰，
倘若儿赴黄泉路，
儿的娘休要苦伤悲。
恳求娘啊如儿愿，
儿死后要胡桥镇上立坟碑。

唱到这里，山伯已经昏迷过去，观众以为这已经是结末了，可是他又挣了起来，喊出了他心底里的意愿：

立坟碑，立坟碑，
要红黑两字刻两块，
红的刻着她祝英台，
黑的刻着孩儿梁山伯，
我与她，生前不能夫妻配，
死后要和她同坟台！

最后，他挣脱了母亲与四九，扑了出去，用最高亢而凄厉的音调唱出了他最后的话：

化作蝴蝶成双对！

这时，舞台的灯暗了。

这样，我们看到的是一个英勇的战斗者的死，他用自己最后的力量向封建势力喊出了坚决的抗议。他死得一些都不委琐。

在这一场里，一些都没有语言的浪费。梁母与四九没有说一句多余的婆婆妈妈的话，整个都由山伯一人用越剧最美的曲调“弦下调”唱了出来，层次分明而集中地把他们之间最重要的情感联系重复了一遍。

在这一场里，正面地、鲜明地提出了主题，却并未使用一句口号、或近于口号公式色彩暗淡的句子。

一个好演员能给这一场造成怎样的气氛是可以想象的。

一个好剧本，在很多地方是要靠表演来帮助的。譬如人物的创造就不是剧作者单独所能完成的任务。以《梁祝》而论，梁山伯这个人物，就很容易被演成傻瓜。也有些观众好心地称他为“傻小子”，这和“傻瓜”就有着基本上的差别。这一点分寸就完全要靠演员来掌握。

也还有一些地方，很容易引起观众的误会，可是主要的却要由剧本负责。

譬如，梁山伯下山访祝，知道英台已由父命许与马家，就有很多观众说这是山伯这个傻小子误了日期，所以才引起这样不幸的后果。如果他能早日赶到，问题就没有了。

这是一个不小的误会，会使观众陷入迷惘，转移了对封建社会的憎恨。特别是在越剧里，有英台的“我约你，一七、二八、三六、四九我家来”的词句，后来又有山伯的“左算右算算不来!”的词句（思祝，下山）。这情况是比较严重的。

川剧在这一点上，也没有在基本上解决问题。在《访友》以前，有《英台思兄》一场英台唱出了这样的句子：

梁兄啊!
我白日望到日西降，
我晚来盼到月儿照纱窗。
一听黄犬叫汪汪，
疑是梁兄到我庄。
思梁兄懒把妆台上，
想梁兄从夜到天光。
八月桂花香，
九月菊花黄，
十月寒霜降，
不见我梁郎。

等到《访友》一场，又有：

梁　为兄今日如期而来，也不为迟？

祝　梁兄，你来迟了！

这对白，也容易使观众产生同样的迷惘。

越剧的英台别家，柳荫结拜，在处理上也还应该有更完美的交代。

我们的观众是需要民族风格有头有尾的作品的。我们的观众看戏是非常细致的。从战士的意见里，就可以看到这些要求的重要性。在《吊孝哭灵》一场，有的战士就说，不知道她是怎样瞒了父亲出去的。分幕的处理方法在这里限制了情节的更仔细的安排，是应该加以补救的。

《乔妆戏父》一场，在情理上是不能完全说通的，同时英台的斗争行为也被写得近于戏谑了。

祝英台的向封建势力做斗争，表现在具体事实上，首先是对“女子无才便是德”封建教条的反对，进而要求与男子获得同样出门求学的权利，最后是对婚姻自由的争取。这样一连串的三种不同的斗争，应该很好地连贯起来，有层次、有发展地连贯起来，才能使这个可爱的女性性格更为完整。

祝英台在前面两个斗争中取得了胜利，终于在最后的婚姻自由的争取上遭受到强烈的反击。然而我们不能把前面的胜利写得过于轻易，那样就会使主要的斗争显得过于突出。好像封建社会只是在男女婚姻问题上才坚持旧礼教的原则，而改装求学倒是尽有商量的余地似的。其实在封建社会里，它们同样是不可容忍的。

英台《乔妆戏父》，用迷信说教的方法说动父亲，最后发现这只是一个戏要，而祝父就答应了她的要求。这时的祝公远比起后面逼婚的父亲来，不是显得开明得多了么?

梁祝二人柳荫初遇，马上就进行结拜，这里也使人不无突然之感。尽管英台是勇敢的、开朗的，如果她不曾对梁山伯有更深刻的印象，在人生观上有更一致的同情，她是不肯和一个完全陌生的男子结拜的。

战士在这里也提出了他们曾经在别的剧种里看到过的处理方法，希望越剧在这里也应该做更好的润饰。

在另一种地方戏——“滩簧”里是这样写的。

祝英台向父亲提出上杭州读书的要求，不被允许，私自逃出家来，走到桥边，因为没有买路钱只好坐在那里。也是去杭州求学的梁山伯随后来了，向祝问明白了情况。“打吗!”就这样打倒了桥边勒索的土棍，和英台过了桥。这样，他们结拜了。

这是一个很巧妙的方法，用很简单而突出的方法，说明了他们在志同道合、患难相助的基础上结拜了。

自然，我并不是说越剧也要这样处理。在这些地方，是需要发挥每一种地方戏曲的特点与作者的智慧的，可是有一个原则必须记住，我们应该在每一个细节上都做得如情如理，有头有尾，不使我们的观众有所挑剔，这是一个艰难的工作，可是我们必须努力地完成它!

一九五三年三月

公案剧杂谈

一　它的来源

在京戏里有著名的《八大拿》。这是一系列有连续性的公案剧。以两部流传甚广的公案小说——《彭公案》与《施公案》为根据。在社会上有甚大的影响，无论是小说还是戏曲，几乎都已经成为家喻户晓的人。它所肯定的“英雄”，如黄三泰、黄天霸父子与他们的上司彭鹏、施不全，还有被侮蔑了的绿林好汉如窦尔墩、谢虎……也都在人民中间塑定了一定程度的错误印象。

在四年以前，我在《旧戏新谈》里曾经对奴才黄天霸之流做过一点小小的分析。不过这分析还是大大不够的，只看出了这些奴才们的基本上的奴性，只就他们的出卖绿林出卖朋友投降统治阶级的一点做了批判，还不能完全说明整个的情况，更进一步的分析是必要的。几年来陆续买到一些书，买到了彭鹏的两本文集，从这里面又获得了一些资料，现在就想根据这些材料来做进一步的分析工作。

首先想说明的是《彭公案》与《施公案》这两部小说的

主角都是真实的。在辈分上彭鹏要比施士伦早，可以说彭是施的先驱者。他们的业绩也是一脉相承的，是由彭鹏打下了基础，而由施士伦加以“发扬光大”，继续完成了清朝统治者交给他们的“任务”的。这两个刽子手都有著作。从《贩书偶记》中的著录里，可以找到彭鹏所著的《古愚心言》八卷，康熙中刊本；施士伦的著作是《南堂诗抄》十二卷，雍正间刊本。后者未见，因为是诗集，其中大约不可能有太多的史料。《古愚心言》最近搜得了一本残卷，只存第四卷一册，内容包括了记、说、约、吟、歌、行等六类，是彭鹏在历官任上所作的诗文总集。最可珍贵的一册是《中藏集》，分二卷，也是康熙中刻本，内容是《召问恭纪》《赐金特纪》《圣恩初纪》《圣恩再纪》（以上一卷），《保留汇纪》《奖荐汇纪》《洵生祠记》《洵去思碑》（以上二卷）。在这两卷书中彭鹏详细记载了他得到主子赏识的经过，也说明了他是怎样辛辛苦苦帮助清皇朝扫平了“盗寇”的。在这本书里包含了颇丰富的史料，这一篇小文的取材，就大抵出诸此书。

二　略论“公案小说”

《彭公案》与《施公案》都是公案小说，而公案小说的来源则是很古的，而且往往都先是传说，然后才发展成为戏曲与小说的。最早的也最有力量的公案小说不能不推《包公案》。而有关包公的事迹与传说则是最先用戏曲的方式表现出来的。在元曲里就有了《包待制智勘灰阑记》，而且是很早就已经介绍到国外去的一出中国古典戏曲。出席第二届世界和大的代表们在波兰就看过这个戏演出，巴金先生曾有一篇文章谈到这出波兰友人演出的中国古戏。《七侠五义》的写定应当是很晚以后的事，最早也只能是清代中叶的创作。而许多有关包公的京戏，如《乌盆记》《铡包勉》《断后龙袍》《琼林宴》《探阴山》，则是根据了《七侠五义》而写出的，与元曲的关系则较少了。

这三部小说里的主角——包待制与彭鹏、施不全是不是同一类型的人物呢？他们是不是应该得到同样的批判呢？这的确是一个很有趣味的问题，也预备在这里先做一点简略的分析。

要批判一个历史人物，我们必须联系到人物所处的时代背景，从社会发展的规律出发，对历史人物做全面的观察。这样，我们就可以看出，包公与彭公施公是大有差别的，虽然他们都是公案小说的主角，都以“清官”的身份出现于小说戏曲中间，也在民众中间造成了相同而仅有程度上差别的威信。

包拯的时代是北宋初期。赵宋皇室结束了五代十国那种混乱的局面，基本上把中国统一了起来，国家基本上安定了下来，有过数十年太平与繁荣的局面。包拯出现在这样的时代中间，他所做的工作是维护这个基本上起着进步作用的王朝。他和一些贪污的官吏不法的皇亲贵戚做着斗争，他对老百姓有着一定程度的关怀与爱护。因此，他的所以赢得人民的爱戴，成为中国有名的一个“青天”是可以了解的。

彭鹏和施士伦所处的时代和所进行的工作就和包拯并不

相同。那是满族占据了中原以后，南明的义师还在此起彼伏地做着艰苦的斗争，三藩的反抗刚刚被清兵压制下去的时代。当时，虽然清朝的统治表面上已经稳定了下来，可是骨子里还是极不安全的。在彭鹏工作过的几个地方，如三河县，就正是邻近当时清朝首都——北京的近畿之地，就经常有着一些不甘雌伏的明朝的遗民义士活跃着，他们建立了自己的武装，虽然是分散的，力量不集中的；可是他们却是彼此互通声气的，有着高傲的风骨不肯与清朝皇室合作的。

彭鹏和施士伦就是在这种情况之下，完全丧失了民族的气节，做了清朝皇室的最忠实的鹰犬，积极地做着镇压起义势力的工作。而且在进行他们这种无耻勾当的中间，实行了阴险的分化政策，从反抗阵营中间收买了叛徒，有计划地破坏了反抗者的势力。

因此，我们可以很清楚看出，在包拯与彭鹏、施士伦中间，是有着基本上的差别的。《彭公案》与《施公案》这两部小说，是最反动的封建统治者的宣传品，它表扬了奴才，侮蔑了英雄，十足地颠倒了青红皂白。在今天，把这两部小说和一些根据了它编成的戏曲的基本精神暴露出来，是绝对有其必要的。

三　地理的时代背景

《八大拿》以及它前期一系列的公案剧的地理背景正是所谓“山东直隶一带等处”（《霸王庄》开场时朱光祖语），包括了口里口外，河南中州，正是“近畿”的所在，也是初期入主中原的满洲统治者安置了重兵的地区。

时代是从康熙到乾隆。在这一段时期中间，正是新入关的清朝用全力稳固已经完成占领的地区，同时进一步设法将假手于汉奸所攫得的大西南区域收归皇室直接统治的时期。这在清朝皇室说来，的确存在着一个严重的政治斗争任务。相反在抗清力量方面说来也是如此。

统治者的意图是尽力使成为最大的兵力集中地区的北京以及近畿一带安定下来，进一步要求黄河以北都能够进入正常的状态，在这样的基础之上，就可以抽出兵力，继续进入江南、西南地区进行围剿的工作；同时也可以从已经安定下来的广大的黄河以北的地区，吸取财富，供养支持这个战争。这是很明显的意图与方策。

舞台上的《八大拿》与通俗小说、说书中所提到的彭鹏、施士伦的故事，就正是整个政策中间“安内”一面的描写。这些描写有很多地方是被歪曲了的，特别是经过皇室审定过了的戏本是如此。然而那历史的真实是可以费一些力气洗刷出来的。特别是根据一些当时的原始史料加以推论证实以后，这样的真相就格外容易看出。

当时的社会不安的主要原因是中国人民反抗异族统治的运动。

此一运动的发展，与晚明的农民起义运动是不可分割的。大大小小那么许多次的农民起义，造成了分散在全国各地的大小不一的农民武装。这些都是造成抗清运动的基本条件。作为此一运动的精神指标的是此起彼伏的江南义师的战斗。

特别是南明弘光、隆武、永历三个朝廷的奋斗，虽然他们的斗争在汉奸洪承畴、吴三桂的打击之下异常艰苦地失败了，可是留给全国人民精神上的影响是无可比拟的。

由于上面所分析的清朝统治者的战略与政策，全国性的抗清运动的形式也就有了基本上的分别。

整个的形势似乎是这样的：

在江浙一带以至大西南后方，敌人的兵力还不能做全面性的控制。而南明的政治领导又是非常软弱的，甚至有时还起着抵消的反作用。各地普遍地存在着一种真空的状态，于是就由农民群众与具有民族气节的士大夫阶层知识分子起来填补了这个空隙。这样，各地的反清运动是分散的，各自为战的，此起彼伏的。可是在黄河以北的地区里，特别是近畿所在，因为敌人在这里配备了重兵，压力就特别强。像那种起义的运动就不容易发动。于是主要地就以占山夺寨这一形式出现，形成了整个“绿林”的系统。

自然，他们的缺点也还是很多的。虽然有联系，可是不能有决定性计划性的运动；虽然有“纲领”（如劫富济贫，反抗贪官），可是却不可能把口号更提高到阶级反抗的意义上去，也没有执行更严肃的纪律性。于是斗争意识逐渐模糊，在绿林中间，也出现了个别的破坏江湖义士规条的人物，把这一个具有高度政治意义的运动破坏了、庸俗化了。特别是因为主观上要结成农民、地主武装、僧侣、小手工业者、流氓无产阶级的反抗异族统治运动的大同盟，就不免要造成客观上成分复杂、认识分歧、行动纪律无法统一等种种缺点。

甚至于出现了特务，出现了出卖绿林运动的败类徒党。其实这些都是意想得到的不可避免的失败因素。大汉奸与特务组织的指挥者彭鹏、施士伦之流，就看清楚了这些缺点，用了最恶毒的分化、收买、破坏、各个击破的手段来打击了这一个各阶层人民抗清的统一战线。

然而这个统一战线却是起了相当大的作用的，也给统治阶级带来了无限的烦恼。这一段斗争就一直延续到清乾隆中中叶，有近百年的历史。一直到嘉庆元年，白莲教徒提出了“官逼民反”的口号，举行了大规模的起义，在传统上讲，与他们的运动不能不说是有着血统的关系的。

运动熄灭，传说却永存。杨香武只身走入皇帝的宫禁，盗去了九龙御杯，在表演者、欣赏者看来都是当然的英雄行径，事实上却大大打击了统治者的不可冒渎的“尊严”，也拆穿了皇帝的空架子。这，在几千年封建统治的过程中，是前所未见的，也是值得注意的。

四　彻头彻尾的奴才

坊本《彭公案》全集，介绍彭鹏的出身说：

“康熙佛爷，自登基以来，在崇文门东单牌楼头条胡同，住着一位名士，乃四川成都驻防旗人，姓彭名定求，更名彭朋，字友仁。乃镶黄旗满洲五甲喇人氏。……康熙三十九年庚辰科进士，散馆之后，特授三河县知县。”（第一回）

这里的叙述，是完全不正确的。现在我们根据《中藏集》卷二中《洵邑生祠记》中的原始资料，知道以下各项史实：

“父母讳鹏，别号无山，又自号古愚。福建兴化府莆田县人。累世清白名宦。庚子科乡荐士。甲寅闽变，拒伪三年，绝粒毁形，忠节最著。宰三河，清正循卓。……康熙二十九年五月奉旨行取第一选用御史台，引见，特擢谏垣。今候补给事中。”

这是在康熙三十年，临洵的仕绅旗民替他所立的“生祠”的碑记，是可以纠正小说里记载的错误的。在这里就特别提出了他的“三年拒伪”的业绩，也就是彭鹏卖身投靠最初的本钱，获得主子特知的得意之笔。他自已对这一段时期的行径是非常得意的，曾经不止一次地形诸诗文，在《古愚心言》中就有《千日大梦记》等几篇文字大事渲染。而且在《召问恭记》里得意地记录了皇帝殷殷垂询的情景。

清初的三藩事件是清朝统治者继消灭南明残余的反抗势力以后的一次大规模的军事行动，是继利用汉奸消灭了朱明的最后抗争以后，又进而消灭了汉奸的政略的完成。在这一次大的战役中间，肃清了所有被认为不可靠的奴才，选用了忠心耿耿万无一失最可信赖的走狗，然而再利用了它们来进行更残酷的统治。像彭鹏，就是经过这次“选拔”而产生出来出来的奴才之一，他原来也是经过了严厉的考验的。

康熙二十三年，彭鹏进京应乙丑科会试，下第，做了三河知县。二十七年，康熙帝在三河县驻跸，当时三河知县彭鹏在引见中间，就由皇帝亲自询问了他的出身，也就是在这一次，受到了特别的赏识。在《召问恭纪》中，皇帝先问了籍贯出身年纪，接着就提到了重要的事情：

“上问，你不像五十岁人，牙齿怎么都没有呢？鹏奏，臣苦情未敢启奏。

“上问，逆藩变乱你在家里么？鹏奏，臣在家里。因耿逆反叛，将皇朝进士举人出身者，勒授伪职，仍行伪道府各举所知。臣以死拒伪召、伪荐举，恐不得脱，托病佯狂。三年不下床。伪牌按月催趣，伪府县节次亲验。臣绝粒饮水，毁形坚卧。每验暗藏利锥，将牙龈凿出鲜血，假称吐血痨症。又时时自刺齿血，混入痰沫，使人不疑。因此三年内把牙床凿坏，牙齿俱没了。光复时，臣久卧忽起，两足爪甲盘曲数寸。这拒伪苦情，本籍府县及布政司巡抚衙门严查，俱有案卷。臣一介寒微，忝列皇朝科目，不忍附逆，原是职分当然，何敢妄渎圣听。但彼时遭难待毙，怎想今日得睹天颜，又承皇上亲问。此真千载一时没齿余荣，臣不得不实奏。”

这真是彻头彻尾的奴才的忠实的自叙，不忍删削，一抄就抄了这许多。果然，“奏毕，天颜有喜”。听了这种陈叙，奴隶主是无法不做会心的微笑的，马上就赏银三百两，以示激励。

这很自然地使我们联想起傅青主在反抗清朝博学鸿词科的荐聘时“篮舆就道卧板舁归”的故事，这几乎是发生在同一时代中间的。不过一个是拼命不要做清朝的官；另一个则是拼命要做官。手段相同，目的迥异，到今天应该是来一下甄别，把汉奸奴才清除出去的时候了。

五　游侠

“游侠”的传统在中国是有它长远的历史的。在我们的第一部伟大而完整的历史著作——《史记》——中间，作者就已经安排下了一章《游侠列传》了。“游侠”是有它基本上优良的品质的，见义勇为，路遇不平，拔刀相助……这些都可以代表中国人民正直、勇敢、斗争性优良的品质。在几千年封建制度之下，游侠一直在中国社会中间占着相当重要的地位。在农业社会里，这种思想作风起着相当大的作用。在某种限度中团结了一大批游民无产者，也吸引了数目虽不太多然而阶层却相当广泛的同路者。或者有组织；或者无组织，而事实上却声气相通。

随着社会情况的改变，这些组织就起着一定的变化，发生着一定的作用。他们在某种情况之下会发挥革命性，往往成为民族斗争农民革命的骨干与推动者；可是也会在某种情况之下，被反动势力所收买。

这是一个动摇的阶层。历史上有许多事实都证实了这个事实。在帝国主义与资本主义侵入中国、使中国沦入半殖民地的时候，这事实就表现得格外明显。现在我们所要讨论的是在清朝初年满族最初攻入并统治了中原的历史阶段。那么，他们的斗争对象就是清朝的统治者。来破坏、收买、打击他们的，也就是清朝的统治者。

我们可以这样假定。“游侠”的传统是长远的，在中国社会中间是根深蒂固的；在清最初进关、军事行动还没有结束以前，他们最大的可能是参加了农民起义的队伍的；等到这个队伍为统治者和汉奸联合的武力打垮以后，他们就又散布到还不曾十分安定下来的社会中间去，成为“失了土地的农民”与“失了工作机会的手工业工人”，生活极不安全。大的组织被击毁，分散成为小的个别的斗争互助的个体。占山为王，和坐地分赃，就成为普遍的现象。等到社会初步安定下来，经济开始活动起来以后，他们的活动就开始使统治者感到头痛，想要加以“剿抚”了。这中间，有一个转捩的阶段，是值得注意的。

六 “保镖路过马蓝关”

《连环套》里的这样几句唱词是非常为观众所熟习的。“保镖路过马蓝关，一见此马喜心间……”这是黄天霸在连环套上向窦寨主刺探机密的鬼话。

黄天霸之所以这样提出，是有他的用意的。第一，他想假冒“镖客”的身份，因为这身份是可为窦寨主接受的；其次，马蓝关正是通口外的要道，是“行围射猎”的必经之途。

在《中藏集》里的《洵邑生祠记》里就提到过，“马蓝关兵民争地，藉我父母质成”。这是同京畿到东省的必经之地，这里有经常存在着的社会不安情况，这里是绿林英雄出没之区，也是镖客们执行业务的重点地区。

“保镖”，就是绿林英雄与封建统治阶级之间缓冲妥协的一种方式。在这种方式之下，统治者曾经在准备尚未完成以前，取得了一个时期的方便。我们在京戏里常常可以看到镖客们所保的镖车上，运输的就往往是皇家的饷银。而饷银则是封建帝王维持他的统治武装的经济命脉，这样重要的经济命脉，却无力加以确保，这就充分可以看出绿林英雄声势的强大，和对手方的张皇失措。可惜的是他们终于不能利用这种客观条件，给了统治阶级以喘息和从容布置的机会。等到准备完成，就被一个个地轮流开刀，个个消灭了。

这一妥协的阶段相当长。从绿林英雄中间，走出来做这种买卖勾当的人物如著名的“镖客世家”的黄氏父子，就是最能得“风气”之先的绿林中的败类。

在京戏中间，这一类人物往往是头带鸭尾巾，身穿开氅，手抱朴刀，神气活现。遇见绿林中人，并不先讲什么交情：“若胜了俺手内单刀，镖车奉送与你！”不能取胜，就使用暗器，如神弹子李五、飞镖黄三泰这种人物就都是的。在原始的京剧舞台上，这一类人物也是品格颇低的。并不曾有怎样了不起的英雄气概。那投机取巧、出卖阶级利益、终于叛变的道路，原来是老早就已经安排好了的。

七　皇粮庄头

《霸王庄》开场时，朱光祖打马前行，忽然停下来有一段独白。他说明奉了师母之命前去探望师父凤凰张七，行至一处，腰中没有了盘费。于是他就想起来了：“看前面已是德州的霸王庄，有一庄头，名唤黄龙基，他乃是皇粮庄头，惯交天下绿林的英雄好汉。我不免去到那里，一来与他拜望，二来与他借些银两好做路上的盘费……”

这里，由他的嘴里介绍出来了一种典型人物，皇粮庄头。关于庄头，我们的小说与戏曲里常有提到，不过关于他们本身的业务方面却涉及较少。好像一般都不大能了解他们是在搞的一些什么勾当。现在，我想推荐一段《红楼梦》里关于荣宁二府的庄头乌进孝携带租米土物进京向贾府缴纳年例的描写。那是一段非常好的文字，是的确能够用文艺的手法记录了现实，而且还保留了非常高度的真实性的。不过有一点必须注意，《红楼梦》中的描写是庄头乌进孝在奴隶主、地主面前的情景，他是恭顺的、胁肩谄笑的、好像非常柔和的；可是从这里也可以联想到他对付农奴的面孔，一定就和上面的一套完全相反。

《红楼梦》所描写的是清初贵族豪门的事，所以，乌进孝的业务和霸王庄里的黄龙基所执行的是近似的。总而言之，这些“旗下庄头”就是皇帝的账房，把从人民那里掠夺了来的土地，奴役了人民加以耕种，再把收获物勒逼了来缴纳给皇家的一种最原始的封建剥削制度的执行者。

这样的人物也在广交天下绿林的英雄好汉，这很可以看出，绿林英雄为了增强自己的阵容力量，是尽量在吸取能够加以利用的任何力量的。同时也就反映了，当时这个庞大而复杂的阵营的情况之一般。

皇粮庄头之结交绿林英雄，那是因为在某些地方在某一限度之内他的利益与绿林是一致的。这就反映在他们对同一主子另外培植的得力干部——彭鹏、施不全之流的不满上。

很显然，论手法、论气魄，作为一个出色的奴隶主的爪牙，黄龙基比起施不全来，是不能不感到逊色的。于是这中间就存在着矛盾。然而如果估计黄龙基与封建统治者的矛盾可以发展到民族运动的高度反抗清朝的地步，却也是靠不住的，因为他的阶级出身到底限制了他。

一九五一年

附录　洗浮山·霸王庄·茂州庙·拿谢虎

最近江南武生宗匠盖叫天在天蟾出演，很露了几折老戏，我去看了几出“公案剧”。比较有连续性的是洗浮山、霸王庄、茂州庙、拿谢虎。觉得很满意。这几出好像都是在“八大拿”之中的。也即是表扬施士伦大人率领漕标副将黄天霸及其下的英雄等为皇朝扫平绿林草寇的业绩的作品。不知如何近来这几折戏很少上演了。我想不会是因为戏本身不行。依我看，像茂州庙那样的戏，实在是要比赵家楼之类要来得精彩的。也许因为这几出戏比较难。如洗浮山贺天保穿偌厚的靴子终场，即非一般的演员可办。

盖叫天的确甚好。

关于他的艺术，我以为很难描画。“美”是一种混合体，不能拆开来讲的。他出来一站，我看了即觉得美极了。他的身材并不太高，然而竟那么富于线条，是一个歌舞的名手。“洗浮山”“拿谢虎”几乎都只以行路一场戏引人。这一场戏看完了真使人觉得舒服。唱一段“牌子”，他的嗓子虽然不好，可是苍凉极了。载歌载舞，贺天保还有那美丽长髯可供挥洒，身体转折处，一只手一只腿的安排，上身的姿态：望远、看天、探路……真是一片花团锦簇的回旋。我看了，不禁想说那么一句："真乃英雄也。"

我平常总想，《施公案》《彭公案》之类的演义小说在民间流行，大家大约总都十分钦佩施、彭两位官员和黄家一门豪俊的罢？我小时也读过这两部小说，不过《施公案》写得太坏，好像当时即未能读完，所以现在的印象也就更为模糊了。但是印象也还是有一点的，就是觉到他们杀得痛快，杀，杀，杀，强盗竟是如此之多得杀不完。当时对于黄天霸的罗帽也很有好感，而且他后来又有那么一位太太，张桂兰，就更使人感到"英雄美人"的姻缘之美满，真是一点儿反感也没有，后来看《连环套》，也只不过觉得他冤得很，绿林也正不坏，何苦拼命去做奴才，办事，弄得尴尬万分呢？等到听了三四本《连环套》才知道他其实是卑鄙得很的，对绿林中心直口快的朋友要枪花。看了霸王庄……才感到了这一批人物真实的丑恶。

"八大拿"其实是一套整个的统治阶级对付"不法之徒"的血的斗争史。霸王庄则可以说是朱光祖的叛变史。

叶盛章不遵老路，出场说白偷减得很多，照付小山的台词，应该是说得十分明白的。

> 俺朱光祖，俺师父凤凰张七，在山东直隶一带等处作些个绿林的买卖，也无非是打富济贫，不想他老人家，

染病在床，是我前去探病。他老人家病好了，去往京东宝坻县，寻找师弟万君兆的下落，去之日久未归。是我师母放心不下，命我前去寻找他们爷俩。行至此处，腰中缺少盘费，看前面已是德州的霸王庄，有一庄头，名唤黄龙基。他乃是皇粮庄头，惯交天下绿林的英雄好汉。我不免去到那里，一来与他拜望，二来与他借些银两，好做路上盘费。再者间，倘若师弟万君兆若在他庄，这件事可也未可知。言之有理，就此马上加鞭……

他的唱词也还是“学飞檐与走壁蒙师传授，在绿林也不图挂印封侯”。足见他还并没有想到施公手下当一名捕快的意思。走入霸王庄马上答应为于六报仇，去行刺施不全，不料，给黄天霸一镖打伤，马上就变了卦，帮助捉拿黄龙基了，反面之快，真是可惊。最后黄龙基受了骗，随他出去作战。两人在场上冷了一刻，黄说道：“杀呀!”朱就反问：“杀谁呀?”黄曰：“杀贼官施不全。”朱光祖笑了笑把刀一挥曰：“杀你这个傻小子!”呜呼！出卖朋友，出卖自己阶级的朱光祖真是“聪明”极了。

这里我又想到了绿林朋友送给施士伦的一个“尊号”，曰“贼官”。这个名字取得很不坏。施士伦不是在奴才们口中说来说去都是“为官清正”的吗?却给别人一语道破曰“贼官”。两三百年前的人还是十分老实的。他们以为“贼”是很重的罪恶了。不知道施士伦的兴趣并不在小小的贼，而在维护一个更大的剥削集团的稳固。而这种事实，在当时的

“草寇”们是不可能明了的，然而老百姓的确并不糊涂，还是称之为“贼官”，我看实在一点都不错，正是道着了痒处。

谢虎的先生，李煜，教训谢虎说不可与天霸争强，虽然是因为他们彼此之间有着交谊，然而最重要的一点还是对于卖身投靠者的畏惧。真的，这一种人之可畏实在是要比了正面的敌人还厉害得多的。

只要看谢虎在爱子被杀，决定复仇以后，逼了妻子自杀，烧掉自己的家宅，吩咐徒弟逃走，说“天齐庙就是我葬身之地”的种种，就可以推知他们的了解。只要一出头是就不可能活了回来的。

朱光祖问李煜去讨治镖伤药时，就应用了恐吓的手段。说：“你要是不给，命官黄天霸死了，看你活得了！”于是李煜夫妇就大为恐慌，从这里可以看得清清楚楚这个黑暗影子的存在。

朱光祖在用了种种方法全都无效以后，没有办法，只得求救于“裙带关系”，拉出了黄天霸的未婚妻来哭诉，巧用无赖手段才骗到了镖伤药。这种手段，其实在绿林英雄之中是找不出来的。

盖叫天演谢虎，穿了类似道士的衣饰，飘洒得非凡，摇着一把折扇，根本已经是一个安分守己的“居士”了。无事之时，到佛寺里去拈香，听见施不全在附近下马，即吩咐徒弟不可生事。其实是已经成为一个顺民了。然而黄天霸之流却也不使他平安地活在世上。

谢虎带了儿子走出庙门，就又遇见了黄天霸等，手执刀剑，一言不合，就打了起来，后来谢虎避去，金大力看见了留下来的谢小虎，一问之下，马上说：“贼子之后，不可留也。”一刀杀了。看看真令人发指。

至于施不全知道了这拿之后，却并不怪金大力的滥杀，只恐怕谢虎不能“善罢甘休”，这又很可以看出所谓“爱民如子”的“清官”之流的“心”。

盖叫天描摹这一位过去时代的标准的英雄人物是很能得其神髓的。

他很看重师父，为了师父，就不与黄天霸争强，可是等到“绝了我的宗嗣”之后，就不顾一切了。因为在旧道德的规条中“天地君亲师”，亲字到底还是排在师字上面的。

他在儿子死后，听说是为黄天霸所杀，将扇子向空中一掷，只念“黄天霸”三字，气愤得正在火候上面。盖老并无叫头，或任何老生武生……的那一套洒狗血的表演，只是呆呆地静默了几分钟，然而这一位草莽英雄的内心的痛苦，却跃然如见了。

他并不专横，叫了徒弟来，说如果不愿意冒险的，可以自奔他乡。还有他的逼了妻女自杀，当然是残忍的，然而这也是旧道德的规律，我们无法加以苛求，而他的不愿意留下妻女活在世上，却正是怕落入了“贼官施不全”之流的手中。“草民”对“清官”的畏惧，这里就又有了一个清楚的说明。

他祭告祖先，分散财宝，火烧庄院，最后在大火光中大哭，说“烧得好”，望着妻子的死体、老仆的死体说“死得好！”是多深沉的郁怒，是多活现的过去时代的英雄的刻画！

等他到了“公馆”以后，高声叫黄天霸出来，说“这是你我两人之事，不可使别人帮忙”，完全是英雄主义的表现。后来一镖打倒了天霸，却不即去杀他，十分沉重地宣布了他的罪状，他的出卖朋友，投靠官场，我觉得这是十分沉痛的表白。谢虎这时似乎已经忘却了儿子的仇恨。而只记得朋友的安危与叛徒的丑恶了。

这应该是剧作者点睛之笔。

结尾施士伦虽然救起了黄天霸然而却还不能保险，这样一个已经舍弃了自己的家园亲人的人还是随时随地可以取得他的性命的。只能死活不放地拉住了李煜，后来谢虎一见师父，跪下，被擒。我没有重翻施公案的兴趣。无论结局他是被杀掉或怎样，我想都没有什么分别，谢虎的命运原来是早已注定了的。

一九四八年三月

鲁迅先生对戏曲的一些意见

——“三改”随笔之一

最近因为又到了鲁迅先生七十诞辰的纪念日，就又有机会使我取出《鲁迅全集》来重新阅读。最先翻到的就是先生晚年的杂文集——《且介亭杂文》。在一篇《阿金》的杂文中，就发现了这样的语句：

> 我一向不相信昭君出塞会安汉，木兰从军就可以保隋；也不相信妲己亡殷，西施沼吴，杨妃乱唐的那些古老话。我以为在男权社会里，女人是绝不会有这种大力量的，兴亡的责任，都应该男的负。但向来的男性的作者，大抵将败亡的大罪，推在女性身上，这真是一钱不值的没有出息的男人。

这时我正在思索武松与关羽的问题，谈到了关羽月下斩貂蝉的故事，这样就更感到先生的文章的启示可贵。潘金莲虽然不曾“祸国”，可是“亡家”的责任是一向被认为应该由她来担负的。貂蝉的执行了连环计，毁灭了董卓与吕布，最后终于使关羽感到了“祸水”的危险，认为非斩之不足保持“正气”的看法，就和鲁迅先生所指出的那种倾向是一路东西。

这正是非常鲜明、非常深刻的指示，他提出了一连串五个历史上著名的女性。当然他没有举得太完备，要开一个补充的名单是还可以开下去的。不过仅就这五位看来，哪一个不是占据着旧戏舞台的重要人物！不论旧体、新编，对这些人物的分析批判的工作又进行了多少！

好好地接受鲁迅先生的教训，进一步地做更深刻的研究，更好的实践，应该是今天的文艺工作者的重要课题。对戏改工作者说来，这同样是重要学习的项目，我以为。

鲁迅先生很少谈戏。在他的日记里可以看出，虽然他定居北京很久，可是却很少观剧，可是这并不妨碍他的辉煌的著作在戏改工作中的重要性。

《鲁迅全集》中间讲到戏曲的地方的确不多，讲到京戏尤少，可是他却极有兴趣地记述了儿时看戏的回忆。这是浙东的目莲戏，在这种戏里的许多角色中间他特别为《女吊》写了一篇文章。

还有就是迎神赛会了。“五猖会”的记述虽然不怎样详细，但是却又使他联想起也曾在目莲戏间出现过的无常，也为他写了一篇长文，而且还用非常细致的画笔把活无常的形象描下来了。

“无常”出现在他早年的作品《朝花夕拾》中间，而《女吊》几乎是晚年最后的遗作。这的确不是偶然的事。

他也曾经为白娘子与雷峰塔写过文章，对代表封建势力的法海痛斥，从这些地方可以领会他对神话的看法。

他从乡下戏班中的“二丑”体会到这确是在描写着某一种社会上的人物的事实；他谈脸谱，也联想到人们的脸相。

最重要的，我以为，是他对历史人物的看法。在这方面，他给我们留下了不少辉煌的篇章。《魏晋风度及文章与药及酒之关系》是一篇了不起的历史学的方法论。他替我们指示出了一条明朗的路，怎样洗去那几千年来的浮尘积垢，露出历史人物的真实的面目来。

他写成了最好的历史小说，《故事新编》。他处理了八个著名的传说与历史故事。从神话到人间，从知识分子的思想感情到阶级的搏斗。古书上的记事到了他的手里就成为最合用的表现题材。他对这些故事传说的取舍，有意的夸张与忽略，处处都给了我们启发。

我以为从这八个短篇中间是可以学到很多东西的。

《鲁迅全集》第四册，《三闲集》中有一篇八九百字的短文，《流氓的变迁》。文章虽短，却替“游侠”的本质做了很好的分析。

在中国旧戏的舞台上，侠客是很多的。可是那本质却并不怎样单纯。如果不深入一些来看，是难免会上当的，很有一视同仁一股脑儿都看作农民革命者的危险。

最突出的例子就是水浒英雄。

鲁迅先生说：“‘侠’字渐消，强盗起了，但也是侠之流，他们的旗帜是‘替天行道’。他们所反对的是奸臣，不是天子，他们所打劫的是平民，不是将相。李逵劫法场时，抡起板斧来排头砍去，而所砍的是看客。一部水浒说得很分明：因为不反对天子，所以大军一到，便受招安，替国家打别的强盗——不‘替天行道’的强盗去了。终于是奴才。”

这里，鲁迅先生的原意是很分明的，有“替天行道”的，可是也有不“替天行道”的。这两种人都以侠客的身份出现于舞台上，要分析，就得靠自己敏锐的观察。

以宋江为首的梁山集团是“替天行道”的。北宋末年，各地蜂起的很多农民暴动，如方腊，就不是只想“闹点小乱子”，取一下巧的侠了。于是就和“替天行道”的宋江起了正面的冲突，展开了火热的斗争。

《施公案》《彭公案》中所写的就更是明显，这里出现了“安全之度增多了，奴性也跟着加足”的侠客。他们是“不敢再起盗心，不敢指斥奸臣，不敢直接为天子效力，于是跟一个好官员或钦差大臣，给他保镖，替他捕盗”的更下一级的奴才。由反动统治者的御林军降为保镖特务了的。

从老实的侠，敢于以死为终极目的的墨子之徒的侠，有异于“儒者柔也”的孔子之徒的侠，逐渐降格，以至于流氓的变迁，鲁迅先生是有系统地给了详细的分析的。这对于批判历史人物历史事件是有大的帮助的。我们必须很好地弄清楚盘踞在中国历史上的“游侠”的真面目，这样才可能正确地对待一些历史剧的主题。

《准风月谈》中有一篇《二丑艺术》。鲁迅先生在这篇文章中谈到了浙东戏班里一种叫作“二花脸”的角色——也就是题目中间所说的“二丑”。其实这和京戏中间的“二花”是两样的，这并不是窦尔墩与马武的流亚，其实却是汤勤、蒋干之俦——所谓“方巾丑”是也。

鲁迅先生说这种二丑“身份比小丑高，而性格却比小丑坏”。至于那特色，那有异于义仆与恶仆之点是：“没有义仆的愚笨，也没有恶仆的简单，他是智识阶级。”

蒋干不就是“智识阶级”吗？曹操开始的时候是很看得起他的，也因为这样才上了他的当。如果这只是一员稗将，一个保镖，对曹操讲来，倒是要比较安全得多的。汤裱褙仗了严世蕃的势力，陷害从前的主人，威胁同朝僚属，“也懂些琴棋书画，也来得行令猜谜”，就更清晰地说明了那种特色。《打渔杀家》里的师爷，《金钱豹》中的“五百年前黄鼠狼”的傅保，《野猪林》中的富安也都是这一流人物。

鲁迅先生指出这种人物是“小百姓看透了这一种人，提出精华来，制定了的角色”。

戏班中间一定要将这种人物另划开来，成为另一类，应该是别有道理的。称之为“方巾丑”就已经很清楚地说明了那“智识阶级”的特色，还有一样特色是他必须说“中州韵”的白，不能随便说京白的。蒋干在群英会上遇见周瑜，见面周旋，就大讲其文绉绉的客套话，而这些话就大部分是从陈寿的《三国志》上搬下来的。方巾丑说得抑扬顿挫，一些都不感到不调和。汤勤也“写的是真草隶篆，画的是水墨丹青”，满口之乎者也，活画出那清客的面孔来。演这种“方巾丑”也不是容易的事，一定要有些“书卷气”的才行。

那道理也就在此。

鲁迅先生描写二丑之不同于其他的丑角的特色是："倚靠的是权门，凌蔑的是百姓，有谁被压迫了，他就来冷笑几声，畅快一下，有谁被陷害了，他又来吓唬一下，吆喝几声。不过他的态度又并不常常如此的，大抵一面又回过脸来，向台下的看客指出他公子的缺点，摇着头装起鬼脸道：你看这家伙，这回可要倒霉哩！"

这里所指出二丑绝对的自私而动摇的性格是很清楚的。

根据这里的看法来决定京戏中间"方巾丑"的特性也是丝丝入扣的。

在我们创造人物或处理既有的戏曲人物时，这个鲜明的看法也将是最有用的尺度。

《金锁记》

——“三改”随笔之二

程砚秋先生的杰作《金锁记》，最近演出的时候，在结尾地方有了部分的修改；取消了《六月雪》的旧名，却在《金锁记》之下附注了《窦娥冤》字样，这是这出戏最古的旧名。这是最典型的中国古典悲剧之一，是元代伟大戏剧作家关汉卿的作品，是最能表现那个黑暗时代人民生活与思想感情的杰作。数百年来一直流传演唱不衰，不是没有道理的——中国的封建社会的长期停滞，是这样的戏曲长久流传的基本原因。统治方式与人民苦难虽有程度上的差异，然而戏曲本身的情感基调却是一直与群众的情感合拍的。

关汉卿的作品极多（六十五本），然而今存者不过十四本——《感天动地窦娥冤》即是其中之一。据《录鬼簿》所记，他是大都人，官太医院尹。在他的作品中间，除了一部分是“历史剧”之外，最成功的是写社会问题的作品。这也就是他所以不朽的原因。在元代统治之下，社会上被分成了四个等级。关汉卿是汉人，是属于仅胜于南人的一个阶层。他虽然做着医官，然而对统治者践踏、蹂躏人民的种种血泪冤情，也只有眼睁睁看着的份儿。

这一点是很重要的。在追索他的创作动机上讲是必须了解的，同时这也就解答了为什么元曲会得到那样大规模的发展，又为什么在元曲中间，“公案剧”占着最大的比重的原因。

在这些“公案剧”当中，包公案占着绝大的比例。像今天在波兰还在上演的《包待制智勘灰阑记》即是其中之一。《陈州放粮》、《乌盆计》（原名《玎玎珰珰盆儿鬼》）就都是的。值得注意的是，这些戏都并非凭空构想的，大半是真人真事。甚至当时有人还利用过戏曲来揭发、宣传、呼吁一件冤案。这样，不管目的是在泄愤、寄托幻想，元代的公案剧是人民苦难生活的表露，是有相当程度的现实主义风格的作品，总是可以肯定的。

据《曲海总目提要》，关汉卿原作的情节与后来的改本是有些差异的。那是说窦娥婚后两年，丈夫即病死，娥守节奉姑。张驴儿父子因救蔡婆而入蔡宅。张老欲妻蔡婆，驴儿欲妻窦娥，俱未成就。后因蔡婆病，驴儿遂进下了毒药的羊羹，结果死的是张老。以下的情节是差不多的。娥行刑时，“血逆流似白练，六月飞霜。死后，楚州大旱，赤地三年”。后窦父为两淮廉访使，娥魂诉冤，复谳前案，遂得平反。

改为《金锁记》的是谁，就不知道了。情节是完全相同的，不过后来窦娥未死，结局是团圆的。窦娥的丈夫蔡昌宗项上挂着金锁，乳名锁儿，所以戏名《金锁记》。

如果拿改本与关汉卿原本的情节对照一下，是可以看出那衍变的痕迹来的。最初创作的动机只是为了暴露、控诉，所以情节是比较最接近真实的。后来流传渐广，在技巧上逐渐加工，于是反而削弱了真实性。昌宗覆舟以后，又添上了进入龙宫，与海龙王第三女少娥成亲的波折。

虽然经过了很多次的修改衍化，从今天的演出上看，它依旧是保留着很多精彩的地方的。首先，可以提出那关于元代黑暗统治阶层的刻画来。

在《金锁记》创作的时代，中国正是在黑暗的统治之下。当时的各级官府中间主要掌握着统治权的官吏都是蒙古与色目人，而这些人是不懂汉语汉字的。因此一般“善解华语的”翻译以及胥吏之流就成为鱼肉群众的帮凶。元代的官是脱离不了这样两种类型的。有的本身即是残害平民的凶手，有的虽然自己糊里糊涂，然而却是贪财好色的，他们假手吏目，对人民施行残酷的剥削与残害，这种情况是异常普遍的。《窦娥冤》里就直接地提出了这样一个人物，而加以无情的刻画。这在当时说来，创作者有其一定的勇气的。

（净扮孤引祗侯上）我做官人胜别人，告状来的要金银。若是上司当刷卷，在家推病不出门。下官楚州太守桃杌是也。今早升厅坐衙，左右喝撺厢！

（祗侯吆喝科）

（张驴儿拖正旦卜儿上）告状，告状！

祗侯　拿过来！

（做跪见，孤亦跪科）请起！

祗侯　相公，他是告状的，怎生跪着他？

孤　　你不知道，但来告状的，就是我衣食父母！

这样的描写是相当深刻的。如果只将这样的官算作“糊涂的官”，那就将是过于肤浅的看法。现有的京戏本就将这位楚州太守桃杌改名为“胡里涂”，同时把他的主要特征写成专听一面之词，成为完全失去了判断力的人物，可笑是可笑了，然而在深度上却很感到不够了。

其次，《金锁记》在描写监狱的黑暗上也是使用了全力的。

就现有的京戏脚本而论，全剧的精华所在也是集中在探监前后两场中的。禁婆似乎已经成了典型人物，是为群众所异常熟悉的角色。程砚秋先生的几段摇板慢板，他在这里运用的独创的声腔，他的传达感情的方法，也都已经成为典型的了。

程腔在青衣的唱腔里是别树一帜的。在歌唱的艺术上讲，可以说已经达到了一个特殊的境地。有很多地方，像“我哭哭哭一声禁妈妈，我叫叫叫一声禁大娘……”都几乎是声气迫促地迸了出来的。然而咬字、分字又是极为清楚的，群众在领受音律之美以外，就俨然有这样一种感觉，感到这的确是一个在啜泣着的女人的断续的话声。

《金锁记》在抒写情感细节的处所，也是极为细腻而现实的。

它写蔡母探监，婆媳相见之后的场面，用食用水饭时噎得咽喉气紧的方式说明监狱中间的无比黑暗；用替窦娥梳洗的手法，写出这两个被残害的妇女的悲苦与相依为命的情怀，是最能刺激群众的同情的。这一场的动人的力量比起公堂受刑一场来是远远超过了的。

最后，已经到了法场，马上就要问斩之前，窦娥却还在考虑着看见自己的尸体以后的婆婆的悲痛。向刽子手做了这样的请求：

> 望求二位爷们，少时我受典刑之后，将我尸首隐藏一边。想我婆婆乃是年迈之人。见了尸首，恐怕性命难保，二位请上，受我一拜。

对一个善良的女性这样的刻画，是异常鲜明而有力的，也是最能使人感动的。

同样，我们就又听见她在死前为自己父母亲设想的话：

> 爹爹回来休直讲，说孩儿得暴病丧无常！（二簧摇板）

在听这两句异常流行的程腔的时候，特别是在自己试唱的时候，可以分明地感觉到这不是一口气倾吐出来的，这是经过了几度哽咽才唱出来的，在这种歌唱风格的创造上是足以使人折服的。

从《金锁记》结尾的衍化看，也可以发现一个值得注意的问题。

最初的元剧《窦娥冤》的结局，窦娥是死了，她的冤情是由她的鬼魂向她父亲申诉了才得到平反的。

后来京剧剧本的处理方式就两样了。把故事拉到明朝来，说海瑞（有名的“清官”）经过刑场，正好天落大雪，于是救了窦娥的性命。昭雪了冤情。而且蔡昌宗也没有死，落水之后被人救起，做了官回来，大团圆。

现在程砚秋先生的改本还是说窦娥被斩，冤狱是由窦父平反的。

其实再仔细地分析一下，这几种处理方式的基本精神都是相同的，差异的只是窦娥的生死问题而已。

同时也不能不承认，在旧戏曲中间“大团圆”的处理方式是相当普遍的。这种情感“补偿”的处理方法，特别显示出了群众的一致的感情。本来，看一出戏，如果结尾没有看到好人得救而坏蛋受惩，那总是要感到遗憾的。八十回以后的《红楼梦》，续者不少，却基本上只有高鹗一个人是悲剧结尾的。这原因也不难想见。即使是高鹗，也不能不提出“兰桂齐芳”的口号来给读者一点小安慰，可见基本上全部绝望的结尾是不可能获得最大多数读者的同意的。

这样，我们可以再看一下《金锁记》的结局了。

窦娥是非死不可的。如果顾到元代历史的真实，在那样黑暗的统治之下，她是不可能幸免的。那么又要用怎样的手法给观众以精神上的补偿呢？申冤、昭雪，似乎都并不是最好的方法，因为昭雪之不可能是与窦娥之死的不可免有着同样的必然性的。

现在，就必须接触到悲剧的本质问题了。一出上乘的悲剧，尽管那结局是悲惨的，那故事是凄厉的，可是同时必须激起观众热烈的感情，对受难者的热烈的同情，对不合理现象的绝对的痛恨，而不是单单造成凄凉绝代与喟然叹息的消极的效果。

如果我们拿这个尺度来衡量一些所谓悲剧，大致是可以看出它们的主题的正确与否的。

这样，《金锁记》结局的关键，应该不在窦娥是否终于死了与否，而在她的死是否会留给观众一种正面的感情。

《打鼓骂曹》

——“三改”随笔之三

明山阴徐渭（文长）撰《四声猿》杂剧，包括了四出戏：(一）狂鼓吏渔阳三弄；（二）玉禅师翠乡一梦；（三）雌木兰替父从军；(四）女状元辞凰得凤。

徐文长是很标准的封建时代士大夫的典型，生平行事也很能表现出所谓“师爷气”来。到现存为止，还有许多所谓“徐文长故事”在流传，这些故事是否完全是他的，现存无法考证了，而且也不用考证，一定有很多是他的故事流传盛行以后别人模仿的作品。这些故事大抵都是“尖酸刻薄”的，对善良的农民、酸腐的文人……无情的讽刺。在这中间是找不出任何同情的气息来的。

善于讲这样“冷隽”故事的徐文长本人，就是一个旧时代的“才子”。“才子”往往是很难满足、很难得意的。把自己看得比任何人都高明，把社会看得异常污浊，然而他自己却绝对不肯去斗争。他只能说说笑话，骂骂街。如果一旦自己也挤上了统治阶级的阵营，可以保证，他是一定不会再发牢骚的了。徐文长则是“潦倒”了一辈子的人，也就是说，嚷了一辈子，也没有引起统治阶级的同情，予以提拔的人。

我们看了他创作的杂剧《四声猿》，就很可以清楚地摸出那思想情况来。

这四出戏中间，有两出是很出风头的，一直到现在还在流传，这就是《打鼓骂曹》和《木兰从军》。当然，现在的皮簧本并非徐文长的原作了，可是那基本的主题意识还是从他那里继承了来的。第三出《玉禅师翠乡一梦》是说的“红莲五戒”的故事，是很有名的一个明代平话故事，不过后来却不大流行了（《古今小说》中收入）。是说一个修行多年的老禅师终于遭到了色欲的诱惑而毁弃了“道行”的故事，基本上是“红颜祸水”思想的表现。《女状元辞凰得凤》则是佳人才子旧套的变态处理，是知识分子白日梦的精神游戏。《雌木兰替父从军》是也可以归入同一范畴之中的，那主题绝不是什么巩固国防、重视女权，而是想利用女扮男装的新花样刺激一下观众的神经而已。

《四声猿》中，最典型、最能代表封建朝代文人的思想情况的，无疑是第一出《狂鼓吏渔阳三弄》了。

这故事也是流传有自的。“欲问渔阳掺，时无祢正平！”这样的诗句是晚唐的名诗人李商隐唱了出来的。祢衡一向被看作知识分子中间的“英雄人物”。一向做惯了封建统治阶级帮手的一群中间，忽然跳出这样一位“憨大”，把主子痛快地骂了一通，自然要使他们为之动容。这是很自然的情况。更主要的，祢衡“斗争”的目的，并不是想打倒这个阶级，而只是要“争取”更好一点的待遇。此一基本动机，也是足以获得帮闲人物拥护的一大理由。如果祢衡是想批评统治阶级——不只是骂曹操，对汉献帝也不敬了的话，他就不会有那么好的“声名”了。因为这样一来，就会打破了士大夫阶级的饭碗，会弄得无忙可帮的。

京戏《打鼓骂曹》一开场，祢衡上，念引子：“天宽地阔，论机谋，智广才多!”就充分表现了一个自高自大者的声口。他是忍不住要把自己的货色随时随地搬出来给买主看的。很有趣，这引子岂不就是估衣庄伙友在门口兜售衣服时的声口吗?

接下去，四句定场诗与四句西皮原板就更说明了祢衡的心事，也就揭开了全剧的主题。

口似悬河语似流，全凭舌尖运计谋。男儿若得擎天手，自然谈笑觅封侯。(定场诗)

平生志气运未通，似蛇龙困浅水中。有朝一日春雷动，得会风云上九重!(原板)

他只不过是为了货色卖不出去而焦急，而愤懑!而特别强调“舌尖”的一点就更为深刻。这并不是说他能运用什么战略战术的“经纶”，只是善于利用别人的矛盾，取得自己的利益，是“说客”一流人物。

这样的知识分子是狂妄的，他对曹操的不满，是因为曹操用了一批在他看来远逊于他的帮闲帮凶。因此他在丞相府中发笑说：“我笑这天地虽阔，却无一人也!”同时对介绍他进见却未能替他完成很好的吹嘘工作的孔融也表示不满："孔大夫作事也不高！"（因为北海孔融也是当时清流中间有名的人物，所以只能客气一些。）至于曹操提出的那些文武人才，荀彧、郭嘉、程昱、李典、乐进、许褚、张辽……就完全给他骂做"无用之辈"与"衣架饭囊""酒桶肉袋"了！这些人物其实也并非全是"酒囊饭袋"，不过在这里确是作为饭桶处理的。他们穿着各式各样的锦袍，戴了圆的、尖的、三角形翅子的官帽，雍容揖让，人云亦云，在主角出场之前，彼此一揖，曰："今日丞相大宴群臣，我等向前！"他们的任务也不过就是如此。这些朝官的形象，在旧戏里也是描写得极好的，直至今天还是活生生的。

至于后来决定了打鼓骂曹，那目的也还是为了个人的声名。"纵然将我头割下，落一个骂贼的名儿扬天涯！"在戏里也是交代得清清楚楚的。

"我有心替主爷把国保，掌中缺少杀人的刀！"就又喊出了他对"汉室"的忠诚，声明了他替封建统治阶级服务的决定。骂起曹操来，列举的主要理由是曹操本姓夏侯，改姓以后忘了宗考；自幼做孝廉，出身微贱，是标准的汉魏之际的宗法阀阅的看法。结尾时终于怕死而接受了曹操的下书差遣，听了曹操"顺说刘表归顺我，管叫你头戴纱身挂紫罗！"的话以后，就又心满意足地执行新的任务去了。因为到了这里，他的基本企求已经获得了批准。至于必须先卖一下力气然后再拿好处，倒也是很公平的交易的方式，没有理由再加挑剔的。

“接过书信用手托，披星戴月奔江河。顺说刘表若不妥，愿死他乡做鬼魔！”这非常流行的四句“摇板”就正好写出了受雇以后“才子”的心悦诚服、拼死以赴的心情，与胡适的“做了过河卒子，只得拼命向前！”的诗意是完全一致的了。

《打鼓骂曹》描写旧时代知识分子的性格，是异常鲜明的，就在今天来看，似乎也还并不怎样过时！

祁彪佳《曲品》著录凌濛初撰《祢正平》北曲一折，批评说：“渔阳弄之传正平也，以怒骂；此剧之传正平也，以嬉笑。盖正平所处之地之时不同耳。”可以知道明代作者对祢正平是大有兴趣的，他们从不同的角度刻画了这个典型。

重校记

《宝莲灯》

——“三改”随笔之四

看了华东京剧实验剧团演出的《宝莲灯》以后，首先获得这样的印象，这次改编的经过是大胆的。从原有剧本中不止一个的复杂的主题中间，选取了比较最明确而健康的一个，加以深入的刻画与抒写，毅然割弃了那意识不尽明朗而不易掌握的场子，使故事统一起来，使人物统一起来。这是直截了当的，最简易的改编方法。

不过由于《宝莲灯》的主题并不如是单纯，它的演变过程又极为错综复杂，于是在人物的性格与故事的开展上都留下了深深的烙印。单纯的舍弃与简单的粉饰就起不了多大的作用，因此，作为“反婚姻不自由”的主题在演出中被表现的时候，就不免显得软弱无力了。

我们不难发现，在我们伟大的祖国丰富的神话传说中间，以“反婚姻不自由”为主题的作品是不少见的。《白蛇传》、《牛郎织女》、《梁山伯与祝英台》、《泗洲城》（《虹桥赠珠》）就都是的。在主题鲜明、反封建压迫意识之明确上讲来，这些戏都远胜《宝莲灯》，远胜今日经过修改以后上演的《宝莲灯》。

这些戏中间都出现了争取婚姻自由的男女，整个戏的过程就都在描写他们的遭受迫害，也就是描写他们的反抗斗争。在《金山寺》中，到白蛇被压在雷峰塔下的时候为止，她一直就不曾放弃过斗争。不管这是对封建势力代表者法海的生死斗争还是对性格软弱意志摇摆的许仙的争取，都是一直贯彻在整个的戏文中间的。泗洲城的水母一直战斗到被锁起来；梁山伯与祝英台被迫害死了以后还在坟前化蝶，还没有屈服；牛郎织女的怨恨的情绪更是终古长存的。

但是在《宝莲灯》中间，前半部固然描写的是书生刘彦昌与华山三圣母的仙凡之爱，可是在他们遭受二郎神迫害之后的斗争场面则不多，三圣母被压在山下，固然已经没有什么戏作，刘彦昌回家以后，也只是消极的不娶，终日长嗟，实在很难看出他们强烈的斗争意志来。最后执行了反封建的任务，大力展开与二郎神斗争的倒是他们的儿子——沉香。那动力不是男女之恋而变为亲子之爱了。

马少波同志在《严肃对待整理神话剧的工作》一文内说："如京戏《宝莲灯》（包括《劈山救母》）虽然其中包含一些神怪迷信成分，但基本内容却写出了社会问题和家庭问题……"

这就说明了原有的《宝莲灯》的主题是不单纯的。现在虽然将"二堂训子"删去了，可是主题的表现依然是两截的。

二郎神的劈山救母与沉香的劈山救母，在传说中间是完全相似的。这样，我就怀疑，是不是《宝莲灯》的作者硬将它们拉了起来的呢？而且二郎劈山救母的传说见于《西游记》，是流传广远的；宝莲灯的传说——沉香劈山救母——迄今我们还不能找到它的最早的出处。单行的孤证，是很难以推倒流传有绪的传说的。

“训子”“打堂”所描写的完全是“人间”，而“劈山”则又完全是“神话”。而沉香打死官保的故事，在传说中又是一种异常普遍的类型。姚刚打死郭太师，姚期绑子上殿，二十八宿上天台是一个；秦英钓鱼（淮剧）打死了西宫娘娘的父亲……又是一个。总之，这个类型的传说的源流也是很久远的。

是不是旧《宝莲灯》的剧作者把这样两个传说混为一谈了呢？

在这里是不可能下结论的，材料的缺乏使这个问题无法获得明确的解决。我只不过是借此机会把这两个疑问提了出来而已。

不论是神话剧也好，社会剧也好，在遇到处理男女恋爱故事的时候，在旧戏中间，就往往把女方写得十分坚强，男方写得十分软弱。女的永远是站在斗争的最前面的，而男的总是委琐不堪、畏首畏尾。总而言之，女的是可爱的，而男的则是可厌恨的。

这种情况相当普遍。难道说过去的剧作家都是女权拥护者不成吗？大约也并不是的。

试以《白蛇传》为例。白娘子一爱上了许仙，她的情感就一直是专一的，与日俱深的。她一爱就爱到底。不管这中间她曾经遭受到封建势力的多少迫害，她不退缩；然而许仙却替她添上了更多的烦恼。许仙是动摇的，一会以为她是人，一会又相信她是妖怪；一会儿喜欢她，一会儿又怕她逃避她，充分表现了怯懦、多疑、动摇、自私的性格。在观众看来，似乎真会这样感到，白娘子对法海的生死斗争还远不及为了说服许仙花费的气力之大。她不怕法海，可是对许仙那种捧不起来的阿斗型的软骨头男人却实在有些束手无策了。

这难道会是偶然的吗？

《儿女英雄传》里面的安龙媒是怎样的一个脓包，他又怎样可以和十三妹并论呢？

再看一下描写犯罪的社会剧，如《双铃记》。当一对通奸的男女商议谋死亲夫的计划的时候，男方是屁滚尿流地想溜掉，而女的则坚定异常，非执行到底不可！

这更不是偶然的。也更说明了一些旧写实主义的作者们并不是对女人有太多的好感，相反倒是有太多的憎恨的。然而他们的描写是有事实的根据，有社会条件的基础的。那就是，在过去的社会中间，女人的地位是踩在男人脚下的，一点点保障也没有。她们只要一经站起来奋斗，那就将是一场生死的搏斗，没有妥协的可能的。许仙如果逃避了，是仍旧可以成家立业的，过去与白蛇的一度关系对他毫发无损。于是他就在很多机会里想溜掉，想从斗争的队伍里开小差。

根据过去的“律法”，男女通奸，男的是罪不至死的，而女方则问题严重，被发见了以后就没有方法再做人，也就是不能再在这个社会上活下去了。

这就是在许多情况之下，为什么女方的表现往往要远较男方坚强的基本原因。

这种存在于我们旧有的文学遗产中间的特点是值得重视、体会的。

联系到《宝莲灯》，我觉得原作者的基本精神也逃不掉这个规律。刘彦昌也就是被当作封建时代自私软弱的男人典型性格来处理的。

三圣母被压在华山下面以后，照旧路刘彦昌就续娶了王桂英，生下了秋儿。可是为了弥补刘彦昌的“冷酷无情”和“自私”的缺点，现在处理的时候就让他怀念圣母，卜居华阴，见山思情，宁愿不娶。这样的依照主观愿望处理人物的方法，必然地就不可能造成真实感。因为在旧社会里，这不是男人的典型的性格。

经过改编以后的刘彦昌，是不是就可爱了呢？回答也仍旧是“不”字。

他的一见泥像，就题情诗的作风只能说明是旧知识分子的一种恶劣的作风，轻浮的表现。结婚以后仗着宝莲灯的法力糊里糊涂地过日子，一旦宝贝被盗，就逃下山去，丢下圣母一人受难。我们看不到这个人物的一点点斗争气息，这只是一个没有活气的消极人物，他只是“艳福不浅”，最初是圣母见爱，后来是儿子劈山。他的作为一个爱人，照我看是一点都不够格的。

在我们的历史剧创作中间，是存在着不少涂改历史人物或传说人物的面目，以求适合自己意图的例子的。《新大名府》就犯了把一个有着极深厚的反动的正统思想的大地主卢俊义写成了“革命志士民族英雄”的严重的错误。我想这是值得我们警惕的。一个本来就不可爱的人物，非要把他写成可爱不可，这就往往会造成上述的这种错误。所以我们想这样提出，“丑角俊扮”应该是予以反对的一种作风。

《精简一下》

——“三改”随笔之五

精简节约的口号提出来以后，戏曲界联系自己，也提出了一些应加精简的意见，其中有一项即是有关剧本方面的。

大家都觉得新创作的剧本太长了，起码五幕若干景，演出决不会少于四五小时。观众一吃完饭就得坐在戏院里，要一直坐到深夜才能看完戏。疲劳可想！如果这真是精心结撰的力作，从头到尾没有空隙，没有败笔，倒也罢了。不过这样的戏是很少见的。于是，我们就不能不考虑一下观众的意见，向编剧导演提出精简一下的呼吁了。

造成这种情况的原因有两种：有的编者因为材料过多（尤其是历史剧往往是有很丰富的素材的），不善剪裁，于是就发生了记流水账的情况。结果是没有了任何突出之点，整个地成为堆砌，造成冗长可厌的局面；有的相反，是材料太少，编者却拼命企图使它成为“巨作”，那就只好“揠苗助长”。这样被硬拉长了的戏，就一定不会有生气的。

现在我们先来看一下第一种情况。如果我们想向我们固有的文化遗产学习一下技巧的话，我以为《失空斩》就是一个很好的学习对象。

《失街亭·空城计·斩马谡》是一个描写整个战役、指出战略的重要性的戏。这中间应该是有充分的战争场面的了。照庸俗的编剧者的看法，这剧起码要有三分之二的场子描写激烈的战斗，才能造出那紧张的气氛来吧！

然而不然，我们的剧作者却只用了最少的笔墨来写战争。照我的估计，整个失街亭战役，从张郃发兵到马谡失守街亭不过十五分——即一刻钟的戏而已。

更何况这中间还有马谡与王平的争论——是交代马谡骄纵性格的重要笔墨——与王平画地理图的这些场子呢？

战争的气氛是不是就稀薄了呢？一些都不！相反地，倒是非常紧张的。

作者是用怎样的方法写出这气氛来的呢？

首先是它的紧凑的场子。从王平战败到马谡战败，到最后的张郃、马谡两人彼此双手交枪走过山头、表示街亭之易手，这许多情节都在极短的时间内演出。特别是有一场，蜀兵方退尚未下场，魏兵即已从上场门出来，场子之经济，交代之紧凑，都是造成紧张气氛的最大因素。

其次，作者利用生动的舞台条件写出战局变化之速，这就是那著名的三报。诸葛亮连接三报，从观图开始即已感到不利的形势，在这三报中间发展得如此迅速，只凭探子这样一个角色的出现，与诸葛亮的感情的转变，就生动地烘出了紧张的局面，这手法是极为高妙的。

马谡的由骄而怯，在临行之顷的身段，用手势做出将被处刑的情景，回首四顾，惶惧不已。最后是战战兢兢地拖枪而下，没有一句说白，只凭锣鼓与身段写出复杂的心理转变，这真可以算是京戏里的精粹！

在这样短短的场子里，编者交代了如许事物，这实在值得我们的编导同志细心体会。

论“程式化”

——“三改”随笔之六

通常对京戏的一般看法，都认为它是相当定型了的、程式化了的艺术形式。这是事实。凡是一种艺术形式，当它已经步入成熟的阶段以后，必然是会程式化了的。而且，这程式化有时还是必要的。因为这是一种艺术形式组成的必要条件。如京戏以及一些地方戏里的定场诗，背弓，圆场。有了这些虽然并不一定保证戏本身的成功，但也不一定就使作品失败。受到非难的，我以为倒应该是“公式化”。公式化是艺术创作的大敌，如果不善利用，那就只可能造成死气沉沉的结果。即使是老内行，运用程式十分熟练，如果没有很好的消化、理解，也只能产生平庸的俗套，如爱伦堡所说的“磨光了的五戈比”那类货色。二十年来，梅尚程荀四位都写了很多自己的私房戏，这些剧本也大抵出之于内行之手，在技巧运用上是不大有什么错误的，却较少突出的特色，原因就是犯了公式化的毛病。

可是我们研究一下旧戏里的一些名作，那描写的方法是不是真如一般所理解的那么公式化呢？真的是不会描绘出角色的个性来的呢？倒也并不是的。

还是以《空城计》为例。当旗牌将王平画好的一幅街亭守卫的地理图呈给诸葛亮观看时，诸葛一见那形势与自己的指示大大两样了以后，是应该有一个感情的突变的。按照京戏固有的程式，处理这样的情况是可能运用下列的几种方式的。

（一）诸葛一见地图面目全非，大怒："哇呀呀！……"随即痛斥马谡。这一方式如果用之于花面，倒是非常合适的，诸葛是老生，当然不能这样办。

（二）气椅——一见地图，惊愤交迸，马上就起叫头，晕过去了。琴童呼："丞相醒来！"然后再对马谡加以批判。是为气椅，在老生是可用的。然而对诸葛说来，是不太合适的。因为这把丞相的身份表现得过于脆弱了，殊非身为统帅的战略家所宜有。因此也不用之。

（三）观图以后，异常生气，发作两句，拂袖而入："掩门！"这个方式是最平实的，也很可能为善于运用熟套的剧作家所用。然而这也是最为无力的。

我们的作者对这一场的处理方式，是和前面三者全都不同的。我们可以体会一下诸葛的个性。这是一个深沉机智的战略家，身份是主帅，在观图以后他自然气愤，同时也感到了局势的危险。然而这些都不能形诸词色，也就是不能使人看见的，他又得抓紧时机做必要的决断，于是，在观图之时，就要写他的惊惶，然而这只是轻轻一点，不太显著；观图以后马上就叫旗牌到列柳城调赵老将军回来。从这里写他的细密，同时也为戏的发展安排下最好的伏线。等到只剩下他一人以后，才细细地、分别层次地、把诸葛的始而惊愤，继以踌躇，终于决定了“空城”之计，做必不得已的尝试的尽情变换细写出来。

我想这是不好看作“公式化”的。我们的作者在这里充分发挥了他描写角色个性的本领，也充分显示了他处理人物的细心与审慎。

这难道不是值得我们学习的吗？

再看作者对诸葛亮与司马懿的关系的交代。

他从戏的开始，就一直把司马懿当作一个强劲的对手。他嘱咐马谡要十分小心，观图以后立刻就做必要的措置，这都是对待强有力的对手的态度。连接三报，他先说：“人言司马用兵如神，果不虚传也！”伸出了大拇指，后来在听了“司马大兵离西城不远”的报告以后就又说：“司马懿的大兵来得好快呀！”然后就仔细地看他的羽扇，这并不是想从扇子上看出什么“神机”来，他是在仔细追索研究司马的个性，最后终于抓到了他“多疑”的一点，和自己数十年来用兵谨慎的声名，才终于决定了“空城”一“计”。

到了解围以后的诸葛，就一直打算着回转汉中，惩办马谡、王平，再也不提司马了，只用“人言司马善用兵，如此看来是虚名！”两句唱词轻轻带过，这就交代了诸葛心情的放松与对司马的到底上了自己的当的一点点蔑视。淡淡地把这点感情烘托出来了。

《失空斩》中的诸葛是写得好的，是活生生的一个人，并非出现于一些俗套戏中的木偶。因为作者善用“程式”，而又突破了“程式”，有了新的创造，才能达到这样的水平。

梅兰芳的舞台艺术

梅兰芳先生是中国人民最喜爱的演员中的一个。这个在舞台上工作了四十多年的艺术家为什么会得到群众这样的热爱？是很值得注意的。

梅先生演的是京剧里的旦角，主要的是“青衣”，也兼演一些“刀马旦”和“花旦”的戏。他扮演过很多角色，这些角色是代表着中国女性（自然是旧时代的）种种不同的性格的。经过四十年的提炼、丰富，他塑造了一些典型的女性，并且把这些典型女性在舞台上保留了下来，作为他到现在还经常上演的节目。就是这些女性性格的塑造，使她们在人民群众中间留下了深刻而鲜明的影响。人民热爱这些舞台上的女性，自然也就不易忘记创造了她们的优秀的演员！

有一次我这样问梅先生：“在你所饰演的许多不同的角色当中，你最喜欢的是哪几个？你在舞台上创造了哪些典型的中国女性？”

也许我这个问题提得太概念化了，他笑了笑回答我说：“我所经常演的戏，主要是观众喜欢看的戏；这些戏里的角色，也就是我爱演的。很多老戏都是经过多少前辈创造出来的。一出戏人家怎么演我也怎么演。对角色的琢磨、体会，倒是有的，这是一个演员的责任，创造是谈不上的。”

一开始我觉得他太谦虚了，他完全不曾回答我的问题。后来我仔细地想了想，其实这正是再明确也没有的答案。

用他自己的话来说，就是“人民爱看的戏，也就是我所爱演的戏”。这是异常明确而肯定的。

还是用一些具体的戏剧人物来说明这个问题吧。在他至今还在经常上演的一些戏中间，像《金山寺》里的白蛇、《贩马记》里的桂枝、《三击掌》里的王宝钏、《生死恨》里的韩玉娘、《抗金兵》里的梁红玉、《穆柯寨》里的穆桂英、《宇宙锋》里的赵女、《游园惊梦》里的杜丽娘……这些人物，都代表了典型的美丽、善良而勇敢的中国女性的。这些戏都是不同程度地表扬了不怕困难、反抗侵略、反抗压迫向封建势力勇敢斗争的中国女性的。

梅先生怎样塑造和表现这些女性的性格呢？就拿《金山寺》这出戏来说，《金山寺》里《水斗》一折，刻画白蛇对法海的斗争，如果白蛇一上场不经过说理、求情就马上水漫金山，那就会完全歪曲了人物的性格。如果说这是为了鲜明地表现她的斗争性，那效果却正好相反，反而把它庸俗化了。必需写出白蛇的“先礼后兵”，明知无法取胜而仍旧坚持斗争，才能更深刻地刻画出中国女性坚韧的战斗精神。

谁能从旧时代的戏曲中间，尖锐地选择含有丰富人民性的东西，加以突出表现，就会受到人民热烈的欢迎。梅先生在这方面的工作是有成就的。

在谈到演技的创造的时候，我记得他又说过一句极平凡却有深刻意义的话。他说："演得对的都应该是这样演法。"这句话正确地说明了演技之美与它的现实性是一个问题的两面。随便是怎样的创造，如果与现实脱节，就绝对不可能是美的。

最近出版的梅先生的《舞台生活四十年》第一集，在这部书里他叙述了长期的舞台工作的经验，有很多地方是值得注意的。

我想选取一个比较突出的例子来说明他在戏剧艺术创造上的艰苦经历。

在《舞台生活四十年》里，梅先生特别提出了《宇宙锋》这样一出戏。这样的戏，在京戏里算作"冷戏"，就是说，在舞台上不容易看到这样的戏；一般的演员都会演，可是都不常演。原因很简单，它不像一些大路戏如《空城计》《群英会》那样火爆热闹"俏头"多，容易演得出色。《空城计》《群英会》这样的戏，都是经过多少年来不断地修改、创造，集中发展了高度的舞台技巧的。只要是有基本训练的演员，遵照了原有的路子演出，就会在抓住观众的地方收到应有的效果，演出的成绩总可以保持相当的水平。可是像《宇宙锋》，就完全不同了。它没有在演出上经过很好的创造，也许曾经有过一些创造，可是后来失传了。如果演员没有高度的艺术修养，只根据了舞台本照样演出，那就一定不会有好的成绩。照内行的说法，戏就必然给唱"瘟"了。因为这样的戏，表演的进行是比较平淡的，逐渐发展的，并没有特别突出的地方，可是丰富的内容却隐伏在这平淡的表演进行中间。一个好的演员可以把整个的演出变成真实的生活再现；而只靠某一句唱词的突出，某一个动作的引人入胜，某一个意外的处理的刺激的演员就会完全手足无措了。

《宇宙锋》的故事是很简单的（就现在舞台上演出的“修本”与“装疯”两场而论）：赵高在家里修本，赵女陪侍一旁。皇帝来了，看见赵女貌美，就命令赵高明天将她送进宫去。赵女设计装疯，大闹金殿。

像这样的戏，照一般的演法，就连前辈的名演员陈德霖在内，也只不过着重唱腔，点到为止地比划身段而已，不用说培养感情，就连角色性格与故事发展，恐怕都没有做过很好的分析。自然，在装疯的时候，是会有倒卧在地，扯乱乌云（头发）这样的交代的，不过，仅仅是这样交代，观众不可能看出这是一个有着重重痛苦与矛盾心理的女性在做着英勇的挣扎。我觉得这好像在看木偶戏，情节虽然清楚，唱词也听得见，然而就缺乏一种“活生生”的感觉。舞台上出现的不一定是赵高的女儿，可以是随便某一个古代的女性。可是梅先生饰演的赵女，却是活生生的、有性格的。

在这里没有必要完全说明他创造赵女这个人物的经过。但却可以指出，他对演出的异常忠实的态度。他是完全尽了一个演员的责任的。他非常细心地体会了角色的心理，细腻地分析了角色情感变化的程序，适当地作了表演上的处理安排，最后是科学地把这些经验累积下来。综合了这一切，就是他现在的舞台上所创造的活生生的赵女。

同样的例子还有，像《春秋配》就是另一个好例。像这种必须表现细腻的心理、微妙多变的感情的戏，就往往是梅先生最突出的戏。

说到《宇宙锋》就使人不易忘记赵女出场所念的两句引子："杜鹃枝头泣，血泪暗淋漓。"

我听梅先生的《宇宙锋》，已经是两年前的事了。可是这两句引子，至今清楚地留存我的记忆里。他在这两句引子中间，强烈地（不是高声喊叫）表现了赵女的满腔悲愤。

在这样一种古典歌剧里，梅先生在声音的使用、腔调的创造上，也有着优异的成就。那特点也是跟他的现实主义的表演体系分不开的。他不是脱离实际的花腔至上论者，不是只求高、亮、卖弄"嗓子"的演唱者，他正确地使他的歌声为整体的表演服务，而且达到了很高的境界。

他有一条宽嗓子，这样的嗓子就使他的唱腔的发展选择了一条平实但却曲尽人情的路。

他的唱腔是三十年来比较普遍流行的一种。学习他的唱腔的人很多，然而在一些学习者当中，却普遍地产生了这种倾向：一般是把它庸俗化了，无原则地使用了，把某一个腔安置在情况完全不同的两出戏里了。这是一种懒惰的行为，是一种公式化的倾向。

在这里，我们可以引用梅先生自己的话。他在《宇宙锋》演出的叙述当中就指出了删掉二黄两句老词"老爹爹你为人真个可厌……"一段倒板的理由：唱腔必须简洁，不可拖泥带水地使些花腔。

普通说戏的方法，大抵是指示后辈在某些地方使用某种特别的腔调；至于指示在某些地方不可使用花腔却是很少见的。

这就很明显地可以看出一位坚持现实主义表演方法的艺术家的特色来。

梅先生的艺术修养，有极为可贵的另一方面，就是他的不断地从生活中汲取舞台上的艺术造型。在这里可以提一下他在中国歌剧里所创造的可贵的舞蹈姿势。这些都是构成民族形式的中国歌舞剧的珍贵遗产，极辉煌的艺术宝藏。

如果我们简略地将他的戏里不同的舞蹈罗列一下，那就要有下面这一些——自然我计算的还是很不完备的。

在《霸王别姬》里，有群众最熟悉也最喜爱的“舞剑”；《西施》里有“羽舞”；《天女散花》里有“绸舞”（也就是风舞）；《上元夫人》与《麻姑献寿》里有“袖舞”；《奔月》里有“采花舞”；《晴雯撕扇》里有“扇舞”；《太真外传》里有“舞旗”与“舞盘”。这些还只是就他所创造的一些舞蹈形式而论，其实广义地说起来，歌剧里处处都有身段，一举手、一投袖，都是美丽的舞蹈。根据剧情，发展、丰富、美化了这些身段，那样的创造就更说不胜说了。

我曾经问过他，上面所说的这些舞姿，都是怎样创造出来的？他说：“这些舞大抵都是有所根据的，可是大部分要靠自己的构思，才能创造出既有的形式来。”

“像《别姬》的舞剑，我是把武术里的真的击剑，放到舞蹈上去的。击剑是走的长蹚子，在台上就不行了，这时候就得照着舞蹈的条件来变化：加上了‘十字架’‘高矮’‘前后’‘圆的’，这些形式的变化。武术里的舞剑简单得很，在台上就得配上音乐和曲牌，这都是慢慢地想出来的。”

“还有些舞，像《西施》里的羽舞，是从祭孔的乐舞里化出来的；《奔月》里的袖舞其实就是照着‘霓裳羽舞’这样的舞蹈想出来的。有很多舞的名字，在书上是有的，可是却没有谱，从诗歌上、雕刻上、云岗的石刻上、书画上、古代的壁画上……找着了一点半点的启发，结合着生活现实，再慢慢地想，想出来的。”

重要的事情就是“结合着生活现实慢慢地想”。这不是空想、幻想，是从现实生活中间一点一点地汲取出来。美是从现实中间产生出来的。扑萤是扑萤，而扑蝶则是扑蝶。在形式主义者看来，这不过都是使用扇子的一种舞蹈，只要是扑，别的都可以不必考虑。在重视现实主义演技的艺术家来说，这却是完全不同的两回事。我想在这里重复梅先生那句语重心长的话：“演得对的都应该是这样演法。”

任何一种舞蹈都应该根据现实生活中提炼出来的规矩。因为只有这样才有可能满足人民群众的欣赏要求。不切实际的疯狂的想象所搞出来的任何东西，无论自己以为怎样了不起，人民看不懂，自然也就不会喜欢。而梅先生的舞蹈所以受到人民的欢迎，就是因为它根据了现实生活中提炼出来的规矩。

解放以后三年来，梅先生到过汉口、东北等地，做了不少次的旅行演出；最近又在北京劳动人民文化宫演出《霸王别姬》招待北京市工人。他在每一个地方都受到了人民的热烈欢迎。他今年五十九岁了，他走出了四十多年局促狭小的剧场，现在才踏入了更广阔、更新颖的天地，也更接近了劳动人民，为劳动人民服务，这样，他的艺术就有了新的和更大的意义。

应该有这样一部传记

——关于梅兰芳先生的《舞台生活四十年》

从清光绪甲午年算到今天，在这将近六十年中间，整个的中国经过了亘古未有的大变革。这中间的大事记不胜记，从那个专制王朝的腐朽崩溃开始，有那么多次外患侵袭、军阀混战；又有那么多次革命与反革命者血的斗争，又经过了依附于帝国主义的反动政权的统治、破灭；到今天中国人民掌握了自己的政权。这经历，这一部伟大的中国人民翻身的历史，是必须也应该由新史学家来执笔完成的。

在这样一部政治史的背面，就又有着一部不那么显著可是十分明确、完整、历历可寻的文化演变的历史在。这可以说是经历了这么许多惊天动地的大变革的中国人民思想情感的蜕变升华的积累。要整理这样一部历史，那重要性，固然不下于整理中国近代史；而那艰巨，更是有过之而无不及的。

说是蜕变、演变，这六十年光阴可实在不是一个短短的时间。平常思索，在文化这个够宽泛的部门中间，究竟有多少门类，那现存的形式，还可以拿来和旧有的连接在一起，可以使我们分明地看出那蜕变的痕迹来的。很明显地，中国人民现在已经不再穿长袍马褂，也不大会再造了古色古香的房子来住了。出远门更不会乘牛车，结婚也很少有人坐花轿……这都是显然的。作为一个现代的中国人民，想了解这一切，就只有到博物馆里去。似乎还只有一两个例外，要吃饭，在饭馆里都还是做的原有风味的中国菜；要听戏，现在的舞台上也还在上演着民族形式的戏曲。自然这是不同了，蜕变了。可是这总还是容易连接起来，可以清楚地看出那变化的痕迹的。

虽然是很平凡的事，可是这中间却含着并不太小的意义。

从这里可以看出一点，就是中国人民对这一二文化部门所存有的特殊的情感和喜爱，因为是为人民所钟爱着的艺术形式，所以它才被很好地保留了下来。在将来，也必然要在新的培植之下，继续滋长，向更健康完整的方向发展。

通过了这样个别的专题，来了解近代中国的文化，应该是正确的也同时是最有兴味的途径。

这样，我曾经想起，梅兰芳先生五十七年的社会经历，和四十年的舞台生活，就是一个最好的题材，请想想，这中间有着多么繁复而绚烂多彩的内容。照平常的看法，这不过是一位艺人的生活；放大开来，可就不只如此。你可以思索一下，这个人是从怎样的环境、时代里工作了过来的。这不是简单的事。他在中国近代剧坛上矗立了几十年，到现在，仍旧是最高荣誉的标帜。为什么，又怎么会如此的，这中间可以结合起来的问题就太多了。

我直觉地感到，他是可以把这几十年历史连接起来的一个人，贯穿着这个的，是多少年来群众对他一直不变的爱护。他的艺人的品质和他的艺术成就。他的成功，不是一部简单的英雄的传记，这里面的客观因素是极重要的。可以说是社会培养了这样的艺人。可是只要一想这似乎是只有在现代的社会主义的国家里才有可能培植出来的艺人，那就更不能不使我们骄傲了。

从近代中国戏曲的发展史上看，他也是可以连接起来几个重要的发展阶段的人物。他出生的时代，正当四大徽班进入了北京，在舞台上更站稳了脚步，而且进入了宫廷之后。京戏的成为现在的完整的体系，那是一个极重要的定型期。他刚好接受了，部分地参与了这种创造的工程。后来他更突破了固有的形式，创造了新的东西，创造了新的歌舞剧。几十年来，始终成为京戏发展一个推动的力量。在今天，如果更要求突破旧的、创造新的，他应该仍是最重要的人物。同时，他的过去的经验，也是最值得参考的资料。

很久就想到了这样一部传记的重要性，甚至于冒昧地想要做一些记录的工作，都已经是很久以前就有了的心事。也曾经和梅先生提起过这个意见，可是因为环境的限制，几次都没有能够着手。一月前更深入地研究了一下，想积极进行此一工作，不要让它只停留在空想的阶段，才发觉了这实在是一件极为复杂、极为繁重的工作。然而却并未因此而感到灰心，那是因为发现了一些新的朋友，更可喜的是这些朋友同样地早就有了进行此一工作的志愿的缘故。

他们都是梅先生的老朋友，是一直在关心帮助着梅先生的。听了我这个冒昧的提议，他们开始是同情，继之以慎重的考虑，以为这不是一个赶时间的工作，是应该有了长期的准备才能动手的工作。我们交换了很多意见，觉得这都很有理由。可是最后我提出了一点，这个工作没有问题是应该慎重，应该放下最大的努力去完成的。可是也不是应该等候的。在今天，大家固然不可能再有太多的闲暇，可以从容着手；就是在将来恐怕也不可能，要做就只有马上做。

这样，不但得到了同意而且更得到了帮助。许姬传先生是梅先生的秘书，他们相处最近，我们就请许先生担任记录的工作。关于梅先生的幼年以及家世种种，更从他的许多亲长和老朋友那里得到了可贵的补充。关于有关的文献记录、摄影画像，除了梅先生自藏的以外，也还有许多是由于朋友们的慨然相假或指示才能找到的。最主要的这件工作必须要做到“真实”。我们衷心地希望这是一部可以“留赠后人”的真实的“长编”史料，使读者可以从这里得到他们所需要的知识，可以吸引过来化为自己的血肉，同时也从这里看到了历史。

有一次和梅先生谈天。他谈起了他幼年时候的种种，他说到自己的资质并不是一般人所想象的那种天才，甚至于还可以说是鲁钝的，他的舞台上的成就，完全是靠了学习。他说了很多有趣的故事，最后他提到当时正在苏州上演的他的最小的孩子，葆玖。他说，他虽然不满意葆玖台上的演技，可是只要想到自己在同样的年纪还没有这样的成就的时候，也就可以原谅了。

这是一位真诚的艺术家，我愿意向读者推荐，请静静地听他述说自己四十年来在舞台上的真实的故事。

这是在梅兰芳先生《舞台生活四十年》开始在日报上连载的前一天写的一篇介绍。

一九五三年三月重校记

民族戏曲艺术的伟大展览

中央人民政府文化部所主办的第一届全国戏曲观摩演出大会以空前盛大的规模在北京开幕了。参加演出的剧种一共有二十多种。这比起全国现有的全部剧种来也还只不过是一小部分，然而，我们却可以从这些剧种中间看到我们伟大祖国瑰丽多彩戏剧艺术的缩影。我们可以从一些个别的、完整的、优秀的制作中间体会、认识到整个建筑的伟大与辉煌。看了这样的演出，将使我们更进一步地认识到我们民族文化的优良传统，更加强我们民族的自尊心与自信心，对千百年来劳动人民的伟大创造产生无比的崇敬与喜爱。

现在我想就已经演出的一些精彩的地方戏小节目中间，试行探索一下这个伟大而优秀的艺术传统民主性的一面。

首先，我想应该指出在古老的民间艺术中间所含有的强烈的反抗性与斗争性。

这样的题材，在地方戏曲中间是极为丰富的。在长期的封建统治时期中间，劳动人民遭受着残酷的迫害，人民对这样的迫害是进行着连续不断的反抗斗争的。斗争的史实有不少就是用戏剧的形式记录下来了的。同时，戏剧本身也就是抗议的一种有力的形式。

在目前流行在西北一带的主要剧种的秦腔中间，我们就看到了一折具有高度斗争性的好戏——《卖画劈门》。这是秦腔《日月图》里的一折，戏里生动而深刻地刻画了一个遭受恶霸迫害的老人，他的苦难和他的不可屈辱的反抗性格。

刘毓中所饰演的老人——白老，在他从恶霸胡公子的家里走了回来以后，在情感上简直是接近疯狂了的。他是去卖画的，恶霸却想强占他的女儿做妾，这样就逼得这个老人下定了必死的决心。他和女儿抱头痛哭以后，商量对策，觉得无路可走，他唱出了“父女们直落得命染黄沙”的绝望的词句。

正在这个时候，门前传来了紧急的叩门声，老人在惶乱中摸着一把钢刀，准备和假想中前来抬亲的胡公子拼了。

秦腔的激越的音乐气氛，和演员的纯熟的优美的身段——特别是髯口的功夫——都帮助了人物性格的刻画。观众清楚地在短短二三十分钟中间看到一个和平温厚的白发老画师坚决地拿起了钢刀。观众完全理解、同情老人心理的急遽的变化，这样，我们是不能不叹赏这样的表演艺术的精练与深刻的。

这个题材和京戏《打渔杀家》的情节是类似的。我们相信，这样的事实，在过去的时代中是异常普遍的，这样的反抗斗争也是一直存在着的。把这样的故事写进戏里去也就说明了戏剧的反抗性与斗争性。

在河北梆子与川剧里都有以《杜十娘怒沉百宝箱》为题

材的节目，这出戏是指出了一个遭受迫害的女性的反抗心情的。川剧的折名是《李甲归舟》，就正是选取了戏剧性最紧张的一段。

名妓杜十娘，选中了李甲，许以终身。想不到这个她把整个生命都寄托了的男人又把她转卖给旁人了。在发觉了这个极为卑劣的行径以后，她就用死表示了她最大的抗议，同时也给负心的男人一个最大的惩罚。在旧社会里，死，是可以代表一个受迫害的女人最坚决的抗议的，在这里我们所看到的就正是如此。

《李甲归舟》是很突出地表现了川剧的细腻而深刻的格调的，戏是以刻画一直在等候李甲回来的杜十娘的焦急心情开始的。这时候，在她的心里充满了激动的爱情，她的心里洋溢着对未来的美满生活的憧憬。她终于盼到了夜深归来的李甲，满腹心事矛盾重重的李甲。她惶惑，她不安，她猜测他的不愉快的原因，一直经过了多少转折之后才发现了绝未料到的事实——最丑恶最惨酷的真实。

“只怪我瞎了双眼选着你这狼心狗肺的负义男！”这是何等深刻尖锐而强烈的斥骂，地方戏里就正有着丰富的这种尖锐的表现手法的。而中国女性勇敢坚决的斗争性格也就表现在这样的所在。

大胆地抒写青年男女勇敢的恋爱，也是中国戏曲的一个突出的特点。

以传播广远而悠久的民间传说为根据的戏剧，如《梁山伯与祝英台》和《白蛇传》，以古典文学名著为根据的戏剧如《西厢记》，在这次会演中间都曾经不止一次地出现在不同的剧种中间，这正好说明了这一个显著的事实。此外，在不同的地方剧种中间，同样的题材也还是大量地存着的。

《蝴蝶杯》，是流传广远的民间传说，在晋剧、秦腔、昆曲里是都保存着同样的节目的，特别是《藏舟》一折，是非常有名的。

故事说一个元帅公子仗势打死渔翁，渔家女儿在小船上隐藏了打抱不平、打死元帅公子而被追索紧急的年青人，他们就在船上订了终身。

从这个故事很容易使我们联想到出现在川剧节目中间的《踏伞》。（桂剧中间也有同样的节目，本事和演出的情形大体上是相同的。）

《踏伞》是写在兵荒马乱之中失散了家人的少女和另外一个年青人邂逅相逢，在离乱之中互相依伴而发生了爱情的故事。故事的根据是《幽闺记》《拜月亭》，也都是著名的古典戏剧。

这应该不是偶然的。我想这还不单纯是写一个恋爱的故事，这里正是写出了人类的生之欲望，写出了强烈的生命的力量和乐观的精神，是非常可贵的。

我们不能忽略，在这样的情况下所产生的爱情的基础是什么呢？是存在于人民内部的互相帮助了解的可贵的情感。不认识这一点，是很难不引起一些迷惑的看法的。

试想，一个身穿重孝守着惨死老父血淋淋的尸身的少女，怎么可能和一个逃避追兵生命危急的青年恋爱呢？一对在兵马离乱之中的青年男女，在生命还不可能确保的时候，又怎么可能彼此发生爱情呢？这岂不是违反了当时的客观现实了吗？

我们伟大的古代剧作家和多少优秀的艺人通过了艺术的形象，明确地解答了这个问题。在今天的舞台上，我们就看到了那种细腻的描绘手法。这正是极可宝贵的艺术传统，值得我们好好地吸收的。

地方戏中间所孕育着的劳动人民无比健康的感情，除了表现在对封建统治势力坚决抗议的一方面以外，更多的是表现在无情的嘲讽上，在这里，那斗争性是一贯地发展着的。劳动人民替地主阶级、封建统治者——皇帝与他的臣仆以及其他所有的对劳动人民实行迫害的阶层人物刻画了鲜明的脸谱，勇敢而鲜明地表明了自己的爱憎。

在川剧《评雪辨踪》里，就刻画了穷秀才吕蒙正的可笑的性格，自然，在这里，对吕蒙正还是有着同情的。可是对那样的知识分子的酸腐的气质，则是进行了无情的揭发与嘲弄。

这也是一出古老的戏曲，在“元曲”里就已经有了的——《吕蒙正风雪破窑记》。穷秀才吕蒙正，在一个雪天到寺赶斋落空，遭受了和尚的奚落后回到自己的寒窑里来。在窑前的积雪上却发现了男踪女迹，引起了对自己妻子的疑心。

这是很好的喜剧题材。川剧突出的细腻的作表与丰富的机智的词句，在这出戏里是特别显著的。演员用一些细腻的动作刻画出了这样一个酸秀才，使观众感到活跃在舞台上的正是极为真实的人物。吕蒙正的妻子在发现了丈夫可笑的猜疑以后，并不直接揭破疑团，反而对他进行种种刺激性的激怒。这样，人物的个性就完全凸现了。这里充满了机智，而更重要的是充满了人情。

当吕蒙正发现自己的猜疑已经完全不能成立，必须向妻子赔礼进行和解时，用手在脸上一掠，放在胸衣里面，表示是拿下了脸面了。像这样的刻画手法是极为有力的。

川剧《秋江》的演出，获得了很高的评价。作为一出歌舞剧来看，这一折小戏是有高度的成就的；作为一折人情戏来看，它同样也是一个杰构，因为它集中地描写了两个人物心理的矛盾。由两个演员在舞台上做将近一小时的表演，只说明一个极为简单的情节，而一直使观众为人物心理的变换所吸引，为美丽的身段而迷醉，完全有着置身江上的感觉，这不是一件简单的事。我们应该感到骄傲，在我们的民族戏曲中间存在着这样瑰丽的创造，同时我们也应该感到，可以从丰富的民族遗产中间学习的是那么多！

故事是昆曲《玉簪记》中的一段。女尼陈妙常与书生潘必正相恋，潘被逼进京求试，陈匆匆赶到秋江上，呼船追送，在饱受极有风趣的老艄翁的留难以后，才能成行。

我们在舞台上看到的那个异常诙谐而又非常善良、极有风趣的老人，就正是我们可以在川江舟上经常可以遇到的人物。这个人物是极可爱的，他会逗弄人，会说极有趣的笑话，他对陈妙常的恋爱是寄予同情的，却忍不住要跟她为难一下。

观众在舞台上看到了完全真实而活生生的人物。

舞台身段之美也是突出的。老艄翁只有一把桨，却为我们传达出来川江行船的真实的情景。更难能的是连一把桨都没有的陈妙常，她使用碎步、横步……这些美妙的身段使观众感到舞台就是一只小船。

这出戏里有极为浓重的地方色彩，更可以认识到艺人们是怎样从实生活里辛勤吸取、充实、美化了自己的舞台艺术的。

在处理爱情这一人生基本问题的场合，对神话剧的使用是异常普遍的。

湖南花鼓戏里的《刘海砍樵》就是一个典型的从人民中间生长出来的神话剧，这出戏里洋溢着极为健康的情感，虽然形式是那么简单，却纯朴得异常可爱，它极素朴地说明了对恋爱与婚姻的正面看法，动人极了。

由一个年青的女演员萧重珪饰演的狐狸精爱上了劳动青年农民刘海（何冬保饰）。她向他叙说了自己的爱情，却引起了刘海的不安。他想逃避这个恋爱的对象，却紧紧地为狐狸追上了。狐狸使用了一白一绿的两把鹅毛折扇，配合轻快迅速的圆场碎步，完全表现出这不是一个平常的女孩子，她是个修炼了多年的狐狸。她对刘海的爱不是没有基础的。在刘海吃力地砍着柴时，她就在后面看着。刘海在用力砍柴，她就用扇子舞出想帮他一把似的姿态；刘海在擦汗，她就替他扇风；刘海惹上了马蜂窝，她就用扇子帮他驱逐马蜂。她对他的关切是无微不至的，对劳动人民的生活细节写得这样细腻而充满热爱，是这出戏的最大的特色。

她想打破刘海对婚姻问题的顾虑，直接爽朗回答了他的三个问题：

刘　你听嗒，我是个穷人，你是晓得的。既是嫁把我，我不说是嫁汉嫁汉，穿衣吃饭，硬是要做工夫才行！

狐　这个请你放心，快讲第二件。

刘　第二是我有一个老娘，眼睛看不见，要你早晚侍奉茶汤。看你愿意不？

狐　侍奉尊长，是我们做媳妇的本分，请问第三件。

刘　第三件啦，我是靠砍柴吃饭，家中若是缺一少二，你可不要埋三怨四啊！

狐　你说的三件，我是件件依从。

这正是从人民群众中间生长出来的素朴的言语、思想。他们在取得了同意以后，就"柳树为媒山作证"地结了婚。

自然，这和封建包办婚姻、买卖婚姻的规律是完全不能相容的，人民对这种健康的正当的恋爱的赞美就正是对封建婚姻制度坚决的抗议与无情的嘲笑。

楚剧《葛麻》就是另一极为突出的好例。葛麻是暴发地主马铎家的一个雇工，马铎想退掉自己女儿与穷书生张大洪的亲事，葛麻同情着这一对相爱的男女而痛恨着地主，在使用了许多巧妙的手腕嘲弄了马铎以后，促成了一对青年的婚事。

在编剧上讲，这是有着高度成就的一出上乘的喜剧。更值得赞美的是作者把劳动人民的地位高高地安置在地主的头上。这是极为难得的一个范例。

地主马铎充分表现了他利令智昏的神情，在极为聪明的葛麻的指使之下出尽了丑，终于遭到了完全的覆败。巧妙的喜剧手法结合着真实的情况，马铎是个暴发户，就生动地刻画出他那种沾沾自喜、忘信背义、吝啬成性的特色。

葛麻要起地主来是无情的。他被指使去打张大洪，拳头却打在了马铎的身上；地主那么吝啬，却能指使他心甘情愿地给张大洪银子衣服；预先计划好了谈判的词令，把地主问得无话可说，一场无趣。观众是完全被这样的笑料打动了，不断哄堂的笑声充分地说明了心理上的共鸣，因为葛麻替每一个人嘲笑了地主，说出了大家对地主蔑视的心理。

在面对着被迫害的一对青年男女的时候，葛麻也还是充满了风趣的，在风趣中间就洋溢着高贵的同情。剧本作者和演员都紧紧抓住了这个标准，就使人感到这是一个非常可爱的劳动人民的性格，虽然他是那么伶俐、活络，可是半点也没有油滑气。

这一次空前的全国戏曲会演，使我们充分地感到百花齐放的美丽景象；而更重要的是虽然这许多美丽的花朵各有自己独特的色泽与香馥，可是在基本上却都具有相同的东西。无论在音乐上、服装上、表现手法上、演出风格上，都可以体会到它们是在同一广阔而丰饶的土地上生长起来的。

东南的粤剧、桂剧和西北秦腔、晋剧，虽然生长在如此辽远的两个地方，可是它们的服装是大体上一致的，它们所表现的同样是劳动人民斗争的史实，歌颂的同样是民族的英雄人物。在这里，我们就更感到我们伟大的祖国空前的团结与雄伟的力量，更使我们产生无比信心和欢悦！

附录　跋祁彪佳《曲品》残稿

——明人戏曲存目的新发现

在距今三百零七年以前，南明弘光抵制不住南下的清朝大军，金陵陷落了，福王北去，潞王监国。清军的统帅将军孛罗（又称贝勒）在渡江以后就进行收买利用明朝的旧臣，让他们出来收拾残局、巩固清朝的统治。这时候，在江南一隅就出现了不少殉节的明朝遗臣，他们拒绝了清军的聘请，用自杀的方式表示自己对明朝的忠诚，同时更重要的是表现了对民族的忠诚。在浙江，比较最重要的殉明遗臣之一是山阴的祁彪佳。隆武在福建，追祭他和刘念台，予谥忠敏。（鲁王监国以后赠谥是忠毅，清朝乾隆时也给了他一个“专谥”忠惠。这是后来有很多分歧的称呼的原因。然而一般的通称还都是采用了忠敏的。）

祁彪佳字虎子，一字幼文，又字宏吉，号世培。是明代山阴大藏书家祁承㸁的儿子。生于万历三十年壬寅，十七岁就中了举人，二十一岁中进士。以后就先后在福建做推官，在北京做御史，在苏松做巡按。在明朝覆亡以前又到了北京，参加了当时最激烈的党争，冒了极大的危险疏参吴昌时。北都倾覆的时候他正好在南方，就又参加了南都拥立的大计，又在危难之中重新抚按江南一带。弘光乙酉他卸职家居，南京为清军攻陷，他在家乡与朋友计划恢复的大计，黄石斋建议潞王让他出来做苏松总督，组织对清军的抵抗，还没有来得及上任，北骑即已奄至。家人朋友都劝他到杭州去见清朝的统帅贝勒，保全一家的生命财产，可是他自己不肯，在经过两天的思想斗争以后，终于在乙酉闰六月初六日五鼓自沉于寓山花园的水池中了。临死以前手写遗书，词句安详而立场（民族立场）坚定，安排后事、劝导家人都入情入理，实在是值得佩服的。

他死去以后，家庭暂时还没有遭到什么迫害。一直到康熙壬寅癸卯之间，他的第二个儿子祁班孙（奕喜）联络慈谿布衣魏耕企图恢复故国的计划被出卖而为清朝破获以后，才又遭到破家的惨祸。这一段故事现在只能在全谢山的“祁六公子墓碣”里得到一点线索，详细的情形已经不可知了。那结果是班孙被遣戍辽左，哥哥理孙（奕庆）因为纳了贿被放免。家里也完全破产了。后来祁班孙在康熙丁巳逃了回来，不敢回家，只能在吴之尧峰出家，后来又主持毗陵的马鞍山寺，称林明大师。还不时与哥哥家庭往返，祁奕庆在他的藏书中有很多沉痛的记载，祁家本来就有学禅的风气，像祁彪佳的哥哥骏佳就是一个例子，他的遗集的名字是禅悦内外合集，其中都是有关禅宗语录与和尚来往的文字，现在更因为家难国仇，不得已而逃禅。明朝遗民有很多人都做了和尚，这在当时是都有很沉痛的政治原因的，实在并不是单纯的佞佛。

祁家是有名的藏书旧家，祁承㸁澹生堂的藏书，在有明一代是极有名的，与四明范氏天一阁、会稽钮氏世学楼齐名。他不但是藏书家，而且是一个很好的目录学者，他有《两浙古今著作考》的著作，关于图书分类、收藏理论……也都写成了专论，成为重要的图书馆学的论著。他的儿子彪佳也喜欢藏书，就先人遗书又做了不少增添。不过这些书，在家难以后都散失了。吕留良和黄梨洲到山里去用大秤秤到了祁家藏书若干斤，后来还为了争夺藏书成了公案。事实上，在这以前，澹生堂的藏书已经陆续散出了。乾隆时仁和曹斯栋著《稗贩》，里边就提到“忠敏第五子嗜书尤笃，惜晚岁佞佛，视同土苴，多为沙门赚去卖钱”。这应当也是家难以后无心更事藏书的结果。

澹生堂藏书散出在清初康熙中。可是他家里还保存了一批自著的稿本和家乘之类的书，这些书籍一直保存了三百多年，一直到去年江南土改，才当作废纸又秤出来，落在书商的手里。书商收入以后又毁弃了不少，做了还魂纸，等到后来发现这些“废纸”还可以大大卖钱的时候，剩下来的却已不多了。从这些遗著中间我们可以发现它们当时为什么没有与澹生堂藏书同时散失的原因。不单为了它们是“先人遗著”，同时这中间还包括了祁彪佳的稿本《东事始末》《万历大政汇编》《奏稿》《书札底册》……而这些又往往是涉及边事、也就是讨论如何防御清军入侵的著作，而在当时，一经暴露是有灭门的危险的。

祁理孙奕庆曾经说过，忠敏遗集，“初则以畏祸避仇不敢刻，继则以遭难破家不能刻”。是他引为“切骨恨、莫大罪、毕生未了心”的。他所指的就是这些稿本。从这些稿本中间我们又可以知道祁彪佳是一个脚踏实地的政治家，并不是那些喜欢发发空疏议论的晚明党社里的文人。他从事于很多有关人民生活的工作，他在家乡的时候，从事救荒，那详细的办法就都记载在八册《里居越言》的函札底稿里。为了寻求理论的根据，他还钩稽遗事，做成了十八卷的《救荒全书》。这部著作从他的日记里可以知道，是费了他将近十年的功力的。

他研究晚明的政治史，开始着手的工作是“长编”，像《东事始末》《万历大政汇编》……就都是就奏疏、塘报、揭帖……这些第一手的公文史料编辑起来的，这是他在北京做御史时的研究工作。

他在福建做官，就详细地把自己所处理过的案件编成《莆阳谳牍》十三册；把属牍呈文编成《莆阳禀牍》三册；此外还有“评语”“勘语”“杂录”，这许多记录。这许多都说明他是一个脚踏实地的政治家。

我们再从“日记”里看一下他的私生活，就更可以发现他不但是一个政治家、学者，而且也是一个俗文学的爱好者。特别对于戏曲，他是非常喜欢的，不但喜欢看戏，而且还有研究，更收藏了极丰富的戏曲著作。

他生长在一个有很浓郁的文学艺术气息的官僚地主家庭里。他的父亲喜欢藏书，家里有很好的花园——旷园，来往的朋友也都是明朝两浙一带的文人。他自己非常喜欢修治园亭，在日记里就记载着他亲自到嘉兴请来了当时最有名的亭园艺术家张南垣，为他设计花园，叠石作山、疏泉作池。作《石匮藏书》《西湖梦寻》《梦忆》的有名文学家、历史家张宗子（岱）是他的母姨兄弟。他的从兄祁豸佳（止祥）就更是有名的画家和戏曲家，周亮工在《读画录》里说他“常自为新剧，按红牙教诸童子。或自度曲，或令客度曲自倚洞箫和之，借以抒其愤郁”。周亮工说他诗、书、画、填词、歌、奕、图章、蹴鞠无一不精，可以说是很有天才的一个艺术家。

他的弟兄中间，祁麟佳作有“太室山房四剧”（救精忠、红粉禅、庆长生、错转轮）。祁豸佳作有《眉头眼角》《玉鹿记》，祁骏佳作有《鸳鸯锦》。他自己则作有《全节记》（记苏武事）。在他的“日记”里，像这种看曲、作曲的记事还有不少。

崇祯辛未他在北京候选，冷衙无事，就作曲消遣，十一月廿六日记，“刻烛共构渔灯儿一套，漏下三商，已可歌矣”。同年闰十一月初五日记，“忆予初度之日，郊游颇畅，作字字锦一套记其事。韵险而调复涩，成半即就榻”。次日又记云：“灯下治理前曲，不一鼓足成之。”

日记中还记有他零星购买曲本的记事。崇祯辛未闰十一月十七日记，“姜仁超来访，姜言其乡有徐君迎庆，徐相国之孙，善词曲，其所蓄甚富，当为予购之”。这就不但是零星购买，而且是大批的收购了。

这样，历年的收藏一定是非常丰富的了。一直到崇祯乙亥，我们在他的日记《归南快录》里就又发现了这样的记事：“予坐书室竟日不出户，整向日所蓄词曲，汇而成帙。然

顾误之癖，于此已解，终不喜观之矣。”（十一月初四日）

他在“庚午元旦勖语”里也提到“乃假归一载，多为音律所误”。从这些记载里都可以看出他在戏曲上所下的功夫是很深的。

他的这些戏曲的详细目录我们已经不知道了。可是在祁理孙的“奕庆藏书楼目录”（明抄本）里我们还可以发现“名剧汇七十二本（凡二百七十种有详目），杂剧十四本（无目）；未订杂剧二帙（无目），抄本杂剧十二本（无目）”（据郑振铎先生引文）。同时，我们又可以从清初朱彝尊的《静志居诗话》里看到这样的记载：

> 参政藏书，将乱，其家悉载至云门山寺。惟遗元明来传奇多至八百余部，而叶儿乐府不与焉，余犹及见之。

朱竹坨这里虽然说的是祁承㸁的藏书，可是我们在澹生堂书目中却不曾发现有这样戏曲收藏的记载。所以可以断定一定也是祁彪佳历年所收购的。

这些藏曲现在都散佚了。这样一个重要性不下于也是园藏曲的收藏的散佚是非常可惜的。可是原书虽然已经散佚，我们却还可以从旁的地方看到这个伟大收藏的面目，这就是祁彪佳《曲品》残稿的发现。这是一册残缺不全的书，是竹纸黑格写本。板匡外有“起元社”三字。书名作者都不可知了。然而从“远山堂文稚”中，我们可以知道这就是祁彪佳的《曲品》。

这一册残书所存有《艳品》二十种；《能品》二百十三种；《具品》一百二十六种；《杂调》四十六种。前面所缺的，从曲品跋例中可以知道是《逸品》与《妙品》。就现在所存的看来，所著录明人著作戏曲大约有四百零五种，除掉一部分已经著录过的以外，使我们又知道了从未发现过的作品将近一二百种，这不能不说是一个很重要的发现。

“也是园旧藏古今元明杂剧”发现以后，为曲目增添了一百三十五种孤本戏曲，然而其中重要的著作大抵是元人和明初人的作品。至于明中叶以后和晚明人的曲作，却在祁氏的《曲品》中保存了不少。祁氏曲品自跋云：

> 予素有顾误之僻，见吕郁蓝曲品而会心焉。其品所及者未满二百种。予所见新旧诸本，盖倍是而且过之。

这就说明了他的《曲品》比吕天成的《曲品》多收了将近二百种曲目的情况。同时，祁彪佳又是很有文学修养和独特见解的人，他很看重俗文学作品，巡抚苏松时和当时著名的通俗文学作者冯梦龙相识，日记中就记有冯氏以新作小说戏曲投赠的故事。

这样，在他的《曲品》中，是收进了一些在当时不为人重，因而作品散佚无存的俗文学作者的作品的。这是这部作品重要的另一方面。其次，由于祁氏自己能够度曲，对曲律有很高的素养，所以他的批评，就不只是用文人的眼光来看作品、而同时又是站在演出者的立场来估量的。

祁氏原叙说明他的著录原则是比较宽的："不知夫予之品也，慎名器未尝不爱人材。韵失矣，进而求其调；调讹矣，进而求其词；词陋矣，又进而求其事。或调有合于韵律，或词有当于本色，或事有关于风教，苟片善之可称，亦无微而不录。故吕以严予以宽；吕以隘余以广；吕后词华而先音律，予则赏音律而兼收词华。要亦以执牛耳者代不数人，虑词帜之孤标，不得不奖诩同好耳。"

这里的评录态度是说得很明白的。也正足以说明他为我们保存了许多珍贵曲目的原因。

如流传在中国人民中间最悠久的"梁山伯与祝英台"故事，我们一直不知道它在明代以戏曲形式出现是怎样一种情形，现在在《曲品》的《杂调》类中就著录了朱少斋所作的《英台》一记。

> 祝英台女子从师，梁山伯还魂结缡。村儿盛传此事，或云即吾越人也。朱春霖传之为牡丹记者，差胜此曲。

这不单说明了在明代有两种以梁祝故事为题材的戏曲，同时还说明了这个传说在晚明的形态和流传情况。

其次，以另一流传悠久的神话故事——"白蛇传"为题材的戏曲，过去我们只知道最早的撰作是黄图珌的《看山阁乐府》——雷峰塔传奇二卷，刊于乾隆三年。现在我们就又从《曲品》的《具品》里知道有陈六龙所撰的《雷峰》一记。

相传雷峰塔之建，镇白娘子妖也。以为小剧则可，若全本则呼应全无，何以使观者着意。且其词亦欲效颦华赡，而疏处尚多。

在晚明就有了以全本雷峰塔故事为题材的戏曲出现，和《警世通言》里的《白娘子永镇雷峰塔》几乎是同时的作品，这也是值得注意的记录。

现在我想把《曲品》中所著录的四百种曲子摘记下来，作为研究中国戏曲史作品存目的同志们的参考。同时在每条之下，也间或说明故事取材的大略。同时还应该说明一下原本的体例，每剧各列二字或三字，大抵都把最后一个记字省略了，如《水浒传》就只题“水浒”。自然也还有例外。现在就照原本摘录，不更说明。作者记于每条之下。也有只存一姓的，也有的不记，有的是因同一人的撰作而不记的，有的就是为了作者佚名。

在摘记之前，首先把作者的几条凡例写在下面：

一、品中皆南词，而西厢、西游、凌云三北曲何以入品，盖以全记故也。全记皆入品，无论南北也。

一、文人善变，要不能设一格以待之。有自浓而归淡，自俗而趋雅，自奔逸而就规矩。如汤清远他作入妙，紫钗独以艳称；沈词隐他作入雅，四异独以逸称。必使作者之神情与评者之藻鉴，相遇而成莫遁之面目耳。

一、吕品传奇之不入格者摈不录，故至具品而止。予则概收之，而别为杂调。工者以供鉴赏，拙者亦以资捧腹也。

一、词曲一经改窜，便与作者为二。有因改而增其美，如李开先之宝剑列能，陈禺阳之灵宝刀列雅是也。有因改而失其真，如高则诚之琵琶列妙，莲池师之琵琶列雅是也。故凡删改原本数折已上者，别自著评，各为标目。

一、音律之道甚精，解者不易。自东嘉决中州韵之藩，而杂韵出矣。自人误认中州韵之分三声，而南调亦以入声代上去矣。才如玉茗，尚有拗嗓，况其他乎？故求词于词章，十得一二；求词于音律，百得一二耳。品中虽间取词章，而重律之思，未尝不三致意焉。

一、才人名妓，词坛之所艳称。作者每窃其名以覆短。如卢次楩之“想当然”，韦长宾之“箜篌”，马湘兰之“三生”，梁玉儿之“合元”，考其真姓名而不可得，未能阙疑，姑以从俗。

一、作者如林，大江以南，尤标赤帜。予耳闻既陋，交臂尚寡。故有有姓而无名，有姓名而无别号，有名号而无居地。尚望同志者有所见闻，详以告我。

一、姓字之下系以传奇。皆予所已见者。如顾道行之风教编，郑虚舟之大节，皆以未见，故不敢雷同吕品。且有因传奇湮没，遂不得表著其姓字，可慨矣！是以旁搜广罗，不啻饥渴。

以下就是今存残本《曲品》所录诸曲的名目及作者，前面残佚的几页，可能是《妙品》，只剩下了几条，至于《雅品》则全部佚去了。

* * * * *

逸品

东郭 孙锺龄

谱《孟子》中故事

想当然 卢柟

谭友夏批评。本《觅莲传》。谱刘一春事。

风流院 朱京藩

谱冯小青事。

半缟 朱京藩

谱非烟故事。

弹指清平 陈情表

广爰书 三吴居士

“传崔魏者，善摭宾无过清凉扇，善用虚无过广爰书。”

秦宫镜 白凤词人

亦传崔魏事。

艳品

紫箫 汤显祖

紫钗 汤显祖

红渠 沈璟

三星 吕天成

戒珠 吕天成

谱东晋王谢故事。

蓝桥　吕天成

金合　吕天成

谱“卢子良薄神仙而欲作人间宰相，卒不免风雪长安”故事。

神女　吕天成

玉合　梅鼎祚

昙花　屠隆

玉玦　郑若庸

箜篌　韦宓

双合　王澹

谱崔舍人女殇而复生事。

紫环　陈汝元

谱“丽云入宫出宫，瑶娘失偶得偶”事。

金莲　陈汝元

谱苏轼故事。

太霞　陈汝元

谱“杜将军阀阅功名之盛，卒之默契玄铨，以证仙终”故事。太霞者将军集名。

天函　文九玄

纨扇　谢廷谅

钿盒　戴应鳌

“传天宾已后事，……末以游仙结明皇，便无惊鸿记情终之恨矣。”

阴德　王烋

"记窦谏议积德累行，五子骈第，身都诸福，而卒列名丹台。此与俗本五桂全德绝不同。"

能品

牧羊

罗囊

谱高汉卿故事。

银瓶

谱郑清之少年琐尾之状。

寻亲

琼台

谱吴彩鸾琼台仙女下嫁文箫事。

茶舡

"三生记所传苏小卿，是冯魁负双生者。此则反是。"

孤儿

"此古本八义也。……后如徐叔回等所改八义诸记，皆本于此。"

双杯

谱"张廷秀累遭困辱，易邵姓显达"事。

断发

谱李德武妇节孝及匿李密事。

渔樵

谱隋唐中杨太仆义臣，先机而隐、复仇而遁事。

金丸

“闻作此于成化成间，曾感动宫闱。”

跃鲤

精忠

谱岳飞故事。

鸾钗

“传为吴下一优人所作。”

四豪

记孟尝春申信陵平原四公子事。

赤松

蹈袭千金记，夜宴曲全抄入之。

赤鲤

记刘司狱以逸囚被谴，历种种苦趣事。

百顺

记“王公旦立朝大节，及丁谓构寇公”事。

花园

“其事大类钗钏、风筝。”

“类风筝者是周锡珪所作苦风筝，非近日李笠翁之风筝误也。　　孙晋识”

裳按：祁晋，字原朖，彪佳孙。

合纵

“杂入张仪一事，较金印稍详。”

金雀

谱安仁掷果事。

金钏

“金时之狎刘小桃，似玉镯所载王顺卿事。”

四友

“以罗畴老之兰、周茂叔之莲、陶渊明之菊、林和靖之梅合之为四友。”

珠衲

谱赵旭遇仁宗事。

摘缨

钱神

“直刺时事”之作。

五福

谱韩忠宪还妾事。

完贞

记王顺卿事，“较玉镯稍胜之”。

百花

“内传元时安西谋逆，江女花右、江生六云以被擒为内应，而安西之百花郡主，卒与六云偕合卺”事。裳按，此剧今犹流传于晋剧中，此次全国戏曲会演有“赠剑”一折，即出此。尚有王元功花亭记，情事并同。

双钗

“格局大类紫环。”

平湖

谱万历中余杭丁姓以豪贵占南湖，唐煌费俊诸乡民，与之为难，赖聂戴二公得平事。

运甓

三益

平妖

记“永兒王则之乱”事。

西洋

谱郑和使西洋事。“作手似与三遂记同。”

古剑

“红丝四义仅以传郭代公耳，此兼传李多祚，颇有豪侠之概。”

玉掌

绛雪

谱李愬雪夜擒吴元济事。“以张云容萧凤台为开元时宫人，因服绛雪丹返魂，为薛昭李愬之配。”

金花

“其事大类木兰女，以女伪男，不免涉近日之俗套。”

还带　　沈练川

谱裴晋公事。

双雄　　冯梦龙

“丹信为叔三木所陷，并及其义弟刘双，而刘方正者，不惜倾资救之。……姑苏近实有其事，特邀冯君以粉墨传之。”

旂亭　　郑之文

谱“董元卿遭胡金之乱，得遇隐娘。既能全元卿于宋，复能全已于元卿”故事。

芍药 郑之文

谱“卢储之妇，能赏其文于未第之先……登第成婚”事。

孝感 王澹

长生 汪廷讷

谱吕纯阳事。

威凤 汪廷讷

记韩生阋墙之变事。

彩舟 汪廷讷

谱江生吴女私合舟中，吴太守令伪为溺者，认为故人之子许婚事。

义烈 汪廷讷

谱张元节因党祸一人逃死祸及万家事。

投桃 汪廷讷

二阁 汪廷讷

三祝 汪廷讷

谱范文正父子事功及敦伦尚义诸节。

种玉 汪廷讷

谱霍休文、去病父子事。

飞鱼 汪廷讷

谱明时传奇故事，清远道人序。

同昇 汪廷讷

天书 汪廷讷

“记孙庞事，不肯袭元剧中语。”

北亭　　王元寿

“此记作在李丹之前。”所记为学仙事。

玉马坠　　王元寿

谱“黄损以追寻素玉，展转困苦事”。

一轮画　　王元寿

谱陈建伯与绿翘作合事。

击筑　　王元寿

谱高渐离荆轲故事。

紫骝马　　王元寿

“取意于王焕百花亭剧，乃其失妇得妇处别构一局。”

将无同　　王元寿

中流柱　　王元寿

传“耿朴公强项立节，而点缀崔魏诸事”。

紫绶　　王元寿

“记文姬保孤事。有陆无从钦虹江各出其长，近日冯犹龙删合之，足称合作。伯彭此记，于李燮佣工处描写苦状，阅之令人酸楚。”

石榴花　　王元寿

谱“罗惜惜寻花下之盟，竟致误约事”。

莫须有　　王元寿

“杂取博笑记中事串入。”

宝碗　　王元寿

领春风　王元寿

谱柳耆卿事。

郁轮袍　王元寿

“大意本王辰玉剧。”

鸳鸯被　王元寿

“取意于错送鸳鸯被剧，而穿插别一情境。”

题燕　王元寿

“刘方刘奇事，自叶桐柏作剧之后，已再见于黄履之之双燕记矣。此记插入妓女夜来，而二刘颠连之状，昼叠点缀，令观者转入而转见其巧。”

异梦　王元寿

记渭塘一梦，王生顾女姻缘事。

梨花　王元寿

“红梨花传奇有两种，皆本之元人三错认剧。此记结构稍幻，而三婆说鬼一段，情趣少减，惟后之再遇金莲，觉有无限波澜。”

鸾书错　王元寿

“向有钱秀才错配凤鸾俦一传，奇姻已出人意外，今之错中更错者，则伯彭之巧思耳。”

灵宝符　王元寿

“予向阅元人看钱奴、来生债二剧，喟然异之曰，是可以砭钱虏矣。乃摭为传，寄示伯彭，不一月而新声遂尔绕梁，北词之雄，南词之婉，兼极其致。”

玉扼臂　王元寿

“取汪昌朝所传韦将军闻歌纳妓剧，而杂之以虎易美姝事。”

空缄　王元寿

谱“李伯承一不识面之交，以空缄托妻子”事。

紫绮裘　王元寿

谱“田夫人幽配崔炜”事。

紫台怨　王元寿

谱汉明妃事。

孝泉　陈鹤

谱姜诗事。陈鹤字海樵，越人。

檀扇　史槃

青蝉　史槃

谱“海公子盗池生书物，乃为金媚娘所易”事。

双鸳　史槃

唾红　史槃

朱履　史槃

“近日富春实有其事，而借南宋时人以谱之。”有菊花庄杀仇情事。

鹣钗　史槃

谱“荆公误认宋广平为康璧”事。

合纱　史槃

琼花　史槃

樱桃　史槃

谱丘素平樱桃之盟几败而作合乃在黄巢事。

李瓯　　史槃

梦磊　　史槃

双串　　史槃

忠孝　　史槃

“传沈公青霞者，叔考难兄有壁香记，初以宫商稍舛，乃尽更之。”

双忠　　姚茂良

传唐张许事。

伍伦　　丘濬

宝剑　　李伯华

谱水浒林冲事。“尚有登坛一记，未见。”

娇红　　沈寿卿

龙泉　　沈寿卿

红叶　　祝长生

清凉扇　　王应遴

谱逆珰罪状，皆实录。

蛟虎　　黄伯羽

谱周孝侯除三害事。

四喜　　谢谠

传大宋小宋事。

合钗　　秦鸣雷

“清风亭遇子一出，宛然当年情景。”

红拂　　张太和

汤海若序。

玉簪　　高濂

节孝　　高濂

谱陶文亮李令伯事。

玉香　　程文修

“此即天缘奇遇传也……尚有传此名‘玉如意’者。”

呼卢　　全无垢

传宋武微时至发迹，后以臣节终之。

题桥　　陈济之

谱司马长卿事。

锟铻　　两宜居士

谱晋文事。

夺解　　秋阁居士

谱王维故事。“以王为李林甫婿，恐是附会。”

合璧　　王恒

谱“解大绅脱狱”事。

双环　　鹿阳外史

谱木兰从军事。

玉镜台　　朱鼎

金鱼　　吴鹏

谱韩君平事。

练囊　　吴大震

“传章台柳，插入红线，与金鱼若出一手。自玉合成而二记无色矣。”

龙剑　　吴大震

传哱承恩事。

纯孝　张从德

谱“董叔达斩仇人之头，归报其母”事。

锦带　杨夷白

谱“乔招讨背约，马当户夺婚”事。

龙膏　杨夷白

从吕天成金合记出，易龙女为元载女。

节侠　许三阶

谱武后朝裴伷先伯侄事。

红丝　许三阶

谱敦代公生平。

龙绡　黄惟楫

遇仙　心一子

杖策　涵阳子

谱邓禹杖策谒光武事。

合剑　泰华山人

演隋唐故事，若节取《晋阳起兵》《娘子军功》《禁门喋血》，错综演之，当不失为善曲。

玉玫　泰华山人

谱冯玉玫王仲良事。

钗钏　月榭主人

谱皇甫嵩受欺于韩时忠事。

玉杵　杨文炯

溉园　赵于礼

谱齐世子灌园事。

画莺　　赵于礼

“丘文庄公自述少年所遇钟情丽叶，遂饰为辜生辂事。”

丹管　　汪肇邰

谱“李斌拜官，用孟东野故事”。

姻缘　　冯之可

“此与分钗俱传贾云华、魏寓言事”。

白璧　　黄廷俸

谱苏秦张仪事。

西厢　　李日华

“观其中不涉实甫处，亦尽自堪造撰。何必割裂北词，致受生吞活剥之诮耶。然此实崔时佩笔，李第较增之。人知李之窃王，不知李之窃崔也。”

红梅　　周仪玉

谱裴舜卿李惠娘事。

轩辕　　王濙

谱郑仲经邂逅结姻崔氏事。

珍珠衫　　柳

“此易蒋兴哥为王士英，讹奸一节，皆六婆为之，而巧儿卒以贞终。”

翡翠钿　　柳

橘浦　　许自昌

水浒　　许自昌

检书　　王元功

谱广陵妓轻烟事。

水浒　　王元功

“此梅花主人改订者。……前本宋江有妻，似赘，今并去之。”

保主　　王元功

谱三国演义赵子龙故事。

看剑　　王元功

灵犀佩　　王元功

玛瑙簪　　王元功

弄珠楼　　王元功

种玉　　王元功

“此梅花主人改订者。”

花亭　　王元功

“此无功改百花本也。彼以邹化为生，此以江六云为生。情节亦不无少异。”

金凫　　王韶

谱天顺间杨恒陷虏事。

八翼　　何斌臣

女状元　　何斌臣

“为女状元增一弟纯嘏，盖以结周女娇凤之配耳。就徐剧略演之，为出止十八。其中数折，不失文长本色。”

凌云（北）　　韩上桂

跃剑　潘

与蛟虎记情节略同。

合元　梁玉儿

“即文长女状元剧。”

采真　包胤祺

仙鬼故事。

金合　程守兆

谱红线故事。

鸳簪　王国柱

谱李节镇器重欧生，以姬赠之事。

海棠诗　王国柱

碧珠　王国柱

谱周惟光排陷赵怀之，怀之因居于龙宫六载事。

德政编　徐应乾

谱“弘农渡虎、中牟驱蝗、潮州驯鳄事”。

雨诗　徐应乾

“徐君官医巫，以强项为当事所扼，乃直记其事。”

筹虏　徐应乾

“边臣启衅促疆，卒贻辽左十余年不结之局，非君一片热肠，安能写得明透如许！”

扊扅　徐应乾

谱百里奚事。

三迁　徐应乾

汨罗　徐应乾

“闻友人袁凫公有汨罗记，极状屈子之忠愤，记成乃为秦灰，不可得见，惟散其事于神女双栖记中。孔坪为此，历历叙致，已是畅其所欲言。”

双梅　史载言

谱李清臣韩亿娥事。

合璧　许次纾

传李白杜甫事。

金合　李既明

亦传红线事。

画竹　李既明

记赵子昂事。

放蛟　樵凤

出“剪灯余录”。

砥澜　章

谱萧梦白张奇容赵郑州事。

八义　徐叔回

“传赵武事者有报冤记，又有接缨记，此则以八义记名。”谱程婴赵朔事。

投笔　华山居士

斩祛　汪景旦

谱晋文去国复国事。

增寿　觉非子

谱陆九渊妹桂华与许文德婚姻离合事。

长铗　龙门山人

谱冯驩事。

三纲　　孙一化

媚珰之作。

兴吴　　吴于东

谱孙武子事。“考据甚确，的可以传。”

禅真　　徐胤佳

“俗有禅真逸史，为僧林澹然传也。此以澹然三弟子为主，而终以禅悟证入。”

合衫　　周继鲁

绝与芙蓉屏相肖。

燕子楼　　竹林逸士

谱关盼盼事。

饮泉　　寒潭主人

谱陈仲子事。

三槐　　王伯原

谱王公旦故事。

忠孝　　赵兰如

“传吴公百朋一生宦谱。”

三妙　　若水居士

升仙　　黄粹吾

西厢记续作。莺莺红娘，后俱成佛。

双红　　更生子

谱红线昆仑事。

南楼梦　　冯延年

“此即剑侠除倭剧所演者。生不与旦配，张子文不以功名终，而为海外王。友人严有秋夫妇，且以同溺为水仙，皆传奇未辟之境也。”

青螺　　程从周

“谢端卿得一青螺，乃化作美女，日为谢设馔。在诡异中，兼有逸趣。然不堪作曲也。”

绿华轩　　□仲仁

“和生陷身匈奴，卒投贼以杀贼。功成而名不居。”

怀春　　王五完

谱苏道春故事。

合襟　　王洙

诗会　　闻王

谱士人妻为姑所迫，从商舶过金山，题诗明志事。

大刀　　夏

“刘将军綎平番征倭，厥功懋著，其后死事于辽阳三路之役，识者惜之。此叙其战绩，以将军之子刘佶破虏终焉。”

盐梅　　青山高士

谱宋道光王塍儿故事。

双燕　　黄中正

谱“刘尔正以探叔失水，投刘珍为子；方一娘亦因流离相托，遂以结姻”事。中正闽人。

金牌　　陈衷脉

谱岳飞事。

合屏　　张其礼

谱崔俊臣巧会芙蓉屏事。

翠钿　　何樑

玉掌

犀轴

“是记成于逆珰乱政时，借一沈青霞以愧世之不为青霞者。”

髯虎

谱水浒朱仝雷横故事。又有通行舞台本《高唐记》，亦谱此事。

飞丸　　秋郊子

谱易完虚几死于严世蕃，卒由世蕃女解冤，与谐婚焉。鸣凤记解免者为陆姑，非世蕃女。

去思　　沈应召

谱王公铁事。“王公铁令姑熟，保境御寇，倭贼呼之为王铁面。华荡之役，卒以身殉。姑熟志去思焉，遂有是记。”

灌城　　□隐求

“记宁夏哱贼事。”

香罗　　张应昌

麟游　　金三秉

谱穆生去醴、白生守墓、申生传经故事。

双星　　穆成章

谱三国关羽杜预事。

请剑　　穆成章

记魏珰事。

双境　　穆成章

谱范鳅儿双镜重合事。

不丈夫　　高汝栻

杨继盛严嵩故事。“此记与冰山记最早出，韵调虽讹，结构小胜。”

回天　　水云逸史

记杨中丞死谏事。

题扇　　任皞臣

谱俞柳园狎妓，后复狙击海贼事。

浮鸥　　翀圆生

浣纱记续篇，由泛湖以至宾仙。

合义　　初阳子

“桐柏先生记之为宝铃，正是此事。”

合珠　　陈显祖

记杨大中事，尚有宝簪记，此为较胜。

具品

新金印

三关

谱私下三关昊天盗骨事。

四德

谱冯商还妾事。就沈寿卿三元记改谍。或由“谈苑醍醐”冯京常故事附会而出。

葵花

“前半全袭琵琶，后半孟日红被毒，竟入荒诞。”

四美

谱蔡端明守温陵事。

金貂

谱尉迟敬德事。

三桂

以老夫狎一青衣，境界庸俗，无堪赏心。

五桂

蟾蜍

谱韩湘子故事。“以谏佛骨表为曲，亦自朗彻可观。”

鹦哥

谱苏妃故事。

月桂

“桂仙下嫁言生，此是古辰钩月剧，剧词极绮丽，此记第寥寥数语耳。”

妆楼

谱陈宜中事。

南华

谱庄周事。尚不及“玉蝶”。

还魂

“俗本有高文举，此传之稍近于理。”

锦苏鞋

谱竹太以征播陷彼中，妻受侮于都艺事。

举鼎

谱伍员事。

春秋

绨袍

谱范叔事。

草庐

“此记以卧龙三顾始，以西川称帝终，与桃园一记首尾可续，似出一人手。内黄鹤楼二折，本之碧莲会剧。”

桃园

谱三国故事。

七胜

谱孔明七胜孟获事。

试剑

“取先主东吴联姻一事，仅能铺叙已耳。”

试剑

“此以刘先主为生者。……不若赵云作生之试剑，犹得附于简洁。内一折全抄碧莲会剧。”

咬脐

“别设科目，绝不类白兔记。”

恩荣

谱陈希夷事。

丹忠

谱郭汾阳事。

鸾刀

谱水浒卢俊义故事。

青楼

“窃宋江一事，全无作法。”

红鞋

谱董贤女秀英与马君卿相恋事。

红杏

四恩

谱高云故事。

玉杵

“蓝桥玉杵事，吕棘津龙朱陵皆有蓝桥记，杨星水亦有玉杵记，此嚌出逐婿溺女，后始会蓝桥之杵，饶舌甚矣。”

万全

谱陈相国循、高相国谷事。

西湖

“秦一木伪为佣书，求配段女，本之唐解元伯虎事，又与俗演桃花记同。”

鸳鸯

谱王邦臣经商荆楚，受一妓所赠，得免流离，后卒以巡方解妓祸事。

金牌

“杨延昭事，三关及此凡两见矣。”

宝钏

“前半全袭钗钏，后以诸神诛妖僧，而必汇戏场之赤面者七人，以实七红之名。即此可见其取境之俗。”

白袍

谱薛仁贵故事。

高士　　汪廷讷

“此记本以赞无无居士者。乃借发于水光冯闳诸生。……中以海阘黎一段，引为武教事，必有所感而发者。张灵墟序称好事作以媚昌期，非昌期笔也。”

蟠龙　　樵风

谱“江生缙事，出剪灯缫说，月娥诡男免难，真无愧女史之称”。

胡笳　　黄粹吾

谱蔡琰事，称续琵琶记。

折桂　　秦淮墨客

谱梁太素事。“以视题塔一记，何异蜣转之于苏合也。”

全德　　汪拱恕

“此第记窦禹钧初生仪俨诸子事，非五桂记也。”

镶环　　翁子忠

谱蔺相如怀璧事。

八德　　陈世宝

谱王曾父母兄弟事。

阴抉　　青霞仙客

“前半与精忠同，后半少加改撺，便削原本之色。”

十全　　王玉门

分钗　　谢天瑞

谱贾云华毁容立节事。

忠烈　　谢天瑞

谱苏道春事。“传苏道春者凡三，以此为最下。尽去风情，独着忠烈。”

靖虏　　谢天瑞

谱祖士雅击楫渡江，刘越石闻鸡起舞事。

狐裘　　谢天瑞

谱孟尝君事。

剑丹　　谢天瑞

谱八黑诛妖事。

麦舟　　谢天瑞

谱范仲淹事。

玉佩　　彭南溟

谱三国徐庶事，以飞升终。

双侠　　彭南溟

谱聂政故事。

四义　　彭南溟

“郭元振有红丝一记，足传之矣。此亦述其生平，而饰以酒色财气四孽，是何见解。”

遗香　　彭南溟

谱芳英陷虏，生全娇香以死报月生故事。

犀佩（即玉章） 胡文焕

“士人妻题诗金山，有诗会记；侠士于金虏营中携南官归，有旂亭记。此合传之。”

余庆 胡文焕

谐媚之作。

奇货 胡文焕

谱阳翟大贾事。

三晋 胡文焕

谱赵简子事。

三节 许以忠

“辽阳之役，高衷白仗节死难，且有义仆如高永者，至今凛然有生气。”

宝带 夏邦

“以小旋风为生，而添捏宝带结姻一事。”

骊山

谱“周景王太后游骊山，为犬戎所困，邢芳遇御之被围，后以谗构，几不免”事。

底豫 郑元禧

以四书中故事、圣贤人物入曲者。

御带 谢恩

谱杨思义救猿获带事，与“橘浦记”略同。

妒妇记 释湛然

谱房玄龄故事。

完扇 寄鸣道人

谱“贺君狎妓秦小凤，为刘亮所构，亮以从倭为俘，小凤卒归贺事”。

鸳鸾　　谢惠

谱“吴廷璋得两娇为室，以赵文兕之构，流离者二十年，有二子而几不能认”事。

玉蝶　　谢惠

谱“漆园吏欢髑髅”故事。

钗鱼　　沈惟生

谱花生狎妓秀英事。

蓝田　　龙渠翁

记杨伯雍种玉事。

分钗　　张濑滨

“谱伍生箧中金钗，为神人授之二兰，后相值贞女祠，往来酬和，卒两谐之”事。

庡廖　　端鳌

谱百里奚事。

鸾馀　　瀫南子

谱王爽韩琦为诸生时狎妓事。

完赵　　朱道明

谱“赵氏一门疫死，两孀从容殉义事”。

负剑　　程良锡

玉鱼　　汤家霖

谱郭令公故事。

宁胡　　陈宗鼎

谱王昭君故事。

华盖　　潘

“记此欲为三元记正讹。”

西游　　陈龙光

谱西游记小说故事。

玉镯　　李玉田

谱王三舍与妓事，与绣襦记故事相类。

聚星　　张子贤

谱卢俊义故事，与鸾刀记略同，后多卢妻投庵一节。

玉钗　　心一山人

谱“何文秀初为游冶少年，后来备尝诸苦事”。

玉钗　　陆江楼

谱“蒯刚谋占紫芝园，展转计陷”故事。

凤簪　　李阳春

谱何文秀故事。与玉钗记略同。

进瓜　　王昆玉

谱西游记李翠莲借魂成婚故事。

玉蝶　　戴之龙

谱“裴得道酷信丹铃之术，至子女流离，家破而身几不免”故事。

锦囊　　浑然子

谱安定周邂逅邻舟之女故事。

白鹤　　王巖

谱“徐二孺幼慕游仙，得一雏鹤蓄之，鹤衔珠以谢而去，自是为紫虚玄女所引，遍历仙魔诸境，遂证上升”事。

脱颖　　汉上公

“以毛遂为生。中入相如完璧、平原杀姬”故事。

金环　　木石山人

谱海忠介故事。

灵台　　蒋俊卿

谱东汉初兴故事。

玉丸　　朱期

莲囊　　陈显祖

谱明代史事关白之役。

觅莲　　邹逢时

谱刘一春事，全本本传。

湘湖　　丁鸣春

“何競力报父仇，矐邹令之目，张宗子收之义烈传中，有以也。”此即谱其事。

雷峰　　陈六龙

谱白娘子故事。

普化　　程九鸣

谱吕纯阳故事，欲正“长生记”之讹。

玉花　　黄日

通本按一岁之景写之。黄闽中人。

还金　　吴文义

谱刘道卿还金纳妾事。“此君尚有李纲挂印记、卜式合钱记，未见。”

远帆楼　　闲闲子

“即珍珠衫传”。

赐剑　　陈德中

“以李将军如松为生，所传止宁夏哱贼一事。”

金杯　　叶泰华　吴怀绿

谱于忠肃公谦故事。

双麟　　沈棹

“记成仁以二子成名，……抗节虏庭，大义凛凛”故事。

香毬　　金怀玉

谱“江子以把钓误入徐舟，徐夫人忽有婚姻之约”故事。

宝簪（即合簪）　　金怀玉

“小说中有杨大中事。此易其名为杨充。于二子认父处，亦具梗概。”

望云　　金怀玉

谱狄梁公事。

完福　　金怀玉

谱黄香故事。

妙相　　金怀玉

演说因果故事。

摘星　　金怀玉

谱霍仲孺事。

绣被　　金怀玉

谱“东汉王忳遇金彦于旅邸，邂逅托以生死，忳卒葬彦而却其金”故事。

八更（即凿壁）　　金怀玉

谱匡衡故事。

桃花　　金怀玉

谱崔护伪作佣书故事，全仿唐伯虎事。

三槐　　金怀玉

谱王景叔父子功业事。

冰山　　陈开泰

谱明代实事。

䩡隼　　王玄旷

谱耿朴公史事。

鸣冤　　盛於斯

谱魏珰事。

过眼浮云　　鹏鷃居士

谱魏珰事。

冤符　　阳明子

谱魏珰事。传刘侗初而间入吴养春一案。

磨忠　　阁甫

谱崔魏故事。

金盔　　春怀

“此邵春怀为其先邵世荣所作。世荣有功于明兴，荣之内弟胡大海为佐命勋臣，荣之弟世芳以早悟从周颠仙游，此于史传皆无可考。”

椎秦　王万儿

谱张子房事。

双凤　陆华甫

谱“赵范赵葵当金虏猖獗时，以两书生而擒李全、走杨姑，收枣阳之捷”故事。

孤忠

谱魏珰事。

千祥

谱贾年少父子守长沙事。

双喜

杂调

三元（即断机）

谱商文毅故事。

珍珠

“即高文举还魂记也。”

香山

古城

谱三国故事。

双璧

谱“焦文玉生三子，妻一乳得二，妾出者一。文玉以仗钺征虏，困于祁连山十六年。而三子之以被寇散失者，竟以文武登科，救玉得完聚”故事。

征辽

“此即删改之白袍记。”

升仙

“传湘子不及蟾蜍记。”

射鹿

“曹操之杀董妃，令人愤；马超之败阿瞒，令人喜。”盖谱三国故事。

鹿台

劝善

“全不知音调，第效乞食瞽儿，沿门叫唱耳。无奈愚民佞佛，凡百有九折，以三日夜演之，哄动村社。”此殆是目莲戏之俦。

金台

谱乐毅事。

韩朋（即十义）

谱：“李郑救韩朋父子，程婴公孙之后，千古一人而已。……中惟父子相认一出，弋优演之，能令观者出涕。”

和戎

谱明妃青塚故事。

感虎

记：“孙山纯孝感虎，杂以征倭一事。……内叠用五圣林梢月歌，皆土语也。”

赛伍伦

“此熊檿子孙为其祖记复姓事。”

麒麟

搬尽论语故事。

赤符

金凤钗

“记魏鹏事，无姻缘分钗拒婚之苦。”

白蛇　　翁子忠

记救蛇而得果报事。

跨鹤　　古时月

“传胡灵台授徒讲学，终于登仙”事。

偷桃　　吴德修

谱东方朔偷桃事。

赤壁　　黄澜

“传子瞻事，叶桐柏有玉麟，陈太乙有金莲，又俗本有麟凤记，此拾旧曲余唾以成者。”

三聘　　胡湛然

谱伊尹三聘故事。

荆州　　金成初

谱关羽故事。

还魂　　欣欣客

“内传包文拯勘曹国舅，似从元剧生金阁鲁斋郎诸曲生发者。”

藏珠　　鲁怀德

谱妒妻欲杀妾子事。“不及清风亭远矣。”

孝义　　汪湛溪

谱闵子骞事。

罗帕　　席正吾

“其事大类小说之简帖僧。”

剔目　　郑汝耿

“此龙图公案中一事耳。包公按曹大本，反被禁于水牢，此段可以裂眦。”

牡丹　　郑国轩

谱“金牡丹为鱼妖所混”事。

胭脂　　童养中

“传郭华者，元有留鞋剧，亦曾见之于小说。但郭不得活而有遗腹一子，与此记稍异耳。”

双节　　张竹亭

“杜若芝原聘秦女淑贞，又狎一妓陈可兰，杜以鬻贩被骗，二女皆为矢节，因以双节名之。”

升仙　　锦窝老人

谱韩湘子故事。

雷鸣　　许宗衡

易鞋　　董应翰

“大意与涅川之分鞋不远。”即“生死恨”剧所本。

钗书　　叶俸

谱“龙女配陈子春，生三子乃天地水三官”事。

绣衣　　暨廷熙

“袭琵琶之粗处而略入已意，……此等词皆梨园子弟自制者。”

瓦盆　叶碧川

“窃元人盆儿鬼陈州粜米二剧，为包公作传，末及李宸妃诞仁宗一事，与金丸不类，闻已别有全曲矣。”

征蛮　叶碧川

“传裴忠庆重赘卢氏，致妻琐尾流离”事。

英台（即还魂）　朱少斋

谱梁山伯祝英台故事。

金钗　朱少斋

“全效钗钏。”

破镜　朱少斋

谱“朱弁之忠玉英之节”故事。

跃鲤　顾觉宇

“此即跃鲤原本，经村塾改窜者。”

绨袍　顾觉宇

“改原本十之七八。”

织锦　顾觉宇

谱董永遇仙事。

玉钩

谱“王公伟于明兴初与刘宋诸公首先归附，以文学重一时，死节云南”故事。

一九五二年十二月

后记

收集在这本集子里的，是我从1951—1952这两年中间陆续写下来的有关戏曲杂文的一部分。没有发表过的只有有限的一两篇，其余大都在上海、北京的报刊上刊载过。其中《公案剧杂谈》的一篇附录是从六年前的旧作《旧戏新谈》里取来的。

1952年夏，我在总政文工团越剧队里工作了一个时期。时间只有半年，我不曾做过任何工作，只在这里留下了三篇文章，算是我在这半年中间的一点学习记录。越剧队演出过两个节目，《西厢》与《梁祝》，准备过一个节目——《白蛇传》。在讨论与演出中间，不断地修改与排练中间，我记下了这些笔记，加上了我自己的意见，写成了第二、三、四三篇文章。

这半年的生活，在我的记忆里是亲切的、不易忘记的。在这半年中间，我们走了很多地方，从北京到定海，在每一个地方我们都遇见了豪迈、热情的首长，他们的又亲切又严肃的指示与鼓励，到今天还深刻地留在我的记忆里。我们又遇见了那么许多可爱的战士，看见了那么许多朴质无华的英雄。使人感到有机会为他们服务是异常光荣的。在那么许多不同的剧场里，从富丽堂皇的近代化剧场到茅草搭起来的几乎是露天的剧场里；从清明的秋夜到风雪交加的严冬的寒夜；从近代化的舞台灯光到汽油灯下；从繁荣的大城市到艰苦的海防前线。在每一个演出的夜里，无例外地我们都能看到千百个红红的、充满了欢笑的、有着最丰富的表情的、勇敢的战士的脸。从后台的幕布后面望出去，一看到那么许多可爱的脸，汇成了一片欢乐的海时，就得到了最大的欢愉与满足。

我不能忘记文工团里为这样的感情激动起来的同志们，我们不断地在谈戏、改戏、排戏。有很多争论，有很多发现，有很多改动。每一个细节、观众的反应、效果，都构成了修改与争辩的题目。修改得最多的是越剧《梁祝》，而且，我觉得，有很多地方是改得好的，有着显著的进步的。可是因为这许多改动还不会成为定稿，在目前，我也不可能知道他们更新、更完整的意见，因此在“杂记”里也就不可能写进去。我希望将来有机会加以补充。

当我在编校这本小书的时候，让我写下对现在远在国外的这些亲爱的同志们的殷切怀念的心情。

“三改随笔”是一个朋友为我出的题目。为了在日报上连续发表的便利，做了这样一块锌板，意思是有关戏曲改革运动中“改人、改制、改戏”的随笔。读者马上会看出，我是怎样地辜负了这样的一个好题目。我没有照顾到这样广阔的内容。随笔前后写了将近一年，现在留在这里的只是这样的六篇。还有一部分《关于武松》，已经收入我另外一本杂文集《谈水浒戏及其他》里了。

对于我们当代最伟大的表演艺术家梅兰芳先生，我的知识是很不够的。这里所收的一篇关于他的舞台艺术的分析，也是极不全面、不深入的。特别是对他所创造的那些典型环境中间典型人物鲜明的、活生生的不同的风格，没有很好地分析，是一个很大的缺憾。最近梅先生在上海演出了五十几场，作者很想通过更仔细的观摩与体会，在这方面做些必要的补充。可是在看了他的表演以后，就更进一步地感到，当你对他的表演有更多一些认识的时候，就更感到分析的困难。这使我联想起一个事实。在中国传统的文学批评中，对于美妙的文学艺术作品，譬如诗，那批评与分析就只能用“品”来进行，更具体的分析是很少的。

钟嵘的《诗品》，就是最具体的例子。对于一些伟大的作者的独特的风格，我们的批评家只提出了意境的刻画，用某些具体或抽象的环境描写，来引起读者对作品所创造的意境的联想。《诗品》以后，还有多少《诗话》，除了记事之外，进行批评的时候，那基本方法也还是相同的。

对于画、对于戏曲，我们的传统批评方式也是如此。晚明的吕成天和祁彪佳都有《曲品》的著作。虽然他们也对结构、音律……这些方面同样注意，可是那基本的观察方法，还是和传统的诗的批评一致的。近代所产生的大量的表演艺术批评，也走的是同样的道路。

这当然不应该作为文艺批评停滞的借口，正相反，这正是应当努力突破的处所。不过，它也的确指出了工作的困难。

譬如，梅先生演出的《洛神》，就是一个具体的例子。

我直感地觉得这是一出“诗剧”。它是没有情节的，或者说它是只有极为简单的一些情节的。全剧只有四场，主要的只是两场，《入梦》与《洛川》。主要人物相遇的对话只有二十几句，而这些对话又是极为短促的。表演者要利用这一点点时间与对话传达一对二十年前的情人重逢以后的复杂心情。隐蔽在神话外衣里的是真实的人间的情感。这不是一个单纯的仙女，她的影子是深深地生根在原作者曹植的精神与梦境里。这一个爱情的悲剧被长久地掩覆在美丽的《洛神赋》下面，现在要用单纯的几句语言、一些表情与身段在舞台上完美的重现出来，笼罩在清冷得有如一座大理石雕塑的美丽的女仙身上的是鲜明而炽热的爱恋。

这样的表演是很难用笔墨刻画下来的。我想在这里引用祁彪佳批评汪道昆的同一题材的《洛水悲》（盛明杂剧）的几句话：

“陈思王觌面晤言，却有一水相望之意。正乃巧于传情处。只此朗朗数语，摆脱多少浓盐赤酱之病。”

这是很好的说明。虽然祁彪佳所批评的是三百年前的同一题材另一部作品，而且还没有涉及表演，更何况他说的是曹植。

这又使我记起梅先生说过的一句话：“演得对的都应该是

这样演法。”这句话应该引起我们更多的思索。

同样，在《游园惊梦》里，他对三百五十年前伟大的作者汤显祖用美丽的诗构成的戏剧的体会与再现，也充分说明了这个表演体系的特色。在这样的场合，词句已经退居次要的地位，演员用表演把人物的情感完美地传达给观众，重现了过去时代少女的典型，在《贩马记》里我们看到了浸淫在幸福生活当中的新婚少妇，和杜丽娘就有着全然的差异，这几乎是在一出场时就已经使观众清楚地感到了的。

他所创造的这些不同身份，生长在不同环境里的女性，都是善良的、高贵的。

关于《白蛇传》的研究，在这里想有些补充说明。

1952 年夏，我和几位同志曾经企图进行越剧《白蛇传》的改编。在改编之前，为了进一步弄清楚传说的演变并找到更多的戏曲改编，曾经跟很多位专家交换过意见，也取得了许多同志的指导。主要的分析根据是从《警世通言》（根据它改编的戏剧，黄图珌本《雷峰塔传奇》）到水竹居本《雷峰塔传奇》的演变过程。也就是说《白蛇传》表现在中国戏曲形式中间主要演变过程，同时，分析也是企图要为创作服务的，因此把许多在创作上必然会遇见的困难，提到原作中来分析、解决。

这样的酝酿、收集资料、讨论的过程，历时将近一年。

在研究中间，我发现昆曲《白蛇传》的表现方法，与传统中国戏曲一贯表现方法的一致性。就是说，它是通过了典型人物之间的矛盾斗争，表现了主题的。这一卓越的创作方法，使我获得了深刻的印象。

在长期停滞的封建社会中间产生的文艺作品，绝大部分如果不是为封建制度服务的，就是反对这个压在劳动人民身上的罪恶制度的。因此，我们可以说，在民族遗产里的一些光辉范例当中，无疑都是反映封建社会矛盾，以反封建为主题的作品，这是没有人能够加以否认的。

然而，这个伟大的、唯一的主题虽然必然包括、但却不能完全代替若干具体作品中间的复杂的矛盾与斗争的处理。

我们可以用一些历史戏来说明一下。

如《失街亭·空城计·斩马谡》这样一出卓越的历史剧，它是企图反映三国时代两个封建割据集团中间的矛盾与斗争的。以戏内出现的人物而论，它是反映蜀的代表诸葛亮与魏的代表司马懿的矛盾与斗争的。然而我们的伟大的作者是怎样具体地、真实地用高度的艺术手法刻画了这个主题的呢？他通过了马谡这个突出的人物与诸葛亮中间的矛盾展开了戏剧性的伟大场面。相反，描写蜀魏之间的战争场面倒着笔不多。然而我们却不能说这是削弱了主题，模糊了斗争。有谁能下这样的断语呢？虽然诸葛与马谡是属于一个阵营中间的人物。

同样，在《白蛇传》的处理上也是如此。

没有人能够否认，《白蛇传》是以反封建为主题的戏曲，是描写一个叛逆的女性——白蛇和封建势力代表人物——法海的矛盾斗争的。

然而在具体处理当中，问题就来了。比方说法海的出场问题，就很使我们的编剧伤脑筋。有人主张法海在戏曲开场时就出现，由他说明下山收服蛇妖的动机，在一开始就揭出了主要矛盾；有人主张法海应该在镇江许仙的药铺里出现，他看出了许仙脸上的“妖气”，要来干涉了，从此安排下端阳惊变的伏线——法海送来了使白蛇饮后现形的雄黄酒；也有人主张法海在一场大规模的水陆道场中出面，他是代表佛教酿解瘟疫的，与白蛇所开的药铺有了不可调和的冲突，因此而展开了矛盾。

总之，法海出场的迟早问题，很使我们的编剧伤脑筋了。

我想，法海在《水斗》时才出场，是恰当的。这里包括了一个剧本思想性高低的问题，也就是怎样看待法海的问题，是不是把法海当作封建势力代表人物的问题。

梅兰芳先生演出的《金山寺·断桥》是老本。在他的演出中，“水斗”进行时，法海是端坐台中一动不动的，他是一座最顽固的封建大山。哀求、威吓，动起刀兵，他是完全不为所动的。法海只喊过若干声“孽畜”，唱出若干句“封建理论”，扔过一次禅杖，在水势大作时脱下过一次袈裟。

可是在一些别的演出当中，我们就看到了法海是个相当沉不住气的和尚，大挥禅杖，甚至还在开打中使用了抢背的身段。我不以为这是加强了白蛇与法海的矛盾，相反，这样一来，正是将剧作的思想水平降低了，把法海从“主将”的地位降到了“小卒”。

须知像白蛇这样一个叛逆的女性，在封建社会中间与许仙结合，那结果是必然的，不会圆满的。没有人能看得惯这样的结合（自然这是指那些维护封建道德的人物），他们所遭遇的磨难是重重的，这些都不是小事，都是具体地刻画白蛇与封建社会矛盾冲突的很必要的笔墨。然而在这些折磨当中，白蛇都胜利地走过来了。一直等到《金山寺》，封建势力的主将法海出场，这个斗争才达到了最为尖锐的阶段。

我们必须有机地把《金山寺》以前连续发生的小的矛盾冲突与最后跟法海展开的重要矛盾冲突联系起来，使观众明显地看出这中间的连贯性，使法海成为一连串进攻的总结性人物，突出他的主将身份来。在这里，需要我们的剧作家的辛勤的劳动。

我们不能让法海在每一个大小战役中间一直出场，把这个人物的地位降低了，使一场严重的矛盾斗争化为无数庸俗的散漫的松弛的小的事件。

正如《失·空·斩》中的司马与诸葛，必须在最紧张的空城前面会面，而不能一开场就打起来。

其次，怎样具体地，历史真实地，刻画白蛇在封建社会中间的不幸遭遇呢，我以为，如果不通过许仙这个人物，是不可能的。

我想，无论如何，不管他是负心的还是不负心的，许仙总不是反封建战线上的主将，是无疑的。然而在矛盾发展中间，却处处少他不得。他的利益有时和白蛇一致（应该就大部分时间是如此的），但有时他自己却又怀疑这样的一致，于是才造成了封建势力进攻的空隙。这个人物是安排得非常巧妙的，刻画得异常真实的。封建时代这样的男人是不太少的，在旧戏舞台上我们看到不少这样的小生，许仙性格上一定程度的动摇和软弱性，是有利于封建社会的进攻的，也就是在一定程度上符合、代表了封建社会的利益的。

因此，我以为，白蛇与许仙中间的矛盾（我想不会有人完全否认这样的矛盾的存在），也就是白蛇与封建社会之间矛盾的一部分，而且在具体戏剧处理中间又并非十分次要的。

如果想把一出矛盾复杂的戏改作单纯是很容易的。如《失·空·斩》，把马谡改为忠实执行诸葛战略计划的人，在街亭交锋时相持不下大打几场而终于把张郃打退。那么，《失·空·斩》，就成了《战街亭》，主要演员不是老生，成了武二花与武生。总之，这是一些都不难的。

如果用同样的方法处理《白蛇传》，则可以演至《金山寺》为止，不必再有《断桥》。这理由我在本文中已经指出，这里用不到复述了。

此外，在一般认为没有太大问题的白蛇的性格刻画上，我对原作的创作方法也有一点体会，在这里附带说一下：

白蛇是个向往人间生活的神话人物，她并不是从来到西湖的第一天开始，就是那样成熟的，她的成熟是逐渐发展起来的。像《盗银》《盗扇》这些场子，都不是凭空安排的。这都说明了白蛇对恋爱的真诚，对人间的复杂环境的缺乏常识。她一开始是很有些妖气的，然而在屡经磨折之余，她逐渐成熟了，学会了更多与封建社会斗争的经验，她尽力使自己成为一个好妻子，好爱人，然而有些场合她依然不能不被迫使用她不愿使用的斗争方式（如《盗草》与《水斗》），一直到结末，观众几乎已经完全忘记了她的妖气，这样的人物刻画的成功，真是非常辉煌的。我们不能不认识、体会古代作者在这方面所花费的劳力。

以上是我对《白蛇传》意见的补充说明。因为是为了有利于改编才进行搜集材料、研究的工作的，因此，原文涉及的方面，也带有局限性，所以这样的解释是必要的。最近在上海接连看了梅兰芳、姜妙香两先生的《金山寺·断桥》的五次表演，对于原著的了解有着很大的帮助。他们在舞台上卓越地传达了作者的意图，使我在书本上所看到的很多东西，都立体化起来，白娘子已经不只是生活在纸墨上，而且是活生生站在了观众的面前。我完全同意而且钦佩梅先生对原著的体会与再现，因此在这里也附带说明一下。

一九五三年七月十七日

林冲

《林冲》，电影文学剧本，“根据《水浒》中的几个回目”改编，1957年9月中国电影出版社初版。

据初版本编入。

内容说明

这是根据我国古典名著《水浒》中的某些回目，改编的电影文学剧本。

林冲是我国广大群众所熟悉和喜爱的英雄人物，作者从林冲误入白虎堂起直到陆虞侯火烧草料场，林冲手刃仇人，上梁山为止，细腻地描写了这一农民革命英雄的形象。

东岳庙的大红山门里面，是一长串青石铺道。两边都是翠柏苍松，太阳光从浓枝密叶当中透了下来，在甬道上洒下了细碎的金黄斑点。

人山人海。这里有身上挂着香袋的老年妇女，中年男子，也有一些游人；还有就是做小生意、耍百戏的人。

这天是三月廿八，是东岳庙一年一度的庙会香期。

这里展开了一幅古代市民生活繁荣兴盛的面貌。

这里有看相的人。儒生打扮，手执折扇，扇面上写着“善观气色”四个大字，逢人就迎面拦住，要给看相。

这里有茶桌。三四个人一桌，围坐吃茶，悠闲得很，举止说笑都饶有雅趣。

卖字画的人，肩上背着画囊，长长短短地插着些卷轴，凑到茶桌前面，手里张开一条画轴，请茶客赏鉴。

这里有耍百戏的。一个打扮得十分浓艳的女子，在一根细细的绳索上来回行走，随着绳索的张弛做出摇曳的姿态来。有锣鼓，有用哨呐吹出来的细乐在应和着。围观的人都拍手称赞，时而爆发出采声来。

游客们摩肩擦背，十分拥挤，这条本来异常宽阔的青石甬路都显得有些狭窄了。

林冲、娘子和锦儿就夹杂在人群当中，走进了山门，踏上了甬路。娘子换上了盛装，鬓角簪花，喜气满面；林冲更是英挺出众，穿上了一领白地青花的战袍，头戴一顶青花抓角儿头巾，脑后一对白玉圈连珠鬓环，腰系一条双獭尾龟背银带，手执一柄西川折扇。他比人群几乎高出一个头来，只看见他满脸带笑，不断地和这个那个招呼。这里有很多人知道他，敬重他，虽然并不一定与他相识。

锦儿手提食盒随在后面，扶着娘子。

拥挤的人群，给林冲三人让路，有给他施礼的，“林教头!”亲热地称呼他。林冲向相熟的人谦虚地还礼，微笑，文雅地走动着，简直不容易发现他是个武师。

迎面来了个踏高跷的人，双足踏在高竿上面，小生打扮，带着儒巾，手捏折扇。看见林冲三人，连忙微侧身子，让开道路在高处行礼。林冲和娘子锦儿仰望，颔首，笑。大家看了都笑。

林冲他们来到了一个货郎担子前面，在他们前面还围着一层人。

一个年青的货郎推着一部小车子，上面堆满了各式各样的耍货、花粉、小鼓、笛子……都是以妇孺为对象的精巧细致可爱的手工艺品。围看的多半是小孩子。货郎正拿着一个“波浪鼓”（一称带柄的小鼓，两侧有两条绳，绳端系着小珠，一摇，就左右击鼓作声）摇着，递给一个妇女怀抱着的婴儿，孩子用手来接。

货郎这一下正好发现了林冲和娘子。货郎看见娘子眼睛正盯着货郎担上面的耍货泥人儿。做得那么逼真而可爱，穿着花花绿绿衣裳的小泥娃娃，娘子用手指那泥娃娃，回头嫣然一笑，林冲也回笑，这些都给货郎看见了。

货郎顺手从担子上选了一个好看的大娃娃，递到娘子手边：“大娘子，今年三月廿八，东岳庙里带这个娃娃回去，明年三月廿八再来上庙，准保您抱个胖娃娃来。”

林娘子顺手接过娃娃，为货郎的两句伶俐话给逗笑了。

“好个伶牙俐齿的货郎，说得好口彩！”林冲笑着说。

一个穿着半旧的、但看得出是讲究的衣着的男子，吹着箫，凑到林冲面前，吹起一支曲子来：

“黄河远上白云间，一片孤城万仞山，羌笛何须怨杨柳，春风不度玉门关。”

这是王之涣的《凉州词》，歌人选取得恰好，歌声悲壮，正打中林冲的心事。唐宋以来，这支歌词是军人所熟悉的。

他仿佛已经随着这激楚的歌声飞越到玉门关外了。

这时，突然从庙门口传来了一阵骚乱，一阵马蹄响声和人们呼喊推搡的什音。一些小摊贩都赶紧挪开来让路。

马群渐近，看见前面一个穿着华丽但透着俗气的年青人骑在马上，一手提缰，一手拿着描金画扇，好像骑不稳似的。后面两三个人推着马屁股，还跟着几骑马，这是些手拿弹弓吹筒、拮杆、鸟笼的随从。

货郎担子来不及挑开，给马群踏翻了。

“让路！闪开！滚开！”在吆喝声和鞭影闪烁之中，马群已经过去了，满地抛散着泥娃娃的碎块，花粉、耍货弄了一地。货郎不知所措，痴立，他脸上糅杂着愤怨、焦急、颓丧的神情。

林娘子和锦儿吃惊发怔的脸，她手里还拿着那个唯一完整美丽的泥娃娃。

林冲愤懑的脸。他走上一步，看看这趾高气扬的人到底是谁，可是马群已经去远了。

林娘子紧紧抓住林冲的手臂，大家无言。

林冲看看狼藉满地的耍货，痴呆欲泣的货郎，稍停，他伸手到袋里摸出二三两碎银子。

“货郎，这里是二三两银子，就买了你这个娃娃，你拿去作了本钱吧！”

货郎张大了含泪的眼望着林冲，不即去接。

“拿去吧！”林冲说。

货郎的手在抖，把银子接过来，想说什么，没有说出。

林冲拉了娘子，转身走去。

林冲走了三四步路后，货郎从后面赶上嘶哑地喊：

“恩人，请留下尊姓大名。小人叫李小二，今天受恩人的大恩，他年好生报答！”

林冲回头，摇摇头，慢慢地说：“小二，不用问了，这算不了什么。”

一条碎石铺成的小路，通过寺院后身的一个别院。这是一条曲折回旋的小径，两旁疏落地种着竹子，向前一望是郁苍的松柏。

林冲、娘子、锦儿出现在这条小径上。

林冲三人走至小径尽头，他们在流连欣赏四周的风景。

他们听见小径后面传来一阵笑声、说话声。

他们似有所触，忙沿了小径向前寻去。

林冲、娘子、锦儿站在墙缺处。在他们面前展开了一个大菜园子，四周是短短的围墙，已经有些颓败了。这菜圃是一片如茵的芳草，正中有三间小小的瓦房，两棵大槐树像伞一样覆盖着，荫凉下铺了几张大席，上面安放着酒盏、碟子、菜肴和酒坛子。

一群泼皮站在席子边上，正在看一个胖大和尚在草地上舞杖。

和尚手里是一根碗口粗细的镔铁禅杖。和尚上身穿了一件袒胸露腹的开口短衣，他的身材正好和这根粗重的禅杖配合得恰好，他舞得很慢，一招一式都交待得清清楚楚，极清晰、美丽。这马上就把林冲给吸引住了。

“真的使得好！”林冲出神地、自言自语地、轻轻地说，忘记了偎在他身边的娘子。

娘子对林冲看，看他那出神的样子，有些可笑，又有些同情。她是了解林冲的脾气的，娘子对锦儿望望，想笑，又忍住了。最后，她推推林冲，轻声说：

“看见演武就什么都忘了！”

林冲惊醒，望望娘子，歉然微笑：“你和锦儿先去烧香，我随后就来。”

娘子做了一个无可奈何的微嗔，和锦儿去了。

林冲目送娘子转过小径，回过头来，他眼睛一亮。

和尚的杖花比过去快了一些，节奏却依旧分明，这是一连串把单独架式、招数组织起来的动作。林冲更出神地看。

和尚的杖花又变了，禅杖迅急地包围了智深全身在旋转着，人几乎看不出了。林冲被吸引住，忘了一切。

“实在使得好！”林冲忍不住冲口而出叫了一声。

这时智深正舞到一个飞舞的姿态，全身跳到半空，听见林冲的喊声，倏地收住禅杖，落下地来，依然将禅杖横在胸前，稳重地站在那里，带些惊愕地向墙缺处望去。

众泼皮也都回过头来望林冲。

林冲有些不知所措，僵了一下。

一个泼皮凑到智深耳边：“智深师父，这位官人就是八十万禁军教头，林冲林武师。”

“这位师父的禅杖实在使得好！”林冲不由自己地重复了一遍，说出了衷心的叹赏。

“怎么不请过来会会！”智深扔下禅杖，大踏步迎上去。林冲也从墙缺处跳了过来。

在大殿左右，出现了适才驰马冲倒小二担子的那批人，那些帮闲前前后后簇拥着那个后生，四下里张望。

林冲娘子带着锦儿正好从大殿里踏出来，她在考虑下一处应该到哪里去烧香。她在张望，忽然碰上了那个后生的贪婪的目光，在她的眉目之间，露出了一种厌恶神情，一扭头，扯了锦儿从廊下走了。

那个后生用色迷的眼色望着娘子后身，他把扇子一挥，帮闲们拥着他跟了上去。

娘子和锦儿，在人丛里穿过去。

后生和帮闲们跟来，人们自动地闪在一边，带着厌恶、畏惧的神色。这伙人大摇大摆过去。

林娘子和锦儿走进了偏殿。

那群人在五岳楼下转角处停下来。后生把帽子往后一推，打起扇来。帮闲凑上去给后生打扇。挤出一脸奸笑来，望着偏殿。

“她跑不出咱们的手心去！”帮闲向后生一笑，簇拥着他迎了过去。

坐在绿荫下面的人们已经谈得十分融洽了，智深给林冲面前的杯子里斟满了酒。

“洒家年青时到过东京，认得令尊林提辖。不想后来三拳打死了镇关西，落发为僧，又在东京结拜了你这个兄弟！……”

泼皮们接上去凑趣地说：

“今天林教头和鲁师父结拜，咱们哥儿们都得喝三杯！”

一时大家把盏。

墙缺处露出锦儿的头来，她那涨红的脸上，都是汗，喘息不停。她还在张望。她望见了柳荫下面的那堆人，她仔细地看，看见了林冲的背影，她大声叫起来：“姑爷！”

林冲吃了一惊，回头看见锦儿，三步两步赶了过去。

“什么事？”

“姑爷，叫我好找！娘子在庙里给一群流氓围住了。”

林冲一愣，回头叫道：“师兄少坐，小弟去去就来！”他从墙缺处一跃而过。

东岳庙的后院，拥满了大批香客、闲人，都远远躲在两廊底下，不出声，静得出奇。

林娘子站在五岳楼的扶梯上，满脸紫涨，眉宇间有无限怒意。高衙内站在下口，左脚踏在扶梯上，手扶栏杆。

“清平世界，什么道理调戏人！”沉静之中，像裂帛似的爆出了娘子愤怒的喊声。

高衙内回头望望，脸上是恶意的戏弄的笑。

敢怒而不敢言的群众用愤怒的眼睛盯着。

“你先上楼去，我跟你说话！”高衙内从容戏谑地轻声说。

一刹那的沉寂。

林娘子牙咬得紧紧的，眼睛朝回廊处望，无语。

人群里起了轻微的骚动，林冲带了锦儿已经开始挤过来了。

“上去啊！”高衙内更逼一句。

林娘子一脸汗，圆瞪着眼睛，下死地瞪着高衙内。

林冲和锦儿已经几乎从人群里挤了出来。

几乎是同时，刚从人群里挤出来的锦儿大喊：“姑爷来了！”林冲这时已经一个箭步窜到梯口，一把抓住高衙内的肩头，就像要将他扼死似的。

林冲像抓小鸡似的把高衙内的肩头扭了过来。他看见了那痛得龇牙咧嘴的丑脸，正要用另一只拳打下去。

这时，旁边一个帮闲走出来拦道："教头住手，这是高太尉的衙内！"

那个丑脸好像抓住了什么把柄似的，忽然凶横起来，眉毛一竖："林冲，关你什么事要来多管！"

林冲脸上的颜色变了，他说不出话来，听了高衙内这句蠢话以后，手又一紧，这个丑脸上的凶光不见了，更歪扭得难看起来。林冲的手不由得添了气力，丑脸呻吟起来。

帮闲们想来打，又不敢上来，彷徨无计，僵局。

帮闲之一抢上来："教头少怪。衙内不认得，冲撞了！"

林冲愣了一下，不禁慢慢地松了手。

闲汉们拥上来劝："教头高抬贵手！"

一边说着一边把高衙内拉了下来，一面劝着林冲。

林冲回头看着扶梯上的娘子，眼睛刚一碰到泥塑木雕似的娘子，她忽然活了，一下子奔了下来，扑到林冲怀里。

这时，帮闲们抽空把高衙内拥出去了。

林冲和锦儿扶着惊惶未定的娘子来到廊下，林冲望望那些用同情眼色张望着他们的人群，不禁低下头去。他真十分难过，这场平白的侮辱，和这些同情，使他感到真的负担不起。

林冲迎面碰到了手提禅杖带着二三十个泼皮赶了来的鲁智深。

他们几乎是同时地喊出来。

“师兄哪里去?”林冲说。

“哥哥来帮你打这群东西!”智深说。

“小弟本来也要痛打他一顿，怎奈是本官高太尉的衙内，碍着面子，不好下手，给那群闲汉劝出去了。”林冲说着，声音逐渐低下来，声音里有无限的委屈。

智深睁着醉眼，盯住林冲：“你怕他本官太尉，洒家怕他个鸟!”智深冲口而出，见林冲无话可说，又自感鲁莽。“便宜了这批光棍!”望着林冲，肝胆照人地说，“兄弟，有什么事就来叫我，洒家帮你去打!”

林冲感动得半晌无语，上前扶了智深：“师兄说得是！下次碰上，再不放他走了!”

智深妩媚地半带嘲讽地向娘子说：“阿嫂休怪，不要笑话!”又回头向林冲说：“兄弟，明日再会!”蹒跚着步子，拖了禅杖，带着众泼皮去了。

林冲和娘子痴痴地望着他们的背影。

高衙内的卧室，杂乱地堆着一些华美但粗俗的陈设。

高衙内斜倚在一张美人榻上，富安立在他身边。

陆虞侯匆匆地一脚踏进门来，他有些气喘，望着衙内，衙内嘻嘻地向他笑。陆虞侯不知葫芦里卖的是什么药，转过脸来看富安。

“衙内连日闷闷不乐，小可却想好一条妙计，全仗陆兄出面主张。”富安说，他又看看高衙内。

“你就跟他明说了吧!”高衙内有些不耐了。

“陆兄明日引那林冲去街上吃酒，衙内却躲在你家楼里，小可着人去骗那林冲娘子来和衙内相会。”富安说得吞吞吐吐，他看着陆谦的眼色行事。陆谦为难。陆谦的眼睛和高衙内、富安的冷冷逼人的眼色相遇。陆谦让步了，他低下头来。

“全照衙内的吩咐。”陆谦说。

林冲家里，在一间前楼，有些简单的陈设，只是在那张高高的琴桌上面，在画弓底下，添了那天在东岳庙里带回来的泥娃娃。它喜气洋洋地坐在那里，和整个房间郁闷沉重的气氛极不调和。

林冲和张教头坐在圆桌边上，两个人在喝酒。在娘子的面前摆着一双筷子，但却未曾落座，她倚在父亲身后，像帮助、督促父亲劝解自己的丈夫似的，从她的眉眼中间，显出了深深的忧虑。

园桌面上放着一支红烛，烛光摇摇的。

“林冲空自有一身武艺，屈沉在这群小人之下，也是空废了。”林冲像独白似的说。

“贤婿，你的心事要放开些，今后这酒要少吃！气要少生！只要平安无事就好。”张教头说。

“岳父说得是。”林冲闪动着红红的眼睛。

张教头站起来：“时候不早，我也回去了。”望望扶着自己的女儿：“你要好好照顾姑爷！”

娘子点点头，眼睛里露出一种神情，像在说：“我自然要好好照顾他，可是爹，你不知道他的脾气……”

娘子送张教头下楼门，林冲起立。

娘子掩好楼门回来，发现林冲一个人坐在圆桌面前，拿着一把烛剪在剪那颗红烛的烛心，烛泪大滴地落下来，他还是不住地剪，他烦极了。

娘子悄悄地走到他身后，想劝他，又不敢劝，无限为难。她脸上充满了爱怜的颜色，但又无能为力。

娘子从林冲身后握住他那烛剪的手，轻轻地放下来，把烛剪放在桌上，两人偎着。通过那燃得更旺了的烛光，向对面看去，对面琴桌上的泥娃娃正向着他们傻笑。

林冲看着那娃娃，心中是说不出的感觉。他的眼睛里有一丝明亮，立刻就又暗淡起来，他不能再看下去。他忽然扭回头来，正好跟娘子的眼睛相对。

“大哥，都是我，替你添了这些闲气。害得你这么失神落魄的。你，你要保重自己的身子。”娘子断断续续如泣如诉地说。

林冲再也忍不住了：“你，你别说了！”

仍在林家。已经是早晨，太阳光照进来，鸟在叫，但无论如何好像也赶不掉屋里的闷气似的。

昨夜的酒盏杂陈的台面收拾干净了，房里无人。

“林教头在家么？”从街下传来了陆谦的喊声。

娘子从内室里奔出来，谛听，面有喜色，回头向内室里叫林冲：“陆大哥来了！”一面跑到楼梯边去开门。

娘子在楼梯边热情地接待陆谦，从娘子的态度里可以看出他们是通家之好，常来常往的。她正希望在林冲愁闷之中有这么个朋友来看他。而陆谦却是怀着鬼胎来的。她的真诚、热情，和陆谦的尴尬正好成强烈的对比。

“大哥，你来得正好。你瞧！”她鼓起嘴来向屋里指指，“他这两天总是闷闷不乐的，正盼个朋友来说话呢。”

林冲也已经从内室里赶出来。

陆谦见了林冲，又受到娘子一番热情的接待，颇不自如，都没有来得及开口，还是林冲先说：“陆兄，打哪儿来？”林冲强打精神。

“这两天街上不见，特来望望贤弟。”

“唉！”林冲说，他拿陆谦当作知己，“心里烦闷，没有上街。”

“我跟你去喝三杯解闷。”陆谦说。

林冲回过头来看娘子，想取得她的同意。

“又是喝酒。”娘子说，她这话里并没有显然拒绝的意思，“去吧，陆大哥，招呼着他，早点回来，可又别让他喝多了！”

“唉！”对娘子的郑重托付，陆谦没有别的好说，只唉了一声。

在陆虞侯家的后房里。

富安陪着高衙内在后房里团团转，像个装进笼子里的蝈蝈。

“怎么还不来？”

“衙内放心，马上就到。”

“说得容易。你能保她准来吗？”

“这还有错？林冲和他的娘子是恩爱夫妻啊！”

在林家的楼梯上，林娘子满面惶急，锦儿扶着她，两步当一步地走下来。

门口一乘小轿，掀开了门帘，两个轿夫，一个管家模样的人在等着。

“教头他……”娘子问。

“教头一口气不来，闷倒在陆家楼上。请娘子这就去看！”娘子一脚踏上轿门。

酒楼上。

陆谦给林冲的杯子里斟满了酒：“来，多喝两钟，大嫂面前都有我哪……”

林冲眼睛有些红了，真诚地对陆谦说：“林冲跟陆兄从小相交，没有什么不能说的话，这两天碰来碰去，都是招灾惹气，偏偏前日又撞上了那高……”

话还没有说完，就给陆谦拦住了，他不愿意林冲接触这个题目：“贤弟，你的锦绣前程，都包在我身上啦，高太尉，他……”

林冲心里烦，抢过来说：“今天咱们只顾喝酒，不提这个。”

巷口，几个不三不四的人溜进溜出，像在等着什么。

时间过得很慢。深巷，无人，一个挑担子的敲着竹筒孤独地从巷底走出来。遇见流氓，瞪了他一眼，他快步溜掉了。

巷里更孤寂。

远远一顶小轿如飞而来，锦儿跟在轿后。

林娘子下轿踏入陆家大门，她满脸惶急，额上沁出了汗水。

进门就看见胡梯，娘子微微迟疑。

富安从旁边转了出来："教头现在楼上。"

娘子不顾一切地奔上了楼梯，锦儿乖觉，看见富安神色有异，就不进去，掩在一旁，趁人乱时溜去了。

富安跟娘子上楼，娘子推门而入，只听她尖叫一声，富安紧接着就砰的一声把门拉上了，从外头插了门叉。富安满脸得意的奸笑。

这是一间阴森可怕的屋子，桌上放着簇新整齐的蔬果酒壶，两只杯，两双筷对面放着。娘子一步踏入，正好遇见站在桌子对面嘻嘻笑着的高衙内。

她尖叫一声以后，用双眼紧紧地盯住了他，微微后退，这时她的脸上反而现出了沉着的准备应付一切意外的坚定神色。

锦儿在街前巷角紧张地寻找林冲，她一脸汗，跑着，停下来，张望一会，又跑。

酒楼上，林冲和陆谦的谈话已经进入一个深入的阶段。

“贤弟，男子汉大丈夫不能为一个女人就把自己给毁了！”陆谦已经露骨地说了。

林冲不语，只用眼斜着看那陆谦。

“贤弟，咱们兄弟眼下都吃着人家的请受，你是八十万禁军教头，我是太尉府里的虞侯。在人矮檐下，怎敢不低头，贤弟，咱们又哪里惹得起人家！”

“今天是那高太尉派你来收伏俺林冲。”

陆谦一听猛惊，脸上变颜变色，急忙见风转舵：“为兄我是一片好心。咱们今天不提这个，贤弟你只开怀多喝两杯！”陆谦举起杯来，脸上又浮出笑容。

高衙内扶着桌边缓缓地走过去，两眼痴痴地望着娘子。他像独白似的说出一番话来，想拿温柔的话语来打动林娘子。

“自打那天东岳庙里看见你，又让你丈夫给冲散了，我这小心眼里，就没有一天放下过你。好不容易，今天才把你请了来，你看我，当朝太尉的衙内，人有人才，文有文才，哪一些比不上那林冲。你，要是跟我好……”

锦儿在酒楼下面，一个老人在她身旁，向楼上指点着。“官人，官人！”锦儿情急大声地喊。

高衙内的话越说越甜，把自己都迷住了，他一步步地移了过去。林娘子激动得说不出话，两只眼睛圆睁睁地像要爆裂了似的。

“美人儿，你倒是开口啊。”

林娘子怒极，顺手拾起桌面上的一只满盛着酒的酒盏，下死地向高衙内扔去，高衙内一躲，酒盏碰到对面的窗上，酒水溅了高衙内一身。

“好啊，”高衙内舐了舐流到嘴边的酒沥，“打得好啊！”他的脸上露出了可怕的凶光，这凶光慢慢地又化为奸笑了。

街上起了骚动，林冲打进巷子来，那些想拦住林冲的打手们，被林冲一拳、一脚打倒墙根下去了。

林冲进了陆家，富安站在扶梯上口，依旧守着楼门。富安惶急，指挥打手，“把梯子堵住，不许他上来！”

林冲赶上楼梯，富安还想拼死挣扎，林冲已经抓住了他的腰，这时听见房内娘子在喊：

“清平世界，把好人家女眷关在房里，你还怕不怕王法？”

林冲大喊：“娘子，我在这里！”

林冲抓住富安，从楼梯口掼了下去。富安滚下去。

在房内，林娘子听见骚动和林冲的喊声，马上奔过来拼死摇撼房门，高衙内从后面拉住她的肩头，往后扯。

“大哥快来救我！”娘子喊。

“该死，该死。”高衙内喘吁吁地说。

门霍地打开了，高衙内松了手，望见林冲怕极，往后面急奔。娘子被衙内一放手，整个身体扑在林冲怀内。林冲想拔步抓他回来，可是给娘子挡住了，还没有来得及，高衙内已经从窗口跳到后街上去了。

林冲和娘子对视，娘子委曲至极，欲泣。林冲说：

“你没有吃他的亏？”

娘子不答，哽咽出声，摇了摇头，大声地哭了。

稍沉寂。

林冲赶到窗口去看。

高衙内跳下楼去，虽然富安早已等在那里，可是到底摔了一跤，给富安架着，没命地去了。

林冲猛地回头，眼睛里充满了仇恨，竭力大喊：

“陆谦，你好！”

林冲随手扯过了一只凳子，向地上打去。扯下了凳脚，乱打起来，林冲好像要把这座楼里的一切都捣碎似的。

娘子和锦儿偎依在一起。

第二天早晨，林家。

林冲面色铁青，不说话，结束好了准备出门，他来回不住地看手里的一把解腕尖刀，刀刃闪闪发光，映照着林冲燃着复仇光芒的眼睛。

娘子站在他身边，焦急地想拦他，又不敢拦他。

“你给我好好地坐在家里吧。”娘子最后哀恳地说。

“大嫂，你是让我在家里躲上一辈子，从此不再出门？”林冲的语气十分凌厉，娘子给他噤住了。林冲接下去自言自语:“光天化日之下,两次三番,欺辱我的家小,你叫我怎生见人,我不杀了……”林冲像独白似的说下去,语气越来越凄厉了。娘子迫不及待地打断了他:

“你要杀哪一个?”

林冲愣了一下,化为狞笑,“碰不得那高衙内,还收拾不了你陆虞侯!”林冲说完,把尖刀往宝带后面的牛皮短带里一塞,决然地走向楼门。娘子想拦他,又停下来。

太尉府前,林冲站在那里。他在张望,不招呼任何人,路过的人看见他面色不好,都回避他。

陆家的巷子里。几家人家都接连地把门关上了,远远看见林冲走来。

林冲仍旧在那儿徘徊。他身后拖着一行长长斜斜的影子,夕阳照在他的身上。

林家,夜里。

只有娘子和锦儿两个,她们围在桌子前面做针线。桌子上燃着一只红烛,烛光摇摇的,照见那个嘻嘻傻笑的泥娃娃,烛光一闪,它就笑一笑。

静得连针落在地上都能听见似的。

娘子的充满了忧惧、担心、焦虑的大眼睛。

锦儿的畏惧、好像祸事就要临头似的眼睛。

娘子机械地动作着的双手。她心情不宁，不知道自己在缝些什么。忽然一针刺在手上，娘子轻轻地叫了一声，锦儿吃惊，不知何事，赶过来看。血从手指上流出来。

她们依旧坐在那里做针线。她们的神态更焦急，更不耐烦了。

林冲仍旧在陆家巷口。（清晨）

陆虞侯面色惶急，三脚两步踏进高府的大门，回首张望了一下。

林冲仍旧站在太尉府前的老地方。（傍晚）

陆虞侯偷眼从太尉府门内向外望，一个穿青官衣的官人的身影走过，遮住了他。

在高衙内的卧室里，阴沉，湘帘垂地，寂无人声。

高俅坐在太师椅里，双眼紧盯着倚在美人榻上的高衙内，有怒意。陆、富二人在一旁伺候。

“都为了你这个奴才！”高太尉一声断喝，他手里捏弄着一件玉玩器，在手里更快地转动了起来，像要把它捏碎似的。

高衙内大声地唤起来。

“不成材的东西，害林冲不难……”高太尉呻吟，回顾陆、富，“须免不了闲人的议论……”

陆谦看看衙内，高衙内向他投来求救的眼色，鼓励他说下去。

“太尉十分爱惜林冲，可是林冲却不敬重太尉。”陆谦试探着说。

高太尉并未引起怎样兴趣，斜着看陆谦一眼。

“林冲身怀利刃，在府门口等了三天。”富安插上去说。高俅看看他，仍旧冷冷地。

“林冲嘴里还不清不白，辱骂太尉。”陆谦抢上去说。高俅仍不动声色，高衙内急了，一会以后，“林冲都说了些什么?”高衙内逼问。

“太尉面前，小人不敢直讲。”陆谦故意逗弄。

高俅厌恶地冷笑起来:“讲讲无妨。”

陆谦窘迫，看看太尉，看看衙内，仍不敢讲，高衙内急了。

“林冲说爹爹纵子胡为，说爹爹原是小端王府里的亲随，当年踢汽球的园社高二，说爹爹……”

“住嘴!”高俅断喝一声，充满了杀气。

静寂无声。高衙内在喘息，陆、富的眼睛只敢向地上看，高太尉脸上的皱纹在蠕动起来。

陆谦凑过来轻轻地说:“派一个人去把他给收拾了。”富安接着也凑过来耳语，声音细微得听不见，高太尉枯坐太师椅上，不为所动，他在思索。

高太尉忽地立起，诸人一惊，退后。太尉走到墙边，从墙上拿下了一把宝刀。

高太尉抽出宝刀，寒光闪烁。

在智深的菜圃里的槐树荫下。依旧有那么些泼皮闲汉在围着看，不过这次不是智深一个人在舞杖，是林冲和智深在比刀。

他们两人在草地上对刀。两人都是行家，两个好朋友在练武。他俩都运用着自己纯熟的刀法，进攻，退守，在一次急剧的对击中，听得出双刀碰击的响声，彼此逼住了刀，少停，彼此会心地对笑，然后再开始另一次攻击与防御。

看得出两人是势均力敌的，看得出他们是彼此爱重，彼此倾仰的。

泼皮们看得出神，不时喝采。

在一次剧烈的争夺之后，智深抓住了林冲的手，把刀扔给一个泼皮接了，大笑着走回席上。

智深大笑着说："兄弟，你这两天等陆谦那狗娘养的也等得厌烦了，倒是常到洒家这里，较量些枪棒来得快活！"

"师兄说得是，"林冲脸上露出了长久没有的开朗的颜色，"杀了陆虞侯那样猪狗不如的人，倒也腌臜了俺的刀。"

"来，来，来，"智深拉住林冲的手，"俺与你到城里去喝三杯！"

在大街上，林冲和智深并肩走着，两人都有了酒意，都不说话。他们来到阅武坊口。一个大汉，身穿一领旧战袍，手捧一把宝刀，上插草标，从牌坊后面闪了出来，跟着林鲁二人身后。

他们走了一段路，汉子在后面也跟了一程。

“没有识货的人，屈了我这口宝刀!”那汉子跟在后面，不断地说。林、鲁只是不在意。那人提高了声音，“好大一座东京城，就没有人识得这把宝刀!”

林冲停下脚来，猛地回头，那汉子飕地抽出了刀，放在林冲眼前。

林冲的眼睛一亮，失口道：“好刀!”

林冲说：“拿过来看!”随手接过宝刀，与智深同看。两人眼神里都露出了赞赏之意，智深问：“那汉子，你从哪里弄得这刀来货卖?”

“这宝刀是祖传之物，家境贫穷，只得拿来卖了!”那汉回答。

“你祖上是谁?”林冲盯住那领旧战袍看。

“说不得!”那汉羞惭满面。

林冲拿刀，向智深说，轻轻地，有着无限感慨：“这汉子也是世代军官，落魄了，宝刀都拿出来卖了!”

智深接过刀来，反复地看，“宝刀赠与壮士，兄弟，你就留下它。兄弟，你早晚用得着它!”智深把宝刀决然交在林冲手里，眼神里有着不曾说明的内涵。林冲听了会意，激动。

林冲家里。朝阳从窗户里透进来。林冲坐在床边，穿了便服，手里仍旧拿着那把刀，不住眼地在看。

“看你，买了这把刀，把睡觉都忘了，整整看了一天一夜，还没有看够！”娘子取笑林冲。

“男子汉大丈夫，宝刀就是性命，”林冲微笑看娘子，“除了你，我就只剩下这把刀了。”一转，神色凄厉，对刀说：“早晚总有用着你的时候！”

在前楼，林冲接见一个承局。

“太尉钧旨，听说你得了一把宝刀，叫你进府去比看。”

林冲本来对承局之来，是有戒心的。他很紧张，等到承局说了这话，才松弛下来。林冲有刹那间的思索：“又不知是哪个多嘴的去报了。”

“请教头这就动身。”

“这就要去？”

“太尉在府里专等。”

林冲穿着公服，随承局走进府来。府门口的闲什人等，坐在两条长凳上，并不拦阻，看着他走进去。

林冲随承局走进花厅前面。一条走廊，里面就是通往后进的过道。林冲止步，承局回头冷冷地说：“太尉在后堂相等。”说完就走，林冲稍踌躇，又跟进去。

这是一个抱厦。林冲沿着回廊走来，转至中堂，迎面是绿地金字高可及丈的立地座牌，上面写着“肃静”“回避”“御林军正堂”……斗大的字。林冲一惊，止步。看那承局时，回头，丢了一个眼色，又转入抱厦后面去了。

林冲踌躇，回顾，四下无人，又怕失落了承局，又前行。只见抱厦当中，滴水檐前，高高悬挂着徽宗皇帝御笔，斗大的五个红字，“钦赐执金吾”。林冲凛然。

静寂之中，只听见松声，方砖地上的碎竹影在乱动着。

林冲脸上浮出了警惕的神色。后顾，无人，承局却已不见了。林冲考虑以后又穿过过道，走了进去，这又是一个和前边格局相差不多，但却更庄严、规模更大的一个庭院。

林冲抱着刀站在那儿立等。这环境好不森人，林冲仔细看那景色，四周是一派绿漆栏杆，院子里是铜香炉，两旁一对铜鹤，方砖铺地，洁净无尘，前面是一排朱红抱柱，上面却有垂地的湘帘掩着，看不出堂上的动静。

等了半晌，林冲手抱宝刀在檐前慢慢移步，似有寒意。

林冲行至堂前，从湘帘角望去，看见当堂挂着白地青字的匾额，上写“白虎节堂”四字。林冲一惊，嘴里不由得念出“白虎节堂”四字，声音里充满了警惕。林冲凝望，想退出，又止步。

后堂靴履声响，高太尉一个人出来。

林冲看见，向前捧刀声喏：“八十万禁军教头林冲参见太尉。”

高太尉微退：“林冲，你来做什么？”

林冲少一思索：“承局传唤，叫林冲进府伺候。”

“做什么？”

“想是太尉忘了，承局传命，要林冲将宝刀来比看。”林冲抽刀向前。

太尉一惊，后退数步，林冲立定。

这时击起升堂鼓来，从两旁吆喝着走出三四十个军健，林冲孤立，四望，心知中计，但安定地将刀抱在怀中。

太尉气势转盛，转入堂前，“什么承局呼唤你进府?”

“适才进后堂去了。”

“什么承局敢进我府后堂。你手执利刃，故入节堂，不是行刺下官，却是怎么?”

林冲正想分说，却为高俅大声地抢着说了下去。

“有人禀我，说你两三天前，一直持刀在府门前后逗留，必有歹心！给我拿下这厮!”

早已准备好了的人从左右上来，捉住林冲的双臂。

“林冲冤枉!”林冲大喊。

“给我推了出去!”高俅断喝一声，众人如狼似虎地推林冲，不管他怎样挣扎，他不断地喊着“林冲冤枉”，就这样一直把他推出了府门。

那些如狼似虎的人把林冲拥进了开封府门。“林冲冤枉!”林冲依旧在喊。

开封府的堂上。坐在大堂正中的是滕府尹。林冲被押在堂下。

“府尹明鉴：且不说林冲平生忠义，小人也知些法度，明此事理！怎敢擅入节堂!”林冲辩说。

“胡说!”府尹喝道。

“林冲既要行刺、手执宝刀，为何并不动手。就凭林冲的本事，二三十个军汉，生怕近不得身，怎么就这样束手被擒!”

“反了！反了！还要胡说!”府尹无词以对，只好空嗥。

“林冲就刺不着太尉，怎么从人也不伤一两个!”林冲理直气壮地继续抗议。

开封府尹无可奈何，只能乱拍那惊堂木，和林冲的抗议声音互相应和。审问的情况十分为难，简直无以为继。

府尹转入后堂，一个孔目迎上前来。此人面貌慈祥，一看就知道是个耿直的人，他劈头就说：“林冲是屈了的，大人千万得周全他!”

府尹一时无话，半晌嗫嚅地说：“林冲做下这般大罪，高太尉又一定要他性命，你叫我怎样周全。”

“难道这南衙开封府是高太尉家的!”孙孔目顶了一句。

“胡说!”府尹不知所措。

“但凡有人大小触犯了高太尉，送来开封府，要杀便杀，要剐便剐，这南衙却不成了他家官府!”

“我也有心回护，只是不知道如何断遣!”

“不合腰悬利刃，故入节堂，刺配远恶军州也尽够了!”

府尹沉吟。

太尉府书房内。

开封府尹和太尉对坐，看他们的脸色，知道这一场谈判是很不愉快的。

“林冲身为八十万禁军教头，身怀利刃，故入节堂，行刺本官，罪证确凿，贵府量刑，可要斟酌一二。”高太尉厉声说。

“林冲说是承局传唤，进府比刀，束手被擒，不曾伤了一个人，这……案情教下官好生难断。”

“贵府就听信那林冲的一面之词?”高俅厉声说。

“下官该死!”府尹吞吞吐吐地说，“人言啧啧，老大人的清名……”

高俅不语，怒极，又化为冷笑。

“既然贵府为难，那就用不着费心了!”高俅的手碰着茶碗，在桌面上发出响声来，却也掩饰不住那激怒的心情。

剩下高俅一个人在书房内。桌上还留着两只茶盏。陆谦、富安溜进来。侍立。

“也好，免得让人说我倚势豪强，害人性命。”高太尉狠毒地自言自语。

陆谦、富安对望，不解，又不敢问。

“林冲几时发配?”高俅问。

“滕府尹回衙，这就要升厅，今天就要断配了。”陆谦焦急地说。

高太尉沉吟，陆谦不耐，拼着说：“太尉，一让他出了这东京城门，可就不好对付了。”

“糊涂东西!”高太尉申斥，“没有开封府，咱们就办不了事了?”

陆谦惶惑，唯唯。

“你这就去一趟，吩咐两个介差，就说我的意思，让他们……”高太尉传命，声音愈益微弱，听不清楚。

高俅最后两句话是厉声说出来的，他说：“不死在开封府，也让你活不到沧州!”

衙门口围着看的闲人们突然动起来，他们让出了一条路。董超手执水火棍，在前面吆喝着开路，林冲随在后面，薛霸断后。

林冲，项上带了行枷，面庞清瘦，新生的乱须有一二分长。他的一双眸子，却依旧晶莹有神，他像是从一场噩梦里醒来，依旧露着惶惑。

闲人们带着同情、同时也为他欣幸的眼色望着他，他却并不理会。人们的眼睛集中地在望着他双颊上新刺的两行金印。

董超拿着水火棍，乱舞一通，嘴里大声地吆喝着：“走开，走开！再不动就大棍子抽!”

张教头从人群里挤了进去，向二位公差说：“两位端公辛苦了，请到店里，吃些酒食再上路不迟。”薛霸、董超点头，让开来。

张教头上去，抓住林冲的手，两人暂时都说不出话。

“林冲这不是做梦！林冲犯的是死罪，他们怎么不杀？岳父，林冲这不是做梦?”

“皇天保佑。”张教头无从解释，左右张望公差，推着林冲走进茶馆里去。

在茶馆里一副座头上放好了满桌的酒菜。两个公差高高坐在上面。林冲戴着枷，没有坐，一只脚踩在凳子上面。他望着坐在一旁的张教头，不说话，他在思索着什么。张教头的手微微颤抖。人们围在门口在看，静寂无声。

“两位端公，请这边来！”一个不尴不尬的人过来，向董薛使了个眼色。董薛作态，随他去了。

林冲的眼睛里露出了像是决断了什么的决心。

“怎么不见娘子？”

“她在家里给你收拾衣裳，就要来的。”

又是沉默。

“林冲对不起她，”林冲又说，可是说不下去，“岳父……”

“贤婿。”

“岳父，”林冲迟疑，决心说下去，“小婿此番前去沧州，生死难保，不知今生能不能再回东京……”他说不下去了。

“你是担心小女？”

“自蒙岳父把令爱许配林冲，整整三年，虽然不曾生下一男半女，可是也没有红过一回脸，吵过一回嘴……”

张教头点头。

“林冲对不起令爱，林冲空是个堂堂男子……林冲平白遭了这场冤枉，发配沧州，生死难保，撇下娘子一人在家，她、她、她正在青春年少……”

“你是撇下她一个人不放心，那就让我把她接回家去。”

林冲苦笑，慢慢说：“林冲远在天边，难道就让娘子替林冲担一辈子惊恐？”

张教头吃惊。

“岳父，小婿的话也只能说到这个地步了。”

“你要怎样？”

林冲坚决地回眼四顾，“店主人，有纸笔借来一用！”又望着门口围观的人们，“林冲带着行枷，写字不便，哪位高邻，愿意代笔？”

张教头惶急：“贤婿，你这是要做什么？”

林冲强压下满腹的忧愁：“岳父，请你成全我们。”

“你是知道小女的性子的，你，你可不要逼出人命来！”

在林家。

娘子气急败坏，她正在收拾一个包袱，她从锦儿手里夺过刚拿来的一件棉衣，三把两把塞了进去，草草地包好，一把抓了锦儿，夺门而出。

林冲冷静地望了门口一眼。一个读书人严肃地、缓缓地走进门来。群众随着他悄悄地走进，围了一圈。

读书人从店家手里接过笔砚，磨好墨，握管舒纸，眼望林冲。林冲咬咬牙，侧着身子，念：

“东京八十万禁军教头林冲，为因身犯重罪，断配沧州，去后存亡不保，有妻张氏年少，情愿立此休书，任从改嫁，恐后无凭，立此文约为据。”念到此处，林冲的声音变得凄厉异常。

整个茶肆像发生了什么灾难似的死寂，人群的眼睛里露出愤激的光芒。

远远传来哭喊之声。林娘子手里提着个包袱奔了过来，锦儿随在后面，想扶她，可是赶不上。林娘子进店，张望，群众让开一条路，她寻到了林冲。

“大哥，你可出来了！”娘子哭着奔到林冲怀里。林冲一把将写好的休书抓到手里，塞给张教头。林娘子抬起头来，泪眼模糊，声音哽咽：“你，你又要去了……”她这后半句话几乎是哭了出来的。

娘子看到神色有异的父亲，娘子从他手里抢过那张休书来，张教头颤抖的双手躲避不及。

“孩子，你……”张教头说。

林娘子睁大了眼睛，看那休书，林冲忍心地盯住她，眼光凄厉，有准备地迎接这一场即将来临的磨难。

娘子的眼睛逐渐呆钝了，她迟慢地把眼色移到林冲脸上，手微颤。那张休书从她的指缝中间滑了下去。娘子呆呆地盯着林冲看，嘴角微动，听不见她说什么。最后，她像迸出了垂死的力气似的喊出：“大哥，你……”她昏迷了，跌在林冲怀里。

林冲痛苦已极，抱着娘子，双眼前视，茫无所归。

为这情景激动了的群众有的回过头去，有的泣下了。寂静。

张教头老泪纵横的眼睛，轻微的啜泣，无声的嘴唇。

林冲伸出手来，从行枷下面抚摸着娘子的双鬓，他摸到了一对凤钗，拔起来，比一比，这是一对镶制精巧朴素的凤钗。他若有所感，拿起一股，摸索着藏在自己的怀里，又把另一股仔细地替娘子簪了上去。

古道，夕阳，官道两旁是稀疏并不茂盛的垂柳。平原一望无垠，夏日余热依旧停留在大地上。回头望去，遥遥可见东京的城楼。

两个公人押介林冲在路上慢慢地走，三个孤单的影子在移动。

林冲回头望去，眼睛里充满了迷惘、凄楚。他就这样像一场梦似的离开了亲人，离开了生活了二十几年的东京。

黄昏，官道旁边的客店。

门外两棵槐树都已绿叶成荫。几个伙计、客人都搬了凳子、交椅在树下乘凉。他们对这三个来客望了一眼。

林冲等走进去。

在正房里，林冲带着枷和衣歪在里间的炕上。董薛二人在外间的桌上大吃大喝。桌上放着一碗灯，天已黑了。

董薛两个喝了一会。

月上了，窗格子上面洒满了月光。

林冲呆呆地望着窗子，在想什么。

两个公人在交头接耳。

董超作势，要薛霸小声些，又左右张望。薛霸疑神疑鬼，一把抓起他那根水火棍就在房里“搜索”起来，踩踩地板，瞧瞧窗户，弄弄门锁。

董超醉眼蒙眬地说：“这一带地方上不大安静，可得小心点！”

林冲在里面听见了：“两位在做什么？”

董超大声大气地回答：“咱们哥儿俩搜店呢！”一转念，“林教头，你不也出来吃三杯？”等候回答。

“小人吃不下了，早些睡了就好了。”林冲善意地回答。

薛霸继续搜索，又停下来不动，若有所思。

董超站起，凑过来，小声地：“可别让林冲走了。”

薛霸不语，稍停，“有了！”

董超手里端着一盆沸水，薛霸在前领路，溜进门来。

“林教头你还没有睡？”薛霸说。

“两位端公也好安歇了。”林冲翻身过来回答。

“林教头，你洗了脚好睡。”董超说。

“怎么使得！”林冲坐起来。

“有什么使不得，你就坐下洗吧！”薛霸说。

林冲十分为难：“两位如此相待，叫林冲怎生报答。”

“你就不用客气了！”薛霸的话里有刺。

“林冲是个犯罪的人，两位上差如此相待，有朝一日，皇恩大赦，得回东京，那时不敢忘报。”林冲感激地说。他坐在坑头上，准备自己来洗，可是给枷挡着，却摸不着盆儿。

薛霸给董超做了个鬼脸，“好说好说！”顺手捉住林冲的双脚，“我来替你洗！”

“使不得！”林冲说。

“出门人，不在乎这些！”薛霸恶意地说，捉住双脚就向沸水里一按。

林冲大叫：“哎也！”董超、薛霸恶毒地笑起来。

清晨，初日刚从树林后露面。官道上，三个人长长的影子，林冲一走一拐，新草鞋磨着起泡的双脚，给他带来多少痛苦。

中午，太阳显出了初夏的威力。官道上三个人短短的影子，林冲拖着蹒跚的步子走得更慢了，一步一声唤，新草鞋上沾满了血水，林冲脸上浮出了大粒的汗珠。

对面来了一个队伍，十多个囚徒，褴褛的囚衣都为汗水湿透了。他们都挑着百十来斤重的担子，后面跟着手里拿着鞭子的押运官。

两个队伍彼此望望。

“要走就快点走！不走就大棍打！”薛霸喊，举起水火棍。林冲望望他，不说话。林冲望望对面而来的囚徒们。那个押运官把鞭子一挥，鞭子怪叫一声。

“你们是什么地方的公事？”押运官问。

“沧州，”薛霸答，“上下哪里去？”

“巧啦，我们正打沧州来。”他用鞭梢指指那些担子，

“东京高太尉府里的。”有得意之色。

两个队伍错过了。

薛霸冷冷地轻声对董超说：“也真巧啦！一来一往，都办的是太尉府里的公事。”

林冲拖着痛苦的步子行进，董、薛二人一前一后押送。董超在前面，薛霸不时用棍子在后面吆喝。

“二位端公，”林冲站住了，“小人其实是脚疼，走不动，何苦这么逼迫！”

在后面的薛霸冷笑起来，“配军，照你这样走，几时才能到沧州！不走就看棍！”薛霸举起棍来，林冲并不躲避，斜睨着看他。

“算了！”董超过来打圆场，“天么，也实在热，路么，也得紧着赶。林教头，你看，前面不远就有座林子，到了那咱们就歇。”董超用棍梢一指，前面隐隐有座阴郁的林子。董超做了个笑脸，对薛霸挤挤眼，“别怪我们哥儿俩着急，人家比我们还更急哩！”

傍晚。林冲等一行三人的影子斜斜的。林冲的步伐更迟缓更艰难了。

三个人站在路旁向前望去，夕阳影里，只见一大片阴森可怖的树林，像给一片迷雾笼罩着。忽地，一群乌鸦从树林里飞出来，喧嚣着，散了开去，虎虎的风吹着松叶沙沙地响。

三个人都停下了脚步，他们心里都各有不同的想法。林冲勉强挣扎着站在斜阳影里，看着自己脚前长长的影子。

在张教头家的楼上。

林娘子痴痴地倚着楼窗。斜阳影里，她向远处望去，帝城如海，在这万家烟树上面笼罩着淡淡的余晖。一阵归鸦噪着飞过楼前，飞到一棵高大的槐树上去。

锦儿悄悄地从后面上来，托盘里有一杯茶。锦儿悄悄地说："小姐用茶。"

娘子回过头来，凄然一笑，好像新近病起似的，瘦削，淡妆，脸上有着赶不掉的忧郁的影子。"前面是什么人？那两个天杀的又来了？"

锦儿轻轻地点头。

在前楼隔壁，陆谦、富安正和张教头对坐，他们的谈话已经开始了一会了。显然，他们依然是在一个永远不会接近的问题上争论，而且也决不会得到结论的。

"请二位轻声，小女刚刚病好，受不得惊扰。"张教头轻声说，用手指着隔壁。

"张教头，"陆谦说，"您到底是拿个主意，别总是这么推推托托，我们哥儿俩也不愿意三番二次的登门打扰。"

野猪林里。这是更为阴暗的世界。只有初月的碎光透过浓荫，零落地洒在地上。

董、薛两人押了林冲走了进来。

林冲“啊呀”了一声，倒在一棵大树根上。

林娘子激动地听着隔壁的谈话。她的脸上泛出了红晕。她颤声地对锦儿说：“我咽了这口气，就免了爸爸再受他们的气！”锦儿惊惧，用手掩住她的嘴。

这时听见隔壁陆谦大声喊道：“你不要敬酒不吃吃罚酒，你知道，这早晚林冲他……”陆谦没有说下去，只听见拳头砰地碰在桌上的声音，娘子愤然坐下，双眼向前呆望。

薛霸嘴里喊着：“不成，不成！”从地上跳了起来。

“上下，做什么？”林冲问。

“我们哥儿俩正想睡一觉，可是又怕你跑了。”

“林冲是个好汉，既然吃了官司，这一辈子也不跑。”林冲正直的脸上微微露出鄙夷不屑的神色。

“罪人的话，信不得，得绑一绑才行。”薛霸从腰里掏出了绳子。

“请便罢。”林冲回过头去。

林冲被连手带脚和枷紧紧地绑在树上。刚系好最后一个结，薛霸和董超捡起水火棍，霍地一跳离开两步站定。

林冲回过头来，瞪着他们。

沉默。

“林教头，不是我们哥儿俩对不起你。只为那陆虞侯，奉了高太尉的钧旨，要我们哥儿俩在这座野猪林把你结果了，揭了你脸上的金印回去。”董超说。

林冲一时瞪目不语，这个意外给了他很大的打击。与其说他为自己的生命而担心，还不如说他为自己想望的破灭而焦忧：“上下，林冲与两位往日无冤，近日无仇……”

话还没有说完，就给薛霸接过去了：“冤有头，债有主，你今天虽死在我们哥儿俩手里，可怨不得我们。”他用极为冷漠平静的口吻说了下去。

“上下，如何救得小人一救，林冲生死不忘!”

“林教头！明年今日，是你的周年!”董超说。不理会林冲的哀恳，做了个手势，和薛霸两个托地跳出外面，仔细查看了四周的动静，回来，两个的脸上露出了凶光，薛霸双手举起了棍。

“二位!”林冲叫道。薛霸的棍已下来。这时，松树后面雷鸣似的一声，飞出一根禅杖，把水火棍一隔，飞到天上去了。

霎时静寂。董、薛两个目瞪口呆，鲁智深横着禅杖站在前面。林冲望看他，眼色由最初的惊异逐渐露出喜色来。

“洒家打死你这两个狗头!”智深大喝一声，举起禅杖。两个公差跪在地下用手来招架。这时林冲喊：“师兄，且慢!”

智深收回禅杖，回望林冲：“怎么?”说着拔出戒刀，三两下把林冲的绳索斩断了。

“师兄，这事不关他两个，打死了也是冤枉!”

“留着这两个狗头做什么?”

“师兄，打杀这两个公人，倒显得你我弟兄做事不明，怕不被天下好汉们耻笑！”

智深直瞪着眼，望着林冲，喊道：“兄弟，你为人就如此软弱！”智深半晌不语，长叹一声。

官路上，一部车儿，林冲坐在上面，项上的枷没有了。两个公差神情大异，前推后挽地极尽小心。智深在后面跟着，不时吆喝一两声，公差唯唯。

官路旁，有几棵大松树，一座茅草搭成的野店，白木板桌上面挂着鸡、鹅、鱼和两三只猪腿，案上是几缸酒，掌灶的人立在案后。

店前松阴树下，放一只矮几，上面放着鱼肉。鲁智深和林冲对坐，两个公差在一旁川流不息地侍候。

酒过三巡，他们都有些醉意了。智深睁着醉眼，看着两个差人，二人不禁凛然。

“滚下去！”智深一声断喝，公人退下。

“贤弟，天下不安，奸臣当道，你我弟兄，在这天子脚下，眼看是没有路了。倒不如找个自由自在的去处，安身立命！兄弟，你真的要去沧州！”

林冲的眼睛痴望着。“此番若不亏了哥哥，小弟早就没了性命……江湖上林冲也有三朋四友，要去，也就去了……”

智深抓住林冲的手，“那你我弟兄就走他个娘！”

林冲踌躇，迟疑地答道：“怎奈小弟……比不得哥哥，无牵无挂，可以海走天涯……你那弟妇……”

智深颓然，放下林冲的手，举起杯来，一饮而尽。

“兄弟，此去沧州不远，再也没有险恶去处，洒家就此别了……”智深的话语有些凄黯，“兄弟，你要保重，提防那高太尉再来害你！”

“师兄回去，岳父处说一声，也好放心，”林冲声音更充满了悽怆，抓住了智深的手，“林冲不死回来，那时再与师兄相聚。”

智深忽地起立，拉开了衣襟，吹风：“洒家回不得东京了。兄弟，沧州牢城吃不得苦时，江湖路上，再来寻找愚兄。”

“两个狗头，拿洒家的禅杖过来！”智深转身大声地喊。

董薛二人小心地抬了那水磨禅杖来，智深用手按在杖上，压下去，公人叫喊起来。智深说：“两个狗头，今番得了性命，休要再生歹心。”两个人龇牙咧嘴地唯唯。智深接着把杖一提，两个公人跌倒了。

“你两个再不老实伺候教头，洒家就是这一棒！”

智深飞起禅杖，打在松树上，松叶纷纷落下，落在几上，酒盏里……看那松树时，留下二寸深痕，齐齐折了。

官路上，林冲等人又结束登程。他们站着回首望去，林荫密叶，远处黄土路上，有着逐渐小去的智深禅杖直裰的影子。

茫茫旷野，官柳稀疏，官路像一条黄的带子，智深的影子消失了。

沧州牢城内的单身房里，一张白木床，两条板凳。窗外是院子，可以看见挑土做工的犯人。

差拨在跳脚发火，指着林冲大骂：

“你这个贼配军！你知道这是什么地方？知道我是谁？见了我不跪下，倒大拉拉地做个样。可见得在东京做了好事，冒犯了高太尉。看你这满脸的饿纹，一辈子也出不了头，打不死，拷不杀的！你这个贼骨头，好歹落在我手心里，管教你粉身碎骨，立刻收功！”

林冲只是不响，看着他发作完了，在那儿喘气。

林冲慢慢从袋里取出五两银子来：“差拨哥哥，些小薄礼，别见笑。”

差拨不就来接，只用眼睛眯着张了一下，轻轻地说：“还有管营呢？”

“另外还有十两。”林冲又拿出了一包银子。

差拨的脸，像融解的冰块似的，透出了笑，慢慢伸过手去，但靠近银子就来得很快，抢似的把银子抓到手中。

“林教头，我早就听说你是个男子汉大丈夫，”差拨的话说得柔和非常，抑扬顿挫，“想是高太尉陷害你了。眼下虽然受苦，日后必然走运。”差拨用手指指林冲，又慎重地估量了一番：“瞧你这一表人才，一定不是凡人，将来一定做大官……”

林冲苦笑：“全仗差拨哥哥照顾！”

差拨眯着眼，笑向林冲："我安置你到一个好地方去。"神秘莫测地轻声地说。

林冲在"天王堂"里。

林冲已经没有了项上的枷。他在那儿扫地。大殿空落落的，静寂无声。

林冲手里拿着一束香，点着了，在每一个神像前面的香炉里都插上一两根香。

安静的生活给林冲的面目、表情、举止都罩上了一层呆滞的外衣。这个人像是老人，举止不灵了。可是他的内心烦郁、惆怅却逐渐积累得更深、更重。

林冲把神像前面的油灯拨得更亮了一些。灯光照在林冲死寂的脸上，照在半旧黄绸幔后面神像的脸上。神的脸上永远保持着那种死板不变的笑容，像在嘲笑所有的人。

林冲盯住神像看。

林冲的嘴逐渐蠕动起来，轻轻地像梦呓似的说："一天两天，一个月，两个月……烧香、扫地、点灯、点灯、扫地、烧香……"林冲的脸上露出狞笑来，声音也更变得凄厉了，"我就这样侍候你！"

林冲久久盯住神像看，他们彼此对视而笑。

"你要是真的有灵，"林冲又说下去，"就保佑林冲冤仇得解，高太尉不再加害……早回东京，夫妻团圆……"

林冲沉入幻想中间，盯住那神像看。

林娘子的双眼也紧紧地盯住那个庙会上买来的泥娃娃痴痴地看，这是在东京张教头家里，也是那么一间前楼。林娘子为了保留对过去生活的记忆，所以这里的布置和林家相差不远，我们还可以看见那些熟识的家具。那只泥娃娃照样放在琴桌上面，它依旧在傻笑。娘子不时地盯着它看。

夜，娘子和锦儿对坐。两人手里都有针线，两人都不说话。娘子瘦削了，也不打扮了，她那平静的脸上，有一种隐蔽的忧愁。娘子和锦儿不时停下手里的工作，对望，无言，又恢复工作。

林冲在街上漫步。

是深秋了。一阵风来，树梢吹下了一大堆叶子，打在林冲肩上。林冲抬头望望天色，用手摩摩双臂，有寒意。林冲住步不走，痴想，想起寒衣，想起了东京的家，想起了……

远远有悠扬呜咽的箫声飘来，林冲忽然惊觉。这箫声是如此的熟悉，像是在那里听见过似的。他寻觅，他发现远处有许多人围了一个圈子，箫声就从那里传来。

林冲出现在人堆后面，他挤了进去。

这是一个歌人，衣衫褴褛，面色青黄，脚下的鞋子半破了；衣裳虽旧，但可以看出原是件好衣裳，东京的缝制，不像外省那样土气。他悠悠地吹完了曲萧就开口唱：

月儿弯弯照九州，几家欢乐几家愁；
几家夫妇同罗帐，几个飘另在外头。

林冲听了，凄然欲泣。这调子好熟，他猛然忆起，在东京的东岳庙里，他和爱妻一起听过这同样音调的歌。可是……

那人唱罢，张开一双求助的眼睛，向四下里望了一圈，开口道："小人本是东京人氏，只因官司逼迫，流落天涯，来到贵地，卖唱糊口。虽然吹唱荒疏，全靠各位恩官作成。请赐些银两铜钱，小人也好买餐饭吃。"

那歌人说完，顺手一牵，随在他身边的一头小狗，乖巧地跑上几步，向着观众，坐在地上，前足举起，向四周拜揖。

歌人也用恳求的眼色望着四周。可是并无一个出钱的人，都白着眼看他。

"眼前若有东京来的客官，教坊里听过小人的吹弹，'美不美乡中水，亲不亲故乡人'，就请高抬贵手！"

林冲听了猛惊，伸手到腰里，却未带钱，窘急，转身就恰和后立一人打了个照面。林冲挤出人圈，大踏步走去。

那人也跟着挤了出来，赶上两步，喊道："恩官慢走！"

林冲回头望小二，似曾相识，却喊不出他的名字。

"小人就是在东岳庙里蒙教头搭救了的小二，"那人赶上两步，"在东京立脚不住，才搬到沧州。教头你……"

林冲猛地记起了，他感到欣悦。听小二说到最后一句，又转悽然。指着脸上的金印说："得罪了那高太尉……"林冲苦笑。

酒馆里，林冲坐在一副座头上，他面前放着一双筷子一个酒盏。

小二换上了短衣，系了围裙，端了盆菜走上。

“恩人请尝尝这家乡口味，小二亲手调制的东京菜蔬。”

林冲举箸，欣喜，吃了一筷子，他脸上浮出笑容来：“小半年不吃家乡菜了。”惨然。

林冲面前已经排了三四个空了的酒吊子。他脸上有了四五分酒意，说话的声音也大了起来。

“高俅那厮，倒又不来害我，让我在天王堂里养老!”林冲放下箸来。

小二在一边陪坐：“只要无事就好……东京府上可有信来?”

林冲又触动了乡愁，不语摇头，慢慢地，“他们的日子比我难过得多!”

小二不敢接下去说。沉默。

小二娘子端汤水上。林冲从沉思里惊醒，欠身，“大嫂!”

小二接上去说：“恩人若有换下来的衣服，只管拿来教她浆洗缝补，不要见外!”

林冲看小二夫妻和睦，凄然微笑。

天王堂内。

日光从大殿门口斜射进来，在进门处留下一角阳光，更显出了殿内的阴暗。神像前的油灯还放着黯淡的惨白光芒。林冲搬了一把凳子在日影里坐着。

小二挟了一包衣服上。

“恩人，冬衣都浆洗好了，还好，刚赶到下雪前头。”

林冲接过衣包，仔细解开，取出一件布棉上袄来，轻轻地抖了一抖。

“好针线哪，又细密又厚实!”小二在旁边说。

林冲不舍手地看那件棉衣。逐渐，他脸上没有了笑容，他想起了什么，痴然出神。

高太尉书房外面。一片雕花窗格，望出去可以看见扶疏的花木。就在这走廊上，富安、陆谦在交头接耳地议论，不时有人悄悄地捧着公文掀开帘角走进来。

陆谦向富安又做了一个鬼脸，两人仍不敢进去。

天色暗了，一个侍役，端着一盏明角宫灯走进去；另一个托着个金漆托盘，上面放着个玲珑盖碗。

窗格上出现了红红的灯影。

陆谦、富安依旧在那伺候。

书房里，传来了打碎茶碗的声音。“滚出去!”高太尉大喝。

帘子一掀，那个奴仆一溜烟地到后院去了。

书房里面，陆、富二人像幽灵似的出现在太尉身后。太尉出神，手里拿着笔。

高太尉紧张的脸，皱纹蠕动，盯住桌上那座假山石在看。

陆谦和富安尴尬地对望，陆谦轻轻地咳了一声。

高太尉一惊，“谁！”

“小人在这里伺候！”

高太尉慢慢地回过头来，嫌恶地望着他们。陆、富低下头去。寂静。

好大一会，陆、富对望，最后是陆谦先开口了：“启禀太尉，林冲没有死。”富安接着说：“给东岳庙的和尚救了。”

高太尉回转身去，手中的笔一扔，把那座假山石碰倒，砰的一声，碎在桌案上。他一手推开交椅，忽地站了起来，狠狠地盯了他们一眼，转过头去，在书房内踱起步来，像一个受了重伤的野兽似的。高太尉冷笑起来：“开封府的知府，东岳庙的和尚……”太尉望着陆、富，“你们这两个废物！”

太尉看着吓得发抖的陆、富，一步一步逼过去。陆、富倒退，高太尉的声音激动起来，“我要了你们的脑袋！”

陆谦颤声地说：“小的这就去，这回弄不死林冲，没脸回来再见太尉！”像被踩了尾巴的狗似的急叫。

高太尉大喝一声：“回来！”

陆、富二人又揭帘挨身而进，陆谦手里拿着一封信。

“要做得干净！”高太尉像十分不相信这两个废物似的。

陆、富唯唯，不敢走。“去吧！”太尉又断喝一声。

在沧州，李小二的酒店里。

小二手里端着一个托盘，上面满满地排满了果盆、酒盏酒壶，轻快地进入一间极隐蔽的阁子。他一转身，在过道里尚未转入阁门时，就听见里面传来陆谦的声音，隐约有“林冲”二字。

小二稍稍迟疑，立刻又端了托盘赶进去。他迎面就看见突然杀住口的三个人，他们坐在桌子的三面，那是差拨、富安和陆虞侯。

三个人不说话，眼睛跟着李小二在转，希望他早些出去，好继续中断的谈话。可是李小二偏偏不识相，有意地在殷勤侍奉，特别道地。他把桌子上的包裹移到旁边小台子上去，好重，是金子。小二正要来取另外的东西，陆谦连忙叉手自动移开了，这是几封书信，大红笺的信封。

小二慢慢擦酒盏，安排碗筷。陆虞侯不耐，递个眼色给富安。

富安站起来，把一个盛了开水的木烫桶提了过来，说：“我们自己烫酒，不叫你不要进来！”

“是，是。”小二又紧盯了两人一眼，恋恋不舍地出去。三个人不说话，紧张地目送他走出。

小二从阁后的板壁缝里张望进去，只看得见酒桌上很小一块空间。三个人凑在一起，交头接耳。半晌，他们的话谈完了，坐回来。富安给差拨斟酒，差拨接过来满饮。

沉默。

陆谦走开去，移过那个包袱，好大，好重，从陆谦手里递在差拨手里了。

陆谦又拿出了那个大红笺信封："高太尉……"以下又听不见了。差拨恭恭敬敬地接过去，藏在怀里。

"汤来!"陆谦喊。

差拨用手提了提领口，探头到门口去张望，风吹在他脸上，好冷，挟了包裹，急急地出去了。

小二连忙脱下围裙，擦擦手，急忙出门。刚踏在门坎上，就看见了林冲，棉衣穿在身上，领口高高的，一步踏进酒店来。

林冲站在进门处，从寒冷的环境里进了热房间，身上舒展，喊："小二哥!"

林冲在桌边，桌上是一盘肉，一壶酒、一只壶，一双著，还没有动过。小二和浑家围在他身边。

"这个三十多岁的正是陆虞侯!"林冲大惊，移时，转为激怒，"这个贱贼，又赶到沧州来害我!"林冲霍地立起身来，"别撞着我，早晚教你死在我手里!"

林冲拳头在桌上一击，盏儿、筷儿都跳起来。

在街上走着的林冲。他赶走两步，忽然停下，又走。在每个角落里，寻找着。

回到天王堂来，一身疲倦，满脸失望，解下刀来掷在桌上，颓然坐下。

林冲又来到小二的店里，还是坐在那张桌子上，小二夫妇照样围在他的身边。

林冲疲乏地坐着："又找了一天，没有动静。"

小二看着林冲，不语，同情地。

"这两个又到你店里来过没有?"

小二摇头："但愿他们不是为恩人来的就好了。"

林冲呻吟："难道那高太尉又来陷害旁人不成?"

沉默。

"杀人不过头点地。"林冲自言自语。

林冲在天王堂里整理行装。可怜得很，把几件衣服包了个小包裹。他拿起那把尖刀，摩挲着，取过随身的花枪来，拂拭。把一些碗、筷拿起来，又好好地放回原处。

小二踏进门来。

"小二哥，来得正好。差拨拨我去大军草料场管事。只今日下午就要去了。"

"这差事比起天王堂更好。"李小二放松了说，要安慰林冲。

"不来害我，倒给我好差使!"林冲说，带些嘲讽。

"恩人不用疑心。只是小人离得远了，不能常常来探望恩人。"

"真不懂这些狗东西玩的什么花样!"林冲厌恶地说。

寒冬，荒原。一条小路曲折地通向远处，好像没有尽头似的。路边稀疏地有些萧瑟的柳树，只剩下了枯干的枝条。

彤云密布，有雪意。

在小路上，远远看见两个人孤独的背影。他们没有谈话的兴致，低着头只顾赶路。

这两个人是林冲和差拨。林冲用花枪挑着那小小的行李包裹。

林冲抬头望望天色，风起，有几片雪花落在林冲脸上。

两人的背影。雪已经积满了地上。路看不见了，只留下了两人的脚迹，弯弯曲曲的，柳枝上长出了白花。

林冲和差拨一身是雪，站在草料场外面。

一圈破旧的黄土围墙，有些地方都坍坏了，当中是两扇黑漆剥落的门。

他们在门口站了一下。

差拨上去推推门，随着门“呀”的一声开，看到了里面，那是七八间草屋的仓库，四下满满堆着马草。

一个老军从当中草房里的火盆边缓缓地站了起来，眯着双眼望着，又蹒跚地迎了出来。

三个人在草厅里面。

“管营派这个林冲来替你，你这就和他交割，回天王堂去。”差拨说着就走到门口，鬼鬼祟祟地查看着。

老军从墙上取下一串钥匙和一本簿子：“钥匙，账本都在这里，仓里都贴着官家的封条，这几堆草，都有数目写在簿子里。”

林冲接了过来。

老军指着火盆说：“火盆、锅子都借给你。”

火盆里的炭火爆了起来，照亮了林冲和老军的脸。

老军指着墙上的葫芦：“要买酒，出门投东大路二三里就有市井。”

只留下林冲一个人在草厅里。

风吹得更紧了，草厅摇摇欲动。一阵风来，吹开了门，大片的雪花拥了进来。林冲赶过去，迎着风把门关紧，又看看四面崩坏了的草屋，摇摇头。

林冲在火盆旁边坐了下来。把一块块的炭，加在将灭的炭盆里，拨弄着，炭火又旺起来。

炭火照亮了林冲的眼睛。

林冲抬头看了看墙上的酒葫芦。

在风雪载途的路上，差拨陪着陆虞侯和富安走来。差拨手里拿着一个包袱，他们不说话，冒着雪，慢慢地走。

风雪里。

林冲头戴毡笠，背上背着花枪，枪上挑着葫芦。

雪比刚才更厚了，已经看不出踏过的脚迹。大片的雪花成阵地往林冲身上扑来。他迎着北风和雪，弯着腰困难地行进着。

林冲满身是雪，站在一座破庙的门口。

庙门上面悬着一块朱漆剥落的匾额，上面写着“山神庙”三个金字。庙门虚掩着。

林冲低头，举手合十，口里念诵：“神明保佑，改日来烧纸钱！”林冲慢慢移步，又向前走去。

天已黄昏，风雪更紧。

在草料场草厅的前面，花枪和葫芦，还有半只猪腿放在雪地里。

林冲的脸上红红的，奔走以后的汗水和酒气都在毡笠下面散发着。林冲惊惶无计地呆站在那里，望着被雪压坍了的草厅。

林冲从呆立中，决策，急忙探身从破壁内进去。摸索，过了一会掏出一两块被雪水浸湿了的木炭余尽，林冲仔细看，放了心，把炭扔在草地里。

林冲又想了一下，又探身进去摸，扯出一条絮被来。

林冲把被子拿在手里。

林冲把被子卷起来，夹在腋下，拾起花枪，把沉重的酒葫芦挑起来，又提起那半只猪腿。

林冲用力拉上草料场的大门，摸出锁来，锁好了，又用手推了推门，转过身来，消失。

山神庙前，林冲站住了，抖去了身上的雪，抬头，仔细看那金漆剥落的匾额。林冲用手轻轻推推庙门，门“呀”的一声开了，林冲侧身而入。

差拨轻轻地推草料场的大门，发出细微的“吱呀”声。后面伸来一只手把他拉回来。是夜里，天黑得很，借着积雪的反光可以看出这是陆虞侯。

陆谦满脸杀气，看着差拨，怪他不该莽撞。差拨惶恐的脸色。

从陆谦后面又伸出个人头来，轻轻地在陆的耳边问：“动手吧！”这个人是富安，他手里拿着放火的火种和油柴。陆谦阴沉地细声说，充满了命令的意味：“从墙上过去！”

山神庙里。

殿上的供桌前面，林冲坐在木制的拜垫上，身上裹着那条絮被，他冷得紧。拜垫前面的纸钱灰堆上放着那只已经吃掉小半只的猪腿，去了盖的酒葫芦放在一边。供桌上面搭着林冲身上被雪打湿了的衣衫。再上面，是一尊破败的金甲山神，帐幔只剩下了半边。对面两廊的判官依旧鞠躬如也地站着，手里捧着簿子，花枪就斜靠着他那本簿子。

草料场的墙缺处。坍下来的土砖在外面的地上积了一个小土堆，陆谦站在土堆上面向里张望，富安站在他后面。

黑暗里看见草料堆上有一个人在爬上爬下，那是差拨。忽地在一堆草上起了火。

紧跟着，第二、第三……堆上都起了火，火势旺，是油柴引起的。

风大，火更旺，一会就红起来了，火光中照见陆谦脸上的狞笑，火光一闪一闪，陆谦的脸像在动。

林冲用手撕下一块肉，放在嘴里，咀嚼着，又拿起葫芦，把身上的絮被拉紧。

林冲拿起葫芦来，摇了摇，酒不多了。

风紧，雪大，林冲正待要睡，推开身上的絮被，想到庙门口处去关上庙门。

他慢慢地从殿里走将出来。

林冲踏出门外，搬了块大石头，把那破庙门顶上，方拟转身回去，忽听得传来一片毕毕剥剥的响声，风一阵紧一阵慢，声音也就时轻时重。林冲从门缝里张看，是火！给风吹得忽明忽暗的，林冲惊急。

林冲回身抢到殿内，胡乱戴上毡笠，披上布衫，从判官身边抢过花枪，大踏步赶出去。

林冲赶到庙门，刚想开门，就听见外面的人声。

林冲一闪闪到门后。

陆谦、富安、差拨三个人走来，他们不时回头望望火，火光照出他们脸上的得意神色。

“到山神庙里去避避风雪再说。”差拨说。

他们走近庙门，陆谦推门，推不开。

“就站在这庙檐下面看看吧。”陆谦说。

林冲已经从话里听出这是些什么人。他决定索性再听个仔细，于是就把自己隐蔽得更好些。

“这个主意不错吧?”过了一会听见差拨说了。

“多亏差拨想得好计，除了林冲这个祸害。回了东京，禀过太尉，准亏不了你。”陆谦说。他是挺满意的。

“我一直爬进墙去，四下里草堆上，一起点了十来个火把。让他想救都没法救。”差拨补充自己的劳绩。

“林冲就算逃出条命来，烧了大军草料场，也是个死罪。”说这话的是富安。

林冲心下明白了，他咬咬牙，寻思怎样应付。

火更大了，毕剥的响声也更高了。门口的三个人的兴趣又给火引了过去。

“这早晚早烧了个八成了。”富安说。

“这么半天也没看见个人，林冲多半也给烧在里头了!”差拨说，还是想表功。

富安冷得很，瑟缩地探问：“咱们回去吧?”

“不忙。再看一看，拾他两块骨头回去，让林冲老婆抱着哭去!”陆谦的声音，阴森得不似出诸人口。

林冲听了，再也压不住心头的火气，他移步过来，轻轻地搬去了顶门的石头，提起花枪挺着，左手把庙门拉开，大喊：“泼贼！哪里去!”

三个人一惊，想走，又都走不掉。林冲也在考虑怎样收拾这三个。有刹那的僵持。

差拨头一个醒转过来，大叫一声：“哎呀!”回身就跑。

林冲稳稳地提起花枪来，赶上一步，应手把差拨搠倒了。差拨伏在雪地上不动。

随着差拨的倒地，陆谦喊了一声："饶命!"林冲回过来，冰冷的眼光摄住了陆谦，他走不动了。

富安这时想在后面悄悄地溜掉，走了五六步，林冲忽然惊觉，一回身，大喊："哪里走!"后心一枪，也搠倒在雪地里。

乘这个当口，陆虞侯也走了三四步，林冲回身，赶上去。"让你走!"陆谦停下，畏惧地回头，林冲当胸一把提住了，像小鸡一样地提起来，扔在雪地上。

林冲把花枪插在雪地上。

林冲用脚踢了踢陆谦，使他面朝上，顺手把脚踏在陆谦的胸前。

林冲这时镇静得出人意外，他从腰里解下那口解腕尖刀，看了看刀口，一下子放在陆谦的脸上。

陆谦双眼闪闪地望着林冲。

林冲像审判一个罪大恶极的罪犯似的，用难以相信的冷静的声音问，他的声音里浸透了仇恨：

"杀人可恕，情理难容……陆谦，我倒要问你，往常我林冲是怎样待你?"

"大哥像亲兄弟一样看待陆谦。"陆谦一字一断、颤抖着说出来。

林冲听了"大哥"，脸上压不住一阵厌恶的情绪，少停。

"我林冲可曾亏待过你?"

“没有，大哥从小待我是恩重如山。”

“好啊，”林冲的声音凄厉得微微颤抖，“三番两次，你害得我好！今天千里迢迢你又赶到了这沧州，赶到了大军草料场，你还想拾我几块骨殖……”林冲惨笑。

陆谦抖起来：“大哥，这都不干陆谦的事，都是那高太尉……”

“都是那高太尉，可是也离不了你陆虞侯！”林冲斩钉截铁一个字一个字地说出来。

“大哥，你饶了我……”

林冲不答，从陆谦脸上拾起刀来，左手一把扯碎了陆谦当胸的衣服，一刀插下去。

一阵西北风，把火场上的火卷上了半天，照亮了林冲的脸，林冲站在那里不动，脸上露出解脱的愉快。林冲凄厉地笑起来，笑声，风声，火声，交什在一起。

林冲在大殿里，出乎意料的平静，好像完成了一件久悬心头的心事似的。他穿上白布衫儿，紧紧地系好了腰带，把毡笠子戴得端正了，拾起血刀来，用絮被擦干净，插在腰里；提起了酒葫芦，把余酒对着嘴饮尽了，扔在一边。

林冲抬起头来，看见了金甲山神。

林冲看看这一场报仇雪恨的“见证人”，引起了他的无端感慨。他对神像呆望了一下，然后低下头去，嘴里念出自己的誓言。

“神明庇佑，救了林冲的性命，杀了陆谦。只是娘子尚在东京，高太尉贼心不死，林冲这回犯了死罪，断了归路，从此海走天涯。神明护佑，林冲得上山寨，杀回东京，得报血海冤仇，重修庙宇，再塑金身。”

林冲抬头，他的眼睛里露着虔诚和决心。

林冲出了殿门，在雪地里拾起花枪，在死人身上擦去了枪头的鲜血，出了庙门，大踏步走去。

风更大了，雪更猛了，火场的光焰照着林冲的背影，一闪一闪的。一个挺着花枪的人的背影，豪迈地大踏步前进。渐渐这背影也看不见了，只看见满天风雪，依旧无休无歇，好像要把人间复灭了似的。

武松

《武松》，“戏曲画册”（舞台摄影集），“盖叫天主演黄裳编（文）”，1955年10月新美术出版社初版。

据初版本编入。

前记

这里是从盖叫天先生的舞台演出当中记录下来的《打店》《快活林》和《鸳鸯楼》三折《武松》的节目。

《武松》是盖叫天先生的名作。他经过几十年的辛勤创造，在广大观众的心目中留下了“活武松”的印象。他具体、生动地把这个民间传说里的英雄人物塑造了出来，刻画了这个人物的正直、勇敢、精细、机智各方面的特点。

盖先生是中国古典歌舞剧——京剧武生当中的典范演员。几十年来的舞台锻炼，在他的身上积累了丰富的造型艺术的精粹。他的每一个动作都经过仔细地琢磨、练习，运用起来无处不替观众造成美妙的感受。纯熟的舞蹈程式很好地和现实主义的表演糅合在一起，那结果就是具有高度艺术成就的现实主义古典歌剧演出。

这里的记录，还远远没有达到完整的地步。一些武打当中的动作过程不可能都记录下来。一些主要的表演，仍旧有着遗漏。但是，这里所拍摄的照片都表现了演员的全身。同时，拍摄者的地位是和观众在一起的，没有别出心裁地运用过高过低以及旁的花样镜头。这种朴素的手法，运用在舞台记录上，其实倒是比较恰当的。因为，演员的习惯是把表演传达给观众，于是，站在观众的角度来进行拍摄就可能获得比较满意的记录，原来是并不奇怪的。

因为是古典歌剧，观众所注意的就不只是面目的表情，还要看身段，要从头部一直看到脚下。美是整体的，不可能分割。人物的感情，有时候不只是通过面目，而且要通过袖子、靴子、衣襟……的处理，也就是全身肢体的运用来达成的。在所有的表演艺术里，应当说是都具有这样的特点的。但在中国古典歌舞里，这特点就特别突出而重要。

这样，全身拍摄就是非常必要的。

除了情节以外，关于表演，在这本小册子里也进行了简略的说明，由于编者这方面修养的极度贫乏，和理解上可能存在的错误，这个工作是做得非常不满意的。在工作过程当中，曾经得到盖老先生细心的解说指点，和张剑鸣同志的协助，是特别值得感谢的。同时，我想在这里替盖叫天先生传达他对后辈演员和广大的文艺工作者的忠诚的愿望。他在解释一些舞蹈身段的创造过程时说，这些宝贵的舞蹈都是千百年来中国的艺人辛勤创造积累下来的。他自己进行了继承和丰富的努力。他希望这些优美的舞蹈能保留下来并得到更广阔合理的使用。

他特别强调固有程式的灵活运用，以及和现实主义表演的结合。他说自己在台上的姿势，都能够指出特定的名称来，也都能指出特定的目的性来。但是他自己使用的时候，却并未想到它们的来源。他是熟习了丰富的基本武打的套子，对基本动作进行了刻苦的钻研与练习，而在具体的情节下面，按照剧情的要求摘了来使用的。比如使用单刀，他就把“六合刀”的方法分开了使用。同样是一个单刀高举的姿势，在对敌的场合就是起打的动作，在独身夜行的场合就是探路的动作。在这里，加以灵活的运用，是不能太执着，也不能没有根据的。

演员的动作，在某一意义上说就等于舞台语言。有了丰富的基本动作的储蓄，就等于有了丰富的“语汇”。他希望能从极为丰富的舞蹈艺术遗产当中，进行更好的分析、继承、丰富的工作，好灵活的运用，创造出更多样性的民族形式的舞蹈来。

盖老先生每逢提到这个问题，总是非常激动的。他真诚地希望民族舞蹈艺术更茂盛、更繁荣。他热诚地希望自己的努力成果能得到很好的运用，在前面的课题里起一些作用。从老人的激动的眼色当中，仿佛就可以看到未来的繁荣、美丽的民族舞蹈的成就。

对于这本小书里的一些尝试性的解说，中间所存在的缺点和错误，衷心地希望能得到广大读者的指教，以便获得改进。

《打店》内容介绍

武松杀死西门庆后，被判发配孟州，路过十字坡，投宿孙二娘店中，双方都怀疑对方不是善良之辈，预为警戒。夜半，孙二娘果然前来，就与武松在黑暗中，展开了一场激烈的争斗，后来孙二娘的丈夫张青来了，彼此通了姓名，才知是一场误会。

武松在狮子楼杀死西门庆以后，被判发配孟州。解差到监牢里提出武松启程前往。

小解子本来是看不起武松的，想用欺压犯人的手段，先给他来个“下马威”，这样，一路上犯人就能乖乖地听他摆布了。

坐在上面的武松，心里是早就有数的。在稳定之中有着戒备。那神色是不屑的，注意是集中的。

小解子说：“上面敢是武……”嘴里本来想说“武松”，可是被武松的神色慑服了，没有敢说下去。

小解子抡起棍来想打，可是武松紧跟着站了起来。虽然双手被紧紧地梏住了，可是那紧握着的拳头，却分明并不好惹。

小解子只好改口，笑了出来："哈哈，二爷……"

这样一个即将引起的冲突，马上就平伏下去。除了鲜明地刻画了武松的不畏强梁和小解子的怯懦之外，还起了另一个作用：在这一折武打戏的开端，就安排下了恰如其分的气氛，在全剧的风格上起了协调的作用。

小解子说完“武二爷”，接着就跪下了。

大解子看见小解子的尝试失败了，也做出了无可奈何的神情。

武松却并不介意地说：“罢了！”

他们经过了一天的行路，来到十字坡店房门口，武松唱“吹腔”：“行来到十字坡，早把镇头落。”

我国传统歌剧的舞台上，因为不使用布景，就显现了很大程度的自由，很少受到时间、地点的限制。使剧情自如地贯穿起来。这里，只要一个圆场，就表示剧中人已经走了一天，走了很远的路了。

武松唱“吹腔”：“进店来把头抬，腰刀弓箭两边排。”

现在武松已经走进店里。

这里写出武松的机警，他是个闯荡江湖的人，他随时随地都注意着四周的环境，他暗地嘱咐大小解子注意。

在店主婆孙二娘整顿房间的空隙，武松对解差们说：

“啊，二位，此处是黑店。”

全剧的矛盾冲突，从这里揭示出来，这是民族戏曲风格的一个显著的特点。在戏剧开始的时候，立即把主要矛盾冲突摆出来，显示了表现手法的明快而集中。

小解子问：“怎见得？”

武松在倾听。

底下就指出了“现有腰刀弓箭”。小解子听了马上就去找店主婆质问，而且言语不合，动起手来。

武松劝止。唱“吹腔”：“二位哥不必多叙话，泄露机关把咱拿……”

从他的神色当中，可以看出，关于应付这样的场面，他是有把握的，不过目前不必大惊小怪而已。

孙二娘把三个人让进房里以后，企图进行盘问，想知道他们的底细。

武松唱“吹腔”：“店主婆不必盘问咱，咱本是江湖上‘噙牙戴发’。”

注：“噙牙戴发”，可能出水浒“武二是个顶天立地噙齿戴发男子汉”，是形容好汉的词句。

这简单的两句唱词，显示了剧作者的用心。首先，它说明了武松的精细与小心，不肯轻易吐露自己的姓名。其次，这也替这场“误会”的争斗，做了如情如理的铺排。

孙二娘接受了梁山领袖的嘱托，注意江湖好汉的行踪，她遇到武松这样的人，不可能不仔细进行盘查，就下手杀害。

她在这里的确进行了这样的企图，不过并没有得到圆满的解答，于是底下一场误会的冲突，就有了充分的必然性。

小解子坐在椅背上哼唱，大解子要他安静下来。武松示意不可吵闹下去。

在引武松离开上房进入卧房之前，孙二娘推开了门，把灯盏交给了武松。武松刚要踏进门去，孙二娘暗地摸了一下武松的腰部，武松惊觉，就喝道：“店主婆！”

孙二娘：“做什么？”

武松：“你这里有酒？”

孙二娘：“有酒。”

武松："俺的量大!"

孙二娘："俺的酒狠。"

武松："不用!"

孙二娘："就要!"

上面说过，剧本的好处之一是，从开场就一直不曾间断过紧张气氛，一个个小的冲突，此起彼伏，使剧情的发展正像一股隐藏着多少汹涌波澜但却表面平静的水流。

对话的简洁、有力，对人物性格做了鲜明的刻画。两个主角通过了语言、神情，都显示出了他们的力量。在他们进行黑暗里的搏斗之前，先交换了充满挑衅性的对话。

搜店之一

以下九幅画面，说明了武松进了卧房以后一连串进行搜索的情景。

没有语言，通过演员的动作和面目表情，使观众仔细地领会到武松的意图和细腻的心理变化过程。一个好的演员，在这种场合就有了极好的运用“潜台词”的机会，向观众展开了角色丰富的内心世界。

通过伴奏锣鼓牌子（滚头子家三槌锣、钹）的节奏，演员表演的连续不同的动作，都由美好的舞蹈身段组成。这一场戏是可以作为一场独立的舞蹈而存在的。

这一幅是进房以后，用灯左右照看的身段。由于京剧传统的舞台和观众之间的关系，成为一种习惯性的规律，台上说明性的身段经常是对衬的。除了突出了民族形式的特色以外，也还有一个原因，就是照顾左右两方的观众都能得到完整的感受。

演员在这里要做出左后方、右后方、左前方、右前方等不同地位的照看动作。在这些动作中间，也有着不同的变化，在对衬之中，取得变化。

在前后左右几个角落的来回往复之中，不是直线的，而是用大小不同的圆场划出了演员在舞台上的道路。这也是民族歌舞剧的一种重要的组成部分。

中国歌剧舞台的使用是极为经济的。因为没有布景，所以可以便捷地变换地点，使观众在任何情况下都能从正面看到表演。这里武松本来是由下场门进去，那么上房的门口好像是在下场门一方面的了。然而底下一场武松搜店，孙二娘拨门，那门就又移到了舞台正面。这种情况是所在多有的。目的是永远使观众得到正面观察的便利。

搜店之二

这个身段是美妙的。原因是，人物的静止中间，包含着充沛的动作感觉。可以看出，这是一连串动作结束以后的暂时静止；也可以看出，在这个暂时的静止以后，必然会有另外一连串不同的动作。

造成这种印象的主要因素是演员身上的线条，不是死板的直线，而是处处孕蓄着力量的。微探的左脚，稍稍偏左的上身，都说明了身段组成的具体细节。这样塑出的人物是活生生的，不是死的，不是“棒槌”。

注：“棒槌”，没有活气，没有线条的人物造型犹如一根木棒。这是演员中间通用的俗语。

从执灯和遮光的双手，可以看出在暗里仔细搜索的神情，这是现实主义表演的具体说明。演员不是出于臆造，而是由现实生活里吸取、创作了舞蹈动作的。

搜店之三

仰看房角。

搜店之四

这是前面说过的“小圆场”起步的姿态。

搜店之五

用左脚踢去代表床单的桌布。准备对床进行更仔细的搜索。下面，武松还有用身体三次撞击床身的动作，目的也是想查看床身有无机关。

搜店之六

踢去床铺以后的亮相。

注：亮相即是在一连串动作以后的一个静止的姿态。

从演员的表情里，可以看出人物内心的紧张和严重的警惕。武松在准备迎接可能从床下出来的不意的袭击。

身段是“骑马式”的一种变化。是武生的舞蹈中间的重要组成部分。

搜店之七

武松进行搜查床下的情况。

武松的身段，充满了警惕性。他不是毫无准备地进行查看的，从这个站立的姿态里，可以比较容易地应付不意的袭击的。

搜店之八

武松用脚跺着地面，听下面是否有什么地窖机关。

搜店之九

这是搜店过程中最后的一个动作。在紧紧地进行了搜查以后，初步断定房里没有什么问题。可是又想到了外面，就仔细听是不是有什么动静。

用这个动作结束“搜店”，可以说明演员的细致。角色所担心的不只是房间内部，同时更可以提醒观众，在经过长时间的集中注意观察了房间内部以后，却并未忘记孙二娘的存在。同时，这也是一个很好的收束的动作。这以后，锣鼓节奏和身段，都将恢复正常。说明这一段独立性的“搜店”，已经结束了。

武松已经睡在床上。

孙二娘来拨门。为了避免发生摩擦的声音，她拿了一碗水来，浇在门缝里。

武松的睡态也是经过了琢磨和美化的。事实上，人是不可能这样睡觉的，枕着自己的拄起了手臂的拳头，支起了上半个身子。但是，如果如实地四脚朝天地仰面睡在桌子上，那就不但不美，而且也使观众看不到演员自己，使人物在舞台上消失了。

我们不难看到这样睡态的雕像。祖国的古典雕塑里有着类似塑态。这就说明了人物造型在舞台演员身上和雕塑家的手下，是有着相通之处的。

孙二娘已经拨开了门，暗中摸索着进了屋子。

孙二娘在屋里向床边摸去，已经摸到武松身上。武松惊觉，一脚向上踢去。孙二娘立刻伏在地上。她先是双手着地，然后才全身伏在地上。这个姿势叫做“卧爬虎”。从现在起，黑暗中间的冲突开始了。

武松向上的一脚踢空以后，猜想对方一定是躲在地上的。于是一面仍旧坐在床上，一面伸出一只脚来向地下探索。

武松的眼神并不直视孙二娘，他只是注视着前面。这样就说明了房内是漆黑的。武松的脚是慢慢地下去的，孙二娘顺便“下腰”躲避。

武松发现了床前有人，用脚向下搜索，绕头。孙二娘接翻“软滚背”，躲在台口右前方。

武松现在的眼神表现已经确定了对方的方位，但仍看不出对方具体的人。

躲在右前方地上的孙二娘，学了一声猫叫："妙……"武松说："猫儿避鼠，随它去吧——"

武松知道房里已经有人进来，成心说这么一句，使对方认为自己确已受骗。武松在这里是表现得异常机智的。

在这场"摸黑"当中，仅有这样一句台词，仅有的一句角色独白，极为简练，可是极为有力的舞台语言。

武松终于不放心，下床来再看动静。

孙二娘也开始摸索。

摸黑里的两个角色现在开始动作了。

武松的表演包含着两个内容，一面摸，一面还在细听。

在摸索中间两个人遭遇了。武松一把捞过去想抓住对方的头，孙二娘低头躲了过去，窜上桌子，翻下来，孙二娘逃到门外，仍然把门带好，锁上。

现在的武松已经确定：（一）确是有人；（二）人已经出去，而且门也锁上了。

被关在房内的武松焦急地拉门。

武松这时的心情是复杂的，不能出去，手上还带着梏。他怀疑床下还有人，去听了一下。后来暂时定一下神，坐在床上，想想应该怎样应付目前的局面。

他又回想起适才自己带着梏，在暗中和对方摸索，实在有些危险，不禁凛然。最后眼睛又落在手梏上，不去掉它，是无法进行战斗的。

他决心脱去手梏。

经过了努力，手梏果然被挣开了。

脱去了梏以后，长久被梏的手腕是有些疼的。武松一面在抚摸手腕，一面还在思索对策。

武松又把头上的锁链扯下了。

在解除了桎梏以后，武松重复回想适才的戴梏对敌，实在是相当危险的。

这时候孙二娘又来了。

武松已做好战斗准备。解下了罪裙，脱掉了褶子，用罪裙把梏包了起来。

孙二娘这次已经取来了武器——一把锋利的匕首。她大胆地砍去了锁，推门进来。

虽然是在黑暗当中，匕首还是发着闪光的。他就顺着闪光的方向找了过去。

武松用手梏引孙二娘过来。

武松知道自己现在的“武器”，是只能起一点抵挡的作用。他企图把对方引过来，摸清对方手持怎样的武器再想法应付。

武松知道对方手里有家伙，就把自己的手梏扔掉，抓住对方的手腕，先使对方无法运用武器，再进一步夺下武器来。

武松进一步弄清楚了这是一把匕首。心里想："一定得把它夺下来!"

武松一个扫堂腿把孙二娘扫了一个“爬虎”，倒在地上。顺手把夺下的匕首向对方倒下的部位掷去，没有掷中，插在地上了。

这是武松掷出匕首以后的亮相。充分显示了非把对手叉死不可的决心。

紧接着武松又有这个“罗汉伏虎”的姿势。

“伏虎尊者”的雕塑，是我们熟悉的。在盖叫天先生所收藏的大量雕像当中，就有这样一座精美的罗汉像。他非常称赞这个雕塑，在不少地方变化了运用在舞台上。原像是个坐像，是坐在虎背上的，右手抓着的是虎头。现在则用来表现一定要攫住对方的决心。姿态本身贯注了充沛的精力，给人一种非常有力的感觉。

两人都去夺取插在地上的匕首。两人同时抓住了匕首的柄，在彼此争夺之下匕首被抛掉了。只好空手起打，武松把孙二娘踢倒在地。

这是打了孙二娘一个“抢背”以后的亮相。

在第一次遭遇，武松踢翻了孙二娘以后，两人在黑暗中间又开始彼此摸索了。

这次他们打的一套小拳，叫“五折”。这是在这一次小拳结束时的“栽槌势”亮相。中国歌剧的舞台上非常重视舞蹈的衬托、协调。这里武松和孙二娘的姿势基本上是相类的，但由于角色不同而在细节上有着差别，可以分别出男女角色身段的差异。

这以后又经过了一场激烈的搏斗，武松抄住了孙二娘，她被打了个“扭丝爬虎”。孙二娘就地“乌龙绕柱”，运用脊背在地面上打转，飞起一脚来踢中武松。武松被踢，翻“抢背”，又立即站了起来的亮相。这个姿态一般称作“通条势”。

被推倒的孙二娘，腿上很痛，她暂时睡在地上爬不起来，抚摸痛处。

在往后，对衬的开打当中，双方都有胜负，可是这中间必须分清主从，运用间歇，刻画主要角色。这里通过孙二娘的表演，就说明了武松的力气。在另一个著名的摸黑武剧《三叉口》里，也运用了同样的方法进行人物的刻画。

武松在暂时打倒了对手以后，盘算一下，自己还是占据了较高的地位，应付对方比较来得方便些。他决定站在桌子上去。

这个姿态很好地刻画了武松的灵巧机智。虽然人物没有对话，独白，可是通过动作，也可以看出分明的意图来，他是想离开现场的。

盖老先生讲究“镜头”——这是他常用的词句，意思就是表演者从怎样的角度把形象送给观众。他主张不特别以台下某一点作为对象进行表演，而使所有的观众，从每一个角度都获得完整美观的印象。这个姿态很能说明他的这个道理。我们可以想象，无论从哪个角度看来，武松的形象都是活生生的、美的。

武松已经站在桌子上面了。他在等待着可能发生的新的冲突。

孙二娘腿上的余痛未已。她抚摸着腿部很自然地向后退去，倚在桌边。

在舞台上，一张桌子就是一张桌子，同时也可以代表床的。在《打店》里，武松睡上去的桌子是床，但在孙二娘第一次出去，武松下床以后，表演虽然仍在房间中部进行活动，那桌子已经变成真正的桌子。为什么不在一开始的时候就放好两张桌子，分别代表床与桌子呢？那原因就是恐怕妨碍孙二娘拨门进房的摸黑动作。这是京剧舞台上的一般规律。

孙二娘微弱的呼吸和呻吟的声音，被武松听到了，原来对方在这里呢。

武松给了倚在桌边的对方脸上一掌，然后把她揪上桌来。紧紧捉住对方的双手，用脚把对方蹬住。

两人从桌上一起跳了下来。

两人跳下桌子以后，就开始打一场“拿法”。

注：“拿法”主要是表现一场手交手的生死搏斗，双方紧紧地扭在一起，没有一些距离。纯粹是力气的角斗。

在黑暗当中起打，很自然地会发展到这样的阶段，也说明了斗争的更为尖锐、激烈。

孙二娘推住了武松的下巴，想进一步攫住对方的咽喉。武松则努力想扭转这样的局势，把对方的手腕拧过来。

武松把对方夹了起来。

武松看孙二娘想跳窗逃走，就抓她回来，扔她一个“爬虎”。又举起桌子砸下来，孙二娘仰面用双脚把桌子踢开去，又企图跑出去。又被武松追上，抓住，打了她一个“旋爬虎”加“倒扎虎”。

这是武松把对方打跑以后的一个“白裁锤”的姿势。

孙二娘跑出去以后，就把张青叫了来帮忙。

武松和张青小打几个回合，孙二娘也参加作战，三人一起小打，最后架住的姿态。

武松问明了对方的名姓以后，知道他俩便是江湖人称菜园子张青和母夜叉孙二娘，便露出惊异的神情，说明这是一场误会的冲突。

张青：“适才不知，多有得罪。请至后店一叙。”
武松：“请！”

（完）

《快活林》内容介绍

武松发配到了孟州，小管营施恩与他结拜为弟兄。施恩原在快活林开设了一家酒店，被恶霸蒋门神强占了去。武松为施恩报仇，亲自赶到快活林，打走了蒋门神，夺回了那家酒店。

蒋门神："霸占房梁与地土，谁人不知蒋门神！"

"那厮姓蒋，名忠。有九尺来长身材，因此江湖上起一个诨名，叫作'蒋门神'。那厮不特长大，原来有一身好本事，使得好枪棒。拽拳飞脚，拍扑为最。自夸大言道，三年上泰岳争交，不曾有对，普天之下，没我一般的了。"——水浒里施恩嘴里的蒋门神。

施恩在快活林开了一座酒馆，蒋门神来夺他的道路。一顿拳脚把施恩打走了，就此夺了酒店。

蒋忠：“快将酒馆让于某家，让了出去。”

武松发配到了孟州，在管营堂上，正要按照“旧规”打一百杀威棒的时候，小管营施恩从后面出来说话了。

施忠：人来与我扯下打！

施恩：拦住爹爹慢动刑。

武松由于施恩的说情，不曾受到笞刑。

武松：我与你素不相识，为何这样恩待于我？

施恩：此处不是讲话之所，随我来。

施恩：闻听壮士在景阳冈拳打猛虎，替民除害令人钦佩。

武松：惭愧！

施恩：我有意与壮士结为金兰之好，不知意下如何？

武松：俺武松乃一介武夫，怎好高攀！

你我望空一拜。

在水浒原书里，武松与施恩的结拜过程，并不如此简单，中间还有一大段细节的描写。主要是说明施恩对武松的小心款待，后来经过武松的盘问，才发展到结拜的情节。在舞台上不可能把这许多细节一一加以表现，所以就省略掉以上的过程。

武松和施恩结拜以后，一同入座饮宴。

在饮宴中间，施恩因为被蒋门神打伤，夺了快活林，心中郁闷，几次唉声叹气，给武松看见，引起了反感："你乃宦门公子，与我武松结拜，想是玷辱于你，是也不是？俺便去也！"

前面说过，由于剧本的精简，把水浒原书中很多细节略去了。可是必然会发生武松人物性格单纯化的危险。他本来不是那样单纯的人物，虽然豪爽，可也不见得三言两语就肯和小管营结拜。在这里，通过表演，就弥补了这样的不足。

武松说到"俺便去也"的时候，掀褶子，跌腿亮靴底。

注："亮靴底"，薄底靴的靴底，使台下观众看得十分清楚。右腿直立台上，全身的线条没有一些移动歪扭，盖老先生表演这一动作，干净利落，造成极美的形象。具体刻画了人物性格里爽朗的一面。

经过施恩的解释，武松才恍然大悟："啊！"

锣鼓伴奏在这里是"丝鞭一锣"。给人物的思想转化，给了分明的段落与解说。我们可以这样说，锣鼓在台上，等于舞台语言里的标点符号。除了这以外，它自然还有别的重要用处。

武松迫不及待，就想替施恩去报仇。

武松："贤弟的仇人就是愚兄的仇人，他住在什么地方，待我前去寻他!"

施恩："天色已晚，明日再去寻他!"

第二天武松和施恩在去快活林的路上。

在路上第一座酒店里，店主向武松敬酒。

盖叫天先生在这里表演武松对酒的感情以及酒醉的几个层次，都有精到的分析与创造。

现在表演的他初饮情况，武松唱：

“三杯酒下咽喉，我的心中快爽。”

武松的脸上露出了一个喜欢酒的人的真正愉悦，当他喝下了第一杯酒以后的快然之感。

武松接唱："只觉得两膀力，亚似金刚。"

盖老先生的唱是朴素的。没有什么花腔，却能如实地把一个豪爽人物的口吻描摹出来。

我们不能想象，武松会在唱词里加上大量的花腔，或任何不恰当的夸张。在舞台上，演员的唱念做表都应该从人物出发，这是一切优秀的表演艺术家必须遵守的准则。

在这里，我们自然会联想起水浒对武松的描写，他多吃一杯酒，就多出一分力量来。

又进了另一家酒馆，店主也要奉劝三杯。

武松："贤弟的朋友，就是愚兄的朋友，扰他三杯！"

“干!”

已经吃到第三杯，施恩来劝阻了：

“啊，兄长，你不要过了量啊。”

锣鼓："丝鞭一锣。"

没有对话，武松在思索施恩劝阻的用意。

武松唱："贤弟他把我小量。"

坦然的笑，开始有一些醺然的动作，完全显示了武松心地的纯洁。他对旁人的企图，永远是从好处着想的。

武松接唱："细听愚兄说端详。李太白吃醉酒把'吓蛮'写上，俺武松吃醉酒，能把虎伤。"

提到了打虎的事，引起了英雄人物的自豪感。

武松："贤弟，我们去寻那蒋忠!"
揎拳捋袖，在吃酒之后，他记起了今天出来的大事。

施恩："兄长，今日天色已晚，我们明日再去的好。"

武松："天色还早，走走走!"

我们翻回去看前面一张的同一姿势，就可分明看出，这里的武松，已经有了酒意，身体有些倾斜。可是依然保持着英武形象，绝不是猥琐的醉鬼。

施恩："不是啊，你吃得醺醺大醉，此去焉是蒋忠的对手?"

武松听到这里，是难免有些生气的，他不容忍旁人对他做这样的估计。

锣鼓：“巴达苍！”

没有语言，武松的郁怒，爆发出来，表现在脸上的是蔑视的神色。

武松唱："听一言来怒满膛，太阳头上冒火光！"

武松接唱："此番去把酒馆住，管教那蒋忠吐血亡！"
武松的手指着蒋忠，充分表现了仇恨。
武松的双脚都是脚尖着地的。这是走"醉步"的开始。

武松："贤弟，不妨事，来……来啊！"

从这一幅以下的三幅画面，都是武松醉后行路的表演，所谓"醉步"。盖先生从实生活里吸取了醉人走路的特点，加以提炼、美化，运用在舞台上，在锣鼓的节奏下面，成为极美妙的身段。

从一般醉人的形象，到具体英雄人物武松的醉态，这一个转化、提炼的过程，是值得我们体会的。

武松："随愚兄来啊！"

施恩：“前面就是快活林，小弟左臂疼痛，我我我不去了。”

武松看见施恩畏缩的样子，不禁怒火上冲，从身上脱下了褶子，拿在手上。

可以看出，武松现在仍旧在醉态当中，可是经过了一番振作，清醒了一些，因为他现在就要和敌人遭遇，不再是和友人一起了。

快活林的酒保上来，给武松撞了一跤。

武松依然是醉步，可是有目的的“寻事”。

摘下了“快活林”的招牌。

坐在一边座上的蒋大娘，看见这样一个醉汉闯进店来，摘了招牌，一脚踏在桌上，在惊怪之中，交缠着恐惧、戒备等感情。没有对话，通过人物感情的交错，揭出了非常的紧张性。

武松的一只脚踏在桌子上，并不影响全身引起倾斜。给观众充满了力的感觉。这样一个将近半分钟静止的画面，给人一种极为凝重的气氛的感染。好像不必等待戏剧结尾，从现在开始，“快活林”就已经易主了。也就是说，只凭这样一个姿态，就已经决定了“快活林”的命运，说明了谁将是这里的主人。

坐在正面桌上的武松，大拍着桌子，叫：“酒保！酒保！”

武松对酒保说："吃酒的!"说着随手一带，酒保的下巴就痛得不堪。

酒保拿上了酒坛。

武松："打去泥头。"

结果泥头的灰屑，给武松一吹，都飞到酒保的眼睛里。

武松要酒保替他斟酒，酒保回说，卖酒的不斟酒，武松就拿起杯子来要扔过去。

酒保："斟……斟……"

“干！”

武松问明，蒋忠不在店内，“等他烦闷，还是饮酒!”这次索性站在桌上，用酒坛子喝了起来。

酒保没有看见过这样的客人，也没有见过这样的酒量。

酒保看见武松用坛子喝酒，酒全顺着坛口流下来了，就赶上去，仰在桌上用嘴接酒吃。

不料武松放下坛子就正好砸在他的鼻子上。

“好酒哇，好酒！”

武松回头一看，正看见坐在一边的那个妇人：“她是何人?”

“你问的是她呀，我们蒋大奶奶。”

武松：“她是蒋忠的老婆?”

酒保：“要叫蒋大奶奶。”

武松的酒喝到现在，已经有了一定的分量。醉态也比适才路上的更厉害了。

武松提出要叫她来陪伴喝酒。酒保听了大惊说："你酒喝多了，可别胡说八道的，要让我们大爷知道，就得打死了你，吓死了我，逼死了我们大奶奶！"

酒保这两句话，非常形象地说出了封建社会的男女关系和夫权至上，礼教观念这一连串的情况，是很精致的舞台语言。

蒋大奶奶在旁边已经听得清清楚楚，就骂起来："胆大狂徒，竟敢在此撒野！可知蒋大奶奶的厉害！"

武松就势把酒坛子扔了过去：

"看打！"

“将你放在酒缸里面!”

武松拧住了蒋大奶奶，一扔就把她扔进酒缸里挣扎去了。这是水浒里原有的情节。

武松念“垛板”：

“泼妇来撒刁，怒恼俺英豪。一怒打酒馆，你这买卖……做不牢！”

念到第四句，酒保从后面钻出来，想抱住武松的腰部。却给武松一把夹住，拧转了头颈。

酒保逃出酒店，找到了蒋忠，告诉他店里的情况，蒋忠听罢大怒，急急赶回店中去。

蒋忠嘴里念着“扑灯蛾”赶进酒馆里来。念完“进得酒馆用目望”，正遇见武松从下场门出来。

锣鼓点：“吧、哒、呛！”武松的亮相。

注：这个姿势也是我们所熟悉的。也是从那个“伏虎罗汉”的架子变化来的。运用在这里，就又有了变化。

武松和蒋忠交手,“串锤”。

武松打蒋门神，“倒插虎”。

几个回合之后，蒋忠已经显然露出了下风。这是“蹬腿裁锤势”的亮相。

蒋门神虽然已经初步吃了亏，不过还没有到了甘心服输的地步。

武松的服装是黑色紧身衣裤，胸前袖底都绣了一行白花纽襟。这一身服装主要的设计企图，除了适合角色身份之外，也就为的是能够衬出演员身段中的各种线条。

在这里，武松身上的线条就特别显得圆柔而和谐，同时也蕴含着饱满的力量。

底下武松也念一段“扑灯蛾”。每句做一停顿，用极简洁有力的语言，传达了感情、情节和矛盾冲突的变化。

在这样，武松念出了第二句：“蒋忠听分明！”

（第一句是“怒恼俺武松！”）

武松："你打伤施公子!"

蒋忠："是俺。"

武松："霸占这快活林！"

蒋忠："也是俺！"

在我国古典歌剧里，这种对白的运用是数见不鲜的。在武松另外一出戏《狮子楼》里，武松和西门庆的对口也是这样。天才的创作者在这里运用了极为经济但却异常有力的语言，几个往复，就使人物的性格在冲突之中跃然如见了。

在这里，不但传达了武松的理直气壮，也表现了蒋门神死不服帖。英雄与恶霸的鲜明界限就这样有力的几笔画得清清楚楚。

这以后，就无法不引起一场更为激烈的冲突，它的作用几乎就等于暴风雨前的几个急促的闪电雷声。

武松在申斥了蒋门神的罪状以后，就狠狠地一直把他打得爬不起来为止。

武松打蒋门神，“扭丝扑虎”。

武松打蒋门神“滚背”之前。

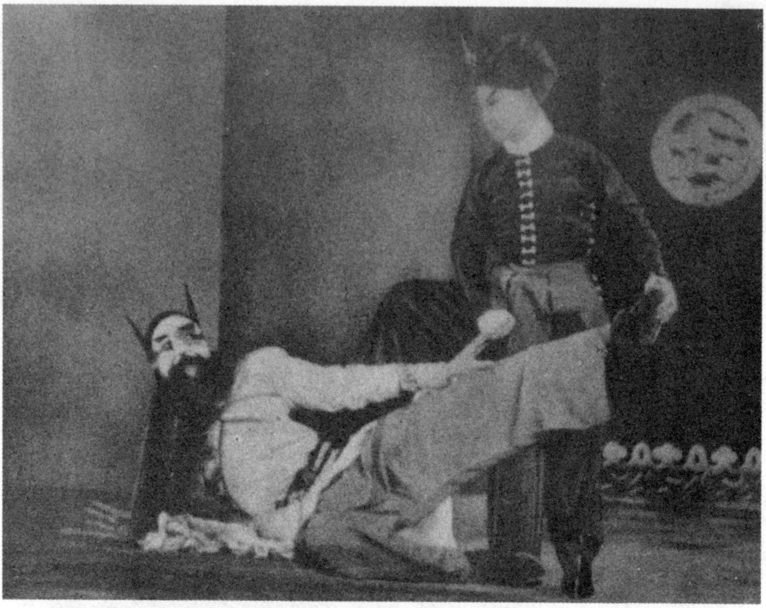

武松问眼角青黑、睡倒在地的蒋门神：

“服我不服?”

“服了你了。”蒋门神只好这样回答。

武松："账目取来！"

武松："滚了出去！"

《鸳鸯楼》内容介绍

武松替施恩夺回快活林酒店后，蒋门神就去向张都监哭诉，张都监设下毒计，构害武松。武松又被发配了，到了飞云浦，蒋门神又叫徒弟们勾结解差，要杀害武松。武松杀死了解差和恶徒们，他就改了装，回到孟州，夜入张都监家，探知张都监与蒋门神等正在鸳鸯楼饮酒，武松便上楼杀了冤家，题诗壁上，扬长而去了。

在武松、施恩义夺快活林之后，蒋门神去找张都监哭诉，设计陷害武松。张都监和他的帮闲李师恒商量好了谋害武松的对策。

张都监：“附耳上来！”

在京剧里照例在传达机密的事件时，总是这样的。

张都监把武松请进府来，请他担任教师，武松答应了。

武松宿在张都监家里，当他进屋门的时候说：“张都监是贤弟的好友，难以推辞。暂住几日，再作道理。”

睡梦中的武松，被外面喊嚷拿贼的声音惊醒了。他从床上跳了出来。

“啊！外面有贼，待我前去拿贼！”

武松刚刚踏出门外，就给预先埋伏的索子绊倒拿住了。

狗头军师从腰里摸出了银子，栽赃栽到武松身上。

“哈哈，原来是你偷盗银子，送你到当官认罪！”

武松又给发配了。

在行路一场出场时亮相。

武松现在的装束是摔发从帽檐里拖下，身上斜披着罪衣，手上戴着手梏。

将近飞云浦。

路上出现了一群假扮卖艺的人，是蒋门神的徒弟。

小解子对他们说："解的是武松，在这儿呢，看明白啦。"

武松（唱散板）：“他那里藏短刀，我暗地留神。”

这个姿势的造型是极美的，从面目表情到微向后倾的英挺身段，使人感到糅合在角色内心里的警觉、戒惧和随时都在准备着抵抗外来侵袭的复杂心情。手梏的微微倾侧，说明了武松企图挣脱但又卸它不下。一绺摔发，就增加了角色处境狼狈的气氛。同样是起解，在《打店》里就从容得多，没有摔发，还穿着褶子。从这里也可以看出，即使是简单的服装扮相上的变化，也是为人物，为情节服务的，经过了精心的设计的。

到了飞云浦，大解子看见小解子去叫人了，就先用棍来打武松。

"招打！"

双手被梏住的武松，抓住了棍子，和大解子往复地夺了这根棍子。

京剧舞台上的武打，是把现实中间的"打"经过了分拆，重新加以组织，使它按照人物性格美化或丑化，赋予了分明的节奏而进行表演的。

也许有人会说，这不像真的打架。是的，我们现在看的是舞蹈的"打架"，的确不是真实的打成一团的打架。在舞台上也不一定都是用缓慢的节奏来表现"打"的。也有进行极快的情形，但那要点是，必须“干净利落”，就是说，虽然动作极快，却必须把每一个动作的来龙去脉、意图、效果清楚地交代给观众。同时把动作中间美感带给观众。

这个身段，我们在别的戏里也是看到过的。那轻盈回旋的动作，就说明了彼此抢夺棍子的事实。

上来了蒋门神的两个徒弟，武松捉住了他们的家伙，这是“二人架枪”的架子。

人上来得更多了。这是“插人枪”。

武松的内心语言："他们人多势众，叫我如何是好！"

还是把手梏脱去吧。

果然又给武松脱掉了。

值得注意的是，经过一番挣脱手梏的努力，武松的罗帽甩掉了。只剩下了“茨菇叶”。

注：插在头上的那一根高起的饰物和摔发。

这个云手的亮相，可以用盖老先生自己的意见来说明，他特别讲究舞台上的造型对所有观众均衡的适应。他这个云手不是冲着某一特定观众而做的。但主体群众都看到了他的这个姿势而得到均衡的感受。都感受了武松挣脱了桎梏以后的心情，一种被解放了的心情，从现在起，将有多少力量从人物的身上被解散了出来。

他拔出了头上的“茨菇叶”，把摔发衔在口里，暂时，用手梏做兵刃，对付当前的敌人。

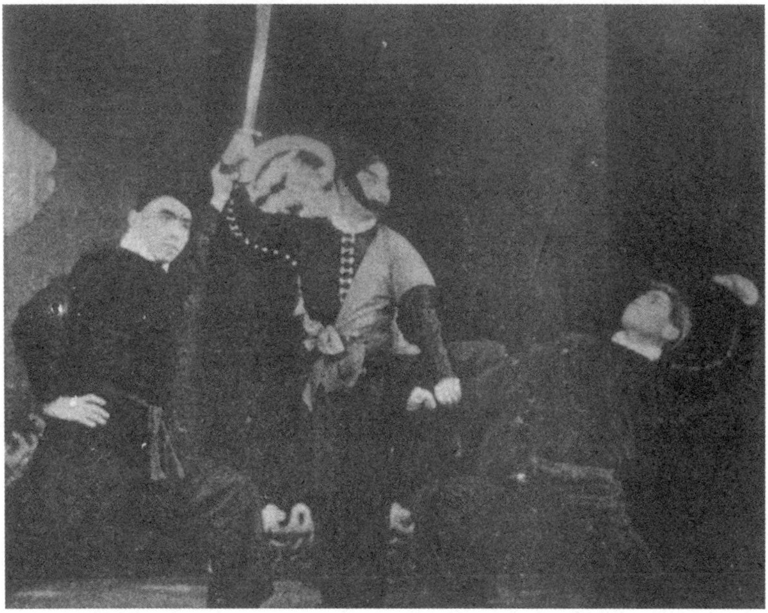

他已经从敌人方面夺下了单刀。这是个“托刀蹬腿势”。显示了被包围的武松已经初步取得了优势。接着他就把蒋门神的两个徒弟结果了。

武松和大解子。

首先将大解子手里的棍打掉，把他踢倒在地，攥住他的手，踩住了他的腿，一手举刀，表现了无比愤怒的亮相。

武松从大解子口中问明白了，是蒋忠派人劫杀他的。

“好哇！报信有功，赏尔一刀去吧！”

武松现在激起了心头对蒋忠与张都监等激烈的仇恨。

他在心里决定了改装进城复仇的计划。

他在这里要连续唱四句西皮散板，说明他的改装过程和愤怒的心情。

这里唱的是第一句："飞云浦前杀解公！"

武松唱："改扮他人混进城。"

在这里武松有着比较繁复的表演。他从自己身上解下了罪衣，从杀死了的公差身上脱下了衣服来披在身上。这个披衣上身的身段，在一定程度上照顾了舞台上的美，表现得回荡多姿。既合于现实生活里的披衣动作，也避免了真实的动作中间的重浊。

武松唱："黄沙土忙把脸盖定。"

武松用手里的单刀，铲翻泥土，涂在脸上，改变自己的化装。

武松唱："混进城去杀蒋忠！"

武松搬"朝天蹬"。

注："朝天蹬"即用手搬起自己的一只脚来，使腿部与身体成平行直立，同时要求全身保持直立，不发生弯曲。

擦去刀上的血渍，做好准备，混进城去。武松在飞云浦杀死了解差和蒋门神的门徒，并不就此逃走，却情愿冒更大的危险混进城去，找蒋门神复仇，这样的处理，在刻画武松性格上有着很大的帮助。在关键性的问题上，人物特定的言语行动，往往是最能显示个性的。人民喜爱武松，就正由于他这样对封建势力迫害的高度反抗性。

在唱完四句散板以后的，“四击头”（锣鼓）亮相。武松在决定行动之前，仔细听后面是否有人跟踪。

武松骗开城门，抽冷子混进城去。扬起了衣褶里面的尘土，使两个看门的守军迷了眼睛。

武松进城以后，赶到张都监家里，听到后面有人，赶紧藏起刀来，跟在送酒人身后，追踪上楼。

武松用刀削去送酒人的帽子，送酒人说：

“哎，又没风，怎么把帽子给刮掉了。”

这种语言是风趣的，同时又极形象而干净地说出了武松的刀法之快。使人联想起同是水浒里，“杨志卖刀”一场，“吹毛得过……”那几句对刀的形容。

上了楼的武松首先把蒋忠抓下座来。

武松迎面一刀杀死了还想进行抵抗的蒋忠。

武松在墙上题诗四句：

“武松发配到恩州，

我与蒋忠结冤仇。

张豪俱是我杀死，

武松血溅鸳鸯楼。”

题诗以后，武松滚楼逃走的身段。

全剧结束时武松的，“四击头”抱刀亮相。

一箭仇

《一箭仇》，“戏曲画册”（舞台摄影集），“盖叫天主演 黄裳编文”，1955 年 12 月新美术出版社初版。

据初版本编入。

前记

《一箭仇》又名《英雄义》。叙述的是水浒中的一段故事：

史文恭是曾头市的教师。他为了争夺马匹和梁山泊的队伍起了冲突，把梁山领袖晁盖一箭射死了。

以卢俊义为首的一支梁山人马下山前来报仇。原来卢俊义、林冲曾经与史文恭同堂学过艺，因此他们对史先进行说服的工作，劝他归顺梁山。史文恭不但不肯，还对卢、林恶语相讥，于是就引起了一场争斗。起初双方势均力敌，胜负不分；后来史文恭夜袭梁山营寨，遭到失败，落荒逃走，渡江时为预伏江边的阮小二、阮小五在水中擒获了。

此剧故事的人物和主要线索都和水浒传相同，但在一些细节上又有着差异。这个剧目，可能是以水浒故事为题材的明清传奇中的一折。作者已不可知。

《一箭仇》是盖叫天先生著名的代表作。在表演风格、武打和人物刻画各方面都有独创的特色。盖叫天先生在这个节目中，成功地体现了“武戏文唱”的优美风格。《一箭仇》不同于一般的长靠和短打的武生戏，而是一出“箭衣”戏。

角色的服饰决定于人物的性格、戏剧的环境；同时，它也给表演带来了特定的风格、气派。更重要的是盖叫天先生在这出戏里具体地勾勒出了一个死硬的封建社会制度卫护者的精神面貌。史文恭那种桀骜不驯、刚愎自用的性格，是巧妙地掩护在文质彬彬、谦恭有礼的外表下面的。在这个人物的毁灭的过程中间，有惶惑，有恐惧，有动摇，然而他到底还是黏着自己的阶级特性，走完了自己灭亡的道路。

表演者在这里不是用漫画化的手法来斥责人物的。他通过了真实、具体的塑造，使人物更鲜明、更突出、更有深度。

下面的舞台摄影是一九五五年春盖叫天先生在上海演出时拍摄的。

梁山众将下山，前往曾头市，为晁天王报一箭之仇。

这是卢俊义挂帅后点将的场面，为全剧的第一场。

中立者卢俊义，左面是李逵，右面是林冲和燕青。

史文恭出场。念“引子”：

“爱习拳棒，论英雄，四海名扬。”

这是第三场的开始。中间有一场是曾头市的曾大虎奉命把守庄门，梁山人马到来，通名拜庄。

史文恭念完“引子”以后，整冠，捋须，抖袖，转身归座。念“定场诗”：

“两膀千斤力无穷，药箭伤人掌握中。

庄下儿郎似猛虎，要把梁山一扫空！”

史文恭在念完“定场诗”后，追述与梁山结仇的经过：

“俺，史文恭。曾拜周侗老师，习就全身武艺。前番劫了段景柱宝马一匹，那段景柱去到梁山，搬弄是非。那晁盖听信他言，带领梁山人马攻打我庄。被某一箭，射死晁天王……”

这是念到“一箭……”时的姿态。

史文恭接念：

“那梁山必不与我甘休。”

史文恭接念：

“我已命人前去打探，未见到来。”

这一段独白，念到这里为止。念完以后，史文恭捋须，眼神四下一扫，意思是巡视扫探者的动静。舞台上有一个短的顿挫，紧接大虎的通报。

大虎上，向史文恭禀报：

“今有梁山，挂卢俊义为帅，前来拜庄。”

史文恭听了这个消息，颇出意料。他对这次拜庄人物的意图，做了种种的推测。但在舞台上的表现，却只是刹那间眼神的转动和细微的惊慌神色。

他说：“少时卢爷到此，看为师眼色行事。”

史文恭吩咐“有请”以后，吹牌子，大开庄门，迎梁山众将进庄，归座寒暄。

史文恭说：“不知师兄（指卢俊义）、师弟（指林冲）驾到，未曾远迎，当面恕罪。”

史文恭在这里对待梁山众将的态度是不同的：对卢、林两人倒还显得谦让，可是对燕青就很不客气。这里初步描画了史的桀骜不驯的性格。他对这班来客本是充满敌意的，但却在“师弟之谊”的面貌下把它掩盖了起来。

彼此寒暄一阵之后，客人说明了自己的来意。

卢俊义："只为你前番射死晁大哥，众家哥弟纷纷议论。忠义堂挂愚兄为帅，要报一箭之仇。"

史文恭："师兄，既是梁山要报一箭之仇，师兄你何言为弟而来？"

卢俊义："我与贤弟同堂学艺，特地前来相劝贤弟，归顺梁山，以解此围。"

史文恭听了，大不为然，说：

“师兄此言差矣！”

说这话时，他的脸上是充满了凌厉之色的。

“师兄此言差矣”的另一个姿态。

史文恭对于归顺梁山的问题，说出了一大段自己的见解。他认为林冲的投奔梁山倒还情有可原：

“林师弟，在万马军中，曾为教头，被高俅所害，他万般无奈，投奔梁山。”

这是说到“万马军中”时的身段。

至于卢俊义竟也上了梁山，在他认为是不可理解、不能宽恕的。于是用锋锐尖刻的语气说了出来："想师兄你，居住大名府，家财豪富，谁人不知，哪个不晓，怎么你也归顺那梁山贼寇！"

这是说到"归顺梁山贼寇"时的身段。梁山方面对这一套说词的反应，由燕青的一声"嘿！"表现了出来。

史文恭在挖苦了别人一阵之后，接着归到本处，说：

“今日又来顺说小弟归降，师兄此言，谨慎哪，谨慎！”

这一句话，是用极端傲慢的口气说出来的。组成整个表演的，除去笑里藏刀的语气之外，还加上脸上轻蔑不屑的表情和一系列顿挫分明的身段。

这一幅是说第一个“谨慎哪”时的身段。史的“黑三”（三绺黑须的术语）还是全部留在胸前的。这下面，史文恭就用左手把左面旁边的一绺胡子掸到肩后去了。

在这里，史文恭开始说第二个“谨慎”。

“黑三”的左面一绺，已经在左肩后面。同时，他把左腿移到了右膝上，把褶子下摆也移了过来。

上面同样姿势的一个更清楚的近景。

现在，史文恭座位的方向已经移向右面去了。眼神也收了回来。这是这个整身段结尾收束时的姿态。

史文恭的不屑之色和梁山众将的惊愕的表情，描出了冲突已经达到十分紧张的程度，谈判是已经临近破裂的边缘了。

卢俊义不愿就此弄僵，示意要林冲进言。

这下面林冲果然进言："啊二师兄，想梁山替天行道，你就该听大师兄相劝，归顺梁山，以解此围。"

林冲的进言竟引起了史文恭更大的不满：

史文恭："我与那梁山呵！（唱'风入松'）已成仇，难免得两下争斗！"

卢俊义："师弟，不听兄言，终须后悔。"

史文恭："哎——咻！（接唱）金枪一举鬼神愁，何惧那梁山贼寇！"

卢俊义："谅你一人，济得甚事！"

史文恭："俺史文恭呵！（接唱）拼一个生死方休，哪怕他刀割人头！"

这是唱到"刀割人头"时的姿态。

卢俊义听到这里，实在忍无可忍了：

“史文恭！愚兄再三相劝，执意不听，真乃匹夫之辈！”

这样就引起了双方的争吵。以下有互相指骂的场面。史文恭拦住大虎等，使之退下，并向卢俊义威胁：“想你等进得我庄，休想出去。”

卢俊义："早知你庄厉害，敢把卢爷怎样！"

史文恭在思索他这句话的分量。

这时候大虎等不在场上。

大虎等已经各执兵器暗上。史文恭左右两看，说：
“师兄！听你之言，要与小弟较量么?”
卢俊义：“卢爷何惧!”

在卢俊义表明了不惜一战的决心以后，场面上起“乱槌”（一种打击乐器的牌名），史文恭稍一思索，沉着地后退三步，说明他也下了作战的决心。

史文恭后退三步之后，说："如此小弟得罪了！"这时候战争的序幕已经揭开了。

史文恭在后退三步之后，踢腿，右手顺便将衣服解开，底下就是脱褶子，起战场了。

这一系列的动作都极为清晰而富于节奏感。要求是干净利落。不论是迈步、踢腿、解衣，都不能慌促而模糊。人物的感情变化，就在这些简单但却有强烈说明性的动作中间展开了。

底下就是战幕揭开以后的第一部分。

曾头市和梁山的人马都从两旁下去。场上只留下卢、史二人准备较量。他们的对枪分为两个步骤，起初是“快枪”，随后是“枪架子”。这样的战斗程序是由于紧接上面紧张的矛盾斗争，首先必定出现一场恶战（快枪），等到这场初遇交手以后，彼此都初步摸清了对方的实力，才继续进行节奏比较迂缓的“枪架子”，那就进入了处心积虑的比武阶段，斗争分明是深入了。

这是“快枪”开始时，双方亮相的姿态。

从另外的角度，看上面的亮相的全景。

史文恭从上场门角落里起步。

左脚“亮靴底”，要求是使厚底靴的靴底折向上方，这样，就有助于动作的清晰、美观。

“亮靴底”以后的起步。

这是“快枪”中间，战斗激烈，相互纠缠在一起时的情景。

这一段“快枪”，是用“一百单八枪”的套子组成的。这里是“一百单八枪”完了，开始起“小八枪”时的收住的亮相。

史文恭在最初交手以后，对卢俊义的枪法暗暗称赞。这一对师兄弟多年不见，不知道彼此的成就近来达到了怎样的境地，他们就在这最初的交手中得到了解答。虽然在心里互相称赞，却不使对方发现。在另一旁卢俊义也是在这时做出了同样的手势的。

“枪架子”开始时的姿势。

“枪架子”这种节奏比较迂缓的武打，运用在卢俊义和史文恭这两位主将的身上，是有着沉着、凝重、性格化表演的意义的。他们的动作对称，以同样的舞姿在舞台的不同部分配合着表演，就构成了浓重的图案意味。表演者身体挺直，精神贯注，给人一种蓄积着的力量将要迸发的感觉，但却并不因此僵直而紧张。右腿高抬直达身体的中部，表现出演员深厚的功力。

这里卢俊义的部分大都略去了。

这是史文恭背枪，推须，观测对手的准备动作。

髯口（胡须的术语）的运用，在这个戏里也是重要的部分。古典戏曲里的演员经常使用某些小道具或服饰化妆的某些部分，帮助添加动作的节奏感，以进一步丰富人物的性格。如扇子、水袖、髯口等都是。在这个戏里，髯口的使用比较突出。

由前面对对手的观测，转到进攻策略的确定。

值得注意的是“黑三”中间部分的捋、推方向，是和身体、眼神的方向相反的。这就给人物的气势增添了烘托的作用，也增加了身段的变化和美观。

一个回合以后的亮相。史文恭又在观察对手的动向。

在行进中的史文恭，察看眼前的地形。

这里表现的是步战，与一般武打中的乘马战不同。

以下的三个姿势都是托枪的身段。这里是托枪身段的开始：全身直立，靴子的排列是丁字式的。（这种身段使得人物稳定、匀称而集中，不致发生歪扭或其他不好看的形象。）

托枪身段的第二部分。

动作中的人物的右腿向后微抬，造成了非常鲜明的流动感。

托枪姿势的完成：右腿向后方折转，“亮靴底”。

这个姿势是非常美妙的：左足依然保留着丁字步的原状，右腿高抬至胸，挺枪欲刺；其实这是一种防御性的动作，它把人物的沉着、机警都充分地表现出来了。

史文恭在观测敌情。

托枪骑马式。

这也是“云手”的变格，不过左手执枪而已。这是“云手”将开时的姿态。“黑三”的右面一绺已经挥在肩后，高抬的左腿，依然保持着脚腕部位的转折，像“亮靴底”……这样一些程式，目的都在使身体部位更为明晰，使动作的节奏感更易于突出。

史文恭和卢俊义的“枪架子”到这里结束了。

史文恭与林冲接打“剑枪”。

在上面的“枪架子”结束以后，梁山人马因寡不敌众，燕青等出庄求援，接来了以武松、李逵为首的援兵。以下是梁山援兵二次进庄以后的战斗。

开始时由史文恭与卢俊义接枪而上。等双方人马都出场以后，史文恭就将卢俊义打下，和林冲接打“剑枪”。

史文恭背枪，用手架住林冲的剑的亮相，显示了搏斗的场景。剑是短兵器，比起对枪来就更近于“短兵相接”了。

这个戏里的武打，也是有其特色的。由于战斗发展的逐渐激烈，从大兵器到短兵器一直到徒手战，展示了武打的全貌。

林冲和史文恭对打的“剑枪”，是“白鹤摩云剑”和“梅花枪”。

史文恭战败林冲以后所要的一个枪花。

林冲败走，史文恭追下。

这以后李逵和曾氏四虎继续上场。李逵把曾氏四虎打下。大虎上场，把李逵打下。燕青又上场，把大虎打下。

史文恭上场，与燕青打“棍破枪”。

过去一般都称这节武打为“棍棒枪”，最近盖叫天先生详细解释了，更正为“棍破枪”。

史文恭打燕青“抢背”。

“抢背”是武打里的术语，指角色被打翻在地，要求是背部着舞台面，必须干净利落，不能像真实情况那样的滚爬狼狈。从这里也可以看出，歌剧里要求的是经过提炼以后的艺术的真实，而不是日常生活的如实照搬。

燕青败下后，史文恭的姿态。这里他又准备与另一个对手接战——这就是继燕青而来的武松。

史文恭与武松打“单刀枪”，结果武松也败下了。

在武松败下以后，卢俊义接上，抓住了史文恭的枪，使战斗暂时停歇下来。这时场面上起“收兵锣”，双方人马又各从上下场门上场，各听主将的吩咐。

史文恭："卢俊义，敢莫怯战?"

卢俊义："天色已晚，你我明日再战。"

史文恭同意了卢俊义的建议，双方收兵。

演史文恭的演员，在连续几场繁重的开打以后，一定已经感到非常疲倦；但这时必须控制自己，仍使角色保留沉着、从容的风度，不破坏角色性格的完整。盖叫天先生就是这样表演的。这正说明了他创造角色的细腻和不苟。

史文恭率领曾头市的人马回庄。入座以后，大家纷纷称赞卢俊义好枪法！史文恭对这一点也是承认的，他也伸出了右手的拇指，说：“我与他同堂学艺，怎么不知他的枪法！”

史文恭接下去吩咐众庄丁："今夜晚随定为师，前去偷营，听我吩咐！"

下面他要唱两句（风入松）："攻其不备冲营号，杀得他血染战袍。"然后众庄丁下场，剩下史文恭一个人留在场上了。

从这一幅以下，都是“回庄”一场里的重要部分。场上只留下了史文恭一人。他回想今天作战的情况，考虑目前的形势，展开了激烈的思想斗争。虽然这个人物是沉着、阴鸷的，在众人面前不肯透露自己的弱点，但当他单居独处的时候，却不能不把自己的惊惶泄露无余。

这一场戏里有说白，有唱，有繁复的身段；运用了歌舞剧的各种表演方式，刻画出人物的内心世界；是这个戏的重要组成部分。

这是当众人退下以后，场面起“叫头”，史文恭捋须，他的脸上已经掩饰不住惊慌之色了。

“叫头”是锣鼓点的牌名：“不楞，呛!”用在人物感情突变之始。

场面起“软丝鞭”，史文恭左右两看，断定两旁无人以后，才开始吐露心里的秘密。

“丝鞭”也是锣鼓点的牌名：“呱……呛！”大都用在人物考虑思索的过程中，有软、硬两种，是较迂缓或较强烈的两种打法，按剧情而分别使用。

史文恭从座位上站起来，念："且住！"

史文恭："我与卢俊义同堂学艺，数载未见，他的枪法，神出鬼没！……"

这一段的身段是复杂的：史文恭念到"枪法"二字时，甩胡子，比枪架子，然后起"合响"。（就是在极短促的时间内拍胸、拍腿……的一连串动作。那用意是表现人物内心的焦急的。）然后转身，再甩胡子，又比枪架子，才念"神出鬼没"，同时伸出拇指，表示佩服。

这时场面上起“冷丝鞭”。史文恭思索，显出了焦虑的神色。

史文恭:“哎呀,且住!那梁山人马,一齐下山,打量此庄,有些难保!”

念“有些”时也有一系列身段:回头,摇头,双手向两旁摇摆。

史文恭接唱（风入松）：“观庄情势如悬倒！”

在唱完上面一句以后，开始了一连串美妙的身段。从这一幅开始的五幅，是一个整身段的四个部分。在这一幅里，史文恭开始捋“黑三”的左面一绺。

从侧面看史文恭捋胡子。

在转身的时候，甩胡子。

转身过来，接“探海”。

这个塑姿是非常美的。肢体在曲折之中依旧饱含着力量；回旋转侧，形成一种浑圆的感觉。在这一刹那，可以看出那抬起的左足，依旧保持着脚腕部的倾折，身体的每一个部位都是安排得恰好的。

身段结束时收尾的姿势。史文恭接唱："凭着俺单枪独保！"这时，他虽然依旧保有自负，可是到底难以掩饰"独木难支"和"孤注一掷"的哀愁了。

史文恭唱完“风入松”以后，场面上起“乱槌”，加“走马锣鼓”。史文恭摇头摆手，终于暴露了对失败的预感和忧愁。

“乱槌”和“走马锣鼓”都是锣鼓点的牌名。一般用在人物踌躇无计之时。

梁山众将出庄以后，也有一番准备，卢俊义吩咐："此人诡计多端，今夜晚必须提防他偷营劫寨！歇息去吧。"

卢俊义在众将退去以后，一手执烛，一手持剑，巡视一周，检查埋伏的布置。

偷营开始。史文恭率众杀入营来，梁山众将早有准备。武松与史文恭架住。

史文恭从偷营开始，头上加了一顶红色的风帽。

史文恭打武松“抢背”以后，燕青上，又打史文恭“抢背”。

史文恭摔“抢背”后立起的亮相。背后是燕青。

大虎上，打燕青“抢背”，燕青又踢大虎“抢背”，然后两人抓住，同时史文恭也与武松抓住。这种场面叫“手四股挡”。

史文恭与武松“拉拳”的开始。

这个戏里有着各种器械的打法，最后是徒手的搏斗。史文恭偷营开始，和武松架住以后，就已经卸去武器了。

“拉拳”开始的步法。

“拉拳”中间，史文恭一足踏在武松的膝上。这说明了在生死搏斗当中的挣扎情形。

古典歌剧的身段，往往采取对称的重复。除去为了强调以外，也还说明了对手双方是势均力敌、相持不下的。

两个人抓住的手卸开了。

从另一角度看上面的姿势。

史文恭暗中称赞武松的勇猛。

这以后武松和史文恭在台上，对称地打一套“拳路子”。这是史文恭开始打拳路子时的第一个姿势。

这一种对称的打法，可以表现双方彼此窥伺，寻找漏洞，进行袭击的情况。从史文恭这个姿势里，可以看出人物警觉的神情。

“拉拳”中间的又一个场面。两人并不纠缠在一起，中间有一些距离，进攻和防御的意图灼然如见。

“拉拳”的另一个场面。可以看出双方彼此回避的情势。

史文恭踢武松“抢背”以后，武松就地“乌龙绕柱”，反踢史文恭“抢背”；这是史文恭摔“抢背”的开始。

这里可以看得更清晰，武松是怎样反踢史文恭“抢背”的。

“乌龙绕柱”是演员在台上用背脊的上半部着地，双足凌空，全身旋转，可以旋一个，也可以旋许多个旋子。

史文恭和武松“抢背”后起立的亮相。

史文恭败下之前的姿势。

史文恭开始败走下场。

武松将史文恭打下以后施威的亮相。

史文恭再上场以后，枪为林冲夺去。武松当头一刀，史文恭闪过，但风帽被削去了。被削去风帽以后的史文恭，露出了极大的惊惶，右手抚后颈，准备逃下。

前面同一场面的全景。

落荒而逃的史文恭，头上已经不再有风帽，而只剩下“摔发”了。这就充分说明了他的慌张和狼狈。他在察看路径，准备逃避梁山人马的追击。

史文恭开始逃走，他在圆场以后到达了江边。

在江边正好有一只小船。史文恭在惶急之中，让船家搭了扶手，跳上小船。

史文恭不知道两个船夫正是梁山的阮小二和阮小五。“船家”要史文恭打发船钱。

史文恭一摸身上并未带着银子，就说：“船家，渡我过去，再把银钱。”

阮小二五：“不成啊！”

史文恭发现情况不对，急忙抓住阮小二和阮小五，问：“叫什么名字？”

史文恭在知道了实情以后，立刻将二人推下水去。但这船也就随着被二人弄翻。史文恭落水以后，又在水中进行战斗，终于被阮氏兄弟擒住。

水擒史文恭以后，在卢俊义的号令之下，这位桀骜不驯、刚愎自用的曾头市教师爷被绑回山寨去了。

盖叫天的舞台艺术（剧本）

《盖叫天的舞台艺术》，电影分镜头剧本，油印本，署“导演白沉”，“中央电影局上海电影制片厂出品”，未署编剧名。据作者在《题跋一束》之《补纪》（初版1985年12月三联书店初版《翠墨集》）中表示：“五十年代初，余编《盖叫天的舞台艺术》纪录片”，可见此剧本出自作者之手。具体油印时间不详。

据油印本编入。

鏡号	景	呎格	内容	解說	音響
1	字		（漸顯）工農兵塑像		片頭樂起
			中央電影局上海電影製片廠攝製（漸隱）		片頭樂止
2	字	148，6	（漸顯）（飛天畫的古色鏡框襯底）		音樂起
			蓋叫天的舞台藝術　（化）		
			導演　白沉		
			編輯及解說詞　黄裳		
			解說　舒繡文　（化）		
			攝影　朱今明		
			王斂生　（化）		
			錄音　薛志昌		
			邵子和		
			佈景　張聯白　（化）		
			劇務主任　金兆元		
			剪輯　黄漢		
			場記　王大衛　（化）		
			化粧　蔣幼安		

—1—

—2—

製　景　蔡同源
照　明　徐存和　（化）
作曲兼指揮　陳歌辛
演　奏　上海樂团交响樂隊（漸隱）

（漸顯）主要舞台藝術工作人員（上昇）

劇中人	演員
大虎	張少立
盧俊義	王少樓
林冲	李秋森
燕青	王筱芳
武松	小蓋叫天
老虎	張佑福
西門慶	李仲林
孫二娘	繭少泉
大解	孫勇剛
小解	孫耀敏
張青	林鵬程

			（以上人員出場先後為序） 戲曲音樂　上海市人民京劇團音樂組 指　揮　　王燮元 本片承 上海市人民京劇团 參加演出　（漸隱） （漸顯）第一屆全國戲曲觀摩演出大會 榮譽獎獲得者 蓋叫天 主　演　（漸隱）		
3	字	34.14	（漸顯）（敦煌壁畫底） 蓋叫天先生在中國戲曲界奮鬥了五十年，由於他摯愛藝術，刻苦鑽研，創造了独特的表演風格，獲得廣大觀眾的熱愛，本片企圖介紹他舞台藝術的精粹。　（漸隱）	（映字幕同）	
4	字	15.2	（漸顯） 百花齊放　（推）	我们偉大的祖國有着光	

—3—

—4—

			推陳出新 毛澤東 （化）	悠久的文化藝術傳統，勞動人民辛勤地創造了自己心愛的戲曲藝術，隨着中國人民的解放，他也擺脱了被压迫摧残的命運，獲得了新的生命，在中國人民偉大的領袖毛主席百花齊放推陳出新的英明指示下，像春天的花朵似的茂盛地開了。而蓋叫天先生也顯得更年輕，更精力充沛起來。 蓋叫天先生是住在我國最美麗的城市之一杭州	
5	中	14.10	（化）（横移）旋轉的花林		
6	中	5	（化）花開滿樹		
7	近	5	（化）茂盛的花枝		
8	近	5	（化）花　枝		
9	近	5	（化）荷　花		
10	近	5	（化）菊　花		
11	近	5	（化）瓊　花		
12	近	5	（化）美麗的花朵		
13	近	6.3	（化）菊花叢（横移）（叠印）		
14	近	20.4	（叠印）花叢　（推移）		
15	遠	8.8	（化）鳥瞰杭州		
16	遠	8.7	（化）鳥瞰西湖，		
17	遠	14.6	西湖宝叔塔（横移） 垂柳　（化）		

18	遠	20.10	（横移）（化） 垂柳，小橋，蓋叫天先生的家門口。 （化）	在靠近西湖的金沙港，那裡有小橋，流水，三十五年來蓋叫天先生就一直住在這裡。不論嚴冬酷暑，始終不間斷地在這裡練功鑽研。 每天清晨，我們就看見他在院子裡練功，数十年如一日從沒有間斷過。 由于他對藝術的勤修苦練，使他在近七十歲的高齡依然能在舞台上表演繁重的武戲。同時也才能使他繼續不斷地創造出多姿多彩的舞蹈身段和鮮明生動的人物形象。	
19	遠	28	（化）（搖）竹林，蓋叫天先生家，古香古色的前院、小路、小門、葡萄架和花池。（推）花池边蓋叫天先生在練拳。		
20	全	54.9	（推）蓋叫天先生在園中練拳，		
21	中	30.3	蓋叫天先生在練拳。		
22	全	25.4	蓋叫天先生在練拳。		
23	字	84.9	說明書封面登印蓋叫天先生在練拳。（漸隱）		音樂上

— 5 —

—6—

			說明書封面掀開。 第一部份 蓋叫天先生承繼着短打武戲的優秀傳統，經過幾十年的勤修苦練，創造提高，形成他自己獨特的風格。現在讓我們從幾個表演的片段來看他高度的藝術成就。（掀頁） 白水灘 棍舞 說明書倒出疊面，現舞台，幕已開，滿座的觀眾正靜々地等待着角色出場。	解說 （映字幕同） 白水灘棍舞，蓋叫天先生在舞台藝術上的特点之一，是在舞蹈和身段上有着各种精心的創造、他經常注意現实中劳動和生活的真实動作，以及飛禽走獸的真实姿態，加以模擬、概括、提練成為优美的身段和舞姿、以丰富他的舞台藝術。	戲曲樂鑼鼓声起

			十一郎声：走啊！ 十一郎挑担上場		
24	遠	55.12	十一郎：（白）俺穆玉璣在山崗之上，與衆家哥弟結拜，排行十一郎，今当老母寿誕之期，備齊寿禮前去上寿。		
25	全近	89.9	十一郎：（白）啊！聽得人声吶喊，待俺高坡一望！（推）		
26	全-中全	138.1	十一郎：（白）且住，看前面敗走一夥人，後面一夥緊緊追趕，我想世界之上，一人怕了一人也就罷了，爲何苦苦追趕？也罷，俺迎上前去打他一個抱不平。哎噫，忍氣吞声是君子。（推）且住！有道是見死不救他是小人。（拉）我打了罷！ 踢帶；提襟，亮相。（翻杖）		

—7—

—8—

27	全	48.8	（翻入）十一郎舞棍 第一本長881.12呎		
28	遠	30.2	（俯）十一郎舞棍．		
29	全	45.4	十一郎舞棍。		
30	遠	17.13	（俯）十一郎舞棍。		
31	全	25.7	十一郎舞棍，亮相．		
32	字	57.4	說明書須撤席 七雄聚義 趟馬　走边　双刀	七雄聚義，趟馬，走边、双刀、洗浮山中的趟馬、走边、双刀身段，是蓋叫天先生精心創造。今天他準備放棄洗浮山的劇目，企圖将趟馬、走边、双刀的舞蹈身段運用在水滸故事七雄聚義中的英雄美髯公朱同的身上	鑼鼓声輕
33	遠	118.3	朱同声：馬來！		

			朱同上場（唱石榴花） 朱：（唱）呀！又只見紅日西下月兼光		戲曲樂声起
34	全	92.5	朱：（唱）昏慘々雲鎖柳成行，又聽得莊中人言鬧嚷々，馬嘶塵滾風声狂，急慌忙催馬拎繮，急慌忙勒馬提繮。披星戴月陽关上，耳聽得梆兒响亮，奔揚長。亮相。（翻出）		戲曲樂声止
35	全	108.1	（翻入）朱同走边。（推）		
36	遠	32.8	朱同走边。		
37	全	64.1	朱同走边。		
38	遠	22.11	朱同走边。 朱：（白）山峰……		
39	全	83.3	朱同走边。 朱：（白）……密々插雲霄，松柏林中鳥喧巢，霞光内々繞日月。舉目遠觀路途遥。		

—9—

—10—

40	近—全	134.15	朱：(白)俺，朱同，護送兄大哥，安排已定，就此前往。 （拉）(唱粉碟兒) 朱：(唱)俺這裡靜悄悄，急忙前往，送大哥逃出羅網。 朱同下場　　翻出）		戲曲樂声起 戲曲樂声止
41	全—中	84.6	(翻入）朱同與二小兵交战，朱把二兵槍砍掉，(搶)二兵赤手與朱战，招架不住，被朱双刀劈死，背双刀亮相.	第7本長916.3呎	
42	遠	44.13	(俯)朱同與四小兵战		
43	中	42.4	朱同战四小兵，眾兵敗逃下場.		
44	全	68.4	朱同舞双刀花，下場		
45	字	35.8	說明書頁掀開 茂州廟 走边	茂州庙，走边，在專制王朝的迫害下，堅持鬥	鑼鼓声輕

				爭的英雄人物謝虎，深夜在崎嶇不平的道路上，尋找敵人搏鬥，蓋叫天先生融會了這種感情，以美妙的舞蹈身段和快捷的武打表現了出來。	
46	遠	88.5	謝虎上場，走边， 謝：(白)（定場詩帶身段） 一生俠義志量高， 只為不平路一條， 惱恨贓官行霸道； 喬裝改扮殺兇豪。		
47	近—全	101.11	謝：(白) 俺，謝虎，可恨黃天霸絶我的宗嗣，我前去尋他，（拉） （身段）呀！看那雲遮半月，路曲不平，風吹樹梢，奔走荒郊，就此走走也，		

— 11 —

—12—

48	字	28	亮相、　下場、 說明書頁掀開、 劈、山　救　母 走边　　帶舞	劈山救母，走边，帶舞，蓋叫天先生以復雜的身段和美妙的舞蹈，表現着沉香頑強反抗的性格並且充滿着神話的幻想氣氛。	鑼鼓[illegible]
49	遠-全	95.5	彩火中沉香上場，佛塵走边身段 （推下） 沉香：（唸）（定場詩）吾師点化脫了凡，变化無窮任自然。		
50	近-全	75.9	沉香：（白）吾乃沉香、只因在書房之內，將秦官保打死，逃出門來，多蒙師父賜我仙桃，我在蓮花池脫了凡身。（拉）（彩火）呀！那廂霞光萬道，我去看來。		

			沉香走向彩火，下場、		
51	中-全	93.8	彩火中，沉香持斧上， 沉香：（白）原來宝斧，有幾行小字，待我看來，"沉香到此脱了凡，搭救你母天台山。"哎呀！這是我師父賜我宝斧，命我搭救我母，我就此走走也（拉）		
52	中	16.13	沉香舞斧（唱粉蝶兒） 沉香：（唱）变化奇巧，……		戲曲樂声起
53	遠	13.1	沉香：（唱）……觀海潮，……		
54	中	17.2	沉香：（唱）……看山林重重叠繞，但只見……		
55	遠	20.1	沉香：（唱）……梅花鹿半山消遥，見白鶴展翅……		
56	中	25	沉香：（唱）……飛高，飛過了落伽……		
57	全	17.8	沉香：（唱）……山島……		
58	近-全	49.6	沉香：（唱）……呀！（唱醉花蔭）		

—13—

—14—

			隱香這而順風調，（彩火）(拉) 觀山頭，海水潮，波浪涛涛 ……		
59	中	13.8	沉香：（唱）……道也麼送！		戲曲樂声止
60	全-近	82.13	沉香舞斧，舞罷寒宝斧旋轉，（叠印彩火）斧柄断，（推） 沉香：（白）且住，共二郎交战，他道法高强，将我宝斧折断，我口唸真言，重整班斧，共他鬥法。	第3本927.10呎	
61	遠	29.10	（俯）沉香断斧耍带，边唱边耍带， （唱西門子） 沉香：（唱）呀！呀！呀！敗了陣，呀！呀！呀！敗了陣，俺，俺，俺。俺沉香好似火焰焚。……		戲曲樂声起
62	中	10.12	沉香舞带．		

			沉香：（唱）……煉，煉，煉、煉仙 斧雪我恨，有，有，有……		
63	遠	6.11	（俯）沉香舞帶． 沉香：（唱）……有衆仙來帮定，何， ……		
64	中	3.8	沉香舞帶。 沉香：（唱）何，何，何耀……		
65	遠	15.10	（俯）沉香舞帶 沉香：（唱）……那天将二郎神！ 連續的彩火，宝斧已整，從天而降， 沉香搶背身段，接斧、亮相。		戲曲樂声止
66	遠	47.15	彩火中沉香舞斧，亮相、下場、 幕閉，觀衆熱烈鼓掌		拍掌声
67	字	78.6	說明書頁掀開 第 二 部 份 在蓋叫天先生取材於水滸的劇目 当中，刻畫梁山英雄武松和曾頭市教 頭史文恭的戲，有着極高的藝術成	（夹字幕詞）	

—15—

—16—

			就。他以不同的表情，身段和舞蹈表現着人物性格的發展。（掀簾） 英 雄 義 拜莊 會战 回莊 偷營	英雄義，拜莊、會战、回莊、偷營，英雄義是蓋叫天先生箭衣戲的代表作，充分發揮了武戲文唱的优美表演風格。拜莊和回莊的兩場揭開了尖銳的衝突。鮮明地刻劃了史文恭傲慢、倔强、怯懦的復雜心裡。	鑼鼓声輕
63	遠-全	146.3	史：（白，引）愛習拳棒論英雄，四海名揚（推） （定場詩）两膀千金力無窮。药箭傷人掌握中，莊下二郎似猛虎，要把梁山一掃空。		
69	近	84.7	史：（白）俺，史文恭。曾拜周侗老師習學全身武藝，前番一箭將晁蓋射死，梁山必不甘心，我		

			師大虎前去捎探，未見到來。		
70	遠-全	54.4	大虎領四莊丁上場（橫移） 大虎等：（白）參見師爺 大虎：（白）今有梁山盧爺為帥前來拜莊。		
71	近	31.5	史文恭驚疑． 史：（白）少時盧爺到此，看為師眼色行事。 大虎声：（白）遵命． 史：（白）有請。 大虎声：（白）有……		
72	遠	15.2	大虎：（白）……請。 龍套等引盧俊義、林冲、燕青上場，史文恭出门迎迓．		
73	近	20	盧上，亮相，轉出疊面，林上亮相，轉出疊面．燕上亮相		
74	遠-中	87.15	盧上前向史施礼（推） 盧：（白）啊，師弟！		

—18—

			史：（白）師兄！ 盧：（白）久違了！ 史：（白）久違了，請！ 二人冷笑，盧入，史向林冲迎去。 史：（白）啊，師弟！（推） 林：（白）啊，師兄！ 史：（白）你我弟兄久違了！ 林：（白）久違了！ 史：（白）師弟請！ 二人對笑，林入，燕青冷冷地看史一眼，入内，史也對燕冷掃了一眼，眾龍套入，（推）史陰謀地凝思一下轉身入，（翻出）		
75	遠	59.13	（翻入）龍套左右分立，史左坐，盧、林右坐，燕青侍立。 史：（白）師兄為何軍家打扮？ 盧：（白）為師弟而來。 史：（白）為小弟何來？		

			盧：（白）只為你前番一箭射死晁大哥，眾家哥弟紛々議論，掛愚兄為師要報一箭之仇。		
76	全-近	38.6	史沉思 盧：（白）愚兄此番前來，相勸賢弟歸順梁山，以解此圍。（搽，推） 史：（白）師兄此言差矣。		
77	近	3.14	林冲注視。		
78	近	33.11	史：（白）今日順說小弟歸降，師兄此言謹慎啊，謹慎！		
79	中	27.8	盧、林 蒸聞史言後相覷，盧示意林冲相勸。 林：（白）啊，二師兄！聽大師兄相勸，歸順梁山，以解此圍。		
80	中-近	65.4	史：（白）師弟！我哄那梁山啃！（唱桧入風） 史：（唱）结成仇，焉免得兩下爭鬥！		戲曲樂声起

—19—

—20—

			盧：(白)師弟！不聽兄言，終成後悔。(推成史近景) 史：(唱)哎也，金槍一隻鬼神愁，何懼那梁山賊寇。		戲曲樂声止
81	近	1.8	燕青憤々地看史.		
82	近	8.13	盧：(白)你一人焉能取得勝負？		
83	近	21.4	史：(唱)(唱松入風)俺，史文恭啊！拼一命生死方休，那怕他刀割人頭。		戲曲樂声起
84	中	18.14	盧憤怒起立. 盧：(白)可惱！(唱松入風) 盧：(唱)聽罷言來冲牛斗，我共你怎能罷休.(白)史文恭！		戲曲樂声止
85	近	2.11	史傲慢地注視着。		
86	中	12.5	盧：(白)愚兄好言相勸，反出惡言，真乃匹夫之輩.		
87	近	8.9	史怒. 史：(白)師兄！那一個是匹夫？		

88	遠	33.7	盧、史两方兵将互罵。 盧兵将：你是匹夫！ 史兵将：你们是匹夫！ 盧兵将：你们是匹夫！ 史兵将：你们是匹夫！ 盧、史各向自己兵将示意，衆兵将退下、史走近盧．	第4本934.4呎	
89	中	46.14	史：（白）師兄！我若不念共你同堂學藝，想你们進得我莊，休想出去。 盧：（白）早知此莊厲害，敢把盧爺怎……		
90	中—近	47.13	盧声：（白）……樣？ 史思索一下． 史：（白）這，師兄！聽你之言要共小弟我較量麼？		
91	近	6	盧：（白）盧爺何懼！		

—21—

92	近-遠	16.1	史：(白)如此小弟得罪了。(拉) 雷：(白)請. 史：(白)請.　(翻出)		
93	中-全	34.13	(翻入)史持槍，(拉)雷挺槍交战。		
94	中	8.1	史、雷槍战。		
95	遠	10.4	史、雷槍战.		
96	中	20.7	史、雷槍战。		
97	全	20.8	史、雷快槍收，亮相.　(翻出)		
98	全	7.4	(翻入)史文恭失林冲劍槍架住。		
99	中	8.5	史林交战.		
100	全	18.2	史林交战，		
101	近	3.15	林冲下場亮相.		
102	全	24.3	林冲下，史耍下場花.		
103	全	66.12	燕青持棍上　(拉)燕失史战。		
104	近	4.15	燕持棍战。		
105	近	5.3	史持槍战.		
106	近	5.2	燕持棍战.		
107	近	4.11	史持槍战.		

108	全	2.13	史、燕槍棍战、		
109	近	3.10	武松持刀上．		
110	全	20.12	武举刀劈，史迎上。单刀槍战．(翻出)		
111	全	74.2	(翻入) 盧吴史拉住槍．衆侍立。 盧：(白)天色已晚，明日再战。 史：(白)好，明日再战． 盧：(白)衆家哥弟！ 衆：(白)哎！ 盧：(白)一齊出莊！ 衆：(白)好！ 盧率衆下場（搶）史目送盧等遠去，轉向大虎等． 史：(白)回莊！（翻出）		
112	全	347.4	(翻入)(俯) 史正坐，大虎等左右侍立。 左側（白）好槍法 右側（白）好槍法。 史：（白）我與他同堂學藝，怎麼		

—23—

—24—

不知他的槍法，今夜晚隨定為師 前去偷营，聽我吩咐。 衆：（白）好！（唱松入風）		
史：（唱）攻其不備，攻营好，殺得 他血染战袍。		戲曲樂声起 戲曲樂声止
史示意，兩旁兵將退下。 史：（白）且住，我與那盧俊義同堂 學藝，数載未見他的槍法，神出 鬼入，哎呀，且住，梁山人馬一 齊下山，打量此莊有些难保。 （唱松入風）		
史：（唱）觀莊情勢如懸倒，憑着 俺单槍，		戲曲樂声起 戲曲樂声止
（拉上成遠景俯攝） 史自思身段。	第5本841.5呎	

113	中—全	81.3	史思量着，（拉）陰謀策劃着，今夜去梁山偷營，下場　（翻出）		
114	遠	38.4	（翻入）（俯）靈一人中座入睡，史率衆上場，梁山将出迎战，盧、史下。 （翻出）		
115	中—遠	88.6	（翻入）史双手捧槍、（拉上）与梁山四将对战，武松上。四将下，燕青、大庆等上，四人搶背，亮相。		
116	中	3.1	四人蹬腿亮相，（翻出）		
117	中—全	34.3	（翻入）史暗誇将。（拉）史、武摔了武器，拉拳。		
118	中	30.6	史、武拉拳。		
119	遠	8.12	史、武拉拳。		
120	中	14.6	史、武拉拳。		
121	遠	23.6	史、武拉拳、史敗下（翻出）		
122	全	17.	（翻入）（俯）史上与林、燕、武战、林劍卸史械。		

—25—

—26—

123	中	7.5	武舉刀砍史軟底，削史風帽，		
124	近-全	25	史驚懼，（拉）操首，敗退，		
125	遠	8	武等英雄姿態，史敗逃下場。 （舞台幕漸閉）		
126	字	47.4	說明書頁掀開 武　松 （掀頁） 打　虎 武松声：咳！	這武松的稱號說明了蓋叫天先生在舞台上塑造這個梁山英雄人物的成功，刻劃武松勇敢，正直，精細的性格，最优秀的表演有下面三個劇目。 打虎、打虎的醉態和打虎的幾個身段是蓋叫天先生苦心琢磨和創造的成果。	
127	全	194	（俯）武松醉態上場 武：（白）哼，好酒！		

			（唱西皮摇板） 武：（唱）適才離却酒館门， 要到景陽崗上行。		戲曲樂声起 戲曲樂声止
			武：（白）俺，武松，離却柴大官人莊上，適才酒館吃了一会酒。酒家對我言道，景陽崗出了猛虎，攔路傷人，看天色尚早，就此闖過崗去。		
			（椎）（唱折桂令） 武：（唱）手拿棍一條，手拿棍一條，行一步，呵囉，		戲曲樂声起
128	遠	81.2	武：（唱）路迢迢，崗路崎嶇，路難找，呀！耳聽得声々虎嘯、 老虎上場，武松見虎一驚。		戲曲樂声止
129	近	1.10	武松持棍凝視着（屋外的）虎。		
130	近	2.1	虎頭		
131	近	2.12	武松持棍，用懼怕的眼光看着， 武：（唱）俺……		戲曲樂声起

—27—

—28—

132	遠	41.2	（俯）虎向武走來， 武：（唱）……呵；（推）嚇得俺魂飛胆消． 武松迎上去，打虎。		戲曲樂声止
133	中	28.14	武松打虎，抓虎尾，亮相．		
134	全	24	武松將虎打死，仍出叠面。亮相、		
135	遠-中	144.5	說明書頁掀開 獅　子　樓 說明書倒出叠面，現舞台，武松吳士兵上場．（推） 武：（白）西門慶吓，狗男女，爾化銀錢，買通上下衙門，我上得堂去，不分清紅皂白責打我四十大板。我兄長的冤仇。	獅子楼。武松看見惡霸西門慶以後的切齒憤恨和一場激烈的博鬥，是蓋叫天先生對武松性格塑造的一個主要部份。	鑼鼓声轉

136	近-中-近	168.4	無日報報了。 土兵：（白）二爺！难道那西門慶勝似景陽崗的猛虎不成？ （唸撲灯蛾） 武：（唸）哦！土兵一言來提醒，武松起下殺人心，我要殺那西門慶，哪裡去找尋？（拉） 土兵：（唸）二爺！土兵開言道，二爺你是聽。要殺西門慶，花街柳巷去找尋。 武松扯碎状紙 武：（唸）我殺了那西門慶，衆人与我做証憑。 土兵：（唸）二爺！二爺殺了西门慶，土兵與你做証憑。 武：（白）有你？ 土兵：（白）有我！ 武：（白）好朋友，請上受我	第6本長947.5呎	

—29—

—30—

			一拜。 武下拜，（推）武凝思，		
137	近-全	96.10	士兵拔鋼刀遞給武松（摇） 士兵：（白）鋼刀在此，（拉） 武松驚覺，注視士兵手裡的刀，堅决地脱衫交給士兵，並接過鋼刀，向士兵施礼，士兵下，武直奔獅子楼。走圓場。（拉上，俯攝） 武：（白）來此已是獅子楼，獅子楼。呔！西門慶可在楼上？		
138	近	6.7	西門慶起立入畫面。 西：（白）現在楼上。		
139	近	18.2	武：（白）爾敢下來？ 西声：（白）爾敢上來？ 武：（白）俺來也！		
140	全	65.5	武松踢開門，上楼梯，劈開楼門入，（横移）衝過去舉刀劈西门慶、西縮		

141	中近	39.2	避桌下，武以刀刺之，西跳上桌，搶背翻下桌，武再衝上，二人架住， 武：（白）西門慶，你害死我兄長？ 西：（白）唔！ 武：（白）霸佔潘金蓮？ 西：（白）是我！ 武：（白）這是你做的事麼？ 西：（白）做々何妨？（推） 武：（白）你好大的胆！ 西：（白）本來不小！ 武：（白）哼々！ 西：（白）哼々！ 武：（白）哼々！ 西：（白）哼々！ 武：（白）哼々！ 西：（白）哼々々！ 武：（白）恨不能…… 武舉刀劈西，		

—31—

—32—

142	中	61.2	武松与西門慶搏鬥，武将西殺死，西倒出叠面（推）武亮相。		
143	字	38.12	說明書頁掀開 十　字　坡　打　店	十字坡打店、打店是蓋叫天先生的名作，他把武松這個久闖江湖的英雄人物，刻劃得神采活躍，摸黑一場更細膩地表現了生活的真实性，組織成為精煉的武打。	鑼鼓声輕
144	全	71.9	孫二娘声：啊哈！ 孫二娘上場（唸散板） 孫：（唸）奴家青春整二八，整二八，鬢边斜插一枝花，不会穿針並引綫，練会武藝走天涯。拉硬弓，騎劣馬，拐子流星当玩耍。有人問我名和姓，江湖人稱母夜叉。		

			孫回身歸坐．		
145	中	144.9	孫二娘至椅前坐下 孫：（白）在下，孫二娘，配夫張青，奉了宋大哥之命，在這十字坡前開了一座店房，看今日天氣晴和不免将招牌掛起。 孫起立取招牌（唱吹腔）（拉） 孫：（唱）在山寨奉了大哥命，招聚天下衆英雄。（向門外走）将招牌掛至在店門外，单等南來北往人。 孫将招牌掛好，坐下。		戲曲樂声起
146	全-中	112.12	武松und解差		

—33—

-34-

			武：（白）我三人借宿一宵，紋銀多少？ 孫：（白）客官請住店，何必講價錢？ 武：（白）臨行呢？ 孫：（白）臨行哝！（唱吹腔） 孫：（唱）臨行時，贈你三杯酒，陽關大道任你行。 武松進店，大小解跟入，孫出叠面。 武：（唱）進店來，把頭抬，腰刀弓箭两边排。 武打量孫。		戲曲樂声起 戲曲樂声止
147	近	6.1	孫二娘打量武松。		
148	中—全	37.2	武松暗示二解走近他。 武：（白）呀，二位！此處是黑店。 二解：（白）怎見得？ 武：（白）現有腰刀弓箭，		

149	中	11.1	小解：（白）店主婆！（拉） 武被拉出画面，孫走入． 孫：（白）來了，你嚷什麼？ 小解提刀背．孫擋，三人架住． 小解：（白）你這裡是黑店， 孫：（白）怎見得？ 小解：（白）腰刀弓箭． 孫：（白）那是防備梁山好漢。		
150	近	2.10	武松注視． 小解声：（白）小毛賊．		
151	中	42.13	孫．大．小解架住 孫：（白）梁山好漢． 小解：（白）小毛賊． 孫：（白）梁山好漢． 孫将二解推開（摇大小解） 武松走入畫面． 武：（白）二位呀！（唱吹腔） 武：（唱）二位哥，不必多叙話，		戲曲樂声起

—35—

—36—

			賺入机關把咱拿，施罷一礼請坐下！ 武、大、小解歸坐、		
152	近	6.5	孫二娘暗自打量。目送武等三人歸座．	第7本928.10呎	
153	中—遠	73.5	武松、大、小解坐下（唱吹腔） 武：（唱）有什麼好吃往上拿、 孫声：（白）客官尊姓？ （拉）孫入畫面． 武：（唱）店主婆不必盤向咱，咱本是江湖上啲枷帶鬉、 孫：（唱）十字坡開店房賣的是羊肝……		戲曲樂起
154	近	2.11	武注意看		
155	遠	76.1	孫：（唱）……共饅首。 武：（白）吃酒呢？ 孫：（唱）吃酒的、休聽奴的杯兜		

			小，貪花人兒到故州。		
156	近	39.14	武：（唱）提故州道故州，提起故州淚双流，替兄長殺了西门慶披枷帶鎖到孟州。		戲曲樂声止
157	遠-中	165.5	孫：（白）客官，天色已晚，一處安歇两處安歇？ 小解：（白）二爺，一處安歇。 武：（白）两處好。（轉对孫）我们两處安歇。 孫：（白）是， 孫出畫面，武叮嘱二解 武：（白）二位，明日早行，小心些。 孫持燭入畫面， 孫：（白）客店，請！（推、搖） 孫引武至卧室前，武接燭入門，孫暗暗在武腰上一摸，武警惕。止步，回頭		

—37—

武：（白）店家。

孫：（白）客官。

武：（白）你這裡有酒？

孫：（白）有酒。

武：（白）俺的量大！

孫：（白）俺的酒狠！

武：（白）不用！

孫：（白）罷！

武持燭入室，関门出畫面。

小解声：店主婆！

二解入畫面

小解：（白）把咱们哥兒俩 擱哪兒？

孫：（白）我跟你掌個灯來。

孫出畫面，二解私語，孫持燭入畫面。

孫：（白）二位，隨我來。（搖）

二解下，孫急步至台中。

孫：（白）且住，店房之内來了三

			佪人，那二解不要提起，单說這一漢倒有些厲害！		
158	全-中	247.13	武松持燭上，左右巡視一番（推）熄燭上桌、		
159	遠	150.5	（俯）武跳上桌卧下，孫二娘摸黑上，至門前傾聽，作取水澆門身段，（推下）取頭簪撥栓入門，武共孫摸黑身段，二人亮相孫仆地上，		
160	近	9.15	孫：（學貓叫）咪嗚！		
161	近	20.11	武：（白）唔，貓兒避鼠，隨它去吧！		
162	近	8.13	孫二娘傾聽後起立	第8本長794,13呎	
163	近-全	341	孫二娘共武松摸黑身段（拉）孫逃出门，反扣门，下場（推）武松施威，掙脫枷鎖、嚴整以待。		
164	全-遠	102.9	孫二娘持匕首（拉）共武松摸黑身段，		

—39—

—40—

165	中	21.12	孫、武觸手一驚。		
166	中-全	30.12	孫、武再次觸手，孫用匕首刺武，武扔掉枷鎖奪匕首、(拉) 武奪過匕首，擲匕首殺孫，不遂。		
167	近	3.9	（俯）孫二娘仆臥地上凝視着匕首。		
168	全	9.14	孫二娘凝視匕首，武松靜聽着，		
169	中	36.5	武松細聽動靜。		
170	近	8.8	孫二娘也細聽動靜、摸匕首、		
171	中-全	55.13	武松上前摸匕首（拉）孫二娘也摸匕首，二人相觸，對打，亮相，		
172	中-全	28.11	武松施展身段（拉）		
173·	遠	74.2	（俯）武、孫摔打，二人搶背、孫揉腿、武揉臂。		
174	近	21.3	武松揉肩，暗誇孫武藝、		
175	中	11.2	（俯）孫二娘揉腿暗誇武松武藝。		
				第9本長745.4呎	
176	全-中	142.10	武松入畫面，摸上桌，孫二娘入畫面，		

			二人又相觸，武拳擊孫，孫回擊，二人扭住，跳上桌（推）亮相，跳下桌。		
177	全-遠	44.14	武、孫跳下桌，撲打（拉）		
178	全	3.8	武松捧桌砸孫。		
179	遠	25.15	孫二娘双脚蹬開桌。跳起身再與武对打，亮相。		
180	中	30.13	孫二娘逃下場，武松追下場。（搖）		
181	遠	51.12	孫二娘上場，一路喊。 孫：（白）張青那裡？ 張声：（白）來也！ 張青上場。 張：（白）何事驚慌？ 孫：（白）前面來了個大漢與我打！ 張：（白）俺去会他。 武松上，與張、孫交打一番，架住亮相。		
182	全	64.4	張：（白）好漢留名。		

—41—

—42—

			武：（白）俺乃武松，請問二位？ 張：（白）在下張青. 孫：（白）在下孫二娘. 武：（白）呵！原來張青哥嫂，失認了。 張：（白）二爺有這身本領，何不投奔梁山？ 武：（白）無有引見之人， 孫：（白）俺夫妻二人做一個引見之人。 武施礼。 武（白）多謝兄嫂！ 張、孫：（白）豈敢。 張：（白）後面備酒。 孫：（白）與二爺痛飲. 張、孫：（白）請！		
183	遠	19.6	（俯）武松、孫二娘、張青施賓主之礼，三人下場。		戲曲宗鑼鼓声止

			舞台幕徐々落下。		
			観衆熱烈鼓掌。		鼓掌声
184	遠	18.1	劇場楼下観衆熱烈鼓掌，幕開蓋叫天先生与全体演員出場向観衆致謝。		〃　〃
185	近	27.11	蓋叫天先生与全体演員（横移）熱情的致謝，向観衆鞠躬。		〃　〃
186	遠	28.5	劇場观衆鼓掌，蓋叫天先生与全体演員退場，幕閉，蓋叫天先生一人出幕致謝。		〃　〃
187	中	2.8	劇場観衆經久不息的鼓掌。		〃　〃
188	全	12.3	蓋叫天先生一人在幕前致謝，池座中观衆部份起立鼓掌。（摇）		〃　〃
189	近	2.15	楼上观衆起立鼓掌。		〃　〃
190	全	2	楼下观衆起立鼓掌。		〃　〃
191	近	2.2	蓋叫天先生拍手向观衆致謝。		〃　〃
192	近	2.1	楼下观衆熱烈鼓掌。		〃　〃
193	近	22.10	蓋叫天先生退入幕内。（化）		〃　〃
194	特	8	（化）美麗的天安門		音樂起

—43—

—44—

195	特	4.13	(化)第一屆全國戲曲觀摩演出大会会場大门	一九五二年十月按照毛主席百花齊放推陳出新的方針，在北京所举行的第一屆全國戲曲觀摩演出大會。蓋叫天先生也被邀出席，參加了會演，並和其他幾位老藝人一起獲得了榮譽獎。	
196	遠	6.10	會場遠景		
197	遠	4.13	觀众鼓掌		
198	近	11.12	蓋叫天先生受奬状共首長握手		
199	特	13.15	榮譽奬状	蓋叫天先生在五十年来歷盡艱辛，始終堅持着勤修苦練的工作態度和認真嚴肅的生活作風。在解放後的今天受到了廣大人民崇高的熱愛和國家無比的重視。	
200	遠	4.3	獲榮譽奬的六位老藝人站在台上。		
201	遠	4.2	台下觀众热烈鼓掌		
202	特	16.15	首長将金質奬章掛上蓋叫天先生的胸襟，		

203	遠	5.10	少先隊員上台向藝人們献花。		
204	近	12.4	少先隊員向蓋叫天先生献花，蓋叫天先生吻少先隊員。		
205	遠	3.1	台下觀衆热烈的鼓掌。		
206	遠	6.11	獲榮譽獎者在台上（化）		
207	遠	6.8	戲曲工作者與周總理合影。		
208	近	10.1	蓋叫天先生興奮地捧着鮮花（化）		
209	特	23.4	（化）光輝燦爛的金質獎章（搖下）（化）	這一顆光輝燦爛的金質獎章，正是他幾十年辛勤工作應得的收獲，也表示着人民對他的熱愛和尊敬。	
210	中	36.3	（化）美麗的鮮花（拉）燦爛的鮮花。 ——完—— （漸隱）	第10本長672.9呎 共長8589.11呎	音樂止

—45—

林冲（剧本）

《林冲》，电影分镜头剧本，油印本，署“编剧　黄裳”，“江南电影制片厂出品”。具体油印时间不详。

据油印本编入。

~1~

镜号	景	米	内容	效果	音乐
1		4.8768	（渐显）上海江南电影制片厂 摄　制　（淡出）		音乐起
2		4.2672	（淡入）（字幕衬底斗笠，花枪，酒葫芦） 林　冲　（化出）		
3		2.7432	（化入）编　剧　（衬底仝上） 黄　裳　（化出）		
4		2.1336	（化入）导　演　（衬底仝上） 舒　适　吴永刚　（化出）		
5		2.7432	（化入）摄　影　（衬底仝上） 姚士泉 付摄影 鞠　蔚　（化出）		
6		2.7432	（化入）美　工　（衬底仝上） 胡倬云　孙　樟　（化出）		
7		2.7432	（化入）作曲　录音　（衬底仝上） 向　异　丁伯和　（化出）		
8		2.7432	（化入）剪辑　化装　（衬底仝上） 金学琴　达　旭　（化出）		
9		2.7432	（化入）特技设计　（衬底仝上） 戈永良　蒲维仲　（化出）		
10		2.7432	（化入）服装设计　（衬底仝上） 胡旭光 绘　景 牛豫荣　尹济沅　（化出）		
11		2.1336	（化入）制　片　（衬底仝上） 吴承镛　（化出）		
12		3.048	（化入）演　奏　（衬底仝上） 上海乐团 上海民族乐团 指　挥 王宗鉴　（化出）		
13		3.048	（化入）演员表　（衬底仝上） 林　冲……舒　适 鲁智深……张　翼　（化出）		
14		3.048	（化入）张贞娘……林　彬（衬底仝上） 高衙内……金　川 陆　谦……冯　奇　（化出）		
15		3.048	（化入）富　安……高笑鸥（衬底仝上） 锦　儿……师　伟		

～2～

			张老教头……李　农（化出）		
16		3.048	（化入）董　超……王　岚（衬底仝上） 薛　霸……邓　楠 李小二……茂　路　（化出）		
17		3.8666	（化入）高　俅……崔超明 滕府尹……傅伯棠 孙孔目……王　钧　（淡出） （衬底渐入）		
18	远	7.1814	（淡入）东京汴梁城外，巍峨的城楼，城门前是一座通向城外的石桥，街道两旁店舍林立，行人如织。 叠印字幕「东京，宋宣和年间公元1120年左右」（化出）	群众杂声（用循环） 〃 〃 〃	
19	全	9.144	（化入）（镜头横移）街道旁有茶室，馒头店，小吃摊，估衣铺……等，街上拥挤着熙熙攘攘的行人。（化出）	〃 〃 〃	
20	远	2.5524	（化入）远处林冲骑着马从桥上走来。		
21	全	1.1424	林冲骑马桥上小立，旁边一乘小轿，轿内端坐着他的妻子——贞娘。 行人中一乡绅向林冲打着招呼： 乡绅甲："林教头，今天怎么有空出城？"		
22	近	4.0194	林冲："陪贱内到东岳庙去。" 说完催马向前出镜头，贞娘后面另一乘轿内坐着使女锦儿，也随同出镜（化出）	群众杂声	
2_	全	10.9728	（化入）在拥挤的行人中，林冲、贞娘、锦儿迎着镜头走来（镜头拉成远景）东岳庙门外人山人海。	〃 〃 〃	
24	全	3.5618	林冲等经过一个卦摊，算命的用扇子一挡，扇子上写着"善观气色"林冲笑而拒绝。	〃 〃 〃	
25	全	2.2096	一圈人正围着观看走钢丝的表演。	〃	
26	近	0.9144	女孩正在表演走钢丝。	〃	
27	全	1.1044	观众们注视着。	〃	
28	中	1.619	贞娘、锦儿、林冲站在人群前观看镜外的表演，忽闻锣鼓声，回头望去。	锣鼓声	
29	全	1.2192	人群中踩高跷的正在表演。	〃	
30	中	2.0948	锦儿、贞娘等挤入人群向圈内望去。		
31	全	1.4852	人群中踢毽子的正在表演。		
32	中	1.0854	林等三人立人群中观看，抬头一看。		
33	全	2.2856	（镜头从空中一个钢叉摇下）一个卖艺的能手接住钢叉表演着。		
34	全	2.5144	甬道旁，贞娘等三人进镜头，至一货郎		

～3～

			担前站定观看，货郎发现贞娘的视线盯住泥娃々，连忙伸手去拿。		
35	特	1.2952	泥娃々被拿出镜头。		
36	中	5.2576	货郎：（带笑地对贞娘）"大娘子，带这个娃々回去吧，明年再来烧香，准保抱个胖娃々一齐来"。 贞娘抬头看々林冲，含羞地一笑，锦儿手快上前接过泥娃々。		
37	远	2.4384	城楼前行人在慌乱地闪躲。 远处一群人自城内骑马飞奔而来。		
38	近	1.1044	高衙内、富安勒马桥上，向前眺望，二人会意一笑冲出镜头。（画外行人叫喊着"马来了……马来了"）。		
39	全	0.7996	行人闪出一条路，高衙内偕家奴帮闲等穿过牌楼迎镜头驰来。	马蹄声	
40	中	0.9904	香摊前游人闪躲高等纵马而过。	〃	
41	中	2.4384	林冲忙将贞娘、锦儿拥在一边，马队从镜头前驰过。	〃 马蹄声	
42	全-中	1.524	货郎担撞翻杂物散落一地（镜头摇上）货郎惊慌焦急地向前望去。	杂物打翻声，	音乐止
43	远	1.2762	马已远去，尘土飞扬。	〃杂声	
44	全—近	12.192	众人向货郎围拢来，林冲等进镜头气愤地说： 林冲："这是谁这么不讲理"（从腰里掏出银子） 林冲："这个娃々我买下了，这点银子你拿去做本钱吧，（见货郎不接，把银子塞在他手里）嗳！拿着吧！""走！"与贞娘等走出镜头，（镜头推近货郎）他感激的注视画外林冲去的方向，人群散去。	〃 〃 〃 〃 〃 〃 〃 〃 〃	
45	全	2.9142	东岳庙的一条甬道上，林冲等三人走来，听见墙内传来喝彩声，他们停步转身望去。		音乐起
46	中	1.2[illegible]92	林等三人立墙[illegible]口处向内观望。	喝彩声	
47	全	1.[illegible]572	菜园内一群泼皮席地而坐，兴奋地在叫好。 众泼皮："好！好！真好……！"	〃 〃 〃	
48	全	3.2[illegible]	大树下鲁智深正在挥午着禅杖	铁杖声	
49	中	0.9144	林冲不觉称赞起来。 林冲："好功夫"	〃	
50	全	2.8[illegible]82	鲁智深继续午着禅杖。	〃	

～4～

51	中	7.1244	林冲："有传授!" 贞娘："看見练武就什么都忘了。" 林冲："呵！锦儿，你先陪小姐去烧香， 我随后就来。" 锦儿顺从地领着贞娘离去，林冲再注視墙内	〃	
52	近	0.3618	鲁智深抡午着禅杖。	〃	
53	近	0.6476	林 冲	〃	
54	近	0.4188	鲁智深	〃	
55	近	0.6286	林冲又惊又喜	〃	
56	全	5.1516	鲁智深午到好处顺势一收，听見（画外音"好！"回头望去	〃	音乐止
57	近	1.2572	林冲："这位师夫真是好功夫！"		
58	全	5.1238	鲁智深："什么人？" 泼皮甲："师夫，东京八十万禁军的枪 棒教头林冲，林武师，也是好功夫!" 鲁智深："噢！快请过来！"		
59	远	2.5524	林冲从墙缺口跳过来，（镜头摇跟）至鲁前一揖。		
60	全	1.6	林冲："小弟林冲请教师夫上下。"		
61	近	4.2672	鲁智深：洒家鲁智深就是关西延安府的 鲁达，小时候也曾来过东京， 拜見过令尊林提辖的。"		
62	中	9.353	林冲："原来是鲁师兄真是幸会。" 鲁智深："来！来！来！……先喝上几大碗。" 拉了林冲走到石桌前（镜头推）桌上放着现成的酒肉，泼皮二人忙上前与二人斟酒，二人举杯。 林冲："请！" 鲁智深："请！"　（二人一饮而尽） 鲁智深："坐！"　（二人坐下）		
63	中	4.2672	林冲："师兄真是好功夫，小弟冒昧， 像师兄这样英雄，怎么不为国出 力，图个功名上进？"		
64	近	6.4008	鲁智深："洒家倒不是看破了红尘，只 因看打不平三拳打死了镇关西， 没有法子，才出家做了和尚，如 今在这儿管菜园。哈哈……"		
65	中	7.4672	鲁智深："兄弟到这里来有什么公干呀?" 林冲："没有事，陪贱内到隔壁庙里去烧香。"		
66	远	3.6576	大殿内香烟缭绕，进香的人来々往々，贞娘正在烧香跪拜，锦儿一旁伺侯着。		音乐起

～5～

67	全	6.362	貞娘拜毕站起，锦儿过来扶着她一同转身出去。		
68	全	4.4762	嶽庙庭院内拥挤着男女老少的香客，富安五栏杆前四面张望，忽然发現了什么转身到茶座上一把拉了高衙内过来向画外指给他看。		
69	全	1.4472	貞娘、锦儿自大殿出来，向镜头走来。		
70	近	1.771	高衙内一看喜上眉梢。		
71	近	1.1424	貞娘、锦儿继续向镜头走来。		
72	近	1.3332	高衙内在望。		
73	近	1.1514	貞娘发現高在注意自己。		
74	近	0.8756	高衙内。		
75	近	1.9998	貞娘厌恶地用扇子遮住脸，加快脚步走向镜头（镜头拉）		
76	全	5.2356	貞娘等很快地从高衙内前面走过，高以目送，富安示意追上去，二人出镜头，后面茶座上的帮闲们見他们已走，也跟随而去。		
77	远	2.1906	五嶽楼前，貞娘锦儿背影在拥挤的遊人中。		
78	全	2.5714	圆洞门前一个遊人被后面的富安一把推开，带领着衙内向前四面寻視着。		
79	全	1.2192	貞娘、锦儿背影在人群中。		
80	中	1.9428	高等发現率领众家奴追踪而去		音乐止
81	中-全	10.820	泼皮甲向鲁智深一揖说： 泼皮甲：“师夫，香案已备好了” 林冲：“师兄请！” 鲁智深：“请！”　（镜头拉成全景） 众泼皮早已排列在香案两旁，林鲁二人站香案前开始结拜。 林冲：“蒼天在上，弟子鲁达、林冲义结金兰，往后有福同享，……” 鲁智深：“有难同当。” 二人跪下叩头		
82	中	1.676	墙缺口处，锦儿匆匆跑过，（画外众泼皮喊着“师叔给您叩头了”“师叔给您叩头……”）锦儿闻声回身站墙缺口向里喊：		音乐起
83	全	2.6664	锦儿：“大官人……大官人……” 林冲正和泼皮们謙讓忽闻锦儿叫唤声，回身跑去。		
84	中	3.9624	林冲与泼皮甲跑至墙边。 锦儿：（呼吸急促地）“有那万人把小		

～6～

			姐围住了。" 林冲："在哪里？" 锦儿："在五嶽楼。" 林冲对泼皮甲說： 林冲："我去々就来。" 泼皮甲："哦" 說着跳过墻随锦儿去，泼皮甲回身报知鲁智深。		
85	远	1,0854	五嶽楼前围满了看热闹的香客，貞娘站扶梯上，高衙内、富安、众帮闲等拦住去路。		
86	全	1,8288	貞娘：（气愤地）"清平世界你们仗着什么这样胡作非为？"		
87	中	2,7626	高衙内仰着头对楼梯上的貞娘笑着說： 衙内："不仗什么。" 富安："东京城里头，誰不知道我们高衙内，不但有財有势，而且是个风流人物，要你上楼談々話怕什么的？啊？" 衙内："請吧！"		
88	近	1,4662	貞娘惊慌万分，（画外音）"請啊，娘子。" 高衙内双手进镜头欲拉貞娘，貞娘惊叫"哎……哎……"一面用扇子阻止。		
89	全	1,790	林冲锦儿奔至庭院，锦儿用手指向画外林冲奔出镜头。		
90	远	1,638	林冲推开众人一个箭步跳上扶梯。	众人议论声 〃	
91	中	1,3522	林冲把高衙内拖下扶梯抓住他的胸襟。 富安："哎……哎……"		
92	近	1,3522	林冲正举拳欲打，見是高衙内不禁犹豫。		音乐止
93	近	1,3712	高衙内："林冲，管你怎么事？"		
94	近	1,0584	林冲："是我的娘子我怎么不管。"		
95	中	7,9248	富安："原来是林教头的宝眷，衙内不認识才冒犯了，請不要見怪，闹的太过份了，太尉的脸上也不好看哪！" 林冲松开衙内，富安上前把衙内拖走了，众家奴也狼狈逃去。 第一本完 第二本		
96	全	2,8762	鲁智深手持禅杖率领着众泼皮来到嶽庙庭院，泼皮甲向前一指說：		

～7～

			泼皮甲："师夫就在那儿！" 鲁智深："走！" 众泼皮："走！"		
97	全	6.4	五嶽楼前人群未散，画外鲁智深大吼一声："闪开！"众人让出一条路，鲁智深捍来（镜头摇跟）林冲画进镜头。 鲁智深："什么鸟人胆敢胡闹？" 林冲："是本官高太尉的儿子，" 鲁智深："他人呐？" 林冲："走啦！" 鲁智深：（向后一挥手）"走！"准备赶上去，但被林冲拦住。		
98	中	5.1816	林冲："师兄哪里去？" 鲁智深："追上去，打死他。" 林冲："已经去远了。" 鲁智深：哎——你怎么放他走的呢？" 林冲："太尉的脸上不好看。"		
99	中-近	2.2856	鲁智深：（激动地）"怕什么就是拚着禁军教头不干，也不能白饶了他。" 林冲：（惭愧地低下头，镜头推近林冲）"师兄说的是。"（化出）		
100	近-全	3.9624	（化入）林冲独坐在昏暗的室内，独白："拚着禁军教头不干，也不能白饶了他"（镜头拉成全景）林冲听见门帘声，回头望去。		
101	全	23.6406	贞娘秉烛入室走向林冲（镜头摇跟）将烛放桌上。 林冲："八十万禁军教头，堂堂的汉子，唉！" 贞娘："算了别再想了。" 顺手拿了茶碗给林冲倒水。 林冲："今后要是再碰上我，哼！叫他们知道我林冲也不是好惹的。" 贞娘将茶碗递给林冲，林冲接过茶碗（化出）		
102	特-全	2.9142	（化入）方砖地上一只碗落地打碎（镜头拉出）一使女蹲下拾地上砸碎的碗，高衙内坐在桌旁正在大骂。 衙内："滚……滚……都给我滚……还不快滚。"使女急忙退出。	碗碎声	
103	中	9.1052	富安正在门口探望，（画外衙内："富安"）富安只好进来走向衙内。（镜头摇跟）		

～8～

			衙内："你好啊！看我吃了亏你不管了？" 富安："小人怎么敢哪？" 衙内："我要出这口气，非把这个女人弄到手不可。"		
104	中	9.220	富安："太尉跟前的虞侯陆谦，他自幼跟林冲有八拜之交，只要他肯出力……" 衙内："好啊！快叫他来！" 富安："已经起更了明天……" 衙内："不行，马上叫他来。" 富安："是！是！"（转身出室）（化出）		
105	全	11.0488	（化入）室外走廊上，富安提着灯笼引着陆谦向室内走来，一使女接过灯笼，另一使女忙上前揭起竹帘，二人入室陆谦走向衙内（镜头摇跟）深々一揖。 陆谦："小人陆谦拜见衙内。" 衙内向富安。 衙内："和他说过了吗？" 富安："说过了"（走到衙内身边） 衙内指着桌上对陆谦说： 衙内："喏，这是我赏给你的。" 陆谦低头一看。		
106	特近	4.724	桌上一堆元宝（镜头摇上） 陆谦：（为难地）"多谢衙内，不过……" 衙内："不过什么？" 陆谦："小人与林冲有八拜之交情同骨肉。"		
107	中	6.191	富安："难道你就忘了太尉和衙内待你恩重如山了吗？" 衙内："事成了之后我再请太尉提拔你"。		
108	近	1.8288	陆谦不语（画外衙内，"嗳，出了事我替你做主"）		
109	近	0.7426	富安："你可别不识抬举。"		
110	特	1.524	陆谦一怔，看々富安再看々衙内。		
111	特	0.9144	衙内无情地转过脸去，不加理睬。		
112	近	1.8288	陆谦低头		
113	特	0.6096	桌上元宝		
114	近	2.0188	陆谦略一思索，向衙内一揖说： 陆谦："小人遵命。"（化出）		
115	全	7.5622	（化入）陆谦来到林冲家（镜头横跟）向里向着： 陆谦："贤弟在家吗？"		

～9～

			貞娘站窓口打着招呼。		
			貞娘："陸大哥来了。"		
			林冲从内室走出向陸謙一拱手。		
			林冲："陸兄！"		
			説着讓陸謙坐，自己坐到桌子另一面。		
116	近	1.4282	陸謙窺視了林冲一下。		
117	全	9.4488	二人坐下		
			林冲："陸兄哪里来？"		
			陸謙："几天没見，特来望々賢弟。"		
			林冲："心里煩悶，没有出去。"		
			陸謙：（站起）"那我就陪賢弟去喝上几杯介々悶。"		
			林冲："也好。"		
118	中	3.3528	貞娘揭簾出来（鏡头摇）向陸謙施礼。		
			貞娘："陸大哥請坐。"		
			陸謙："不啦，我们这就要出去。"		
119	近	3.3528	貞娘："陸大哥招呼他早点回来，可別讓他喝多了。"		
120	近	1.851	陸謙：（尷尬地）"哎，弟妹放心吧！"		
121	全	5.0288	説完与林冲走出庭院，貞娘目送他们远去。（化出）		
122	远	3.181	（化入）樊楼的小閣内坐着陸謙和林冲，酒保送来一壺酒，"来了，您啦？"后面有人在叫"酒保，拿酒来。"	群众声	
			酒保："哎，来啰！"（跑出閣子）	〃（循环）	
			陸謙站起给林冲斟酒。	〃	
123	全-近	28.7462	林冲："唉！命里犯小人，偏々碰上那姓高的，受这种腌臜气。"	〃	
			陸謙："这叫在人屋簷下，怎敢不低头啊！"	〃	
			林冲一飲而尽，陸謙忙斟酒，（鏡头推成中景）	〃	
			陸謙："説起来，也真气人，高俅是个什么东西，文不能提笔，武不能担々，会踢几脚气球，居然做起太尉来了，作威作福平常任凭儿子在外边胡作非为……"	〃	
			林冲："别提了，喝酒。"	〃	
			陸謙："对，对……喝酒，喝酒。"	〃	
			二人举杯陸見林又喝完，忙放下杯子给林又斟满，（鏡头推成陸一人）陸偷眼窺視林冲	〃	

～10～

			（化出）		
124	全	6.305	（化入）一个婆子来到林冲家． 婆子："林大娘子在家吗？" （画外貞娘"是誰呀？"） 婆子："是我，林教头在我们虞候家喝酒得了急病叫我来請娘子快去。"		
125	全	4.2094	貞娘急忙走出内室向后堂喊： 貞娘："錦儿，快来！" 貞娘：（对婆子說）"麻煩你領我去吧" 錦儿自后堂跑出，跟随她们出鏡（化出）		音乐起
126	远	3.257	（化入）婆子引着貞娘等急匆々地自小巷走来。		
127	全	2.1906	三人走进陸謙家大门。		
128	全	5.4572	小楼上房门开着，婆子上楼指着房里对貞娘說： 婆子："林教头就在里面。" 貞娘一步闯进房里，錦儿上前，被婆子拦住，富安背影进鏡头。		
129	全	3.2096	貞娘入室一見无人，回头一看门已被富安反鎖了．		
130	全	3.124	门外錦儿見状大叫： 錦儿："小姐——"扑向富安，被富安一抬手推开，婆子上前拉扯，錦儿无奈甩开婆子奔下楼去． 富安見婆子站住不动，大喝： 富安："还不快追！" 婆子追下楼，门内传出貞娘敲门声。	打门声	音乐止
131	中	1.4472	貞娘："錦儿、錦儿，开门呐！"	〃	
132	远	3.048	錦儿从陸家大门跑出，奔向小巷，婆子追出已不見人影．	〃 〃	
133	近	4.4752	貞娘："錦儿"（一面打着门） （画外音）"娘子还認識我吗？" 貞娘回头．	〃 〃 〃	
134	全	2.7432	高衙内立屏风前向貞娘徐々一揖．	〃	
135	中	1.9998	貞娘一惊，返身急打门，大喊： 貞娘："錦儿……錦儿……"	〃 〃	
136	中	6.096	高衙内站在貞娘身后看着她喊． 貞娘："来人呐……" 衙内：（冷笑一声）"不用喊这东京城里誰敢管我高衙内的事情。" 說着上前欲拉貞娘。	〃 〃	

～11～

			贞娘："不要碰我"（从镜头前闪过）		
137	中	3.7906	高向贞走来，贞（背影）退。 衙内："自从在东岳庙看見娘子以后（贞娘渐々退出镜头）我就无时无刻不再想念着你……"		
138	近	1.2952	……今天好不容易才把娘子請了来这真是缘分……"，贞娘惊慌失措（画外高衙内声）		
139	中	1.2192	衙内："……娘子，請坐，来々々……"		
140	近	1.2192	贞娘后退（画外音）"……我们先喝一杯。"		
141	全	3.6188	二人隔桌而立。 衙内："不用怕林冲不会知道的我命陸謙陪他喝酒去了。" 說着舒起酒壶倒酒。		
142	全	3.219	一个老者引锦儿走上樊楼，向画外指给她看，锦儿走向小阁子（镜头跟摇）	嘈杂众声	
143	中	4.762	陸謙正和林冲飲酒，锦儿气喘的站门边轻々招唤林冲。 锦儿："大官人" 林冲转身見是锦儿忙起出阁子，陸謙不安地注視他们。	〃	
144	中	3.3528	陸謙情知不妙，悄々溜出镜头。	〃	
145	中	2.0378	林冲闻锦儿报信一怔。 林冲："有这种事，陸謙？" 锦儿点头，林冲返身。	〃	
146	全	3.3908	林冲闯入阁子，但不見陸謙。 林冲："走！" 二人奔下楼去。	〃	
147	中	7.4672	衙内：（舒着酒杯，得意地向画外贞娘）"林冲那狗教头，他那点比得上我呀！你从了我荣华富貴享受不尽哟！（镜头摇現贞娘）来……来……来……好歹干一杯"。 說着把酒杯举到贞娘面前，贞一扬手把酒杯打落，酒浆泼了高一脸，高急忙捂住脸，贞趁机从镜头前闪过（背影）		
148	近	1.8288	衙内：（放下手，陪笑地）		
149	近	1.8858	（画外衙内："娘子别生气啊……"） 贞娘后退用目光扫視四週。		

～12～

150	特	0.5138	放下竹簾的窗口.(画外衙内声"……那么你要什么……")		
151	近	0.8186	貞娘退后(画外音)"……你説,我都依你。"		
152	全	1.3812	衙内向貞娘扑来."娘子,你从了我吧。"貞娘繞到桌子另一面衙内追过去.貞趁他不防奔向窗子,衙内跑过去大呼: 衙内:"哎……哎,娘子,使不得。"		
153	远	1,2952	貞娘揭簾欲跳窗,被高一把拉住貞娘回身掙扎。		
154	远	1.8288	林冲自小巷奔来。		
155	全	3,8476	林冲奔到大门口(画外貞娘声"…来人呐……")		
			林冲:"开门;开门,"(画外貞娘喊"救命啊……")	打门声	
			見无人答应,用臂撞门。	—	
156	全	2.3426	(画外富安从楼下喊着"衙内……衙内……")气喘々地奔上楼来.(镜头摇跟)向门内大叫"林冲来了!"	撞门声 " "	
157	近	0.3618	窗口二人正在扭住聞声向门口望去	"	
158	全	1.1424	衙内放开貞娘,貞跳下窗台奔出镜头,狂呼。	" "	
159	全	0.4378	门外富安着急的打门.(画外音貞娘喊"官人……")	" "	
160	全	2.0378	衙内惊慌失措,揭起竹簾跳窗逃走。	"	
161	全	5,1428	林冲奔上楼(画外貞娘喊"官人……")一把抓住富安后領踢下楼去,富安大叫"啊!……"	打门声 滚下去声	
			(画外音)"官人……官人……"	打门声	
			林冲:(向门内喊)"你闪开!"		
162	全	4.1714	门内貞娘向旁边闪开林冲一脚踢开房门冲了进来貞娘扑到林冲怀里。 林冲:"人呐?" 貞娘:"跳窗走了。" 林奔向窗口,貞跟上。	门开踢声	
163	远	0,7236	林、貞二人站窗口四下寻找,不見人影。		
164	中	0.9144	衙内躲在乱草堆里.(画外林冲声:"跑的倒快,早晚收拾了他")嚇的不敢动弹。		
165	全	2.9522	林冲放下竹簾转身看貞娘,貞倒在他怀里委曲地哭起来.		
166	近	3,5618	林冲抱着貞娘咬牙切齿。 林冲:"陸謙……。"　　第2本完		

～13～

			第三本		
167	全	4.1904	林冲满腔愤怒无从发泄，放开贞娘转身踢毁隔扇，撕掉帷幔，又将一桌酒筵推翻，（画外锦儿叫“小姐”）锦儿跑进镜头与贞娘拥抱，林冲顺手举起矮凳------	踢门声 拉幔帷声 翻桌子声	
168	特	0.6476	凳子被林冲狠狠地掷下把镜头遮住。		
	特-全	2.8712	凳子的黑影从镜头前划过，出现抽屉里一把尖刀，一只手进镜伸起尖刀，（镜头摇成全景）林冲手持尖刀向室外走去，贞娘立进镜头急问： 贞娘：“官人你到那里去？” 林冲不理径自走出内室。		音乐起
169	全	2.0378	林冲向院外走去，贞娘追出，见林已远去。		
170	近	2.9902	贞娘耽心地倚柱注视着。（化出）		
171	全	1.8288	（化入）林冲来到陆家大门口（镜头摇跟）		
172	特	0.6666	门上一把锁。		
173	中	3.3528	林冲略一思索，走出镜头（化出）		
174	中-近	7.9248	（化入）月光下陆家门口寂静无人（镜头摇至大树下）林冲睁大了眼睛在等候着远处传来打更声（化出）	打更声 〃 〃	
175	近-全	15.1062	（化入）贞娘坐桌前凝思，（镜头拉成全景）锦儿伏在桌上已睡着，贞娘站起至窗前向外探望，（镜头摇跟）不见林冲回来，转身走到衣架上取了一件衣服（镜头摇跟）给锦儿披上（镜头摇向窗外，夜已深，远处传来打更声）（化出）	〃 〃 〃 〃 〃 〃 〃	
176	特-全	8.1244	（化入）窗外天已明，（镜头拉成全景）贞娘站锦儿身边着急的唤醒锦儿。 贞娘：“锦儿，锦儿。” 锦儿：“啥？” 贞娘：“大官人一夜没回来，你快去把老爹请来吧！” 锦儿答应了声走出镜头。		
177	远	3.124	太尉府门外侍卫森严（镜头拉出现林冲背影）林冲立大树下手握尖刀，向府门守候着。		
178	全	5.238	富安立府门内向外窥探，以手招呼门后的陆谦向画外指给他看，陆谦略一思量计上心来，转身拉富安向府内走去。		
179	近-中	7.715	林冲目不转睛地注视前方，一只手扶在		

～14～

			他肩上，他回头一看，（镜头拉现张老教头） 张老教头劝他回去，二人离去（化出）		音乐止
180	中	16,6682	（化入）林冲沉坐在张老教头对面，贞娘立后边。 张老教头："贤婿，大丈夫报仇也不争在一朝一夕，好在贞娘并未受害，你可千万别闹个惹火烧身啊！" 贞娘："忍一时之气消百日之灾呀！官人你就息了这个念头吧！" 张老教头："再说你已经是个有家室的人了，万一……你叫贞娘怎生是好哇？"		
181	近	1.733	林冲抬头看々张老教头再看贞娘。		
182	特	0.9144	贞娘。		
183	近	6.6288	林冲吸了一口气，举起手上的刀。		
184	特	0.3428	刀猛的插在桌上	刀插桌上声	
185	近-全	8.3246	高衙内在呻吟"哎哟……哎哟……。" （镜头拉现衙内坐桌上，陆富二人各立床旁，高俅站中间正在斥责衙内） 高俅："不成材的东西东京城里什么样的美女没有，偏々要这么一个女人。" 转身走到桌前，衙内向富安使了一个眼色。		
186	中	5.8672	富安：（向画外的高俅一拱手）"禀太尉林冲怀恨在心，身怀利刃在府门口守候，林冲不除对衙内可不利呀！" 衙内："哎呀……"		
187	近-中	11.4486	高俅：（坐下）"除掉林冲并不难，师出无名怕免不了闲人议说，再说林冲是个好教头（镜头拉成中景）陆谦走上一步向高俅一拱手说： 陆谦："太尉赏识林冲，可是林冲却不敬重太尉，反而恩将仇报在外胡言乱语。"		
188	近	1.4092	高俅看了他一眼不加理睬。		
189	中	3.8856	陆谦恭敬地站着，高衙内凑近陆谦大声地问： 衙内："林冲讲了什么你说呀！" 陆谦："太尉面前小人不敢直言。"		

~15~

190	近	0.6096	高俅："説吧！"		
191	近	1.676	陸謙："小人实是不敢。"		
192	近	1.8858	高俅半信半疑回头注視画外的陸謙。		
193	中	4.0194	陸謙站着不动，衙内抢着説： 衙内："林冲説爹々纵子胡为，説爹々本是端王府的跟随当年踢汽球的圓社高二，又説爹々……（画外高俅怒喝）"住口！"		
194	近	0.9524	高俅气得发抖。		
195	全	7.0104	高俅慢々地从凳上站起（镜头摇跟）沉重地踱到门口成背景。	脚步声	
196	中	2.0758	衙内向陸謙一喝咀，陸謙走去。		
197	全	9.315	高俅站门口，陸謙走上向高俅一揖説： 陸謙："太尉息怒，小人倒有一計在此，只消借给小人一件东西就不怕师出无名了。" 高俅："要什么説吧！" 陸謙："太尉的宝刀。"（化出）		
198	中	1.3712	（化入）酒楼上站着一个大汉，抱了一把刀，眼睛向四面巡視了一下。	杂声 〃	
199	全	8.2866	林冲和鲁智深正在飲酒，大汉从他们桌前走过，在鄰座站定自語： 大汉："唉！这么好一把宝刀就遇不到一个識貨的英雄。" 酒保上前招呼，大汉又向酒保説： 大汉："好大一座东京城就没有一个懂得兵器的，可惜我这把宝刀啊！" 后面的林冲聞言抬头。	〃 〃 〃 〃 〃 〃 〃 〃	
200	中	4.8768	林冲：（向画外）"你説什么？" 鲁智深："管他什么宝刀鳥刀，咱们喝酒。" 林冲："不，拿来看。"	〃 〃 〃	
201	中	8.9912	大汉转身走向林冲（镜头摇跟）把刀递给林冲，林站起抽刀一看，不禁称讚： 林冲："好刀！" 鲁智深：（站起观刀）"咽，好刀，你是从什么地方得来的？" 大汉："祖传的。" 林冲："你祖上是哪一位？" 大汉："惭愧呵！" 林冲不再追问。	〃 〃 〃 〃 〃 〃 〃 〃 〃	
202	中	8.5344	林冲拿着刀，上下观看，爱不释手。 鲁智深："兄弟，你就买了它吧，早晚用得着。"	〃 〃	

～16～

			林冲奌头，转而向宝刀的說： 林冲："你放心吧，我林冲决不会屈辱了这把宝刀的。"（化出）	〃 〃	
203	远	8.3056	（化入）庭院中，林冲正在午刀，貞娘、錦儿立台阶上观看，林冲收刀，走近貞娘。		音乐起
204	全	2.5904	林冲从貞娘手中接过絲巾向天空一丢顺手将宝刀向空中一挥。		
205	特	0.6096	絲巾已截成两片自空中飘下（镜头摇跟）画外錦儿愉快地大叫"断了……断了……"		
206	全-中	9.9816	錦儿喊着跑下台阶拾起絲巾，（镜头推近林、貞中景） 貞娘："物各有主，宝刀归了你也标是缘分。" 林冲："要不是我买了它，又不知要落到什么人手里。（画外音"林教头在家吗？"） 林冲：（向画外）"請进来說話。"		音乐止
207	中	14.662	二承局走进庭院向林冲一揖。 承局甲："奉太尉钧旨，听說林教头新得了一把宝刀，請带刀进府与太尉的宝刀比看。" 林冲："又是誰多了咀。" 承局乙："請教头这就动身，太尉在府里专等。" 林冲："好吧！"（化出）		
208	远	4.5142	（化入）太尉府门外，林冲身穿公服抱着宝刀跟随承局进镜头走进太尉府。		音乐起
209	远	10.3244	林冲等三人背影走过庭院再入二门		
210	全	4.5332	林冲等来到廻廊，转身向内走去（化出）		
211	远	7.3722	（化入）林冲等来到堂前，二承向示意林冲止步，二人走上台阶揭簾入堂内。		
212	全	4.8768	陸、富二人躲在隐壁后承局走来暗示"人来了，"陸急推二人离去，又向富安交换了一下眼色，二人悄々地闪到后堂不見了。		
213	远	1.2952	林冲独立庭院中。		
214	全	1.752	林冲茫然四顧。		
215	全	6.6698	空庭寂寥．（镜头摇至日晷上已交已牌）（化出）		
216	特	1.562	（化入）日晷上已正中。		
217	远	7.4192	林冲久等不見人来。		
218	全	4.8768	林冲走上台階。		
219	全	3.9624	林冲揭起竹簾向堂内探望，堂内无人抬		

～17～

			头望去。		
220	特	0.9714	匾上是"白虎节堂"四个大字。		
221	近	2.2096	林冲一怔，正想退出，（画外音"什么人？"） 林冲放下竹簾，转身。		音乐止
222	全	0.6286	庭院中站了很多手持武器的军校，枪头指向林冲。		
223	近	0.9904	林冲再向侧面望去。		
224	全	0.5518	又一队军校围上。		
225	近	1.3902	林冲正在惊讶，堂内升堂鼓响	击鼓声	
226	特	0.247	击鼓的特写	〃	
227	特	0.6096	林冲闻声回头		
228	全	1.0284	堂内屏风后面走出一队全付武装的侍卫。	脚步声	
229	全	1.0474	另一面同时走出一队侍卫。	〃	
230	远	5.5814	堂内侍卫、军校各排列在两旁，高俅升堂		
231	全	6.172	高俅坐定，侍卫甲双手托着宝刀进镜禀报： 侍卫甲："启禀太尉，拼到刺客一名，兇刀一把。"将刀呈上，高俅抽刀一看冷笑一声，喊： 高俅："带进来！"（画外传訊"带进来"）		
			第三本完		
			第四本		
232	全	3.7526	林冲走进堂来向前参拜 林冲："林冲参见太尉。"		
233	全	5.1816	高俅："林冲，你身为禁军教头应该懂得这白虎节堂乃是商議军机大事的地方，你怎么敢没我的指意，擅自私闯？"		
234	近	5.9812	林冲："想是太尉忘了，小人是奉了两位承局的传唤，前来伺侯太尉比看宝刀的。" （画外音高俅："胡說，那有此事，承局在那里？"） 林冲："适才进后堂去了。" （画外高俅声："住咀！"）林冲低下头去。		
235	中	3.5238	高俅："什么承局敢进我府的后堂？你身怀利刃私闯白虎节堂，分明是前来行刺------"		

～18～

236	中-近	2.9712	（画外音高俅"……本官"）林冲抬头分辯（镜头推近） 林冲："冤枉小人确是奉台前来的。"		
237	近	2.8096	高俅："哼！前几天你持刀在府门外守候伺机行凶，你是蓄意已久，还敢抵赖？"		
238	大近	3.8666	林冲：（冷笑一声）"說什么蓄意已久明々是你纵子胡为不加管教，反而設計来……"		
239	全	4.0764	（画外林冲声"……害我"） 高俅："住口"（惊堂木一拍） 高俅："来呀！"（站起，众侍卫答应"有"） 高俅："给我褫去公服先重責四十，然后再介到开封府问明处决。"		
240	全	4.9338	四个侍卫拥上，将林冲架起，林冲大喊： 林冲："冤枉，冤枉。" 林冲无法抵抗被侍卫用力推出白虎堂远去。		
241	中	4.3242	太尉身边闪出陸謙，太尉回头一看，陸滐操一揖，二人同向画外注視。（化出）		
242	全	4.572	（化入）暗无天日的牢房里，一个禁子走来隔着木栅向里唤着· 禁子："林教头，给你送飯来了。" 张老教头走近木栅·		
243	中	9.6908	林冲从地上爬起挨近木栅· 林冲："多謝岳父，家里都好吗？" 老教头："都好，你放心吧，我已經搬到你家住了。" 林冲："魯师兄来过吗？"		
244	中-近	11.3346	张老教头一面把食盒内的东西饼给林冲一面說： 老教头："来过了，他知道你受了冤枉一定要打进开封府救你出去，我怕他闯禍，好不容易才把他劝了回去。"（說着机警地向旁边看了看转过脸轻々地对林冲說）（镜头推近） 老教头："我已經去見过滕府尹身边的……"（化出）		
245	近-中	8.9722	（化入）（画外音张老教头："……孙孔目"		

~19~

			林孔目正低头观看（镜头拉現府尹坐桌前审阅公文） 府尹：（将公文一合）"唉！我也知道林冲是冤枉的，可是高太尉定要向他死罪，叫我怎么週全他？" 孔目："这南衙开封府不是朝廷的，是他高家的？" 府尹："这是什么話？"		
246	中	13.1444	孔目："即是朝廷的，就該按律条判断怎么能随他要殺便殺，要剮便剮呢？" 府尹："那么，依你說呢？" 孔目："判他一个不該腰悬利刄誤入节堂，这样即可开脱了林冲的死罪，对高家也称有了交待了。"		
247	中	11.4676	府尹："嗯，不过……" 孔目："大人放心，高衙内自知理亏，不会怎么样的。" 府尹还在犹豫，这时孔目从袖中拿出一包银子放在府尹面前。 孔目："請大人笔下超生。" 府尹："好吧，这可是看你的份上。" 說完拿过银子提起笔在公文上批示（化出）		
248	近-全	9.8866	（化入）高俅坐床上阅讀公文。 高俅："不合腰悬利刄，誤入节堂，脊杖二十刺配沧州。"（镜头拉，現陸謙站一边） 高俅一气将公文一丢，在屋里渡着。		
249	近	1.4282	陸謙計上心头。		
250	中	8.7814	陸謙走近太尉，轻々地說： 陸謙："太尉，既是发配沧州不就更好办了吗？" 高俅："你是說，叫介差在半路上……" 陸謙：（一揖）"太尉高見！" 高俅："嗯！" 陸謙："就交给小人去办吧！" 高俅："好吧！"		
251	全-近	6.8006	貞娘灯下縫着寒衣，锦儿坐一边纳鞋底（镜头推近貞娘）貞娘抬头，悽然泪下（化出）		音樂起
252	特-全	16.2874	（化入）烛烬成灰，（镜头拉摇成全景）天已明貞娘包好寒衣，又拿起鞋子来做		

～20～

			锦儿亲切地說： 锦儿："小姐歇々吧！讓我慢々儿做。" 嬭娘："大官人不定几时就要动身了，早点趕出来的好。"　（化出）		音乐止
253	全	3.5618	（化入）一个酒保引着董超薛埧来到一个隐蔽的阁子门口，掀起竹簾。		
254	中	13.887	董薛二人站门口向内一看（画外音）陸謙："請进，請进吧！"二人进屋（镜头拉現陸謙背影）一桌酒菜，三人不知何故。 董超："这位官人叫我们来有什么吩咐？" 陸謙："請坐，請坐下来談。"（二人在对面坐下） 陸謙："哪位端公是董超？" 董超："小的是。" 陸謙："那这位就是薛埧薛端公了。" 薛埧："不敢，不敢。" 陸謙舒出两个元宝放二人面前。 董超："这……这是……？"		
255	中	7.715	陸謙："二位不是要押介林冲到沧州去吗？我是太尉府内的虞候陸謙，（二人欠身，陸以手阻止）請坐，我奉了太尉的钧旨，要你们走到野猪林的时候……（陸以手招二人靠拢暗語。）　（化出）		
256	全	6.9526	（化入）张老教头手托着一包银子向园洞门走去，锦儿从外急匆々地跑进来，正好撞在张老教头身上。 张老教头："做什么？" 锦儿："听說大官人今天发配。" 张老教头急忙阻止。		
257	中	14.4206	张老教头把锦儿推出园洞门說： 张老教头："我已经知道了，锦儿千万不要讓小姐知道。" 锦儿："怎么？" 老教头："我怕她会受不了啊！你明白吗？" 老教头："你在家陪伴着小姐，我这就到州桥去，给大官人饯行。" 锦儿微々点头　（化出）		

～21～

258	远	5.4864	（化入）街道上站满了人董超薛埧锝着水火棍押介着林冲自远而来，人群向林冲拥去，薛埧大声地吆喝着： 薛埧："内开，内开！"	嘈杂的人声	
259	全	2.7336	董超、薛埧、林冲迎镜头走来。 薛埧："内开……内开……" 董超："哎……内开。" 薛埧："讓开，再不动我就大棍子抽啦！" 人们讓出一条路。	〃	
260	近	2.1336	林冲披枷带锁，一绺头发披在肵上，向镜头走来。	〃	
261	全	2.8762	酒店门外站了很多乡亲在等侯着，（画外薛埧声，"讓开……"） 乡亲甲："来了，来了。" 老教头走出酒店向画外张望。	〃	
262	全	11.6394	董薛等经过酒店，老教头迎上説： 老教头："二位端公請到里面歇一会儿吧。" 薛埧："不行，太尉府的公事誰敢耽誤。" 老教头："請喝杯水酒再上路吧：" 董超："哎，既是張老教头的好意，咱就扰他一杯吧。"（説着和薛埧使了个眼色，顺势一讓，讓林冲先走，自己也跟了众乡亲等进入酒店内。（镜头摇跟）	〃	
263	全	9.8676	林冲被乡亲们讓进一间阁子内。（镜头横摇）后面张老教头把董薛二人讓进另一间阁子。		
264	全	11.7344	阁子内一桌酒菜，林冲走到桌前乡亲乙上前斟酒。 林冲："有劳众位远送真是不敢当。" 乡亲甲："我等实在是爱莫能助，这不过是略表一点心意吧了，請教头随便用一些。" 乡亲乙敬酒给林冲。 林冲："多謝各位盛情。"（説完举起杯子一飲而尽）。		
265	全	13.2014	另一阁子内也是一桌酒筵，薛埧喝了一口酒放下杯子，张老教头站桌前，取出两个元宝説： 老教头："这点银子不成敬意，一路上請多多照应。"		

~22~

			董超："老人家尽管放心。" 老教头："二位請多喝一杯，我失陪了。" 董超："唔……唔……" 张老教头走出阁子，董、薛二人会意地一笑，收起银子，薛霸把酒倒入自己的葫芦里。		
266	全-近	29.9084	林冲見老教头进来，斟起酒杯给他敬酒。 林冲："岳父大人待我的恩情只好来生补报了。" 說着就给老教头跪下，老教头连忙扶起。（镜头推近二人成近景。） 林冲："怎么不見貞娘？" 老教头："我没敢告訴她，怕的是生离惨於死别。" 林冲："不来也罢。" 老教头："賢婿此去要多々保重，俗語說留得青山在，不怕没柴燒。" 林冲："小婿此番发配生死早已置之度外，只有一事放心不下。" 老教头："你是耽心小女？"		
267	中	13.4112	林冲："自蒙岳父把貞娘許配林冲整々三年，虽然不曾生得一男半女，可也没有红过一次脸，不幸遭了这场冤枉，此去生死难保，撇下娘子一个人……。" 老教头："賢婿只管放心，凡事都有我照应。" 第4本完		
			第五本		
268	近	3.9624	林冲："娘子正在青春，我怎么忍心要她为我担一辈子的惊恐。"		
269	中	2.4384	老教头："你……你要怎么样？"		
270	全	9.7536	林冲："趁諸位高鄰在此情愿写下休书，任凭改嫁。" 老教头："你知道貞娘的性情，可千万不要逼出人命来。" 林冲：（坚决地）"林冲刑具在身，請哪位高鄰代一代笔吧。" 众乡亲一齐阻止："使不得，使不得。" 林冲不顾乡亲们的阻止，转身向外呼唤：		

			林冲："店家借紙笔一用。"		
271	中	9.144	錦兒打开衣柜，取出包袱，想着不能送給大官人，正在焦急不安，（画外貞娘声："錦兒"。）錦兒聞貞娘呼喚答应了一声"哎"忙將包袱放入柜中，关好，出鏡。		
272	全	7.0104	貞娘站桌前正在收拾飯盒，見錦兒走出内室問： 貞娘："老爹呢？" 錦兒：（支吾着）"出去了"。 貞娘："該給大官人送飯了"。 錦兒："哎" 从桌上拿起飯盒転过身去。		
273	近	1.3142	錦兒停止茫然，眼里含着泪水。		
274	近	1.01	貞娘：（見錦兒神色不对問）。"你怎么么啦？"		
275	全	2.4384	錦兒無法克制自己放下飯盒哭出声来。轉身欲走。 貞娘："錦兒！" 走向錦兒		
276	近	7.620	錦兒背着身哭泣，貞娘进鏡头急問： 貞娘："錦兒出了什么事了？" 錦兒哭而不答，貞娘急拨过錦兒的身子追問， 貞娘："說啊，快說啊！" 錦兒：（滿臉淚痕，抽泣着）。"大官人在州桥……"		
277	特	2.4764	貞娘闻画外錦兒声"……就要發配了。"怔住。		音乐起
278	全	2.8	貞娘甩开錦兒跑向院内，奔出鏡头，錦兒想追，但想起包袱回身入室。		⋮
279	中—近	16.4592	閣子内众乡親默默地围在桌前，听着林冲念休书，乡親甲坐一边在写着。 林冲：（沉痛地）八十万禁軍教头林冲因身犯重罪（鏡头慢々推近林冲一人）断配滄州，去后存亡不保，有妻張氏年少，情願立此休书，任从改嫁，恐后無憑，立此文約，……"		⋮
280	近	2.3046	（画外林冲声"…为据"）張老教头低头嘆息。		⋮
281	中	5.4864	乡親甲將休书交給林冲，林冲餘起笔正在紙上画押忽闻（画外音貞娘喊"官人		⋮

～24～

			……”）林冲情急丢下笔，把休书一把抓在手里，回头望去。		
282	特	1.3902	贞娘呼吸急促地站在门口		
283	特	1.2192	林冲转身不忍看见贞娘。		
284	全	1.771	贞娘走进门注视着林冲。		
285	近	2.7432	贞娘从头到脚地打量林冲。		
286	近	1.524	林冲避开贞娘的视线。		
287	近	4.527	贞娘一阵心酸抽泣着转过身去。		
288	全	6.096	乡亲们黯然无语，贞娘扑到旁边张老教头的怀里痛哭起来，乡亲们都悄々地溜出阁子。		音乐止
289	近	9.144	老教头：（抚慰地）“贞娘，贤婿被奸臣所害，现在有了生机，应该高兴才是，再说贤婿今天起程……”		
290	特	2.8382	（画外音“……也得图个吉利……快不要哭了……”）贞娘抬起头忍住哭泣。		
291	近	3.3528	老教头：“……好々地劝々他吧！”		
292	中	5.7912	贞娘揩去眼泪转身这时锦儿饣着包袱赶来张老教头接过包袱放桌上与锦儿离去。		
293	近	2.3806	林冲略一回顾，有些不安。		
294	中	3.6576	贞娘千言万语不知从何说起摸着桌上的包袱就对林冲说： 贞娘：“官人寒衣鞋袜都在这包袱里”。		
295	中	2.2856	林冲无语。		
296	中	9.239	贞娘：（渐渐走近林冲）“一路上千万要保重，到了沧州好々捎个信来也好叫我……”		
297	特	4.3622	（画外音“…放心”）林冲心乱如麻。（镜头摇下）手里的休书隐匿在枷的底下。		
298	近	3.3528	林冲：（忍痛地）“我怕今生再不能回来和娘子团聚了。		
299	中	11.2776	贞娘：（强自抑制着）嗨，官人你想到那儿去了，苍天保佑，说不定三年五载能熬出个皇恩大赦也未可知”。 林冲痛苦万分抬头把披在脸上的头发往后一摔说： 林冲：“娘子你看”。（转过脸给贞娘看）		
300	特	1.676	林冲脸上刻着金印“囚军林冲迭配沧州”。		
301	特	1.752	贞娘一惊		
302	近	22.2504	贞娘扶在枷上痛哭。 林冲：“这两行金印，是终身之辱，日后还有什么面目再回来见人。		

～25～

			贞娘：（止住哭泣安慰着）"这金印称不得什么东京城谁都知道官人、是冤枉的，官人你要回来呀：" 林冲："此去千里迢々凶多吉少，谁又能保得住………" 贞娘："不，你得回来、为了我…你…你也得回来。" 林冲更加难过决然地说： 林冲："你就当我死了吧"（转过身避开贞娘）。		
303	特	1.0664	贞娘：（奇怪地）"怎么………"?		
304	特一近	2.8952	林冲低头不语.（镜头拉现贞娘）他回过身子再看々贞娘百感交集.		
305	特	1.6	林冲手上的休书，不忍给娘子看.		
306	特中近	11.5824	二人相对沉默了片刻，（画外薛坝声"老教头该走啦"，老教头答应了一声"嗯……"） 二人紧张地向门口望去. 贞娘："官人"。 林冲："娘子"、林冲这时不能再忍，抓住贞娘的手，把休书塞给她，自己转过脸去.（镜头推近贞娘）贞娘忙打开一看两手颤抖着：		
307	近	3.3528	林冲痛苦万分.（画外贞娘声"这……"忽听噗通一声）回头一看大惊.	贞娘倒下声	
308	中	2.3236	贞娘已颓然倒地昏厥过去，林冲进镜头扶着贞娘大呼. 林冲："娘子、娘子……"		
309	中	18.478	锦儿揭帘进来，见画外贞娘昏倒大呼"小姐"奔过去，张志教头、董超薛坝及众街邻一拥而进（镜头拉成全景）林冲、锦儿、张志教头把贞娘扶坐凳上、慌乱地叫着、 锦儿："小姐、小姐……"。 林冲："娘子…娘子…… 薛坝站后面把林冲一拍示意叫他走、林冲不忍离开，薛坝不住的催促.林冲见贞娘已醒过一口气来，慢々地站起恳求地看了看老教头，慢々向后退去（镜头推林冲一人）他从桌上拿了包袱转身欲走		

～26～

310	中	2.2865	贞娘睁眼不见林冲，站起喊：		
311	中	1.676	（画外音）贞娘"官人……"林冲急忙回身、		
312	中	3.6576	贞娘林冲二人隔着桌子、 贞娘：（哭訴地）"官人这不能，我生是林家人，死是林家鬼，这不能……（将手里的休书撕成粉碎倒在旁边公亲怀里痛哭）		音乐起
313	近	3.7906	林冲含悲忍痛，欲言又止、旁边薛坝的一只手阻拦着（画外音）"走吧"林冲慢々地退去，		
314	近—中	3.6576	贞娘："官人，我等着你，你得回来呀！（镜头推近）你可得回来呀！" （贞娘扑在桌上张老教头、锦儿扶住。）（化出）		
315	远—近	11.8872	（化入）林冲被二个差押着远々的自土坡走来、林冲欲行又却，留恋回顾， 薛坝："得了，别看了，走吧！" 林冲毅然走下土坡、迎着镜头走来（遮住镜头）、		
316	近—远	5.6954	（镜头从林冲背影走开）前面显示一条大道，林冲等三人顺着大道向远处走去。（化出）		
317	中	4.572	（化入）（镜头摇下）贞娘跪佛像前祝祷： 贞娘："菩萨保佑官人一路平安吧！（化出）		
318	全	11.7724	（化入）镜头自开阔的大道摇向林冲、董超薛坝站在路边等林冲走近怨骂）、 薛坝："哎……哎……像你这样走一步挨一步的，几时才能到沧州啊。" 林冲："不是故意走得慢，天热，在府里挨的棒疮发作了" 董超："你慢々走，别听他的"， 薛坝："哼、添我晦气！" 三人继续往前走（化出）		
319	远	6.286	（化入）平原上林冲等三人在行走、（化出）		
320	全	4.572	（化入）天已晴，林冲等三人出镜头向远处的一座野店走去（化出）		音乐止
321	全	3.3528	（化入）野店内，林冲倚炕歇息，"唉……" 董薛二人坐在外屋，正在吃饭、私語、	虫叫声 ↓	
322	近	8.8392	董超向内屋瞟了一眼轻々地对薛坝說，		

～27～

			董超：林冲是有功夫的．要不把他的脚 烫坏，明天到了野猪林别説收拾 不了他，説不定让他给收拾了？ 薛埧：“对”！ 窗外黑影在董超脸上闪过． 董超：（站起）“谁”？ 二人向窗子看去，	虫叫声	
323	中	6.9146	薛埧进镜头走近窗子向外窥探、转身再走近董超、（镜头摇跟）笑着説． 薛埧：“没有人、” 董超：“这一带可得多留点神、去吧”． 薛埧会意的点々头走出镜头．董超回身走向里屋． 第五本完 片长　297.1096米 第六本		
324	中	4.0194	锅盖掀起，锅内是百滚沸水．（镜头摇）薛埧舀起杓将开水勺入木盆内、	勺水声	
325	全	10.858	董超进屋到处查看、推々窗子、林冲问： 林冲：“端公做什么？” 董超：“不做什么．你刚才吃这么一点就饱了” 林冲：“吃不下、就想早点睡、		
326	中	3.7336	薛埧端了一盆开水进来（镜头摇跟） 薛埧：“别忙，洗了脚再睡”． 林冲：“这可不敢当”、 董超：“洗了脚明天好走路， 林冲：（连々推让）“使不得．使不得”．		
327	近	1.2192	薛埧蹲在盆边不耐烦地説： 薛埧：“．嘿：你就别客气了”、 説着双手抓住林冲的脚，		音乐起
328	特	3.6576	林冲的双脚被薛埧的手用力浸入开水中．		
329	特	1.770	林冲猛叫一声“啊！”．昏厥过去， （化出）		
330	特近	9.7916	（化入）林冲被烫后的双脚，艰难地走在碎石路上．脚停住．（镜头拉摇）林冲痛疼不堪透了一口气．一只手进镜猛的把他推出镜头出现薛埧． 薛埧：“快走，不走就大棍子打”、		

～28～

331	近	0.9714	林冲站直身子回头怒视．		
332	中	10.820	董超：（上前装作同情似的）"誰叫你 用那么热的水给他洗脚，你没看 見一脚的泡嗎？林教头，我扶着你 走，天怪热的，咱们先到前面树 林子里找地方去歇一歇打个盹再 走。" （化出）		
333	全	11.7264	（化入）烟雾弥漫、野草叢生的野 猪林、董超扶着林冲薛壩跟在后面向森 林深处走去．（鏡头横跟）		
334	全—中	6.5148	林冲等三人向鏡头走来，林冲向 前巡视、薛壩用水火棍在打草惊蛇、		
335	全	3.2528	阴暗的森林里，透出几綫阳光（鏡 头推）荒草漫生、野鳥悲鳴．		
336	全	12.401	林等来到一空旷之地、董扶林在 大树下坐定、轉身和薛壩出鏡头 （鏡头推林一人）林冲：（疲備已极）"唉呀" 靠在枷上闭目歇息．		
337	中	12.6108	董薛放下水火棍二人交换了一下 眼色，薛壩舒出绳子二人向林冲走近（鏡 头摇跟） 林冲："二位要做什么？" 薛壩："我们要打个盹，怕你跑了"． 林冲："林冲是个汉子、即是吃了官司 就决不会跑．" 董超："話是不錯，这也是明々心，您 委曲一会，我们可以睡得舒坦些． 林冲："好吧"！（二人开始把林冲綑在 树上） （化出）		音乐止
338	近—中	8.1148	（化入）林冲被綑在树上（鏡头拉 出，董薛二人立鏡头前、董抽出腰刀、 薛壩舒起水火棍，互相交换了一下眼色， 轉身向林冲走去．	鹰叫声	
339	中—近	1.1044	林冲見二人来势不善，欲挣扎， 不行，急问： 林冲：你们要干什么？"		
340	中	4.3812	董超：（换了一付凶狠的面孔向画外的 林冲說）"林教头这是陸虞侯传下 高太尉的钧旨，要我们在这儿结果 你的性命，揭下你臉上的金印回去交差"．		

～29～

341	近	4.1904	林冲闻言切齿、向画外二人說： 林冲：“二位，我林冲与你们往日无仇近日无冤、”		
342	全	3.9046	董超：“我们是奉命差遣，你死了可怨不得我们”、 林冲：“二位如能救我一救，林冲生死不忘？ 薛塓：（不耐烦地）“你說什么也没用”、		
343	特	5.2956	林冲：“那就烦二位给我家带个死信吧”。		
344	中	2.7342	薛塓：嘿！别啰嗦啦。”（把董超推出画面）“林教头託我来送你归天。” 說着举起水火棍、		
345	特	0.3048	林冲闭目待死、		
346	中	0.266	薛塓将水火棍对准林冲天灵盖用力打下，“嗚”的一声被进镜头的禅杖给击飞了．	兵器碰击声↓	
347	特	0.4368	水火棍被弹到树枝上落地、		
348	中	0.5518	董超向前一步举刀砍下也被禅杖击飞。		
349	特	0.5138	刀扎在大树上		
350	特	0.7426	林冲睁眼一看惊喜交集、		
351	中—近	1.676	鲁智深站在大树旁将禅杖一收向画外 鲁智深：“哼！洒家等了你们半天了”．		
352	中	1.2192	二人趁势想溜（画外鲁的声音）“往那里走”、		
353	中	2.1336	鲁智深：“现在該是你们归天的时候了” 举起禅杖欲击二人， 林冲：“师兄且慢！” 鲁智深：“怎么？”		
354	中	2.7432	二人赫的急忙跪下求饒、 董超：“教头救命，师夫饒命吧！”		
355	中	5.9432	林冲：“冤有头、債有主、就饒了他们吧！” 鲁智深：（向画外二人骂了一句）”滚色”． 放下禅杖抽出腰刀．		
356	特	0.3808	刀进镜头，将细绳砍断．	砍绳子声	
357	全—中	9.0292	鲁智深：“留着这二个狗头干什么？” 董薛二人喊着、哎……师夫…” （镜头推近林鲁二人）		

～36～

			林 冲："师兄既然要救我，就千万不可伤他们的性命"、 鲁 深："兄弟、你呀！嘿！" 收起腰刀，过来搀扶林冲 （化出）		
358	全—中	20.1168	（化入）董超舒过薛坝手里的酒胡芦（镜头摇跟）送给鲁智深、鲁智深搋过来递给林冲。（镜头推近林、鲁）林冲痛饮、 鲁智深："兄弟，如今天下不安，奸臣当道，我看把这二个狗头杀了，你也不必再到沧州了、江湖上有的是英雄好汉，我们什么地方不能去安身哪！" 林 冲："师兄，你是說……"		
359	特	1.0854	鲁智深：（凑近林冲）"投奔梁山！"		
360	近	7.620	林 冲：（略一思量）"小弟想到达沧州暂且忍耐一时，如果能熬到一个皇恩大赦总还有出头之日"		
361	近	2.0378	鲁智深：哎，出头之日？高俅把你害的还不够啊？"		
362	近—中	10.3632	林冲："再說小弟比不得师兄、无牵无挂，我是个有家室的人"（镜头拉出） 鲁智深："即然如此，我也不便勉强，我送你到沧州"、		
363	中	3.3528	（画外林冲声，"多謝师兄"） 董薛二人闻言正不知如何是好忽听画外音鲁智深大喝一声"过来！"二人一惊慢慢站起（镜摇跟）（化出）		
364	全中远	13.925	（化入）薛坝背起林冲，董超舒着林冲的枷，挑着包袱被鲁吆喝一声"走"！二人狼狈地转身向林子远处走去，鲁在后押介着、（化出）		
365	全	4.705	（化入）林冲内室锦儿捧着一碗药从客室进来、向外倾听一下，回身走近贞娘的床前（院内传来陆富的声音）	隐約的說話声	
366	中	10.668	锦儿："小姐吃药吧、" 贞娘支持着坐起，听见外面粗声地說話声，向锦儿： 贞娘：外面誰来了"？ 锦儿：（支吾着）"没……没誰"		

~31~

			把剑递给贞娘，贞娘不接，揭被起来。		
367	中	4.1334	张老教头站在台阶上指着底下的陆富怒骂： 老教头“亏你还有脸上这儿来，你听着不管林冲是死是活，我女儿是决不再嫁的。”		
368	中	4.648	陆谦：“老爹，死的已经死了，不必再提他了，难道您老人家就不为您女儿的终身打算了吗”？ （忽闻门帘响，抬头一看陆富大吃一惊。		
369	全	3.8856	贞娘持剑奔出内室被张老教头拦住，陆富退出画外。 贞娘：“陆谦你这人面兽心的畜生，我……” 举剑欲杀陆谦，被锦儿和张老教头拉住。		
370	中	4.0764	陆谦：“我这可是一番好意啊！” 富安：“张老头，你可不要敬酒不吃，吃罚酒”，		
371	近	1.1424	张老教头“滚，给我滚出去”。		
372	全	2.8952	陆见无法说服，一面说着“好好”一面推富安二人向圆洞门走去。		
373	中	10.0584	贞娘倒在父亲的怀里委曲地哭起来，张老教头从她手上夺过宝剑安慰她说： 张老教头：“孩子别听他们的，放心吧，贤婿他吉人自有天相。（化出）		
374	全—中	10.4392	（化入）大树凉棚下，林鲁二人对坐饮酒，董超送来一壶酒放桌上，鲁一挥手说“滚”，董只好退去。（镜头推近二人） 鲁智深：“兄弟前面就是沧州了，你再想々吧，现在跟我走还来得及”		
375	近	7.3572	林冲：“师兄对小弟的关怀，真是万分感激，不过现在既然已经到了沧州，还是容小弟再忍耐一时吧，小弟的苦衷好在……”		
376	近	3.7146	（画外音）”——师兄也是谅介的？ 鲁智深感慨地摇々头。（画外音）“有劳师兄一路防护……”、		
377	近	0.0954	林冲：“……小弟至死不忘。”		

～32～

			林冲舒起酒杯二人对饮．		
378	中	2.1298	鲁智深：“兄弟进了城要多保重．留神高俅再来害你”、 林冲：“是”、 鲁智深从包袱里取出一包银子授与林冲、 林冲：“银子．小弟还有”、 鲁智深：（恳切地）“带着．到了牢城里多花点钱可以少受点罪，带着”、 林冲：（接过银子）“多谢师兄”、 鲁智深：“嗨”！		
379	近	3.8286	林冲：师兄回到东京就给小弟家里带个信，也好教他们放心”、		
380	全	6.0382	鲁智深：（站起）”洒家回不了东京了兄弟在牢城里吃不了苦，就到江湖上来找我吧！”（说完回身向后面凉棚里董薛二人一挥手喊：“过来”） 第六本完		
			第七本		
381	全	8.4766	二人走出凉棚（镜头拉）到鲁前面． 鲁智深：“到了牢城不准胡言乱語、 二人连忙答应“是；是…” 鲁智深：“你们看”（走到一棵柳树前挥起禅杖，咔嚓一声树从中腰折断．	砍树声	
382	特	0.6476	林冲不禁一怔、		
383	中	4.3812	鲁智深：“看見没有，再敢三心二意，叫你们回不了东京．”說完出镜头、二人吓得目瞪口呆．		
384	全	4.1144	鲁智深：（向林冲說）”洒家走了，兄弟在沧州要是存不了身、------”		
385	近	2.0568	（画外音）“……可别忘了江湖上有的是藏龙卧虎的地方，”林冲无限感慨地点点头．		
386	近	3.3528	鲁智深：“你我兄弟后会有期．”		音乐起
387	近	2.7812	林冲：“师兄前途珍重．”		
388	近	3.6576	鲁智深：“告辞了”、		
389	全	2.8952	鲁智深提着禅杖走出凉棚、林冲拱手送别．		
390	近	2.7432	林冲含泪目送鲁智深．		
391	远	2.0378	鲁智深背景大踏步的向远处走去、		

～33～

392	近	5.1816	林冲目送　　　　（化出）		音乐止
393	中	5.8482	（化入）差拨房里，林冲背影站差拨前，差拨坐坑上指着林冲大骂： 差拨：“你这个贼配軍，你不打听打听这是什么地方，你也不打听打听我是誰，見了我为什么不跪下……”		
394	近	1.4092	林冲不語、伸手到腰间去摸银子 差拨：“……在我面前还敢充好汉（画外音）		
395	中—近	7.3158	差拨：“瞧你这付穷相、一輩子也出不了头，打不死拷不杀的，看我早晚收拾了你……” 林冲把一个元宝放在差拨面前。 差拨冷々地问： 差拨：“还有管营的呢？” 林冲又递上一个元宝，差拨的脸一变而为满面笑容，马上改了口气說。（鏡头推近） 差拨：“嘿……嘿……倒底是东京来的禁軍教头我早就听說你是个英雄好汉，不用說，你一定是冤枉的，我得照应照应你，不能叫你吃苦，我得安排你一个好地方”（化出）		
396	特	1.0474	（化入）天王堂匾额。		音乐起
397	全	6.096	林冲已除去枷鎖正在打扫天王堂的庭院，然后放下扫把，走进天王堂。	扫地声	
398	中	5.3336	神像前一盏吊灯，林冲进鏡头把油灯拨亮，回身注視神像。		
399	特	0.8756	神像。		
400	近	7.5058	林冲对向画外的神像自語 林冲：“一天、二天、一个月、二个月……我就这么伺候着你，” 說完长叹了一气默々走出鏡头。 （化出）		↓
401	近	2.7432	（化入）秋風吹落叶，林冲独立树下闻箫声信步走去。		箫声
402	全	5.6764	节孝坊前围着一圈人林冲背影进鏡头向人群走去。		
403	近	1.3902	吹箫人正吹着一首凄凉的曲子。		
404	远	3.0012	林冲不忍再听，加快脚步向酒店走去。		
405	全	2.5334	林冲进了酒店，向内呼唤“店家快打酒来”。		↓

～34～

406	近	1.4282	小二轉身見是林冲、不覺喜出望外奔出鏡头		
407	中	11.6204	小二走到林冲跟前一揖、 小二："恩人想煞小二了，"說着跪下叩头、 林冲：（不介）"哎……哎……"急忙扶起他， 小二："我是李小二啊！就是債郎李小二，嗐々々……就是东嶽庙卖泥娃娃的" 林冲聞言大喜、急问、 林冲："你怎么也来到了滄州"？ 小二："唉，說来話长恩人請坐、請坐" 小二跑出鏡头，林不覺欣然微笑，		
408	近—中	21.9836	小二从老婆手上接过酒菜送給林冲、（鏡头拉） 小二："现成的酒菜，恩人先喝几杯、等小二去做几样家鄉菜来？ 林冲一把住、 林冲："不必了，小二哥，快来同飲一杯吧？ 說着斜起酒壺給小二斟了一杯，自己也斟了一杯、让小二坐在对面二人共干了一杯、 小二："恩人是怎样来到滄州的？" 林冲：（沉痛地）"被高俅陷害吃了冤枉官司发配来的" 小二："那么东京府上大娘子他们"…… （鏡头推近林冲一人） 林冲："他们的日子怕比我还要难过？		
409	特	1.3522	桌上堆满了聘礼，（画外音）富安"老教头……"		
410	全	5.3526	林冲客室坐着张老教头、高衙内身后站着陆謙、四个打手、富安在向老教头說着： 富安："……今天衙内親自出馬来求親、这体面可不小啊！" 张老教头："小女久病未愈，請衙内把财礼带回去另聘一房吧"		
411	中	6.8766	高衙内："她的病到我府里就会好的" 张老教头："小女是說什么也不再嫁的" 陆謙："哎：还說这些做什么呢？"		

～35～

			高衙内站起向张一揖喊，“岳父大人”。		
412	近	2.2856	张老教头：“呸，谁是你的岳父”。 說着正要站起被后面的打手按住不許他动、		
413	中	2.9522	衙内：（冷笑一声）“哼，就这么定下了，明天我派轿子来抬人”，向后一招手，“走”說着走去、		
414	全	10.4962	高衙内走至台階前站定不放心地向陸謙、 衙内：“可别让他们跑了”。 陸謙：（胸有成竹地）“我早就安排好了”。 高甚为得意率領着大邦人走出鏡头、張老教头气愤地从凳上站起直奔内室、		
415	中	4.3622	錦儿正从门縫向外窥探，見老教头来急开门、老教头进来、转身向錦儿、 張老教头：“錦儿” 錦儿：“哎” 張老教头：“把外面的东西都給我扔出去”。 錦儿：“啊”（錦儿答应一声揭簾出去）		
416	近	10.0964	貞娘焦急地坐床上、向进鏡的父親說、 貞娘：“爹，我看只有一条路了”。 老教头：（坐床边背影）“什么？” 貞娘：“别管我的病，我们走吧”！ 老教头：“走不了啦，他们已经派人守住了”。 貞娘：“那如何是好呢？”		
417	近	5.1238	老教头：“孩子，不要紧、他们来了，我豁出这条老命跟他们拼了”。		
418	特	11.2578	貞娘：（一陣心酸）“都是女儿命苦连累了爹々”。 （化外音老教头：“唉，歇着吧、明天再說吧”） 貞娘：（含泪茫然地抬起头自語）“明天……”（化出）		↑音乐起
419	全	21.6408	（化入）静寂的夜里，錦儿已熟睡、貞娘端着油灯、慢々地走到桌前，放下油灯点燃蜡烛无力地坐下、		

~36~

420	近	6.4768	贞娘从一边拉过镜子去掉盖着的布、看见自己憔悴的脸、无限辛酸 （化出）		
421	特一全	7.0674	（化入）贞娘已打扮成非常美丽的女子、（镜头拉成全景）她正站着对镜梳妆、 锦儿还在睡觉、（画外木梳落地声）锦儿被惊醒擦眼一看、		
422	全	1.9238	贞娘背影蹲下拾起木梳、		音乐止
423	近	1.524	锦儿奇怪地揭被起身。 第七本完 片长、243、9266米、		
			第 八 本		
424	全	25.7552	锦儿从后面走进贞娘奇怪地问： 锦儿："小姐你要做什么？" 贞娘："不做什么，睡不着起来求々菩萨？ 锦儿："唔，什么时辰了？" 贞娘："天快亮了、你去给我熬些粥、我有点饿了？ 锦儿答应了一声拿着油灯走出去、贞娘深々地叹了一口气、拿着蜡烛向门口走出（镜头摇跟）	鸡叫声	音乐起
425	全一特	28.4744	贞娘走出内室把蜡烛放桌上，向佛龛走来、 （镜头推成特写）贞娘在默々祝祷、 贞娘、"菩萨、保佑爹々身体清健、保佑官人逢凶化吉，早日回来报仇雪耻、我……不能再等了？ 说完深々地拜下出镜头、	鸡叫声	
426	远	1.8288	东方日出；		
427	近	15.354	贞娘倚柱沉思、黯然神伤、不胜悲痛、扶在柱上泣不成声、人倾她抬起头喘了一口气、克制住哭泣、转身入室、		
428	全	29.089	室内透进一些晨光，贞娘静悄々地进来，至案前，抬头注视墙上挂的宝剑，无力地走出镜头、锦儿手拿托盘进来不见小姐低头一看大惊、托盘落地、奔出镜头、	盘落地声	音乐止

～37～

			画外锦儿哭喊"小姐……"）（化出）		
429	全—中	2.2948	（化入）高衙内哭丧着脸坐桌前陆、富二人躬敬地站一旁，高俅坐床上，指着陆、富大骂， 高俅："开封府的知府，野猪林的和尚……你们这两个废物"。 站起来走出镜头（镜头推近高衙内） 衙内："如今他娘子又死了，要是让林冲知道，哪我……唉！"		
430	中	2.9522	陆、富二人惊慌地看着画外的高俅。 陆謙："太尉留着林冲可是后患啊！ 富安："請太尉作主"！		
431	近	3.181	高俅：（声色俱厉地）"斬草除根"、转过身去、		
432	全	3.8046	高俅的背影进镜头吩咐陆、富二人： 高俅："你们两个带我的信到滄州去，办不了不要回来見我"。 富安、陆謙同时一揖說"遵命"。（化出）		
433	远	4.1144	（化入）李小二酒店外狂风捲着落叶。（化去）	風声	
434	全	2.7432	（化入）李小二接过老婆手里的一盘炒菜、走向小屋（镜头摇跟）	〃	
435	全	6.4958	小屋里、陆、富、差拨三人围坐飲酒，小二揭门簾进来，把菜放桌上、轉身欲走、	〃 〃	
436	中	1.1424	富安：（对差拨）"这是东京高太尉……"。 陆謙急用手阻止、	〃 〃	
437	特	0.7616	小二一怔止步、	〃	
438	中	1.3902	陆向画外的小二說： 陆謙："店家不叫你不要进来"。	〃	
439	全	1.71	小二陪笑答应着"是……是……" 說完提了茶壶走出去、	〃	
440	中	6.9626	小二站门外，心起疑、向里面傾听然后转过身扒着门帘向里窥视、（化去）	〃	
441	近—中	9.1626	（化入）小二坐在矮凳上（镜头拉现旁边坐着林冲） 小二："他们說到东京高太尉……还說好歹要结果他……" 林冲："还有什么話？" 小二："風声太大听不見、就看見他们又给信、又給銀子……" 林冲："那两个人是什么模样？"	〃 〃 〃	

～38～

			小二："一个是五短身材，白净的面皮， 三十多岁……"。	〃	
442	近	9.8866	林冲听着画外小二的话"……有三绺胡子，一个是獐头鼠目贼头贼脑的"。 林冲：（已猜出是陆、富，咬牙痛恨地） "哼！我林冲已然到了这个地步，还容我不得，欺人太甚……。" 说着毅然站起（镜头跟）	〃	
443	全	2.9332	林冲开门冲出天王堂，小二跟了出去。（化出）	〃	音乐起
444	全	3.7906	（化入）林冲站铁匠店前，买了一把尖刀，揣在怀里，向四面寻视（镜摇）（化出）	〃	
445	全	2.6474	（化入）林冲站城关口打量着来往行人（镜推）（化出）	〃	
446	全	3.5238	（化入）林冲立桥上注视着来往行人。（化出）	〃	
447	中	3.9624	（化入）（镜头自天空摇下）林冲立牌楼前独立四顾。（镜推）（化出）	〃	
448	远	6.7716	（化入）林冲立城外大道旁寻视着。（镜摇）（化出）	〃	音乐止
449	全	4.3432	（化入）天王堂的神像（镜头摇至内屋）林冲正在捲行李。（画外小二声"恩人在家吗？"） 林冲："小二哥请进来"。		
450	中	8.9722	林冲背影，小二推门进来手拿着包袱。 小二："这是洗好的衣服"。（把包递给林冲） 小二："怎么样了？" 林冲："今天又没找到许是回东京去了" 小二："也许不是为恩人来的。"		
451	中	5.3526	林冲："谁知道，刚才管营的叫我到东门外去管大軍草料场。"（说着把腰牌给小二看）。		
452	特	0.7236	腰牌。		
453	中	6.9336	小二：（笑笑说）"这是好差事，草料场比天王堂強，到收草料的时候还有常例錢可拿呢。"（把腰牌交还林冲） 林冲："不来害我，倒给我好差事。" 小二："吃飯防噎，走路防跌，防着一点就是了。" 林冲："嗯！"（化出）		

454	全	12.7438	（化入）草料场老军领着林冲自草堆后走云，林冲提着一串钥匙，和帐簿。 老　军：“场仓上都有仓里的封条，这些草堆也都有数的，这本清册你可得保管好啊！” 老　军：“天又要下雪啦！我还得进城呐” 说着二人向草屋走去，一只小狗也跟在后面。		
455	全	16.3064	二人推门走进草屋，老军拴了行李正要云门，抬头看见酒葫芦，回身对林冲说： 老　军：“这个葫芦就留给你用吧，要喝酒，云门往东三里路就有个小酒铺。” 林冲答应了一声，听见风声抬头看看屋顶说： 林　冲：“这屋子怕过不了一冬了。” 老　军：“等天晴了再说吧，我走了。” 正要走，又想起了什么注意地上。	开门声 风声 • •	
456	特—全	29.8704	镜头从地上的一堆火摇起，老军向林冲说 老　军：“火，千万要小心呵，一着就得把命赔上”。 林　冲：“多谢关照。” 老　军：“我走了。” 林冲开门，门外已飘起雪花，老军走云，林冲关上门，走到火边（镜头拉）坐下　少倾站起走到桌前（镜头摇跟）他打开包袱取云寒衣，想到贞娘，不禁长叹一声，抖开衣服准备穿上，镜头推近被衣服遮黑。	〃 • 〃 〃 〃 〃 〃 〃 〃 〃	音乐起……
457	近—全	10.668	衣服黑影从镜前闪过（镜头拉云）林冲已穿戴好正要云门，想到火，回身把火盖好，提了花枪酒葫芦戴了斗笠开门云去。 第8本完 片长243.2222米	〃 〃 〃 〃	……
			第九本		……
458	全	8.2296	草料场外下着鹅毛大雪，林冲锁上大门，挑了酒葫芦走云镜头。	风声 〃	音乐……

～40～

459	远	1.9808	山神庙外林冲走镜头经过庙门.抬头望去。	〃	
460	特	1.01	山神庙匾	〃	
461	远	2.2856	林冲看了一下继续向前走去。（化云）	〃	
462	中	0.9144	（化入）原野上一棵枯树被风雪吹打着.天气已渐暗。	〃	
463	中	1.3712	风雪吹打着草堆。	〃	
464	特	1.9808	草屋外屋顶的稻草被风吹起。	〃	
465	全	1.4472	草屋内漏下了很多尘土。	〃	
466	全	0.3998	草屋不胜风雪的吹打终于倒塌下来。	房子〃倒塌声	
467	全	11.5824	草料场大门外.天已黑.林冲打酒回来.打开大门向里走去。		
468	特	1.8288	林冲发现草屋倒塌.不禁愕然.冲云镜头。		
469	全	6.5528	林冲至草屋前急忙脱下抖蓬.取下斗笠.走到门口		
470	全	10.3632	林冲推开被雪压塌的门.钻进屋里.伸手先摸了一下地上的火.火已熄再到床前（镜头跟）拉云被子。（化云）	风起	
471	全	1.1424	（化入）山神庙门外。		
472	中	9.334	林冲把被子铺在庙里的地上.坐下.看々外面的天.感到无限凄凉.抬头巡视四週.	〃	
473	全	5.6764	空虚寂静的庙里.狰狞可怖地神像.到处都是蛛网灰尘.墙缺口处不时飘进一些雪花。		
474	中-近	18.554	林冲手触到脸上的金印.不觉陷入回忆中.（镜头推）（画外音） 贞娘：“……这两行金印算不得什么，东京城谁都知道官人是冤枉的.官人你得回来，为了我你也得回来.官人我等着你.你可得回来呀……你可得回来呀……”。 林冲痛苦万分.伸手去够葫芦。		
475	特	0.3048	酒葫芦被一只手够云镜头。		
476	近	7.772	林冲举起葫芦狂饮。		
477	远	4.3243	原野上风狂雪舞.远远的三个人横穿过镜头（镜摇跟）跑去。		
478	全	11.1058	草料场空无一人.雪渐々停了.（镜头摇过草堆）矮墙处慢々伸云三个		

~41~

			人头，即是陆、富、差拨他们向墙内张望了一会，差拨一纵跳过墙来，向镜外跑去。		
479	全	5.3146	差拨蹿进草堆，把松香洒进每个草堆里。		
480	近	1.619	墙头上陆、富二人在望风。		
481	近	3.4098	差拨急忙把火种吹燃，鬼鬼祟祟地冲云镜头。		
482	全	5.3716	差拨蹿进草堆拔着把草堆点燃，内向后面不见了。	草堆 着火声	
483	中	3.048	差拨跃过墙头和陆富逃去。		
484	全	2.6474	草料场燃起熊熊烈火	着火声	
485	远	2.5144	雪地上三个人向来的方向横跑过去，（镜头摇跟）		
486	远	2.4384	陆等三人向山神庙跑来，站定回头观		
487	远	1.524	草料场已燃起大火。		
488	远	2.6854	三人观望。		
489	中	0.9714	陆等跳上台阶，用手推门。	推门声	
490	近-中	5.5814	庙内林冲正在饮酒，听见推门声一惊，放下葫芦，（镜头拉跟）站起，向窗外望去。		
491	远	1.0664	草料场，火光烛天，烟雾弥漫。		
492	特	2.2856	林冲不觉惊疑，略一思量。		
493	中	1.4092	林冲走至门后（画外音）差拨："我这个主意不错吧？"		
494	中	3.276	门外三人正在议论。 富　安："好，就算林冲不烧死在里面，烧了大军草料场也是个……。"		
495	近	2.7854	（画外音）"……死罪"。林冲在窃听。 （画外音）陆谦："回到东京禀过太尉……"		
496	中	1.657	陆谦："……准亏不了你。" 差拨："多谢栽培……咱们趁早进城去吧。"		
497	近	2.7432	陆谦："别忙，等火灭了，拾几块……"。		
498	近	1.3522	（画外音）"……林冲的骨头，也好……"林冲在门后窃听。		
499	近	0.7426	陆谦："……在太尉面前交差。"		
500	全	3.8666	（画外音富等附合着，"唉，对对……"）林冲放下花枪搬开顶门的大		

～42～

			石头准备开门。			
501	全	1.6	门外三人正得意地观火，背后庙门打开，富安回头一看。			
502	特	0.5328	林冲立门口，怒目而视。			
503	特	0.4758	富安："啊呀，不好啦！"			
504	全	0.7996	富安转身跳下台阶，陆谦差拨惊呆在一旁，林冲挺枪对准富安的背脊刺去，富安中枪大叫一声死去。			
505	全	0.7996	林冲收枪踢去富安的尸体。			
506	中	0.7616	差拨跳下台阶，抽出腰刀，向林冲劈来。			
507	全	1.2952	林冲一返身，让过一刀，差拨再砍，刀被打落地上。	刀声 画		
508	特	0.266	林冲向镜外刺去。			
509	特	0.4758	差拨低头，花枪从头上绕了一圈，差拨抬头见枪刺来大叫。			
510	特	0.3998	花枪一抖向镜头刺来。			
511	全	1.4282	陆谦趁机跳下台阶欲逃（画外音）林冲大吼一声"陆谦"。陆谦站住。			
512	全	1.8288	林冲的枪矢指向陆谦，陆惊慌地向后退去。			
513	中	1.771	陆谦注意地下。			
514	特	0.6096	地上一把刀。			
515	全	2.1906	林冲把地上的刀用枪矢挑给画外的陆谦。			
516	全	1.0094	陆谦接刀，一手脱去外衣。			
517	全-中	1.3712	林冲向镜头走来。			
518	近	1.3902	陆谦丢开衣服，准备应战。			
519	中-近	0.6096	林冲迫来。			
520	中	2.1336	陆谦退至墙根，无路可退，举刀疯狂似的向林冲猛砍几刀。			
521	中	1.0664	林冲让过二刀，再向前刺去。			
522	近	0.8756	陆谦抵抗着。			
523	全	3.105	二人打了一个回合，林冲用枪棒一拨，将陆谦从半空中跌下，刀脱手而飞。			
524	特	0.6096	雪地上一把刀。			
525	中	2.0378	陆谦爬起欲逃，枪尖左右挡住，陆谦仰面，枪尖指向咽喉，吓得魂不附体。			
526	近	0.4758	林冲冷笑一声："哼……，"			
527	全	1.8288	陆谦：（跪地求饶）"愚兄该死，贤弟			

~43~

			饶命。”		
528	全-中	5.4476	林冲收枪，追近陆谦。（镜头推成二人中景） 林冲：（把枪插地上）“陆谦，我林冲往日待你如何？” 陆谦：“情同骨肉。” 林冲闻言气极抬脚把陆谦踢出镜头。		
529	全	5.0668	陆谦跌进镜头，林冲抢上一步跪在他身上，一把抓住他的衣领。 林冲：“你几次三番害得我好，” 陆谦：“那都是高太尉。” 林冲：“可也离不开你陆谦，你们把我的贞娘怎么样了？”		
530	中	1.771	陆谦：“这，这不怪我。” 林冲：“说！” 陆谦：“她是用宝剑自刎的。”		
531	特	5.1428	林冲痛苦万分，咬牙切齿。		
532	特	1.1804	林冲的手从腰间拔出尖刀，（画外音）陆谦惊叫：“贤弟，贤弟……”		
533	特	0.6856	陆谦：“贤弟饶命，贤弟饶命。”		
534	特	3.8096	林冲举刀杀下，（画外陆谦叫了两声死去）		
535	全	9.7536	林冲抬头舒了一口气，慢々站起，天上已开始飘下雪花，林冲转身（背影）向庙里走去。		
536	全	7.5432	林冲（背影）走进镜头，坐在地上沉思。		
537	中	5.6574	林冲茫然，不知所措。		
538	特	5.3336	林冲独白“投奔梁山，”他抬头向庙外一看。		
539	特	3.3528	天上大雪纷飞。	风声	
540	远	4.686	林冲已穿戴好，走出庙来。	〃	
541	中	3.9046	他解下腰牌一看，冷笑一声，顺手掉出镜头。	〃	
542	特	1.657	雪地上的腰牌。	〃	
543	特	1.9048	林冲双脚在雪地上走。	〃	
544	中	1.8288	林冲迎着风雪前进。	〃	
545	特	1.676	双脚在雪地上行走。	〃	
546	中	0.9144	林冲	〃	
547	特	0.9714	双脚。	〃	
548	特	0.9904	林冲。	〃	

～44～

549	特	1.27.62	双脚 （化云）	〃	
550	特-远	3.35.28	（化入）（镜头从地上的脚印接上）林冲背影向前走去。 （化云）	〃	
551	大远	5.44.74	（化入）林冲背着镜头向遥远的天边走去。 （淡云）	〃	
552	特	3.2	完。		

图书在版编目（CIP）数据

谈水浒戏及其他；西厢记与白蛇传/黄裳著.--济南：山东人民出版社，2022.2
（黄裳集.创作卷.Ⅲ）
本书与“林冲·武松·一箭仇·盖叫天的舞台艺术(剧本)·林冲(剧本)”合订
ISBN 978-7-209-12058-6

Ⅰ.①谈… Ⅱ.①黄… Ⅲ.①杂文集—中国—现代 Ⅳ.①I266.1

中国版本图书馆CIP数据核字(2021)第014617号

谈水浒戏及其他　西厢记与白蛇传　林冲　武松
一箭仇　盖叫天的舞台艺术（剧本）　林冲（剧本）
TANSHUIHUXIJIQITA　XIXIANGJIYUBAISHEZHUAN　LINCHONG　WUSONG
YIJIANCHOU　GAIJIAOTIANDEWUTAIYISHU(JUBEN)　LINCHONG(JUBEN)
黄　裳　著

主管单位　山东出版传媒股份有限公司
出版发行　山东人民出版社
出 版 人　胡长青
社　　址　济南市市中区舜耕路517号
邮　　编　250003
电　　话　总编室（0531）82098914
　　　　　市场部（0531）82098027
网　　址　http://www.sd-book.com.cn
印　　装　天津图文方嘉印刷有限公司
经　　销　新华书店

规　　格　16开（160mm×230mm）
印　　张　49.25
字　　数　489千字
版　　次　2022年2月第1版
印　　次　2022年2月第1次
ISBN 978-7-209-12058-6
定　　价　90.00元